作 者 介 绍

张杰,安徽中医药大学教授、硕士生导师,主任医师,南京中医药大学师承博士研究生导师。从事中医临床工作50余年。全国第三批、第五批全国老中医药专家学术经验继承工作指导老师,国家中医药管理局名老中医药专家传承工作室指导老师,安徽省首届名中医,安徽省首届国医名师,安徽中医药大学中医药传承创新首批校内传承名师,安徽省华佗中医药研究院首席专家,安徽省中医药学会痹病专业委员会名誉主任委员。曾任安徽省中医药学会常务理事、安徽省中医药学会肝胆专业委员会副主任委员、世界中医药联合会第一届老年医学专业委员理事、中国中西医结合学会第三届养生与康复专业委员会委员、世界健康促进联合会副理事长、安徽省中医药学会仲景学说研究会副主任。在国家级及省级期刊发表论文14篇,主编和参编学术著作9部,完成省级科研项目3项。

安徽中医药大学首批优秀传承骨干拜师仪式,张杰与优秀传承骨干合影

前排张杰,后排左起郭呈林、杨佳、赵建根、张亚辉、李玲秀、赵黎、贾建云

阴阳者，天地之道也，万物之纲纪，变化之父母，生杀之本始，神明之府也，治病必求于本。《素问·阴阳应象大论》

癸卯小满 张杰

张杰墨宝

阴阳者，天地之道也，万物之纲纪，变化之父母，生杀之本始，神明之府也，治病必求于本。

——《素问·阴阳应象大论》

華佗精神

現今的中醫藥從業者應當學習華佗精湛的醫術，更應該學習華佗大醫精誠，普渡眾生的博愛精神，淡泊名利卓爾不群的超凡精神，勇於探索善於創新的求真精神，博采眾長篤學精進的治學精神，繼承和發揚好華佗的醫學精神

以志之所向，報國有家為己任，以嚴謹治學，身攀高峰的赤子情懷，杰度力爭成為擔當民族復興大任的建設者

摘自《神醫華佗》

壬寅秋分

張杰

张杰墨宝

华佗精神

杏 林 积 铢
——张杰临证验案辑录
（第 2 版）

编著　张　杰

上海科学技术出版社

内 容 提 要

本书主要由全国老中医药专家学术经验继承工作指导老师张杰亲自整理、撰写、题按,最大程度记录老中医张杰的临床经典病案,还原诊疗思路,介绍经验方法。

张杰从医 50 余年,一贯秉持用纯中医中药方法治疗各类常见病、多发病及疑难杂症。本书内容来自张杰日常门诊记录的典型验案,涵盖内、外、妇科等病种,共收集医案 120 余则。医案记录完整,充分体现了张杰临床辨证思路和用药经验,全部病案的治疗均采用纯中医中药方法,具有鲜明的传统中医特色。此外,本书还特别收录了张杰自创的临床经验方 4 则、讲座讲稿 7 篇。

本书可供中医药院校师生及中医临床工作者参考使用。

图书在版编目（CIP）数据

杏林积铢 : 张杰临证验案辑录 / 张杰编著. -- 2版
. -- 上海 : 上海科学技术出版社, 2023.9
ISBN 978-7-5478-6304-6

Ⅰ. ①杏… Ⅱ. ①张… Ⅲ. ①医案－汇编－中国－现代 Ⅳ. ①R249.7

中国国家版本馆CIP数据核字(2023)第167343号

杏林积铢——张杰临证验案辑录(第 2 版)
　编著　张　杰

上海世纪出版(集团)有限公司
上　海　科　学　技　术　出　版　社　出版、发行
(上海市闵行区号景路 159 弄 A 座 9F－10F)
邮政编码 201101　www.sstp.cn
苏州工业园区美柯乐制版印务有限责任公司印刷
开本 787×1092　1/16　印张 12　插页 2
字数 240 千字
2023 年 9 月第 2 版　2023 年 9 月第 1 次印刷
ISBN 978－7－5478－6304－6/R·2825
定价: 68.00 元

编委会名单

编　著

张　杰

副主编

唐　勇　赵建根

编　委

张晓娟　杨　佳　贾浩茹　汪　涛

前　言

　　幼年时因病辍学，机缘巧合之下，走上中医之路。每每回顾，虽曲折多磨，却实属幸运之至。患重病、遇良医、跟名师，让我从一名病儿，逐渐登堂入室，多年来竟也攒了些许医名。这每一步背后，都有许许多多师长、亲友、同事的帮助，也有自己勤勉不懈、尽心竭力的奋斗。

　　我今已年近八旬，从医也将近一个甲子。适逢国家大力提倡、弘扬中医的历史机遇，总想着把一点点心得、一点点体悟、一点点经验教训记录下来，供同仁参考，让后来者借鉴，虽贻笑大方，亦不足惜，惟愿抛砖引玉，激起些许涟漪。

　　利用平时诊余闲暇时间，我每天抽出两三个小时，将病案进行筛选、整理、批注，并查阅文献典籍，尽可能还原当时辨证施治时的思路和想法，把道理说清、让思路豁然，以便传递给更多中医的接班人。在这样的思想指导下，《杏林积铢——张杰临证验案辑录》第1版于2019年付梓出版。

　　本书自出版以来，受到广大读者朋友和师生的欢迎和好评。同时，大家也发现了一些问题，并给出了反馈和建议，特别是季阳等同学，对书稿中的文字错漏作了仔细的校对，提出修改意见。笔者既感谢大家的宽容与厚爱，也深感不安。有鉴于此，特修订本书，纠错补漏，并坚持原书的指导思想，目的是向有志于中医临床的学生和同道共同学习，为中医药事业发展一起努力。

张　杰

2023 年 6 月

目 录

妇科疾病 • 095

皮肤科疾病 • 112

上 篇

常 见 疾 病

急性扁桃体炎

丁某,女,13岁。

初诊(2018年1月3日):乳蛾肿大,红赤疼痛,憎寒发热,体温:39℃。此属肺胃郁火,痰热上炎。

拟方:金银花30 g、连翘20 g、炒牛蒡子15 g、玄参30 g、桔梗15 g、生甘草10 g、板蓝根30 g、升麻10 g、马勃10 g、炒僵蚕10 g、薄荷10 g、浙贝母15 g、荆芥10 g、制大黄6 g,颗粒剂6剂,冲服,日服2次。

二诊(2018年1月7日):高热已退,刻下体温正常,伴咳嗽,纳可。

拟方:桔梗20 g、前胡10 g、荆芥10 g、防风10 g、陈皮10 g、生甘草10 g、炙百部10 g、姜半夏10 g、炒黄芩10 g、浙贝母15 g、炙枇杷叶15 g,颗粒剂6剂,冲服,日服2次。

按语:咽喉肿痛,扁桃体肿大,发热39℃,西医治疗一般多采用抗生素治疗。目前,有不少中医怕高热引起并发症,心里没底,而许多患者也焦急担忧,因此中医就顺水推舟,让患者去看西医,或给予输液治疗。其实,中医治疗急性发热,特别是外感时令病是强项,所以不能推。笔者在临证时多投普济消毒饮加减,疏表清热,泄火解毒,宣上通下,遏其热势,故而药后发热渐退。此法屡试不爽,可见中医中药治疗急症着实有用武之地,对于临床上减少抗生素的使用也很有裨益。

慢性扁桃体炎

胡某,男,11岁。

初诊(2017年12月2日):扁桃体反复发炎,肿痛不适,吞咽不利,大便秘结。此为乳蛾,属肺胃积热。

拟方:金银花20 g、连翘15 g、玄参15 g、生甘草10 g、炒黄芩10 g、炒牛蒡子10 g、桔梗10 g、板蓝根10 g、升麻10 g、柴胡10 g、马勃(包煎)10 g、炒僵蚕10 g、薄荷(后下)10 g、制大黄6 g、生地15 g、赤芍10 g、浙贝母10 g、焦三仙(各)10 g,7剂,水煎服,日服3次。

二诊(2017年12月24日):前方服后,咽喉肿痛基本缓解。前方加前胡10 g、橘红

6 g,7 剂,水煎服,日服 3 次。

三诊(2017 年 12 月 31 日):双侧扁桃体肿大已消。原方继服,14 剂,水煎服,日服 3 次。

按语:小儿扁桃体反复发炎,发则恶寒高热,咽喉肿痛,甚至化脓,劳累受凉易于发作。此乃平素肺胃积热,复受风温风寒之邪外袭,郁于上焦,气郁化火,血分郁毒而致。笔者采用加减普济消毒饮治疗,其退热消肿之力不比使用抗生素差,笔者曾在《杏林跬步》中介绍过。加减普济消毒饮(金银花、连翘、板蓝根、荆芥、薄荷、桔梗、炒牛蒡子、炒僵蚕、马勃、玄参、芦根、生甘草)是《温病条辨》的方子,功能清热解毒、疏风利咽。

在此方的基础上加升麻、柴胡清热解表,取"火郁发之"之意,配合方中金银花、连翘、板蓝根等退热较快;加生地、赤芍凉血散瘀,清血分瘀热;制大黄泄火解毒,除大肠积滞,属"釜底抽薪"之计;浙贝母清热化痰。全方共奏疏风透表、清热解毒、凉血散瘀、化痰消肿之功。热重者可一日两剂,分 5～6 次服用。

过敏性鼻炎

【案一】

李某,男,8 岁。

初诊(2018 年 7 月 18 日):自幼患过敏性鼻炎,遇风寒即喷嚏鼻塞流涕,苔薄白舌淡红,脉细。

拟方:炙麻黄 6 g、辛夷 6 g、炒苍耳子 6 g、白芷 10 g、细辛 1 g、鹅不食草 10 g、生甘草 10 g、炒黄芩 10 g、制乌梅 10 g、五味子 6 g、防风 6 g,颗粒剂 14 剂,冲服,日服 2 次。

二诊(2018 年 8 月 26 日):因天气炎热,长居空调房间,鼻炎复发。原方巩固,14 剂,冲服,日服 2 次。

三诊(2018 年 11 月 11 日):辛透药治疗鼻炎疗效显著,鼻塞、打喷嚏次数明显减少,刻下伴咳嗽,加桔梗 10 g、前胡 10 g、白前 10 g、炙枇杷叶 10 g,颗粒剂 14 剂,冲服,日服 2 次。

按语:过敏性鼻炎属中医"鼻鼽""鼻渊"范畴,中医认为是脾肺气虚,风邪伏肺,肺窍不利。体质壮实者疏风透窍即可,若反复发作属肺卫气虚者宜加玉屏风之类。

本案用苍耳子散去薄荷加麻黄、防风、细辛以发散温通,宣肺透表;加鹅不食草、炒黄芩、生甘草祛风透窍,清热解毒;加乌梅、五味子敛肺气、敛肾气,以防宣散太过。全方散中有收,透中有敛,治疗小儿过敏性鼻炎常取满意疗效。

苍耳子散由苍耳子、辛夷、薄荷、白芷四味组成,治疗鼻渊鼻流清涕不止,风邪上攻,肺窍郁闭之证。《重订严氏济生方》中辛夷散由辛夷、细辛、藁本、升麻、川芎、木通、防风、羌活、甘草、白芷十味药组成,功能清热祛湿、升阳透窍,主治风寒湿热之邪引起的鼻内壅塞,涕出不止,肺热郁积,清气不升,导致鼻息肉生长,堵塞鼻腔、流恶臭鼻涕者。

【案二】

卜某,女,8 岁。

初诊(2015 年 9 月 13 日):肺气虚寒,喷嚏连连,清涕,鼻塞,伴眠差。

拟方:生黄芪、炒白术、防风、辛夷、炙麻黄、生甘草、淫羊藿、五味子、生姜、制乌梅,颗粒剂 7 剂,开水冲服,每日 1 剂。

二诊(2017 年 7 月 28 日):眠差,便干,大便不畅,此胃肠积滞,保和丸合小承气汤主之。

拟方:神曲 10 g、焦山楂 10 g、茯苓 10 g、姜半夏 10 g、陈皮 10 g、连翘 10 g、炒莱菔子 10 g、枳实 10 g、厚朴 10 g、制大黄 10 g,5 剂,水煎服,日服 2 次。

三诊(2017 年 8 月 13 日):保和丸加行滞破气之品,胃肠已畅,睡眠亦安。同上方,5 剂,水煎服,日服 2 次。

按语:患儿 2015 年因过敏性鼻炎求治,笔者用玉屏风散加宣肺透窍的辛夷、麻黄、生姜,加补肾扶正的淫羊藿、五味子、甘草,加乌梅收敛肺气,防辛散太过,又可抗过敏。全方以补益肺肾、宣肺透窍为纲要,具有提高自身免疫兼抗过敏之功效,故而一次即效,药后未再复发。后因食积便干失眠,取保和丸合小承气汤消导行滞,亦应手取效。

慢性咽炎

【案一】

王某,男,34 岁。

初诊(2017 年 2 月 15 日):咽中不利,滤泡累累,伴恶心,嗳气。此为痰气交阻。

拟方:姜半夏 15 g、桂枝 15 g、炙甘草 10 g、厚朴 15 g、茯苓 20 g、苏梗 10 g、浙贝母 15 g、生姜 10 g、炒僵蚕 10 g、赤芍 15 g、威灵仙 15 g、桔梗 10 g、胃安丸 10 g,14 剂,水煎服,日服 2 次。

二诊(2017 年 4 月 21 日):仲景之半夏散及汤与半夏厚朴汤合用,治疗慢性咽炎及反流性食管炎疗效卓著。前方服后诸症皆愈,今又复发。原方巩固。14 剂,水煎服,日服 2 次。

按语:慢性咽炎,咽中不利或痛,有寒热虚实之分,咽部红肿疼痛,舌红口干者当属实热。咽红不甚,伴咽干呛咳者乃肺胃阴虚、虚火上炎引起。本案患者原罹慢性咽炎,滤泡累累(咽喉型淋巴细胞增生)伴恶心、嗳气。当时诊断为痰气交阻应该有苔白厚腻及胃镜反流性食管炎等情况。

半夏散及汤是《伤寒论》方,原方:"少阴病,咽中痛,半夏散及汤主之。"以方测证,其病机应为寒邪客于咽喉,邪气郁闭,痰湿浊气交阻为患。仲景用半夏化痰降逆止呕,加桂枝、炙甘草通阳散寒,以助半夏涤痰开结。仲景半夏厚朴汤是治"妇人咽中如有炙脔(即烤肉)",亦是治痰凝气滞,痰气互结,咽中之梅核气。两方合用,化痰开郁散结降逆之功更强,加僵蚕化痰行散祛风,加威灵仙是笔者治疗反流性食管炎的经验,取其祛风除湿化痰通络之效;桔梗实乃引经之药。

【案二】

刘某,女,41岁。

初诊(2010年5月23日):咽喉不利,痰气交阻。

拟方:厚朴15 g、苏梗15 g、茯苓30 g、姜半夏15 g、枳实10 g、柴胡10 g、炒白芍15 g、当归15 g、炙甘草10 g、浙贝母15 g、佛手15 g,7剂,水煎服,日服2次。

二诊(2017年12月26日):服2010年5月23日方咽中不利已愈,近8年未犯。近因家中事烦心,情绪欠佳,又见咽中不利,如有物梗。苔薄白,脉弦。宜2010年5月23日方加郁金10 g、香附10 g、知母15 g,7剂,水煎服,日服2次。

三诊(2018年1月9日):前方仅服2日咽中不利即愈。刻下正值绝经期,经行淋漓,烘热自汗,烦躁,舒张压高。此乃冲任失调。

拟方:仙茅10 g、淫羊藿20 g、巴戟天15 g、当归15 g、知母20 g、黄柏10 g、怀牛膝15 g、姜半夏15 g、厚朴15 g、茯苓15 g、苏梗15 g、浙贝母15 g、郁金10 g、香附10 g、炒白芍15 g、天麻15 g,7剂,水煎服,日服2次。

按语:慢性咽炎临床上不算大病,但往往缠绵难愈,让患者十分烦恼。这是10多年前看的一个女患者,病案仅书写八个字,前四个字是症状,后四个字是病机,选的是张仲景的半夏厚朴汤(半夏、厚朴、茯苓、苏叶、生姜)配合四逆散(柴胡、芍药、枳实、甘草)加减。仲景在《金匮要略·妇人杂病脉证并治》中云:"妇人咽中如有炙脔,半夏厚朴汤主之。"《医宗金鉴·订正·仲景全书·金匮要略注》卷23曰:"咽中如有炙脔,谓咽中有痰涎,如同炙肉,咯之不出,咽之不下者,即今之梅核气病也。此病得于七情郁气,凝痰而生。故用半夏、厚朴、生姜辛以散结,苦以降逆,茯苓佐半夏,以利饮行涎;紫苏芳香,以宣通郁气,俾气舒涎去,病自愈也。此证男子亦有,不独妇人也。"四逆散是仲景用于阳气内郁,不能达于四肢而见手足不温的方子,其方透邪解郁、疏肝理脾。

笔者用以上两方去生姜加当归、浙贝母、佛手,是采用肝脾建中法疏肝理脾,化痰散结。咽中不利,痰气交结,其人必有郁结之气,阻塞之痰,肝气不舒,故脾失健运,用半夏厚朴汤化痰降气,四逆散疏肝理脾,加当归养血,助芍药、柴胡以养肝柔肝,加浙贝母清肺化痰,佛手一物而兼三任,既可疏肝解郁,又可理气和中,兼能燥湿化痰。去年(2017年12月26日)因情志不畅前症复作,前方又加入郁金、香附、知母而愈。因正值绝经期见烘热自汗,月经紊乱,加二仙汤以善其后。

慢性喉炎

姜某,女,39岁。

初诊(2016年10月31日):音哑,咽喉肿痛。喉镜提示:左侧前中部稍隆起。

拟方:姜半夏15 g、麦冬30 g、炒僵蚕10 g、升麻10 g、片姜黄10 g、制大黄10 g、炙枇杷叶10 g、生甘草10 g、玄参20 g、蝉蜕10 g,14剂,水煎服,日服2次。

二诊(2016年11月21日):药后音哑明显好转,原方巩固。14剂,水煎服,日服2次。

按语:患者因音哑、咽喉肿痛就诊,咽喉是少阴枢机出入之门户,外感风热,引动内火,痰热风火郁闭咽喉之要冲。首先考虑《伤寒论》第313条:"少阴病,咽中痛,半夏散及汤主之。"该方由半夏、桂枝、甘草三味药组成,是治疗寒邪客于咽喉,邪气郁闭,痰湿阻滞所致的咽痛。

今患者咽喉疼痛,又见红肿、音哑,结合舌苔脉象,考虑为郁而化热,结于咽喉。故去辛热的桂枝,加杨栗山治疗温热病的升降散(蝉蜕、炒僵蚕、姜黄、制大黄)升散郁热,降泄痰火,再加麦冬、玄参养阴;炙枇杷叶降肺气;蝉蜕散郁热。药中病机,故见药后音哑咽痛明显好转。

声带麻痹

邢某,男,63岁。

初诊(2014年5月21日):声音嘶哑3个月,西医诊断为声带麻痹,伴咳嗽痰白,劳累后加重,此乃肺肾之气亏虚,痰湿为患。

拟方:生黄芪30 g、玄参20 g、天麦冬(各)20 g、太子参15 g、干姜15 g、清半夏15 g、茯苓15 g、炙麻黄8 g、杏仁10 g、木蝴蝶10 g、浙贝母15 g、生熟地(各)20 g、北沙参20 g、当归15 g、威灵仙15 g、橘红15 g,7剂,水煎服,日服2次。

二诊(2014年5月28日):前方服后咳嗽已轻,痰已少,前方巩固,加僵蚕10 g,7剂,水煎服,日服2次。

三诊(2014年6月4日):音哑,咽喉干痒,咳嗽痰多,微黄,质黏。

拟方:炙麻黄10 g、杏仁10 g、生甘草15 g、生石膏(先煎)30 g、浙贝母15 g、玄参30 g、桔梗20 g、前胡15 g、炙紫菀30 g、橘红15 g、炙百部15 g、炒僵蚕10 g、细辛5 g、生姜15 g、姜半夏15 g、天麦冬(各)20 g,7剂,水煎服,日服3次。

四诊(2014年6月11日):痰多,色淡,黄白相间,音嘶哑,咽痒,气短。苔薄黄腻,舌红。

拟方：生黄芪 20 g、当归 15 g、玄参 30 g、浙贝母 15 g、炙麻黄 10 g、杏仁 10 g、姜半夏 20 g、生牡蛎(先煎)30 g、桔梗 15 g、海藻 15 g、昆布 15 g、夏枯草 30 g、山慈菇 15 g、连翘 20 g、前胡 15 g、炙紫菀 30 g、茯苓 20 g、炙枇杷叶 10 g，7 剂，水煎服，日服 3 次。

五诊(2014 年 6 月 18 日)：前方效著，巩固治疗，7 剂，水煎服，日服 3 次。

六诊(2014 年 9 月 10 日)：已能正常发音，原方巩固，7 剂，水煎服，日服 3 次。

后续：

2018 年 8 月 15 日：音哑已愈 4 年，今因劳累受凉后声音又见嘶哑，苔黄腻，痰白量多，此为湿痰阻滞，肺窍不利。

拟方：姜半夏 20 g、桂枝 15 g、生甘草 15 g、炙麻黄 10 g、杏仁 10 g、前胡 10 g、全瓜蒌 10 g、山慈菇 10 g、炙枇杷叶 15 g、浙贝母 15 g、炙紫菀 30 g、炒苍术 15 g、夏枯草 30 g、茯苓 20 g、厚朴 15 g，7 剂，水煎服，日服 3 次。

2018 年 8 月 22 日：音哑明显改善，但苔仍黄腻，黏痰仍多，宜前方姜半夏加至 30 g，加玄参 30 g，7 剂，水煎服，日服 3 次。

按语：该患者声音嘶哑，发音困难，西医诊断为声带麻痹。除音哑外尚伴有咳嗽痰白，劳累后加重，笔者当时诊断为肺肾气虚，痰湿为患，取黄芪、太子参、北沙参、天麦冬、玄参、生熟地等大队益气养阴药滋补肺肾之阴；用橘红、姜半夏、茯苓、浙贝母、杏仁化痰降气；麻黄、干姜辛开肺气，亦防玄参、麦冬、地黄等阴柔太过；威灵仙通行十二经为引经之品；木蝴蝶入肺经，消肿散结解毒，乃治喉痹、音哑之要药。七剂后咳嗽已轻。三诊时因喉痒痰黄改为麻杏石甘汤为主加化痰利咽之品，四诊即加大化痰散结的力度，咳嗽咯痰得以控制，已能正常发音。4 年后又因劳累复发，苔黄痰白，仍取化痰利肺、散结解毒之品获效。

咳　嗽

【案一】

黄某，男，52 岁。

初诊(2016 年 12 月 4 日)：咳嗽日久，痰白黏，咽痒阻塞感，鼻涕清稀，苔薄白，脉细弱。此肺脾肾之阳不足，风痰寒饮郁肺。

拟方：生黄芪 30 g、防风 10 g、当归 15 g、炒白术 15 g、干姜 10 g、炙甘草 10 g、炙麻黄 10 g、细辛 3 g、五味子 10 g、桂枝 15 g、炒白芍 15 g、姜半夏 10 g、蝉蜕 10 g、前胡 15 g、淫羊藿 20 g，7 剂，水煎服，日服 3 次。

二诊(2016 年 12 月 11 日)：药中病机，原沙美特罗替卡松粉吸入剂已停药，咳嗽喷嚏皆愈。宜原方继服，以资巩固。7 剂，水煎服，日服 3 次。

按语：咳嗽一症，本不复杂，不外乎内伤外感两端，内伤虚证乃肺、脾、肾亏虚，实证乃痰饮、瘀血等所致。外感者当分风寒、风热、燥邪伤肺等。但随着空气污染，目前出现一些顽咳，西医称变异性咳嗽，古人认为"五脏六腑皆令人咳，非独肺也"。"胃咳"即反流性食管炎刺激咽部所引起的咳嗽，"心咳"即心力衰竭引起的心源性咳嗽。

该患者咳嗽日久，且痰黏咽痒清涕，诊断为肺、脾、肾三脏皆虚，风痰寒饮伏肺，当属变异性咳嗽。中医认为"脾为生痰之源，肺为贮痰之器"，脾肾阳虚则气化不利，痰饮寒湿内生，郁于肺窍，故久咳不愈。

玉屏风散加淫羊藿补气补脾补肾以固表，小青龙汤温肺化饮，直捣巢穴（顽痰），加蝉蜕疏风止咳，前胡化痰止咳，当归活血止咳，特别是当归，活血润肺，止咳降逆气疗效明显。《神农本草经》中当归名下第一句就是治疗"咳逆上气"，目前只用它养血活血太"亏待"它了。

【案二】

许某，男，46 岁。

初诊（2018 年 5 月 20 日）：咳嗽，静脉滴注后寒痰郁肺化热，咽痒咳嗽，咽中黏痰较多，色黄，苔黄腻。小陷胸汤合清气化痰丸。

拟方：全瓜蒌 15 g、姜半夏 15 g、炒黄连 10 g、炒黄芩 15 g、浙贝母 15 g、陈皮 10 g、茯苓 20 g、炙甘草 10 g、桔梗 15 g、前胡 15 g、厚朴 15 g、炒僵蚕 10 g，7 剂，水煎服，日服 3 次。

二诊（2018 年 6 月 3 日）：药中病机，前症悉除。原方巩固。7 剂，水煎服，日服 3 次。

按语：该案咳嗽初时乃外感风寒，经静脉滴注后加重，求笔者诊治时咽痒咳嗽，咽中黏痰较多，色黄，苔见黄腻。诊断为寒痰郁肺化热、痰热壅肺之证，选小陷胸汤合清气化痰丸加减取舍，7 剂即愈。

小陷胸汤是《伤寒论》的方剂，"小结胸病，正在心下，按之则痛，脉浮滑者，小陷胸汤主之"。笔者常用此方治疗食管炎、慢性胃炎，今针对该案痰火，苔黄且腻，用之清热化痰相当恰当。清气化痰丸是《医方考》中的方剂，原书指出"此痰火通用之方也"，由陈皮、杏仁、枳实、炒黄芩、瓜蒌仁、茯苓、胆南星、制半夏组成。今只取其义而未用其原方。方中小陷胸汤清热化痰；加黄芩、浙贝母、炒僵蚕助清肺化痰火之力；加茯苓、陈皮、前胡、桔梗，助其化痰肃肺止咳之用；厚朴降气平喘；甘草安胃和中。药虽平淡，其效颇丰。

【案三】

林某，女，45 岁。

初诊（2016 年 10 月 11 日）：咳嗽 3 个月，服西药后咳嗽略轻，但痰多白黏，咯痰不爽。怕冷，乏力，气短，消瘦。苔薄白，脉细弱。此乃脾肺气虚，寒痰郁肺。"肺为储痰之器，脾为生痰之源"。健脾补肺治其本，化痰降气治其标。

拟方：党参 15 g、炒苍白术（各）15 g、茯苓 15 g、炙甘草 10 g、广木香 10 g、砂仁 6 g（后下）、橘红 15 g、姜半夏 15 g、干姜 10 g、桂枝 15 g、炒白芍 15 g、细辛 3 g、五味子 10 g、炙麻黄 10 g、前胡 15 g、桔梗 20 g、生姜 3 片,7 剂,水煎服,日服 3 次。

二诊(2016 年 11 月 22 日):前方效著,咳嗽已轻。近几日天气转寒又见气短,咽中有痰,咳嗽。前加浙贝母 15 g、炒黄芩 10 g、南北沙参(各)20 g、生黄芪 30 g,7 剂,水煎服,日服 3 次。

按语:痰饮咳嗽必须以治痰为主,患者消瘦、气短、怕冷、乏力,皆为脾肺气虚之象,并且咳嗽痰白,咯痰不爽,诊断为寒痰郁肺之证。补益脾气,促使气化则杜绝生痰之源,化痰逐饮,降气止咳以利肺气。方中参、术、苓、草、姜、桂等药温补脾阳,小青龙汤温肺化饮涤痰以利肺气;半夏、橘红、前胡、桔梗增强化痰之效;干姜、细辛、五味子以复肺脏开阖之职。

【案四】

王某,女,42 岁。

初诊(2014 年 12 月 31 日):咳嗽,痰黄,口干,眠差,苔薄黄腻,此乃肺经郁火。

拟方:桔梗 15 g、前胡 15 g、炙紫菀 30 g、荆芥 10 g、炙甘草 10 g、陈皮 10 g、炙百部 10 g、杏仁 10 g、浙贝母 15 g、炙枇杷叶 10 g、生姜 10 g、细辛 3 g、五味子 10 g、当归 20 g,10 剂,水煎服,日服 2 次。

二诊(2015 年 1 月 11 日):前方效著,加生黄芪 30 g、火麻仁 30 g,7 剂,服法如前。

三诊(2015 年 1 月 18 日):咳嗽已止,原方巩固,7 剂,服法如前。

四诊(2018 年 2 月 25 日):前方效著,药后即安,2 年未犯,今又见口苦、咳嗽、痰黄、便干,前加炙款冬花 15 g,7 剂。服法如前。

五诊(2018 年 3 月 4 日):咳嗽渐止,原方继服,14 剂,服法如前。

按语:此案是止嗽散验案,患者咳嗽痰黄,苔黄且腻,此乃肺经有火、痰热之象。由外感失治,迁延日久所致。用止嗽散加杏仁降肺气,浙贝母化痰火,枇杷叶清肺热,生姜、细辛、五味子取"姜、细、味,一起烹"之意。陈修园《医学三字经·咳嗽》门中注解说:"《金匮》治痰饮咳嗽,不外小青龙加减,方中诸味,皆可去取,惟细辛、干姜、五味子不肯轻去。即面热如醉,加大黄以清胃热,及加石膏、杏仁之类,总不去此三味,学者不可不深思其故也。"生姜易干姜防其过热也,加当归是取法《神农本草经》中言其"治咳逆上气"之说。

止嗽散是清代程国彭《医学心悟》的方子,程氏乃新安医学大家,安徽歙县人,他上溯《内经》《难经》,旁涉百家,博采众长,融会贯通。主张"学贵沉潜",凡医理未明者则昼夜沉思,有所悟即笔之于书,历 30 年,著成《医学心悟》,创立八纲辨证,八法论治,所创方剂多传于世。他谓止嗽散可治"诸般咳嗽",并说:"药不贵险峻,惟期中病尔已。此方系余苦心揣摩而得也。盖肺体属金,畏火者也,过热则咳;金性刚燥,恶冷者也,过寒亦咳。且肺为娇脏,攻击之剂既不任受,而外主皮毛,最易受邪,不行表散则邪气留连而不解。《经》曰:微寒微咳,寒之感也,若小寇然,启门逐之则去矣。医者不审,妄用清凉酸涩之剂,未免闭门留寇,寇欲出而无门,必至穿逾而走,则咳而见红。肺有二窍,一者鼻,二者喉,鼻窍贵开而不闭,喉窍宜闭而不开。今鼻窍不通,则喉窍将启,能无虑乎?本方温润平和,不寒不热,既无攻击过当之虞,大有启门逐寇之势,是以客邪易散,肺气安宁,宜其投之有效欤?"

【案五】

辛某,男,64岁。

初诊(2018年11月1日):咳嗽痰白量多,气短胸闷,畏寒肢冷。2018年7月18日CT:右肺肺气肿,左肺间质性改变;右肺支气管炎性病变可能大;右肺小结节,双肺陈旧性病变。胸部DR正侧位:左肺改变,右肺中叶结节影,外来物影不除外;双肺陈旧性病变;右肺下动脉增粗;右侧肋膈角略钝。支气管舒张试验:混合性通气功能障碍,小气道功能障碍,支气管舒张阴性。苔白厚腻,脉弦滑,此乃气虚血瘀,痰饮郁肺。

拟方:生黄芪30 g、当归15 g、丹参20 g、炙麻黄10 g、干姜15 g、赤芍15 g、炙甘草10 g、细辛5 g、姜半夏15 g、桂枝20 g、炒白芍20 g、五味子10 g、苏子10 g、白芥子10 g、莱菔子20 g、前胡20 g、淫羊藿20 g,7剂,水煎服,日服3次。

二诊(2018年11月8日):咳嗽胸闷皆轻,但大便日行5～6次,前方去当归、莱菔子,加补骨脂10 g,7剂,水煎服,日服3次。

三诊(2018年11月15日):咳嗽气喘已轻,但服药后大便次数增多,每日4～5次,此肺胀重症,肺肾两亏,肾不纳气,痰浊血瘀,肺气不利,宜11月1日方去当归、莱菔子,加补骨脂10 g、肉豆蔻10 g、党参20 g、炒白术15 g,14剂,水煎服,日服3次。

按语:患者肺气肿伴间质性改变及支气管炎等。主症为咳嗽,痰白量多,气短,胸闷,畏寒,苔见厚腻,脉见弦滑。肺为多气多血之脏,肺气亏虚,气虚则血瘀,气郁则痰阻,痰阻肺窍,呼吸不利,久则形成肺胀重症,咳喘并作。

方用仲景小青龙汤温化痰饮,直捣巢穴;加黄芪补气;当归、丹参活血;三子养亲汤(苏子、白芥子、莱菔子)温肺化痰,降气行滞,以利壅塞之气;前胡化痰止咳;淫羊藿温润肾阳。全方肺、脾、肾三脏共治,气、血、痰同时调治。药后咳嗽气喘皆轻,后加健脾补肾之品,顾护先后天之本。

哮　喘

【案一】

叶某,女,53岁。

初诊(2009年7月30日):哮喘宿疾,触冒风寒即发。此次已发作半月,迭用激素、抗生素之类均未获效。刻诊:哮喘痰黄,夜不能寐,口渴引饮,苔黄,脉滑。此痰热壅肺,肺失宣降。治宜清肺化痰、降气平喘。

拟方：炙麻黄 12 g、杏仁 15 g、生石膏 30 g、炙甘草 10 g、炙款冬花 15 g、炙桑白皮 30 g、姜半夏 15 g、炒黄芩 15 g、射干 15 g、炙紫菀 30 g、五味子 10 g、浙贝母 15 g、地龙 20 g，7 剂，水煎服，日服 2 次。

二诊（2009 年 8 月 5 日）：前方效如桴鼓，哮喘立止，咳嗽已轻，黄痰渐少，前方加金荞麦 20 g、冬凌草 20 g，8 剂，水煎服，日服 2 次。

三诊（2009 年 8 月 12 日）：哮喘已止，伴乏力神疲。前方加生黄芪 30 g、太子参 20 g、炒白术 15 g、防风 10 g，7 剂，水煎服，日服 2 次。

四诊（2009 年 8 月 26 日）：哮喘已止，刻下乏力神疲，治当补肾益肺、化痰降气，以防复发。

拟方：生熟地（各）300 g、山茱萸 300 g、泽泻 200 g、茯苓 200 g、山药 300 g、生黄芪 300 g、防风 200 g、炒白术 200 g、炙麻黄 300 g、杏仁 200 g、地龙 300 g、当归 300 g、炙桑白皮 300 g、炙款冬花 200 g、前胡 200 g、炙紫菀 300 g、五味子 200 g、射干 200 g、党参 300 g、橘红 200 g、虫草菌粉 200 g，上药制成浓缩丸，每服 50 粒，日服 2 次。

按语：哮喘宿疾与先天有关，加之后天失养，寒饮伏痰遇感即发。诚如李用粹《证治汇补》中云"内有壅塞之气，外有非时之感，膈有胶固之痰"。仲景称为"喘家"，并有"咳而上气，喉中水鸡声"等描述。该患者支气管哮喘多年，此次发作已半月之久，伏痰化热，咳喘痰黄，口渴引饮，诊为痰热壅塞气道，肺失宣降之职。故用麻杏石甘汤为主，辛凉疏表，清肺平喘，主攻由外部引起的邪热壅肺，佐以射干麻黄汤之意，祛痰利肺，止咳平喘，故而一举拿下。哮喘平复后加入玉屏风散，益气固表以增强体质。为防复发，拟补肾健脾、益肺化痰之品配成丸剂，缓缓图之，以资巩固。

【案二】

代某，男，52 岁。

初诊（2016 年 7 月 24 日）：哮喘时发，遇冷即发。肺功能示：阻塞性通气功能障碍，舒张试验阳性。胸片示：支气管炎。苔白唇青，干咳哮喘。小青龙汤加补肺气之品。

拟方：炙麻黄 10 g、杏仁 10 g、当归 15 g、干姜 15 g、桂枝 20 g、炒白芍 20 g、炙甘草 10 g、细辛 3 g、姜半夏 15 g、五味子 10 g、射干 10 g、虫草菌丝 10 g、前胡 15 g、厚朴 10 g、炙款冬花 10 g，20 剂，水煎服，日服 2 次。

二诊（2016 年 8 月 14 日）：前方服后哮喘未见复发，前方加党参 15 g、炒白术 15 g、茯苓 15 g、淫羊藿 20 g，20 剂，水煎服，日服 3 次。

按语：治疗哮喘，西医用激素加 β₂ 受体激动剂，能够缓解哮喘症状并可预防哮喘发作，再加茶碱类及抗生素类确能救治于危急，疗效确切。但轻、中度的哮喘发作及缓解期的哮喘治疗，中医的长处亦不能小看。

该患者已明确诊断,初诊时急性发作,故用小青龙汤加味温肺蠲饮,化痰降气平喘。加当归润肺止咳,加杏仁、厚朴降气平喘,前胡、炙款冬花、射干利气止咳平喘。加虫草菌丝,此为人工培植的冬虫夏草,其功效与野生的相似,但价格便宜得多,一般老百姓能接受。虫草的功效在《藏本草》中有"补肾、润肺"的记载,《本草纲目》言其"功与人参同,能治诸虚百损",《中华人民共和国药典》记载:"甘、平,归肺、肾经。补肾益肺,止血化痰。用于肾虚精亏,阳痿遗精,腰膝酸痛,久咳虚喘,劳咳咯血。"可见一味虫草菌丝,功同参蛤散。

哮喘控制后,二诊又加入党参、白术、茯苓健脾以杜绝生痰之源,淫羊藿温润助阳补肾纳气,防止哮喘复发。

【案三】

季某,女,24 岁。

初诊(2015 年 7 月 26 日):原罹哮喘,服药已控制,3 年未犯,今又见胸闷气短,咳嗽。宜调补脾肺,温化痰饮。

拟方:生黄芪 30 g、当归 15 g、党参 15 g、炒白术 15 g、炙甘草 10 g、姜半夏 10 g、干姜 10 g、桂枝 15 g、炙麻黄 10 g、炒白芍 15 g、细辛 3 g、五味子 10 g,7 剂,水煎服,日服 3 次。

二诊(2015 年 8 月 5 日):药中病机,哮喘已平,原方巩固。前方加熟地 15 g、沙棘 30 g,14 剂,水煎服,日服 3 次。

三诊(2016 年 11 月 30 日):入冬后哮喘发作,宜原方加淫羊藿 30 g、巴戟天 15 g,14 剂,水煎服,日服 3 次。

按语:哮喘之为病,寒饮顽痰伏肺,非小青龙汤不能捣其巢穴,初诊加党参、白术健脾,脾为生痰之源也;加当归润肺止咳下气,肺为多气多血之脏,又为储痰之器也;加黄芪者,乃补气药之主帅,又能顾护卫气。二诊加熟地、沙棘补肾润肺;三诊加淫羊藿、巴戟天温润补肾,乃"肾为气之根也"。笔者在治疗杂病时喜用补肾药是顾先天之本也。

发 热

【案一】

董某,女,79 岁。

初诊(2017 年 10 月 18 日):高年气阴两虚,寒热往来,口苦,心烦,畏风,四肢凉。此乃营卫失调。

拟方:桂枝 20 g、炒白芍 20 g、炙甘草 10 g、生姜 10 g、大枣 10 g、生黄芪 20 g、柴胡 10 g、炒黄芩 10 g、党参 15 g、姜半夏 10 g、麦冬 20 g、生地 15 g、当归 10 g、广木香 10 g,颗粒剂 6 剂,冲服,日服 2 次。

二诊(2017年10月25日)：前加太子参20 g、五味子6 g,颗粒剂6剂,冲服,日服2次。

三诊(2017年11月1日)：仍有灼热,背热,口苦。

拟方：炒苍术15 g、川芎15 g、炒栀子15 g、神曲15 g、香附15 g、柴胡10 g、炒黄芩15 g、姜半夏15 g、党参20 g、炙甘草10 g、地骨皮30 g、当归10 g、桂枝15 g、炒白芍15 g、防风10 g,7剂,水煎服,日服2次。

四诊(2017年11月8日)：烘热依然,前方加生地15 g、山茱萸15 g、淫羊藿20 g、巴戟天15 g,7剂,水煎服,日服2次。

五诊(2017年11月15日)：药中病机,烘热渐退。7剂,水煎服,日服2次。

六诊(2017年11月22日)：低热时有反复。

拟方：生黄芪15 g、党参15 g、炒苍白术(各)15 g、陈皮10 g、升麻10 g、柴胡10 g、炙甘草10 g、当归10 g、桂枝15 g、炒白芍15 g、地骨皮20 g、炒栀子15 g、炒黄芩10 g、姜半夏10 g,7剂,水煎服,日服2次。

七诊(2017年11月29日)：低热已退,下肢湿冷亦有好转,此气虚发热,取补中益气汤甘温除热法取效。7剂,水煎服,日服2次。

按语：此患者年老体弱,初诊寒热往来,口苦心烦,此小柴胡汤证也。但又见畏风,四肢凉,故当时诊为营卫失调,取柴胡桂枝汤和解少阳,调和营卫(柴胡桂枝汤,出自《伤寒论》146条,方由柴胡、炒黄芩、人参、姜半夏、桂枝、芍药、甘草、大枣、生姜组成)。加黄芪、当归益气养血,麦冬、生地养阴生津,广木香醒脾快胃。此方以扶持正气、调和营卫、和解表里为法。服后药症相安,但发热依然如故,并且有背部烘热、口苦等症,考虑兼为气、血、痰、热、湿所郁,改用越鞠丸加味也未收效。至第六诊改为补中益气汤为主,低热渐退,下肢湿冷潮湿亦见好转,此甘温除热法之效。李东垣在《内外伤辨惑论》中言："脾胃有伤,则中气不足,中气不足,则六腑阳气皆绝于外,故《经》言五脏之气已绝于外者,六腑之元气病也。气伤脏乃病,脏病则形乃应,是五脏六腑真气皆不足也。惟阴火独旺,上乘阳分,故荣卫失守,诸病生焉。"

此患者年迈体弱,中气亏虚陷而不举,初投调和营卫、和解表里、益气补中之品见起色。三诊因背热、口苦误认为其有郁(实乃阴火),改用越鞠丸走了弯路。五诊、六诊后思之再三,考虑此证应是高年脾胃元气虚馁,升降失常,清阳下陷,脾湿下流,下焦阳气郁而生热上冲,加之化源不足,则心血失养,以致出现心火独亢的热象,实乃"脾胃气虚,则下流于肾,阴火得以乘其土位"之证。"惟当以甘温之剂,补其中,升其阳,甘寒以泻其火则愈"。故投补中益气汤补脾益气,清阳得升,虚火乃愈。

【案二】

陈某,女,5岁。

初诊(2017年4月30日)：时常发作高热惊厥。刻下又出现发热39℃,抽搐惊厥,服西药已控制。指纹紫红,舌红,苔白腻。此乃脾经痰火,肝热生风,风痰上扰。宜清热化痰,息风止痉。

拟方:生地 10 g、炒栀子 10 g、牡丹皮 10 g、生石膏 15 g、麦冬 20 g、连翘 15 g、浙贝母 10 g、钩藤(后下)20 g、全蝎 3 g、制南星 6 g、水牛角 10 g、赤芍 10 g、葛根 15 g、石菖蒲 5 g、郁金 6 g,颗粒剂 6 剂,冲服,日服 2 次。

二诊(2017 年 5 月 6 日):发热已退。刻下自汗,便干,流口水,睡眠双目闭不严。舌红,苔薄白。此乃脾虚肝风内动,痰瘀互结,遇发热即发惊厥。

拟方:党参 6 g、生白术 10 g、茯苓 10 g、姜半夏 6 g、制南星 6 g、郁金 6 g、钩藤(后下)10 g、全蝎 3 g、蜈蚣 3 g、牡蛎 10 g、当归 6 g、炒白芍 6 g、焦三仙(各)10 g、火麻仁 15 g、枳实 6 g,颗粒剂 15 剂,冲服,日服 2 次。

三诊(2017 年 5 月 14 日):昨天又见发热 38.5℃,咳嗽,痰多,苔白腻。此乃痰火内郁,外有表证。

拟方:太子参 10 g、生白术 10 g、茯苓 10 g、郁金 6 g、桔梗 10 g、前胡 10 g、浙贝母 10 g、炒黄芩 10 g、制大黄 5 g、钩藤(后下)10 g、制南星 6 g、姜半夏 6 g、橘红 6 g,颗粒剂 3 剂,冲服,日服 2 次。

四诊(2017 年 5 月 26 日):本周未再发热,咳嗽不重,有痰,大便不畅,盗汗。

拟方:生地 6 g、牡丹皮 6 g、炒黄芩 6 g、姜半夏 6 g、全蝎 5 g、钩藤(后下)6 g、天麻 5 g、太子参 10 g、麦冬 10 g、五味子 3 g、生龙牡(各)10 g、浙贝母 6 g、郁金 6 g、制南星 5 g、制大黄 5 g、火麻仁 10 g、防风 6 g、生白术 10 g,颗粒剂 6 剂,冲服,日服 2 次。

五诊(2017 年 6 月 4 日):药中病机,原方巩固。颗粒剂 6 剂,冲服,日服 2 次。

六诊(2017 年 7 月 14 日):未再发热,诸症皆轻,汗多。原方加山茱萸 15 g、生龙牡加至 15 g,颗粒剂 15 剂,冲服,日服 2 次。

七诊(2017 年 7 月 30 日):饮食、体重增加,药后未见感冒发热。原方化裁。

拟方:生地 10 g、山茱萸 15 g、生龙牡(各、先煎)15 g、姜半夏 6 g、全蝎 5 g、钩藤(后下)6 g、天麻 5 g、太子参 10 g、麦冬 10 g、五味子 4 g、浙贝母 6 g、郁金 5 g、制大黄 5 g、火麻仁 15 g、生白术 10 g、生黄芪 10 g、焦山楂 10 g、防风 6 g,颗粒剂 15 剂,冲服,日服 2 次。

按语:高热惊厥多见于小儿,属急惊风,症情凶险,常以高热、抽风、昏迷为主要临床表现。

该患儿几经治疗,发热惊厥仍发作频繁。今又见高烧惊厥来诊,患儿指纹红紫,舌红苔白,此乃痰火肝风扰乱神明,取清瘟败毒饮意,用生地、赤芍、牡丹皮、水牛角清血分热;生石膏、连翘、浙贝母、制南星清气分痰火;石菖蒲、郁金、葛根开窍;钩藤、全蝎息风止痉。药后即见热退神清。二诊观流口水、睡眠双目闭不严、自汗等脾虚气虚之慢脾风之征兆,故用党参、白术、茯苓、姜半夏健脾培中化痰之品以杜绝生痰之源;当归、白芍、火麻仁、枳实养肝养血润肠通腑之品以柔肝息风;制南星、郁金以化痰,全蝎、蜈蚣长于止痉。后以健脾化痰、养肝滋阴、息风之品调治以善其后。

【案三】

胡某,男,54岁。

初诊(2018年4月24日):外寒束肺,入里化热,微汗,畏寒,痰黄,发热:38.5℃,苔黄微腻,伴口干,鼻塞,纳谷不昌。

拟方:炙麻黄10g、桂枝15g、炒白芍15g、杏仁10g、炙甘草10g、生石膏(先煎)30g、浙贝母15g、炒黄芩15g、橘红10g、桔梗15g、荆芥10g、防风10g、生姜10g、姜半夏15g、葛根30g,颗粒剂6剂,冲服,日服2次。

二诊(2018年4月27日):前方葛根汤加清肺化痰火之品,前3剂以后发热已退,痰已不黄,周身舒畅。

拟方:柴胡10g、炒黄芩15g、姜半夏15g、太子参20g、生甘草10g、生姜10g、大枣10g、前胡15g、浙贝母15g、炙枇杷叶15g,颗粒剂3剂,冲服,日服2次。

按语:此外寒束表,入里化热,虽有微汗,但仍恶寒发热,体温38.5℃,且有痰黄、苔黄厚腻等肺热痰火之症。故急投葛根汤(葛根、麻黄、桂枝、生姜、甘草、芍药、大枣)与桂枝二越婢一汤(桂枝、芍药、麻黄、甘草、大枣、生姜、石膏),用葛根汤解表疏畅经脉,用桂枝二越婢一汤协助葛根汤解太阳之表寒,又兼清内郁之痰热,加荆芥、防风助麻黄、桂枝透表祛风,加浙贝母、炒黄芩、橘红、桔梗、姜半夏以清化痰火,故能一蹴而就,热退痰清。较之西医用抗生素静脉滴注治疗要有太多的优势,故而作为中医医生不能一遇到发热患者就用西药治疗。古代中医治疗各种急症发热有一套成熟的经验,只要认真继承、灵活运用、胆大心细即可。

口腔溃疡

曹某,女,41岁。

初诊(2016年5月15日):肾阴亏虚,相火内炽,口干舌糜。六味地黄丸合泻黄散。

拟方:生地20g、山茱萸15g、山药15g、泽泻10g、牡丹皮15g、茯苓15g、防风10g、藿香(后下)10g、炒栀子15g、生石膏(先煎)30g、生甘草10g、麦冬20g、炒黄柏10g,颗粒剂15剂,冲服,日服2次。

二诊(2016年6月1日):病机及治则皆对应但未见效果,改为三才封髓丹加味。

拟方:生地30g、天麦冬(各)30g、太子参30g、知母20g、黄柏15g、炒黄连10g、怀牛膝10g、生石膏(先煎)30g、炒栀子15g、山茱萸20g、山药30g,14剂,冲服,日服2次。

三诊(2016年6月19日):内火渐消,口舌糜烂明显改善,前方加玄参20g,14剂,冲服,日服 2 次。

四诊(2017 年 12 月 6 日):肾经虚火,心经痰热,舌糜复作,原方继服,14 剂,冲服,日服 2 次。

按语:此案初诊用六味地黄丸合泻黄散乏效,按说应该有效,不得其解。二诊时患者说未见效果,只得改变思路,改用《医学发明》中的三才封髓丹加味,方用生地、山茱萸、山药三味乃六味地黄丸的"三补",加天冬、麦冬滋肺胃之阴,降虚火;太子参益气养阴健脾;知母、黄柏滋阴降火;生石膏甘寒,配伍苦寒的黄连、栀子清胃火降心火,使肾阴、肺阴、胃阴皆得滋养,火热随牛膝引热下行取效。半年后复发,原方继服。当初如果有方有守,第一次方也应该有效,只是自己性急,把握不大,才容易临阵换将。

间质性肺炎

罗某,女,62 岁。

初诊(2016 年 3 月 25 日):CT 示两下肺间质性炎症,现服泼尼松 6 粒,症见背部疼痛,胸闷,苔薄黄腻,脉弦。此乃痰瘀阻滞肺络,血府逐瘀汤加味。

拟方:当归 20 g、生地 15 g、桃红(各)10 g、炙甘草 15 g、枳壳 15 g、赤白芍(各)30 g、柴胡 10 g、川芎 15 g、怀牛膝 15 g、葛根 30 g、杏仁 10 g、前胡 15 g、威灵仙 15 g、浙贝母 15 g、全瓜蒌 10 g,14 剂,水煎服,日服 3 次。

二诊(2016 年 4 月 8 日):前方效著,前方加生黄芪 30 g、沙棘 30 g,14 剂,水煎服,日服 3 次。

三诊(2016 年 4 月 22 日):前方效著,胸闷气短皆轻,背部时痛,前方继服,14 剂,水煎服,日服 3 次。

四诊(2016 年 5 月 25 日):泼尼松已减为 1.5 粒,药中病机,前加虫草菌丝 10 g、山茱萸 20 g、山药 30 g、仙鹤草 30 g,14 剂,水煎服,日服 3 次。

五诊(2016 年 6 月 24 日):诸症已轻,前方继服,14 剂,水煎服,日服 3 次。

六诊(2017 年 9 月 8 日):胃胀嘈杂,怕凉,苔薄黄,此为中虚气滞湿阻。

拟方:党参 15 g、炒苍白术(各)15 g、茯苓 15 g、厚朴 15 g、苏梗 15 g、干姜 15 g、草豆蔻 10 g、青陈皮(各)10 g、蒲公英 30 g、川芎 15 g、炒吴茱萸 3 g、炒黄连 6 g、姜半夏 15 g、炒黄芩 10 g,14 剂,水煎服,日服 3 次。

七诊(2017 年 9 月 12 日):大便不通 4 日未解,伴腹胀,宜麻仁丸主之。

拟方:火麻仁 30 g、桃杏仁(各)10 g、赤白芍(各)15 g、制大黄 15 g、枳实 10 g、厚朴 15 g、当归 30 g、蒲公英 30 g、玄明粉 10 g、槟榔 15 g、莱菔子 30 g,颗粒剂 7 剂,冲服,日服 2 次。

八诊(2017年10月15日)：前方效著，加薤白10 g、枳实10 g、黄芩10 g，颗粒剂14剂，冲服，日服2次。

九诊(2017年11月29日)：咳嗽、胸闷、痰多皆明显改善，近日感冒后背痛，前加威灵仙15 g，颗粒剂15剂，冲服，日服2次。

十诊(2018年2月9日)：胸闷气短，咳嗽盗汗，后背疼痛，胃脘时胀，苔黄腻，舌暗，脉弦滑，痰黄白稠，此乃痰瘀阻肺，肺气不利。

拟方：当归20 g、赤芍15 g、生地15 g、桃红(各)10 g、枳壳10 g、枳实10 g、柴胡10 g、川芎15 g、生黄芪30 g、防风10 g、炒白术15 g、丹参20 g、厚朴15 g、党参15 g、姜半夏15 g、干姜10 g、细辛5 g、五味子10 g、黄芩15 g、浙贝母15 g、前胡15 g、生龙牡(各、先煎)30 g，颗粒剂15剂，冲服，日服2次。

十一诊(2018年2月28日)：药中病机，原方15剂，冲服，日服2次。

十二诊(2018年3月28日)：两肺间质性肺病，刻下自汗，胸闷，气短，苔黄腻，脉弦细。此乃肺气肺阴亏虚，痰瘀阻肺。

拟方：生黄芪30 g、南北沙参(各)20 g、党参15 g、桂枝15 g、炒白芍15 g、炙甘草10 g、当归15 g、川芎10 g、生熟地(各)20 g、生龙牡(各、先煎)30 g、炒白术15 g、仙鹤草30 g、红景天10 g、麦冬30 g、五味子10 g、沙棘30 g，14剂，水煎服，日服3次。

十三诊(2018年4月23日)：近日咳嗽加重，痰白，胸闷气短，胸痛背痛，黄苔偏厚，脉弦。宜2016年4月8日方加仙鹤草30 g、厚朴15 g、干姜10 g、细辛5 g、五味子10 g，14剂，水煎服，日服3次。

十四诊(2018年5月14日)：咳嗽已轻，但胃中略见灼热，宜前方加蒲公英30 g，14剂，水煎服，日服3次。

十五诊(2018年6月11日)：感冒后低热口苦，前方加柴胡10 g、黄芩10 g，14剂，水煎服，日服3次。

十六诊(2018年6月25日)：刻下泼尼松已全部停止，易感冒，气短，乏力，怕冷，前胸后背偶有隐痛，伴自汗，时咳，口苦，苔白，舌黯，脉细滑。此乃气虚血瘀，营卫亏虚。伴肝胆郁热，痰火为患。

拟方：生黄芪30 g、桂枝15 g、炒白芍15 g、赤芍15 g、炙甘草10 g、生姜10 g、大枣7枚、生龙牡(各、先煎)30 g、川芎15 g、麦冬30 g、当归15 g、桃红(各)10 g、柴胡10 g、姜半夏15 g、黄芩15 g、金荞麦20 g、沙棘30 g、仙鹤草30 g，14剂，水煎服，日服3次。

十七诊(2018年9月10日)：前医曾告诉她只能活2年，刻下撤去泼尼松用中药治疗已活过3年，停药后3个月又见口苦胸闷气短，后背疼痛，苔薄黄腻，脉弦。

拟方：柴胡10 g、黄芩15 g、姜半夏15 g、党参15 g、生甘草15 g、生姜10 g、大枣10 g、当归15 g、枳壳15 g、赤白芍(各)15 g、川芎10 g、桃红(各)10 g、桔梗15 g、威灵仙15 g、沙棘30 g、仙鹤草30 g，14剂，水煎服，日服3次。

十八诊(2018年10月5日)：前方效著,黄腻苔已退,胸闷气短背痛已愈,但天气变化胸闷仍发,现已能走一万多步不觉累,前方加红景天10g,14剂,水煎服,日服3次。

按语：间质性肺炎是西医学的命名,病理学认为以肺间质为主的炎症,可由细菌、支原体、衣原体、病毒等引起,累及支气管壁及支气管周围,有肺泡壁增生及间质水肿。因病变仅在肺间质,故呼吸道症状较轻。该患者带着CT报告前来求治,其主诉以背部疼痛、胸闷为主,咳嗽气喘等症反而未提及,但苔黄腻,脉象弦,故而辨证认为是痰瘀阻滞肺络。

中医思路：不通则痛,痛是瘀血,闷是气滞、气机不畅;黄腻苔是痰热,故而笔者想到投用血府逐瘀汤。王清任用此方治疗"胸中血府血瘀"之证。胸中为气之所宗,血之所聚,肺居其中,又是肝经循行之分野。血瘀胸中,气机阻滞,痰浊滋生,故见背痛胸闷之症。

方中当归、生地、赤白芍、川芎、桃红乃桃红四物汤,养血活血,针对血瘀而设;柴胡、枳壳、赤白芍、炙甘草乃四逆散之意,疏肝理气,解郁活血,针对气机不畅、胸胁闷胀而设;牛膝引血下行,葛根通络能升清阳,与威灵仙配伍通络止痛;杏仁降肺气,前胡、浙贝母、全瓜蒌宽胸化痰清热之力较著。全方配伍活血通瘀,理气宽胸,化痰利肺气。后以此方化裁,病情稳定,医患皆喜。

食管炎

【案一】

杨某,女,73岁。

初诊(2015年4月12日)：原罹食管炎,食管裂孔疝,症见胃脘及胸骨后嘈杂,灼热隐痛,口涩,苔薄白,此乃肝胃郁火,痰热互结。

拟方：全瓜蒌10g、炒黄连10g、姜半夏10g、威灵仙15g、浙贝母15g、生甘草10g、炒黄芩10g、干姜10g、太子参15g、炒吴茱萸2g、煅瓦楞子15g、炒栀子15g、炒苍术10g、枳实10g、蒲公英30g,颗粒剂7剂,冲服,日服3次。

二诊(2015年4月21日)：前方效著,原方巩固,颗粒剂14剂,冲服,日服3次。

三诊(2015年5月3日)：胸膈灼热,口干咽痛,前方加制大黄6g,颗粒剂14剂,冲服,日服3次。

四诊(2015年5月19日)：药中病机,诸症皆轻,前方加炒白芍15g,颗粒剂14剂,冲服,日服3次。

2年后再诊(2017年4月6日)：小陷胸汤加味服后诸症皆愈,2年未犯。近因饮食不慎,又见胸中灼热,咽中不利,苔薄黄,脉弦。仍宜前方加苏梗10g,厚朴10g,颗粒剂15剂,冲服,日服2次。

按语：患者罹患食管炎,食管裂孔疝,伴有慢性胃炎。可想而知,主症是胃痛,胸骨后嘈杂,灼热,取《伤寒论》小陷胸汤加味,可谓是方证对应。小陷胸汤证是"正在心下,按之则痛",患者胃痛嘈杂伴胸骨后灼热,应是肝胃郁火,痰热互结,加干姜、炒黄芩、太子参、甘草便是半夏泻心汤,更加强了小陷胸汤辛开苦降的力量;少佐吴茱萸便是左金丸之意;再加蒲公英、浙贝母、炒栀子清热化痰;苍术、枳实行气祛湿;加威灵仙者可直达病所,《开宝本草》谓其"宜通五脏,去腹中冷气,心膈痰水久积"。笔者常用于治疗食管炎、食管癌等。全方清热涤痰,行滞开结,寒热并用,辛开苦降。药中病机,取效甚捷。

【案二】

路某,男,38岁。

初诊(2015年4月22日):胃镜示"食管病变""慢性浅表性胃炎"。病理:(食管)黏膜慢性炎,部分鳞状上皮增生,症见胃脘痞胀不适,偶感吞咽不利,苔黄腻,此乃痰气交阻,脾胃湿热。

拟方:姜半夏15 g、厚朴15 g、茯苓30 g、苏梗10 g、炒苍白术(各)15 g、太子参15 g、枳实10 g、赤白芍(各)15 g、石斛20 g、佛手15 g、全瓜蒌10 g、炒黄连10 g、北沙参20 g、浙贝母15 g、生甘草10 g,14剂,水煎服,日服3次。

二诊(2015年8月2日):胃镜示食管无异常,刻下口有异味,嗳气,此乃胃脘浊热郁火。

拟方:藿香(后下)10 g、炒苍术15 g、厚朴10 g、姜半夏10 g、茯苓20 g、蒲公英30 g、制大黄10 g、连翘20 g、炒栀子15 g、生甘草10 g、太子参20 g、石斛20 g,14剂,水煎服,日服2次。

三诊(2017年11月29日):胃镜示"食管扁平隆起""慢性浅表性胃炎"。病理:(食管)黏膜鳞状上皮轻度增生,伴少量炎细胞浸润。症见胸骨后及胃脘不适,苔白,舌红,此乃痰气挟瘀,宜2015年4月22日方继服,14剂,水煎服,日服3次。

按语:患者2015年4月22日因食管病变,病理诊断为鳞状上皮增生伴慢性浅表性胃炎求治。当时胃脘痞胀,偶感吞咽不利,舌苔黄腻,诊断为痰气交阻,脾胃湿热。取《金匮要略》的半夏厚朴汤行气散结、降逆化痰,合《伤寒论》中的小陷胸汤化痰清热、宽胸行滞,加苍白术、太子参以健脾化湿,枳实、佛手理气畅中,加石斛、北沙参、浙贝母、生甘草以养胃阴、清痰热。全方化痰散结,润燥结合,切中病机。至2015年5月18日复查胃镜时内镜所见:食管黏膜光滑柔软,血管纹路清晰,扩张度好,齿状线清晰,革兰染色未见异常。胃镜报告:慢性浅表性胃炎。然至2017年11月29日再次复查胃镜又见:① 食管扁平隆起;② 慢性浅表性胃炎。病理:(食管)黏膜鳞状上皮轻度增生。又见胸骨后及胃脘部不适等症,用2015年4月22日方继服而愈。

贲门炎

宋某,男,44岁。

初诊(2016年3月9日):胃镜示食管裂孔疝,贲门炎,慢性糜烂性胃窦炎,十二指肠球炎。症见胃胀不适,酸水多,口苦,苔黄腻,脉弦,此乃肝胆疏泄不利,肝胃气滞,寒湿化热。

拟方:柴胡10 g、炒黄芩10 g、姜半夏10 g、党参15 g、炙甘草10 g、生姜10 g、炒吴茱萸3 g、炒黄连10 g、白芷10 g、炒苍术15 g、厚朴15 g、陈皮10 g、广木香10 g、蒲公英30 g、甘松10 g,14剂,水煎服,日服2次。

二诊(2016年3月23日):小柴胡汤合平胃散加左金丸效果明显,此为肝脾建中法。前方加枳实10 g,14剂,水煎服,日服2次。

三诊(2016年4月20日):胃中灼热,前加生地15 g、炒栀子15 g,14剂,水煎服,日服2次。

按语:胃胀的原因颇多,有虚、实、寒、热之分,患者胃胀,伴酸水、口苦、苔黄腻、脉弦等症,故诊断为肝胆疏泄不利,郁而化火,滋生湿热,脾胃虚弱,寒湿困中,郁而化热。湿热阻滞,气机不畅则见胃胀、口苦、泛酸,故以小柴胡为主疏肝利胆、和胃降逆,使少阳枢机通畅,阳明胃府始安;加平胃散燥湿运脾,使脾运复健,寒湿得化,则胃气行畅;再加左金丸清肝泻火、降逆和中;加广木香醒脾快胃;蒲公英、甘松二味是笔者治胃痛胃胀喜用的药对。

蒲公英的苦、甘、寒之性配甘松的苦、甘、温之性,寒温并投,共奏清热利湿、行气止痛、开郁散结之效。对胃痛胃胀无论寒热皆可选用。此方乃疏利肝胆、和胃化湿之典型,亦肝脾建中治法之体现。

贲门松弛症

孙某,男,29岁。

初诊(2017年5月1日):原罹贲门松弛,浅表性胃炎。刻下晚上易食物反流,泛酸,灼热烧心,胃脘灼痛,苔薄白,舌红,口干。此痰火内郁,小陷胸汤主之。

拟方:全瓜蒌10 g、炒黄连10 g、姜半夏15 g、柴胡10 g、枳实10 g、炒白芍20 g、炙甘草10 g、炒吴茱萸2 g、浙贝母15 g、蒲公英30 g、制大黄10 g,14剂,水煎服,日服3次。

二诊(2017年5月14日):药中病机,泛酸灼热、胃痛皆轻。前方加苏梗15 g、厚朴15 g、代赭石(先煎)20 g、炒延胡索20 g,14剂,水煎服,日服3次。

三诊（2017 年 5 月 30 日）：药中病机，诸恙悉除，唯口干，前加麦冬 30 g，14 剂，水煎服，日服 3 次。

按语：古人没有胃镜，自然查不出来贲门松弛症及浅表性胃炎，只从症状上、病位上临证审因辨病。晚上食物反流当属呕逆；泛酸、灼热、烧心胃痛应辨为痰热互结。取清热化痰、宽胸散结的小陷胸汤与清热疏肝、调理脾胃的四逆散结合，加吴茱萸助半夏之辛开，加制大黄助枳实之通降，浙贝母、蒲公英以助瓜蒌清痰火。全方辛开苦降，清热化痰，疏肝和胃，理气调中，故能恢复其正常生理功能，取得满意疗效。此中医思维治疗现代疾病也。

食管癌

【案一】

杨某，男，50 岁。

初诊（2017 年 4 月 9 日）：食管、贲门及胃腺癌，已放疗 33 次，刻下吞咽仍需饮水才能把食物带下去，胃怕凉，嗳气，纳少，大便正常，舌淡红，苔白。此乃中气亏虚，脾胃失健，痰瘀交阻，胃津亏涸。

拟方：代赭石（先煎）30 g、旋覆花（包煎）10 g、党参 15 g、姜半夏 30 g、麦冬 30 g、茯苓 15 g、生白术 15 g、炙甘草 10 g、炒僵蚕 10 g、徐长卿 10 g、山慈菇 10 g、白花蛇舌草 30 g、干姜 15 g、灵草丹（每次饭后 15 粒，日服 3 次）、灵芝孢子粉 10 g、生黄芪 30 g、蒲公英 30 g，15 剂，水煎服，日服 3 次。

二诊（2017 年 4 月 28 日）：药中病机，前加仙鹤草 30 g，15 剂，水煎服，日服 3 次。

三诊（2017 年 6 月 18 日）：药中病机。CA724：38.2 u/ml，神经元特异烯化酶：17.3 ng/ml，症状不明显，宜原方巩固。15 剂，水煎服，日服 3 次。

四诊（2017 年 9 月 3 日）：药中病机，但化疗后纳谷不馨，面色黧黑，消瘦，宜健脾养胃、化瘀散结消痰为法。

拟方：党参 20 g、太子参 20 g、北沙参 30 g、生黄芪 30 g、灵芝孢子粉（冲）6 g、灵草丹 6 g（每次饭后 15 粒，日服 3 次）、炙甘草 10 g、姜半夏 15 g、全瓜蒌 10 g、炒僵蚕 10 g、白花蛇舌草 30 g、山慈菇 10 g、桂枝 15 g、当归 15 g、灵芝 10 g、焦三仙（各）30 g、炒苍白术（各）15 g、茯苓 15 g、麦冬 20 g，15 剂，水煎服，日服 3 次。

五诊（2017 年 10 月 15 日）：药中病机，宜前方加广木香 10 g、生薏苡仁 30 g，15 剂，水煎服，日服 3 次。

六诊（2017 年 12 月 31 日）：复查 CT 示食管下端贲门胃底 MT 病变，胃周淋巴结肿大，胰头囊性灶，局部椎体致密影，两肺少许慢性炎症，纵隔淋巴结。CA724：16.1 u/ml，神经元特异烯醇化酶：16.4 ng/ml,原方加炮姜 15 g、淫羊藿 20 g,15 剂,水煎服,日服 3 次。

七诊(2018 年 4 月 8 日)：CEA 为 5.8 μg/L↑,CA199 正常,CA724：16.5 u/ml↑,总胆红素：23.6 μmol/L, 直接胆红素：7.4 μmol/L, AST：43 μmol/L, 总胆汁酸：11.7 μmol/L,乳酸脱氢酶：248 u/L。症见胃脘隐痛,乏力,畏寒,苔薄白,脉沉弦。宜健脾温中、保肝化瘀为法。加五味子 10 g、垂盆草 20 g、枸杞子 30 g,14 剂,水煎服,日服 3 次。

八诊(2018 年 6 月 24 日)：刻下轻度贫血,余皆正常,宜原方加鸡血藤 20 g、生熟地(各)15 g、制何首乌 6 g,5 剂。

九诊(2018 年 9 月 2 日)：原方巩固。15 剂,水煎服,日服 3 次。

十诊(2018 年 11 月 18 日)：今查各项癌症指标皆降至正常,饮食有增,体力转佳。红细胞：$3.62×10^{12}/L$↓,血红蛋白：112 g/L↓,白细胞：$3.39×10^{9}/L$↓,总蛋白：63 g/L,宜前方加鸡血藤 15 g、制黄精 10 g,15 剂,水煎服,日服 3 次。

按语： 该患者食管、贲门及胃体腺癌,无法手术,曾放疗 33 次。就诊时吞咽食物仍需饮水送下,胃脘怕凉喜暖,嗳气,纳少,舌淡红,苔白。笔者认为,对肿瘤患者的辨证思路宜从"虚""毒""瘀"三字入手。此中阳亏虚,脾胃失健,致痰瘀交阻,日久蕴毒,毒瘀互结,阳损及阴,加之放疗所伤,久致胃津亏涸。

首诊选方以仲景理中汤加黄芪为君(黄芪、党参、生白术、干姜、炙甘草)先复中阳之气,益气健脾,温中养胃,此脾胃之气健,化源得复,阴霾自散,扶正即祛邪;又以仲景旋覆代赭汤(旋覆花、党参、代赭石、炙甘草、姜半夏、生姜)为臣,降逆化痰,益气和胃;佐以山慈菇、徐长卿、炒僵蚕、白花蛇舌草、蒲公英等清热解毒,化痰散结,破癥消痞之品抗癌抑瘤;佐以灵草丹(灵芝孢子粉、五灵脂、枳壳、郁金、露蜂房、制马钱子、莪术、山慈菇),其中灵芝孢子粉增强扶正抗癌之效。药后首战告捷,诸症为轻,又加仙鹤草 30 g 以扶正抗癌。四诊、五诊加太子参、北沙参以滋养胃阴,全瓜蒌、生薏苡仁宽膈抑瘤,六诊、七诊由于化疗损及肝功能,故用五味子、垂盆草、枸杞子养肝降酶。七诊因轻度贫血加地黄、何首乌、鸡血藤补之。截至 2018 年 11 月 18 日复诊时各项癌症指标皆降至正常,唯有轻度贫血,饮食渐增,体力转佳。

笔者认为中医治疗肿瘤,要把握扶正与祛邪的关系,切忌"只见病不见人",特别是晚期的、预后不佳的患者,更要以提高患者生活质量为主要治疗目的。

【案二】

孙某,男,55 岁。

初诊(2003 年 1 月 19 日)：胃镜提示贲门部局限性糜烂病灶;病理提示：贲门黏膜鳞状上皮中-重度不典型增生,局部疑有癌变。症见胃脘痞胀,饭后右胁肋疼痛,嘈杂,灼热,咽部灼热,苔微黄厚腻,舌黯红。此湿热久羁,有碍气机,气滞血瘀,郁久化毒。治当辛开苦降,解毒化瘀,行滞消痞。

拟方:姜半夏 15 g、炒黄芩 10 g、炒黄连 10 g、干姜 10 g、党参 15 g、炙甘草 10 g、白花蛇舌草 30 g、半枝莲 15 g、广木香 10 g、砂仁(后下)6 g、蒲公英 30 g、莪术 10 g、生薏苡仁 30 g、石斛 30 g、佛手 15 g、浙贝母 15 g、厚朴 10 g,7 剂,水煎服,日服 3 次。

二诊(2003 年 1 月 26 日):药中病机,诸症为轻。唯胸胁隐痛,宜前方加郁金 15 g,14 剂,水煎服,日服 3 次。

三诊(2003 年 2 月 9 日):症如前述,原方去干姜,加炒白芍 20 g、炒酸枣仁 20 g、枳壳 10 g,14 剂,水煎服,日服 3 次。

四诊(2003 年 2 月 23 日):胃脘时胀,纳谷尚可,嘈杂,灼热已消,唯进食时右胸隐痛。

拟方:炙黄芪 30 g、桂枝 10 g、炒白芍 20 g、炙甘草 10 g、姜半夏 15 g、炒黄连 10 g、炒黄芩 10 g、党参 15 g、生薏苡仁 30 g、白花蛇舌草 30 g、莪术 10 g、炒延胡索 15 g、石斛 20 g、佛手 15 g、蒲公英 30 g、浙贝母 10 g、炒酸枣仁 30 g、川芎 10 g、薤白 10 g,7 剂,水煎服,日服 3 次。

五诊(2003 年 3 月 2 日):进食时右胸疼痛,苔黄厚腻,舌黯,脉弦,此乃湿热蕴毒,痰瘀互结于胃脘。

拟方:半夏 20 g、炒黄芩 15 g、炒黄连 10 g、白花蛇舌草 50 g、半枝莲 20 g、猪苓 20 g、浙贝母 15 g、玄参 20 g、生牡蛎(先煎)30 g、蒲公英 30 g、全瓜蒌 15 g、薤白 10 g、制南星 15 g、生薏苡仁 30 g、牡丹皮 20 g、丹参 20 g、麦冬 20 g,14 剂,水煎服,日服 3 次。

六诊(2007 年 4 月 17 日):食道癌术后,刻下胃脘胀满,吐苦水,大便不爽,不成形,苔薄白,脉细弱。

拟方:半夏 15 g、干姜 10 g、炒黄芩 10 g、炒黄连 10 g、党参 15 g、炒吴茱萸 6 g、广木香 10 g、炒苍术 15 g、厚朴 10 g、佛手 15 g、石斛 15 g、白花蛇舌草 30 g、冬凌草 20 g、麦冬 20 g、浙贝母 10 g、砂仁(后下)6 g,14 剂,水煎服,日服 3 次。

七诊(2007 年 5 月 9 日):症如前述。

拟方:半夏 15 g、炒黄连 10 g、炒黄芩 10 g、党参 15 g、威灵仙 20 g、丹参 20 g、连翘 20 g、当归 15 g、赤白芍(各)15 g、浙贝母 10 g、炒吴茱萸 6 g、白花蛇舌草 20 g、枳实 10 g、厚朴 10 g、炒苍术 15 g、炒栀子 10 g、佛手 15 g、石斛 15 g、旋覆花(包煎)10 g、代赭石(先煎)15 g、生姜 10 g,14 剂,水煎服,日服 3 次。

八诊(2007 年 5 月 17 日):黄痰多,饮水哽噎,吃饭不哽,苔白厚腻,当开郁化痰。

拟方:姜半夏 20 g、炒黄连 20 g、麦冬 30 g、冬凌草 30 g、白花蛇舌草 30 g、炒黄芩 10 g、干姜 10 g、浙贝母 15 g、威灵仙 30 g、天花粉 30 g、石斛 30 g、莪术 10 g、旋覆花(包煎)10 g、代赭石(先煎)15 g、猪苓 30 g、制乌梅 20 g、茯苓 30 g、炒苍术 15 g、广木香 10 g、厚朴 10 g,14 剂,水煎服,日服 3 次。

九诊(2007 年 9 月 2 日):吞咽不利,口干,泛苦水、黏液,苔微黄腻,脉弦,时有头晕,脉细。

拟方：姜半夏 20 g、炒黄连 15 g、炒吴茱萸 6 g、麦冬 30 g、冬凌草 30 g、白花蛇舌草 30 g、炒黄芩 10 g、干姜 10 g、浙贝母 15 g、威灵仙 30 g、石斛 30 g、莪术 10 g、旋覆花（包煎）10 g、代赭石（先煎）15 g、猪苓 20 g、制乌梅 20 g、茯苓 20 g、太子参 20 g、广木香 10 g、玄参 20 g。14 剂，水煎服，日服 3 次。

十诊（2007 年 10 月 10 日）：吞咽不利，痰涎已少，泛苦水，苔黄厚腻，此乃湿热中阻。

拟方：姜半夏 20 g、炒黄连 10 g、干姜 10 g、炒黄芩 10 g、威灵仙 20 g、全瓜蒌 10 g、冬凌草 30 g、莪术 10 g、白花蛇舌草 30 g、生薏苡仁 30 g、党参 15 g、茯苓 20 g、石斛 20 g、制乌梅 20 g、炒吴茱萸 6 g、麦冬 20 g、猪苓 20 g、灵芝 15 g、浙贝母 15 g、炒苍术 15 g，20 剂，水煎服，日服 3 次。

十一诊（2007 年 11 月 2 日）：诸症为轻，前方加生黄芪 20 g、山药 30 g，20 剂，水煎服，日服 3 次。

十二诊（2007 年 12 月 14 日）：食管癌术后 22 个月，刻下嗳气，泛酸水，流涎，偶有反胃呕吐，食馒头正常，饮水时呛，哽噎，脉细弱，苔白腻，仍为痰瘀阻滞。

拟方：姜半夏 20 g、炒黄连 10 g、炒黄芩 10 g、干姜 10 g、代赭石（先煎）20 g、旋覆花（包煎）10 g、黄药子 10 g、炙黄芪 20 g、猪苓 20 g、白花蛇舌草 30 g、太子参 20 g、石斛 20 g、全瓜蒌 15 g、威灵仙 20 g、浙贝母 15 g、莪术 10 g、生薏苡仁 30 g、茯苓 20 g、灵芝 15 g、陈皮 10 g，20 剂，水煎服，日服 3 次。

十三诊（2008 年 1 月 9 日）：诸症为轻。

拟方：姜半夏 30 g、炒黄连 10 g、炒黄芩 10 g、代赭石（先煎）30 g、旋覆花（包煎）15 g、黄药子 10 g、炙黄芪 20 g、猪苓 20 g、干姜 10 g、厚朴 10 g、莪术 15 g、白花蛇舌草 30 g、太子参 30 g、石斛 20 g、麦冬 20 g、全瓜蒌 20 g、威灵仙 20 g、浙贝母 15 g、茯苓 30 g、灵芝 15 g、陈皮 10 g、玄参 20 g，20 剂，水煎服，日服 3 次。

十四诊（2008 年 4 月 28 日）：吞咽时卡，时吐涎，胸膈灼热，时有胀痛发作，苔薄白腻，舌黯红，仍为胃阴不足，瘀毒痰火内郁，前方加炒白芍 30 g、广木香 15 g，20 剂，水煎服，日服 3 次。

十五诊（2008 年 9 月 21 日）：吞咽时梗阻，胸骨后及背部隐痛，口干作渴，苔薄黄腻，脉弦。

拟方：姜半夏 20 g、威灵仙 20 g、炒黄芩 15 g、炒黄连 10 g、干姜 10 g、党参 15 g、黄药子 10 g、浙贝母 15 g、玄参 30 g、炒白芍 30 g、炒栀子 15 g、牡丹皮 15 g、白花蛇舌草 30 g、冬凌草 30 g、旋覆花（包煎）10 g、代赭石（先煎）30 g、麦冬 20 g、全瓜蒌 10 g、生薏苡仁 30 g、生黄芪 30 g、炒酸枣仁 30 g、莪术 10 g、灵芝 15 g、猪苓 20 g，20 剂，水煎服，日服 3 次。

十六诊（2008 年 11 月 2 日）：吞咽较前顺利，胸骨后及背部仍有隐痛，苔薄白，脉弦滑,时泛苦水,伴大便泄泻,日行8～9次。

拟方：生黄芪30 g、党参20 g、炒苍白术(各)20 g、山药30 g、茯苓30 g、炙甘草10 g、广木香15 g、砂仁(后下)6 g、炒黄连10 g、干姜15 g、姜半夏20 g、威灵仙20 g、黄药子10 g、生薏苡仁60 g、灵芝15 g、猪苓20 g、白花蛇舌草30 g、白芷15 g、草豆蔻10 g、葛根30 g、炒吴茱萸6 g、冬凌草20 g,20剂,水煎服,日服3次。

十七诊(2008年12月17日)：症如前述,前方加麦冬30 g、天花粉15 g,30剂,水煎服,日服3次。

十八诊(2009年4月1日)：近日吞咽梗阻,苔白舌黯,口泛苦水,口渴引饮,大便3～4次,大便曾下血,脉沉细,伴有直肠炎及混合痔。治当化痰化瘀,和胃降逆,疏肝理脾,清大肠湿热。

拟方：生黄芪30 g、党参15 g、炒苍白术(各)15 g、茯苓30 g、黄药子10 g、威灵仙20 g、姜半夏20 g、浙贝母15 g、苦参15 g、当归15 g、制乌梅30 g、槐米30 g、葛根60 g、炒黄连15 g、广木香15 g、莪术10 g、生薏苡仁30 g、猪苓20 g、冬凌草30 g、干姜15 g、炒白芍20 g、防风10 g、陈皮10 g、炒吴茱萸6 g,20剂,水煎服,日服3次。

十九诊(2009年6月4日)：诸症为轻,原方加焦三仙(各)30 g,10剂,水煎服,日服3次。

二十诊(2009年7月23日)：咽部不适,吞咽梗阻,时有冷痰,伴齿痛,苔白腻,脉弦。

拟方：生黄芪30 g、党参20 g、炒苍白术(各)15 g、茯苓30 g、威灵仙30 g、炒黄芩10 g、清半夏20 g、黄药子10 g、冬凌草30 g、白花蛇舌草30 g、炒牛蒡子10 g、浙贝母15 g、玄参20 g、生牡蛎(先煎)30 g、猪苓20 g、生薏苡仁30 g、莪术10 g、灵芝孢子粉3 g、厚朴10 g、炒黄连6 g、炒吴茱萸6 g,20剂,水煎服,日服3次。

二十一诊(2009年11月4日)：症较前轻,原方化裁。

拟方：生黄芪30 g、党参20 g、炒苍白术(各)15 g、升麻10 g、柴胡10 g、陈皮10 g、茯苓30 g、威灵仙20 g、清半夏15 g、生薏苡仁30 g、冬凌草30 g、白花蛇舌草30 g、浙贝母15 g、制乌梅炭30 g、猪苓20 g、瞿麦15 g、广木香10 g、炒黄连10 g、炒吴茱萸6 g、葛根30 g、灵芝孢子粉3 g、干姜15 g,20剂,水煎服,日服3次。

二十二诊(2010年3月17日)：近日饮流质偶有噎,固体不妨,背部时痛,腰痛,苔薄白,舌黯。

拟方：山慈菇20 g、黄药子10 g、山药30 g、炒苍白术(各)15 g、猪苓20 g、生薏苡仁30 g、半枝莲30 g、白花蛇舌草30 g、浙贝母15 g、生牡蛎(先煎)30 g、虫草菌丝(冲服)10 g、制乌梅炭30 g、葛根30 g、党参20 g、广木香10 g,20剂,水煎服,日服3次。

二十三诊(2010年9月15日)：吞咽困难,梗阻,但半流质尚可,咽中有冷痰,周身困倦不适,苔薄白,脉弦滑。

拟方：生黄芪30 g、西洋参10 g、党参20 g、玄参15 g、炒苍白术(各)15 g、威灵仙

30 g、姜半夏 30 g、干姜 15 g、山药 30 g、黄药子 10 g、山慈菇 15 g、生薏苡仁 30 g、猪苓 20 g、茯苓 30 g、浙贝母 15 g、广木香 10 g、炒黄连 15 g、石斛 20 g、白花蛇舌草 30 g、蜀羊泉 20 g、虫草菌丝 10 g,20 剂,水煎服,日服 3 次。

二十四诊(2011 年 3 月 16 日):前方效著,加干姜为 30 剂、制乌梅 20 g,20 剂,水煎服,日服 3 次。

二十五诊(2011 年 11 月 16 日):胸骨后不适,嗳气,苔薄白,大便量多,舌见瘀斑,脉细弱。

拟方:炙黄芪 30 g、桂枝 15 g、炒白芍 30 g、炙甘草 10 g、饴糖(烊冲)30 g、姜半夏 20 g、党参 30 g、炒苍白术(各)15 g、茯苓 30 g、山药 30 g、灵芝 15 g、石斛 20 g、广木香 10 g、砂仁(后下)6 g、白花蛇舌草 30 g、石见穿 20 g、干姜 15 g、制乌梅 15 g、莪术 15 g、山慈菇 15 g、虫草菌丝 10 g、藤梨根 20 g,20 剂,水煎服,日服 3 次。

二十六诊(2012 年 10 月 11 日):8 月前又罹脑梗死,刻下四肢麻,两臂酸,大便次数多,日行 7~8 次,苔薄白,舌淡。

拟方:生黄芪 30 g、桂枝 20 g、赤白芍(各)30 g、川芎 15 g、当归 10 g、地龙 20 g、防风 15 g、桃红(各)10 g、炒苍白术各 20 g、党参 15 g、蟅虫 10 g、陈皮 10 g、虫草菌丝(冲服)10 g、姜半夏 20 g、干姜 20 g、茯神 30 g,14 剂,水煎服,日服 3 次。

二十七诊(2018 年 11 月 25 日):食管癌术后中药调养扶正抗癌已保 12 年平安,刻下近一月又见吞咽不利,梗塞,泛苦水,酸水,畏寒,易感冒,乏力,四肢麻,此乃正气亏虚,瘀毒痰浊内聚。

拟方:生黄芪 30 g、生半夏(先煎)15 g、干姜 15 g、炒黄连 10 g、炒吴茱萸 2 g、炒黄芩 10 g、炒苍术 10 g、生白术 30 g、麦冬 30 g、石斛 20 g、党参 20 g、山慈菇 15 g、威灵仙 20 g、仙鹤草 30 g、郁金 15 g、浙贝母 15 g、灵草丹 6 g(每次 15 粒,日服 3 次)、灵芝孢子粉(冲服)10 g、藤梨根 30 g,20 剂,水煎服,日服 3 次。

按语:食管癌、贲门癌,古人称为"噎膈"。噎则噎塞,指吞咽不畅或吞咽困难;膈则格拒,指饮食难下或食入即吐。多因正气亏虚,加之饮食因素,过食辛辣香燥、霉变之物;或嗜酒无度,滋生湿热,耗伤阴津,聚湿生痰;或忧思气结,络脉瘀涩;或房劳太过,精血枯涸。总之为正气亏虚,湿热痰火、气血瘀滞,郁久化毒,阻膈食道。正如《证治汇补》:"尝见多郁之人,气结胸臆,聚而成痰,胶固上焦,道路窄狭,不能宽转,又或好酒之徒,湿中生火,火复生痰,痰火交煎,胶结不开,阻塞清道,渐觉涩痛。"

患者胃脘痞胀,嘈杂灼热。胃镜病理已提示:贲门黏膜鳞状上皮中-重度不典型增生,局部疑有癌变。根据症状、舌苔诊为湿热久羁,有碍气机,气滞血瘀,郁久化毒之证。治当辛开苦降、解毒化瘀、行滞消痞之法。用仲景半夏泻心汤加白花蛇舌草、半枝莲、蒲公英、浙贝母、生薏苡仁清热解毒,抗癌消瘤;莪术行滞化瘀消痞;厚朴、广木香、砂仁、佛手行气和胃,助半夏降逆宽中;石斛甘寒,益胃生津,滋肾阴而清虚火。全方辛开苦降、化痰消瘀,清热解毒,抗癌消瘤。祛邪不伤正,扶正不碍邪,药后痞胀渐消,嘈杂灼热渐愈。

患者 4 年后又因食管癌术后求笔者诊治,仍依半夏泻心汤加减化裁扶正抗癌,前后 15 年依然带病生存,实属难得。在治疗过程中笔者用黄芪、党参、石斛、麦冬、太子参、灵芝、炒白术、生地、西洋参、虫草菌丝等扶正,益气养血,滋阴扶阳;用半夏、浙贝母、全瓜蒌、薤白、牡蛎、天南星、枳实、茯苓、黄药子、陈皮等化痰散结,行滞宽膈,消瘤散结;用莪术、川芎、丹参化瘀消积;用白花蛇舌草、半枝莲、山慈菇、蜀羊泉、冬凌草清热解毒,抗癌消癥;代赭石、旋覆花、厚朴平胃降逆气;威灵仙通行十二经,能软坚化痰,治骨鲠咽喉,可直达病所。总之抓住"虚""毒""瘀"的辨证治疗理念,扶正培元,顾及脾肾,以养气血;化痰祛瘀、行滞消痞、破癥消积以祛病邪;清热解毒、抗癌消瘤以防复发,使之带瘤生存,带病延年。

胃溃疡

杨某,男,27 岁。

初诊(2016 年 4 月 17 日):胃镜示慢性浅表性胃炎,球部多发性溃疡。症见消瘦,畏寒,空腹时胃脘不适。苔薄白,舌淡红,脉细弱。黄芪建中汤加味。

拟方:炙黄芪 30 g、桂枝 15 g、炒白芍 30 g、生姜 10 g、大枣 10 枚、三白丸 15 g、党参 15 g、炒白术 15 g、乌贼骨(先煎)30 g、白及 20 g、蒲公英 30 g、山药 30 g、炮姜 15 g,7 剂,水煎服,日服 3 次。

二诊(2016 年 4 月 24 日):症如前述。前方加仙鹤草 30 g、石斛 20 g、佛手 15 g,14 剂,水煎服,日服 3 次。

三诊(2016 年 5 月 8 日):药中病机,前方继服,14 剂,水煎服,日服 3 次。

四诊(2016 年 5 月 22 日):前方加炒蒲黄(包煎)15 g、生地 20 g,14 剂,水煎服,日服 3 次。

五诊(2016 年 6 月 5 日):前方效著,原方巩固,14 剂,水煎服,日服 3 次。

六诊(2016 年 6 月 19 日):前方继服,14 剂,水煎服,日服 3 次。

七诊(2016 年 7 月 3 日):胃痛时作。

拟方:炙黄芪 30 g、桂枝 15 g、炒白芍 30 g、炙甘草 10 g、生姜 10 g、大枣 10 枚、党参 15 g、炒白术 15 g、炒蒲黄(包煎)15 g、五灵脂 10 g、三白丸 10 g、饴糖(烊冲)30 g、没药 5 g、香附 15 g、炮姜 15 g、乌贼骨(先煎)30 g、仙鹤草 30 g、白及 15 g,14 剂,水煎服,日服 3 次。

八诊(2016 年 7 月 18 日):仍有胃脘隐痛,宜 4 月 24 日方加炒蒲黄(包煎)15 g、五灵脂 10 g,14 剂,水煎服,日服 3 次。

九诊(2016 年 8 月 1 日):胃痛已明显减轻,仍用上方。14 剂,水煎服,日服 3 次。

十诊(2016 年 8 月 14 日)：原方巩固。14 剂,水煎服,日服 3 次。

十一诊(2016 年 8 月 28 日)：偶有胃胀,前加厚朴 10 g,14 剂,水煎服,日服 3 次。

十二诊(2016 年 9 月 11 日)：诸症皆轻,前方继服。14 剂,水煎服,日服 3 次。

十三诊(2016 年 9 月 25 日)：仍宜 7 月 18 日方继服。14 剂,水煎服,日服 3 次。

十四诊(2016 年 10 月 9 日)：胃镜复查：浅表性胃炎。前症悉除,原方巩固。后饮食调养,无需服药。

按语：患者杨某,胃镜提示慢性浅表性胃炎,球部多发溃疡。其人消瘦,症见畏寒肢冷,仅见胃脘不适,苔白,舌淡红,应是中阳式微、脾胃虚寒之象。笔者首选黄芪建中汤加党参、白术、山药增强健脾益气作用;炮姜温中助阳;乌贼骨、白及二味收敛生肌针对溃疡而设;用蒲公英者,清胃止痛,消肿散结,对胃溃疡也有确切的疗效,又可防桂枝、炮姜之辛温太过;方中三白丸,是笔者自拟治疗慢性胃炎、消化性溃疡的经验方,方中白及、白芍、白芷等 11 味中药共奏活血散瘀、行滞化湿、柔肝养胃、制酸止痛之功效。

患者先后就诊 14 次,原方出入,始终未离开黄芪建中汤,温养中阳、建立中气之法。佐以化瘀、收敛愈合溃疡之品,终使溃疡治愈,恢复健康。

糜烂性胃炎

鲁某,男,43 岁。

初诊(2014 年 10 月 27 日)：胃镜示浅表性胃炎窦伴隆起糜烂,刻下胃脘嘈杂,泛酸,隐痛,苔薄白,脉弦。

拟方：桂枝 15 g、炒白芍 30 g、炙甘草 10 g、炒吴茱萸 2 g、炒黄连 10 g、浙贝母 15 g、煅瓦楞子(先煎)30 g、太子参 15 g、乌贼骨(先煎)30 g、炒白术 10 g、蒲公英 30 g、清半夏 10 g,7 剂,水煎服,日服 2 次。

二诊(2014 年 11 月 3 日)：前方效著,胃痛已止,加三白丸 10 g,14 剂,水煎服,日服 2 次。

三诊(2014 年 11 月 17 日)：药中病机,原方巩固,14 剂,水煎服,日服 2 次。

四诊(2014 年 12 月 1 日)：诸症皆轻,原方继服,14 剂,水煎服,日服 2 次。

五诊(2017 年 12 月 20 日)：服前方后 3 年未复发,今因饮食不慎,又见嘈杂,泛酸,仍宜原方治疗,14 剂,水煎服,日服 2 次。

按语：此案乃糜烂性胃窦炎,胃脘嘈杂,泛酸,隐痛,投小建中之意,温中缓急止痛;加左金丸寒热并用,配煅瓦楞子、乌贼骨、浙贝母、蒲公英清肝和胃,制酸止嘈杂;太子参、白术益气养脾胃。药中病机,诸羔悉除。3 年后因饮食不慎复发,仍用前方而愈。

胃息肉

李某,女,60岁。

初诊(2016年10月16日):胃镜示食管黏膜白斑,贲门下糜烂,胃体多发息肉,浅表性胃炎,窦伴隆起糜烂。病理:(贲门、胃窦)黏膜轻中度慢性炎。症见胃脘痞滞,苔薄白舌嫩,脉细。

拟方:姜半夏15 g、干姜10 g、炒黄连10 g、炒黄芩10 g、生甘草10 g、太子参15 g、制乌梅15 g、徐长卿10 g、白花蛇舌草30 g、生黄芪30 g、莪术10 g、三白丸10 g、胃安丸10 g、茯苓15 g、生薏苡仁30 g、浙贝母15 g,14剂,水煎服,日服2次。

二诊(2016年12月14日):慢性胃炎伴窦糜烂,多发性息肉,药后诸症皆消,原方巩固,14剂,水煎服,日服2次。

三诊(2016年12月30日):药中病机,原方巩固,14剂,水煎服,日服2次。

四诊(2017年4月9日):2017年3月25日复查胃镜:浅表性胃炎,窦为主。

按语:临床上只有胃痞症状,别无不适,但胃镜见食管黏膜白斑,贲门下糜烂,胃体多发息肉,浅表性胃炎,窦伴隆起糜烂。病理:(贲门、胃窦)黏膜轻中度慢性炎,这是社会的进步和时代的发展拓宽了中医望诊的内容。根据其痞满的症状,笔者采用半夏泻心汤为主,加《神农本草经》记载能"蚀恶肉"的乌梅、"除疫疾邪气"的徐长卿,加清热解毒消肿的白花蛇舌草以及破血行滞、消积散结的莪术,化痰散结的浙贝母,渗湿消肿的薏苡仁等药皆针对息肉而设;三白丸、胃安丸针对糜烂而设;再加黄芪等益气之品,以防攻邪伤正。药后不但胃痞症状治愈,胃镜复查显示息肉糜烂亦皆消除。这就是宏观辨证与微观辨证相结合,经方证治与现代思维相结合,是古为今用、继承发扬的典型病案。

萎缩性胃炎

【案一】

蔡某,男,66岁。

初诊(2016年10月26日):胃镜复查示反流性食管炎(Ⅰ级),胃角糜烂,慢性浅表性胃炎;病理:黏膜轻度萎缩,伴肠化,部分腺体Ⅰ~Ⅱ级不典型增生。症见胃脘隐痛作胀,胃脘怕凉。苔薄白,舌黯红。

拟方:党参15 g、炒苍白术(各)15 g、茯苓15 g、炙甘草10 g、广木香6 g、砂仁(后下)6 g、生黄芪30 g、丹参30 g、莪术15 g、白花蛇舌草30 g、蒲公英30 g、炮姜20 g、桂枝20 g、三白丸 10 g、徐长卿 10 g、草豆蔻 10 g、石斛 20 g、生地 20 g、佛手 15 g，14 剂，水煎服，日服 3 次。

二诊（2016 年 11 月 18 日）：食欲欠佳，畏寒肢冷，胃脘作胀，隐隐作痛，口干，入夜口渴欲饮，伴乏力，伴肠鸣。苔薄黄，舌黯，脉细弱。此乃脾胃亏虚，痰浊瘀毒，寒热之邪内蕴。

拟方：党参 15 g、炒苍白术(各)15 g、茯苓 15 g、炙甘草 10 g、姜半夏 15 g、干姜 15 g、炒黄连 10 g、炒黄芩 10 g、麦冬 30 g、生地 20 g、石斛 20 g、生黄芪 30 g、莪术 15 g、枳实 10 g、蒲公英 30 g、白花蛇舌草 30 g、仙鹤草 30 g、草豆蔻 30 g、丹参 20 g、桂枝 15 g、炒白芍 15 g，14 剂，水煎服，日服 3 次。

三诊（2016 年 12 月 7 日）：前方效著，原方巩固，14 剂，水煎服，日服 3 次。

四诊（2017 年 1 月 6 日）：服药期间胃脘胀痛皆轻，前加徐长卿 10 g、乌药 15 g、三白丸 10 g，21 剂，水煎服，日服 3 次。

五诊（2017 年 2 月 22 日）：胃胀怕凉，乏力，下肢无力，苔薄白，脉沉细，此乃脾阳亏虚，瘀毒内聚。

拟方：党参 15 g、炒苍白术(各)15 g、茯苓 15 g、炙甘草 10 g、广木香 6 g、砂仁(后下) 6 g、干姜 15 g、生黄芪 30 g、当归 10 g、三棱 10 g、草豆蔻 10 g、石斛 20 g、徐长卿 10 g、厚朴 10 g、枳实 10 g、八月札 20 g，14 剂，水煎服，日服 3 次。

六诊（2017 年 3 月 8 日）：胃胀略轻，畏寒乏力，前方加炮附子(先煎)15 g、桂枝 15 g、炒白芍 15 g、草豆蔻 20 g，14 剂，水煎服，日服 3 次。

七诊（2017 年 3 月 22 日）：胃胀已轻，纳谷不昌。前方加焦三仙(各)30 g、薤白 10 g，14 剂，水煎服，日服 3 次。

八诊（2017 年 4 月 7 日）：前方效著，前加三白丸 10 g，14 剂，水煎服，日服 3 次。

九诊（2017 年 5 月 3 日）：前方效著，原方巩固，14 剂，水煎服，日服 3 次。

十诊（2017 年 8 月 18 日）：胃胀已轻，胃痛已止。胃镜：① 胃角糜烂，性质待病理；② 反流性食管炎（Ⅰ级）；③ 慢性浅表性胃炎。病理：（胃角）黏膜轻度慢性浅表性炎。前方加高良姜 10 g，14 剂，水煎服，日服 3 次。

按语： 慢性萎缩性胃炎临床所见症状都比较复杂，该患者胃脘隐痛作胀，食欲欠佳，畏寒肢冷，胃脘怕凉，此脾胃虚寒证，但又见舌黯红，口干，入夜口渴欲饮的胃阴不足、瘀血内阻证，故秉用温养中阳的桂枝人参汤(桂枝、人参、白术、炮姜、炙甘草)合胃癌汤(自拟经验方：生黄芪、党参、石斛、焦山楂、白花蛇舌草、蒲公英、丹参、莪术)加减，随症出入。8 个月后胃镜复查：慢性浅表性胃炎；病理：（胃角）黏膜轻度慢性浅表性炎，原来的"肠化、部分腺体Ⅰ～Ⅱ级不典型增生"一扫而光。这就是大病用大方，复杂的症状用复方去治疗的道理。

仲景在《伤寒论》里设温中散寒的方剂较多，但理中类的只有理中丸（汤）（人参、干姜、白术、炙甘草），加桂枝的叫桂枝人参汤。后世的《太平惠民和剂局方》在此方的基础上加附子，即附子理中汤；去干姜加茯苓即四君子汤。所以理中九（汤）乃健脾温中的祖方。

理中者，调理中气，鼓荡中阳也。脾胃虚寒，寒从内生，故见畏寒肢冷、脘腹冷痛、大便泄泻等，此皆脾胃阳气不足之象。人体阳气以脾阳为本、肾阳为根。《内经》："阳气者，若天与日，失其所则折寿而不彰。"黄元御也特别重视温健中气，他说："胃主降浊，脾主升清，湿则中气不运，升降反作，清阳下陷，浊阴上逆，人之衰老病死，莫不由此，以故医家之药，首在中气。"他创黄芽汤药仅四味药"人参、炙甘草、茯苓、干姜"，其治法："中气之治，崇阳补火，则宜参、姜；培土泄水，则宜甘苓。"故在治疗内科杂病时一定要重视脾阳，温养中气。"中央健，四旁如"也。

【案二】

余某，女，54岁。

初诊（2017年6月27日）：胃镜示慢性浅表性胃炎，伴胃角糜烂。病理：（胃角）慢性萎缩性胃炎伴部分肠化及低级别内瘤变。症见口苦，嗳气，胃怕凉，腹中胀痛。易怒，郁闷，苔薄白，舌淡有齿痕，此乃肝胃气滞。

拟方：柴胡10g、炒黄芩10g、姜半夏15g、党参20g、炙甘草10g、炒苍白术（各）15g、厚朴15g、陈皮10g、丹参20g、生黄芪30g、莪术15g、枳实10g、葛根30g、制大黄10g、当归15g、仙鹤草30g，7剂，水煎服，日服3次。

二诊（2017年7月11日）：前方效著，前加藤梨根20g、石斛20g，7剂，水煎服，日服3次。

三诊（2017年7月18日）：药中病机，原方巩固，7剂，水煎服，日服3次。

四诊（2017年7月25日）：药中病机，前加玄参20g，7剂，水煎服，日服3次。

五诊（2017年8月1日）：前加乌药15g，14剂，水煎服，日服3次。

六诊（2017年8月21日）：苔薄黄腻，胃胀，此为湿热，前加蒲公英30g，草豆蔻10g，炒黄连10g，14剂，水煎服，日服3次。

七诊（2017年9月12日）：药中病机，前加川芎15g，14剂，水煎服，日服3次。

八诊（2017年10月3日）：前加五味子10g、桑椹30g，14剂，水煎服，日服3次。

九诊（2017年10月30日）：胃胀不适，嗳气，苔薄白，舌淡有齿痕。

拟方：党参15g、炒苍白术（各）15g、茯苓15g、炙甘草10g、广木香10g、砂仁（后下）6g、桂枝15g、炒白芍15g、生黄芪30g、干姜15g、蒲公英30g、莪术10g、厚朴15g、炒延胡索20g、炒蒲黄（包煎）15g、姜半夏10g、仙鹤草20g，14剂，水煎服，日服3次。

十诊（2017年11月21日）：药中病机，伴脱发。前加制何首乌10g、当归10g、川芎10g，14剂，水煎服，日服3次。

十一诊（2017年12月26日）：胃镜示慢性浅表性胃炎。已不需要做病理检查，伴小便失禁,前加乌药 10 g、益智仁 10 g、山药 30 g,14 剂,水煎服,日服 3 次。

按语: 肝属木,脾属土,肝木克脾土。肝气不舒,横行犯胃,致胃气不畅,故见脘腹疼痛,口苦易怒,嗳气频作,胃镜病理报告出现肠化及低级别内瘤变,故用柴平汤合胃癌汤而愈。柴平汤即《伤寒论》的小柴胡汤合《太平惠民和剂局方》中的平胃散而成。该方见于《景岳全书》,功用和解少阳、祛湿和胃,针对肝郁脾虚、湿阻气滞的胃脘胀痛、口苦、嗳气较为贴切。以此方加减调治半年,胃镜复查临床治愈,内镜诊断为慢性浅表性胃炎。

【案三】

葛某,女,38 岁。

初诊(2017 年 9 月 3 日):胃镜示浅表性胃炎伴窦隆起糜烂,提示胆汁反流。病理:胃窦黏膜慢性萎缩性炎伴肠上皮化生,腺体低级别上皮内瘤变(Ⅰ级),固有膜淋巴细胞浸润。症见胃痛纳少,胃胀嗳气,口有异味,苔薄白,脉弦。此乃脾胃亏虚,湿浊挟瘀蕴毒。

拟方:生黄芪 30 g、莪术 10 g、白花蛇舌草 30 g、蒲公英 30 g、丹参 20 g、川芎 15 g、炒延胡索 25 g、川楝子 6 g、炒吴茱萸 2 g、炒黄连 10 g、厚朴 15 g、苏梗 15 g、党参 20 g、炒苍白术(各)15 g、干姜 15 g、石斛 15 g、仙鹤草 30 g,10 剂,水煎服,日服 3 次。

二诊(2017 年 9 月 19 日):胃胀痛怕凉,前方效不明显。

拟方:党参 15 g、炒苍白术(各)15 g、茯苓 15 g、炙甘草 10 g、干姜 15 g、炒吴茱萸 3 g、炒黄连 10 g、厚朴 20 g、炮附子(先煎)15 g、高良姜 10 g、香附 15 g、草豆蔻 10 g、莪术 15 g、青陈皮(各)10 g、姜半夏 15 g、枳实 10 g、制大黄 10 g,7 剂,水煎服,日服 3 次。

三诊(2017 年 9 月 26 日):胃胀常见于下半夜,下半夜为阴中之阴,患者中阳式微,寒湿作胀。宜温养中州,振奋中阳,黄芪建中汤合附子理中汤。

拟方:炙黄芪 30 g、桂枝 30 g、炒白芍 30 g、炙甘草 10 g、党参 15 g、干姜 15 g、炮附子(先煎)15 g、炒苍白术(各)15 g、莪术 15 g、厚朴 15 g、草豆蔻 10 g、姜半夏 15 g、青陈皮(各)10 g、生姜 10 g、大枣 7 枚,7 剂,水煎服,日服 3 次。

四诊(2017 年 10 月 11 日):入夜胃胀,泛清水。

拟方:炙黄芪 30 g、桂枝 15 g、炒白芍 30 g、炙甘草 10 g、饴糖(烊冲)30 g、党参 15 g、干姜 15 g、炒吴茱萸 5 g、姜半夏 15 g、瓜蒌皮 10 g、白英 15 g、白花蛇舌草 30 g、莪术 15 g、炒苍白术(各)15 g、甘松 15 g、厚朴 15 g、草豆蔻 10 g,7 剂,水煎服,日服 3 次。

五诊(2017 年 10 月 25 日):胃胀已轻,前加仙鹤草 20 g、佛手 15 g,7 剂,水煎服,日服 3 次。

六诊(2017 年 11 月 2 日):胃胀依然,时吐清水,胃怕凉。苔白,舌淡红。

拟方:党参 20 g、炒苍白术(各)15 g、茯苓 15 g、炙甘草 10 g、生黄芪 30 g、桂枝 20 g、炒白芍 20 g、炒吴茱萸 4 g、干姜 15 g、炮附子(先煎)10 g、厚朴 15 g、苏梗 15 g、姜半夏 10 g、草豆蔻 10 g、莪术 15 g,7 剂,水煎服,日服 3 次。

七诊(2017年11月12日):前方加佛手15 g、八月札20 g,7剂,水煎服,日服3次。

八诊(2017年11月19日):药中病机,前加砂仁(后下)6 g,10剂,水煎服,日服3次。

九诊(2017年11月29日):胃脘胀满,痞满,怕凉喜暖,时有烧心,肠鸣。胃镜:浅表性胃炎伴隆起糜烂,提示胆汁反流。病理:(胃窦)萎缩,伴肠化,低级别内瘤变Ⅰ级。舌淡红,苔薄白。宜胃痞汤加味。

拟方:生黄芪30 g、莪术15 g、丹参30 g、白花蛇舌草30 g、蒲公英30 g、党参20 g、焦山楂20 g、石斛20 g、仙鹤草30 g、徐长卿10 g、八月札20 g、佛手15 g、干姜10 g、姜半夏10 g、厚朴10 g,7剂,水煎服,日服3次。

十诊(2017年12月6日):时有反胃,前加草豆蔻10 g、枳壳15 g、高良姜10 g,7剂,水煎服,日服3次。

十一诊(2017年12月24日):前加淫羊藿20 g、巴戟天15 g、桂枝15 g、炒白芍15 g、肉豆蔻10 g,10剂,水煎服,日服3次。

十二诊(2018年1月3日):前方干姜加为15 g,10剂,水煎服,日服3次。

十三诊(2018年1月21日):时有胃胀。

拟方:生黄芪30 g、丹参30 g、莪术10 g、白花蛇舌草30 g、蒲公英30 g、党参15 g、厚朴15 g、干姜15 g、姜半夏15 g、石斛20 g、枳实10 g、徐长卿10 g、三棱10 g、焦三仙(各)30 g、炒吴茱萸4 g、炒黄连6 g、炒苍术15 g,7剂,水煎服,日服3次。

十四诊(2018年1月28日):胃胀烧心,前加胃安丸10 g,10剂,水煎服,日服3次。

十五诊(2018年2月7日):胃胀烧心略轻,14剂,水煎服,日服3次。

十六诊(2018年3月4日):胃镜复查示浅表性胃窦炎。病理:(胃窦)黏膜慢性炎,刻下时有胃痞,胃怕凉,嗳气时胀。苔薄白,脉弦。

拟方:党参15 g、炒苍白术(各)15 g、茯苓15 g、炙甘草10 g、广木香10 g、砂仁(后下)6 g、蒲公英30 g、干姜10 g、姜半夏10 g、炒黄连10 g、炒黄芩10 g、厚朴10 g、石斛15 g、佛手15 g、莪术10 g、胃安丸10 g,10剂,水煎服,日服3次。

按语:此案初诊时患者胃痛,胀气,用常规胃痞汤(黄芪、党参、莪术、白花蛇舌草、蒲公英、丹参、焦山楂、石斛)加味疗效不显。二诊即改用健脾温阳,化瘀畅中降浊之法见效。三诊胃胀见于下半夜,更证实笔者诊断为"脾阳不足,寒湿挟瘀"无误。根据"脾阳为本"的理念,选用附子理中汤合吴茱萸汤为主,随证加减。以此法化裁,先后就诊19次,历时半年之久,终于出现胃镜转为浅表性胃窦炎,病理为胃黏膜慢性炎的满意疗效。

其中健脾益胃的黄芪、党参、苍术、白术、炙甘草不可少;附子、干姜、桂枝、吴茱萸、高良姜、草豆蔻等温运脾阳之品随症加入;白芍、石斛养阴益胃;莪术、厚朴、陈皮、姜半夏行滞化痰化瘀;白花蛇舌草、蒲公英、徐长卿等乃针对瘀毒(内瘤变)而设。后期加淫羊藿、巴戟天者,温润肾阳,以助脾阳运转之意。此亦"脾阳为本,肾阳为根"也。

【案四】

李某,男,74岁。

初诊(2015年4月15日):胃镜示胆汁反流性胃炎伴糜烂,伴萎缩、肠化。症见胃脘痞滞,灼热,便干,苔薄黄。此乃脾胃虚弱,瘀毒内聚。

拟方:生黄芪30 g、太子参20 g、莪术10 g、白花蛇舌草30 g、蒲公英30 g、丹参20 g、玄参30 g、当归20 g、仙鹤草30 g、制大黄10 g、生白术30 g、炙甘草10 g,14剂,水煎服,日服3次。

二诊(2017年4月16日):前方服后,诸症皆消,2年未发病。今因饮食不慎,又见胃脘及胸膈灼热,烧心,伴高血压,舌红,苔薄黄,脉弦。此乃痰火,肝经郁热。宜前加全瓜蒌10 g、炒黄连10 g、姜半夏10 g、炒栀子15 g,20剂,水煎服,日服3次。

按语:按照"虚、毒、瘀"的理念辨治慢性萎缩性胃炎是笔者多年的经验。脾胃素虚,运化无力,湿食痰浊停滞中焦,日久蕴毒致瘀,症见胃脘痞滞,灼热便干,乃胃热津枯、瘀毒互结之象。方中生黄芪、太子参、生白术、炙甘草健脾养胃,益气和中;其中生白术者,炒用乃健脾燥湿第一圣药,生用则可润肠通便,生津液,治疗脾虚津亏,脾不能为胃行其津液之老年气血亏虚便秘者,用量应达到30 g,少用则无此功效。汪机在《本草会编》云:"脾恶湿,湿胜则气不得施化,津何由生? 用白术以除其湿,则气得固流而津液生也。"加当归、玄参、制大黄增加其养血润肠、推荡之功;莪术、白花蛇舌草、蒲公英者,系笔者自拟"胃痞汤"的组成药物(胃痞汤:生黄芪、党参、石斛、丹参、莪术、白花蛇舌草、蒲公英、焦山楂),针对胃黏膜萎缩、肠化及不典型增生而设,取其化瘀清热解毒之效;仙鹤草更是一药多用,又名脱力草,补虚作用较强,与黄芪、党参、白术同用可健脾益气;与当归、熟地同用可补血养血止血,《本草纲目拾遗》记载又能"消宿食,散中满,下气,疗吐血各病"。为中医者要辨证不离开脏腑气化、阴阳寒热之中医思维,组方不离开七方十剂、君臣佐使的中医理论,用药不离开四气五味、升降浮沉之中药性能,才能够组方合理,有的放矢,在临床上取得满意疗效,不能被西医的病理、药理、药物含量等因素所囿。

【案五】

王某,男,77岁。

初诊(2015年4月14日):胃镜示慢性萎缩性胃炎,病理:(胃窦小弯)萎缩伴肠化,局部轻度不典型增生。症见胃脘嘈杂不适,遇冷加重,口干,苔少,舌红有裂痕,脉弦,便干。此乃脾阴不足,胃阴枯涸。

拟方:生黄芪30 g、太子参30 g、炒白术15 g、蒲公英30 g、白花蛇舌草30 g、石斛20 g、生地15 g、炮姜15 g、莪术10 g、焦山楂20 g、佛手15 g、仙鹤草30 g、广木香10 g、砂仁(后下)6 g、茯苓15 g,14剂,水煎服,日服2次。

二诊(2015年4月29日):前方效著,加麦冬20 g、制乌梅20 g,14剂,水煎服,日服

2次。

三诊(2015年5月12日):药中病机,原方巩固,14剂,水煎服,日服2次。

四诊(2015年5月26日):嘈杂已愈,口干好转,效不更方,击鼓再进,14剂,水煎服,日服2次。

五诊(2015年6月9日):药中病机,下午矢气多,小腹胀,前方加炒枳实10 g、制大黄6 g,14剂,水煎服,日服2次。

六诊(2015年11月24日):口干便干,胃脘无不适。胃镜:慢性萎缩性胃炎,病理:(胃窦小弯)萎缩伴肠化,局部轻度不典型增生。

拟方:生黄芪300 g、莪术300 g、丹参300 g、蒲公英300 g、白花蛇舌草300 g、生地300 g、太子参300 g、焦山楂300 g、石斛300 g、北沙参300 g、生白术300 g、当归300 g、制大黄100 g、制乌梅300 g、生甘草200 g,上药制成浓缩颗粒,每服10 g,日服2次,开水冲服。

七诊(2016年10月28日):今复查胃镜示"食管黏膜下隆起""慢性萎缩性胃炎伴肠化可能"。前方加徐长卿300 g、威灵仙200 g、姜半夏300 g、麦冬300 g,一料,制法、服法如前。

八诊(2017年5月21日):前方加怀牛膝300 g、巴戟天300 g,一料,制法、服法如前。

九诊(2017年11月26日):药中病机,诸症皆轻,前加石见穿200 g、山慈菇200 g、薏苡仁300 g,一料,制法、服法如前。

十诊(2018年2月25日):药中病机,前方继服,制法、服法如前。

十一诊(2018年6月24日):前方巩固,制法、服法如前。

十二诊(2018年10月14日):药中病机,胃镜复查结果显示萎缩、肠化、不典型增生皆愈,刻下胃镜提示:① 食管黏膜下隆起;② 慢性非萎缩性胃炎(活动期)伴糜烂,宜原意出入。

拟方:生黄芪300 g、党参300 g、炒苍白术(各)300 g、茯苓300 g、炙甘草200 g、桂枝200 g、炒白芍200 g、炮姜200 g、徐长卿300 g、制乌梅300 g、珍珠粉300 g、制大黄80 g、莪术200 g、丹参300 g、白花蛇舌草300 g、白芷200 g、蒲公英300 g、石斛300 g、巴戟天200 g、淫羊藿300 g、姜半夏300 g,制法、服法如前。

按语:慢性萎缩性胃炎是一种以胃黏膜萎缩变薄、腺体减少或消失为特征的消化系统疾病,是由慢性浅表性胃炎发展而来,或伴有肠上皮化生或不典型增生。老年人更是多见。西医认为此为癌前病变,是不可逆转的病理现象。笔者认为是脾胃亏虚为本,内外合毒为因,胃络瘀阻为标,"虚""毒""瘀"互为因果,合而为患。

刻下患者高龄体弱,胃镜提示:萎缩性胃炎。病理:萎缩伴肠化,轻度不典型增生。症见胃脘嘈杂不适,舌红,苔少,应属脾阴亏虚,胃阴亏涸,瘀毒内聚之象。投自创胃痞汤(生黄芪、太子参、石斛、焦山楂、蒲公英、白花蛇舌草、莪术、丹参)益气健脾,养阴和胃,化瘀解毒,行滞消痞。加炒白术、佛手、广木香、砂仁、炮姜温养中阳,以防阴柔寒凉太过,仙鹤草补虚益胃,生地、麦冬、制乌梅顾护胃阴,使之补气健中而不燥,养阴益胃而不寒,化瘀消痞于无形之中,脾胃冲和之气才可恢复。初投见效,诸症皆轻,前方化裁,变汤剂为颗粒,以便长期服用,前后历时三年半之久,胃镜复查,原罹萎缩、肠化、不典型增生皆治愈,患者及其家人欣喜异常,也见证中医之奇。

胃　胀

张某,男,40岁。

初诊(2017年9月14日):胃胀、口干苦,口有异味,舌红,苔黄厚腻,此乃湿热中阻。

拟方:藿香(后下)10 g、厚朴15 g、姜半夏10 g、茯苓15 g、石菖蒲10 g、炒黄芩10 g、蒲公英30 g、炒黄连10 g、炒吴茱萸2 g、川芎15 g、炒栀子15 g、炒苍术15 g,7剂,水煎服,日服2次。

二诊(2017年9月26日):药中病机,诸症悉除,厚腻苔已退。原方,7剂,水煎服,日服2次。

三诊(2017年10月22日):近日口糜,前加生地30 g、黄柏15 g、土茯苓30 g、生甘草15 g,7剂,水煎服,日服2次。

四诊(2017年10月29日):苔黄腻苔已退过半,但口唇仍红,口舌生疮,前加制大黄10 g,7剂,水煎服,日服2次。

五诊(2017年11月12日):口臭有异味,口糜。

拟方:生地20 g、竹叶10 g、木通6 g、生甘草20 g、青黛(包煎)20 g、藿香(后下)10 g、炒苍术10 g、制大黄10 g、茯苓20 g、厚朴15 g、姜半夏10 g、炒黄连10 g、蒲公英30 g,7剂,水煎服,日服2次。

六诊(2017年12月25日):前方药后即愈,今熬夜又发作,前方巩固。14剂,水煎服,日服2次。

按语:患者口有异味,舌红,苔黄厚腻,口干苦,伴有胃胀,诊为湿热中阻,取藿朴夏苓汤、左金丸、越鞠丸之意,芳香化浊、辛开苦降、开郁清热之法,一次即诸羔悉除。藿朴夏苓汤出自清代《医原》一书:方中藿香、姜半夏、赤苓、杏仁、生薏苡仁、白豆蔻、猪苓、淡豆豉、泽泻、厚朴十味药,功效为芳香化浊、行气渗湿。主治湿温初起,身热不渴,体倦胸闷,口腻,苔白滑之症。目前可用于湿邪阻滞之消化不良、泄泻、小儿手足口病等。笔者在此方基础上加黄连、炒黄芩、石菖蒲、炒吴茱萸取其辛开苦降、化湿消痞之意;加苍术、川芎、炒栀子、蒲公英取其散气、血、痰、火、湿、食等郁。中医组方靠中医思维,既定为湿热中阻,病性是湿热,病位是中焦,选古方时就需要根据症状进行加减变化,使其药症相应,方可应手取效。

胃 痛

【案一】

凌某,女,54岁。

初诊(2017年9月18日):胃胀,按之隐痛,口苦口臭,苔薄黄。此为肝胃郁热。

拟方:炒苍术15 g、厚朴15 g、陈皮10 g、炙甘草10 g、柴胡10 g、炒白芍15 g、枳实10 g、蒲公英30 g、川芎15 g、炒黄连10 g、炒吴茱萸2 g、炒延胡索20 g、苏梗15 g、制大黄10 g、姜半夏10 g、干姜10 g、桂枝15 g,7剂,水煎服,日服2次。

二诊(2017年10月8日):胃胀隐痛,口苦依然如故。胃脘冰冷,此乃中焦虚寒也。改为厚朴温中汤合温脾汤加减。

拟方:厚朴20 g、草豆蔻10 g、藿香(后下)10 g、陈皮10 g、干姜20 g、炙甘草10 g、党参15 g、炒苍白术(各)15 g、炮附子(先煎)15 g、当归15 g、制大黄12 g、柴胡10 g、炒黄芩10 g、姜半夏10 g、蒲公英30 g、甘松15 g,14剂,水煎服,日服2次。

三诊(2017年12月25日):改为厚朴温中汤合温脾汤后药中病机,胃脘胀痛、口苦皆愈。从第二次问诊中得知其胃脘冰冷,故改为温中泄满,佐以清下之法,效果明显。宜原方巩固,14剂,水煎服,日服2次。

按语:中医辨证是靠八纲辨证、脏腑辨证、三焦辨证、卫气营血辨证等,但八纲是辨证的基础,阴阳、表里、寒热、虚实层层剖析方可认识病机。

此案首诊患者胃胀,按之痛,当属实胀。口苦口臭为肝胆、肝胃郁热,用平胃散合四逆散合小承气汤行气畅中,和胃舒肝,兼清热通下止痛,反而未见效果,可见苔黄乃假象也。二诊胃胀隐痛,口苦依然如故,细询症情,方知胃脘冰冷,胃寒气结是真,口苦苔黄乃假象也。改投厚朴温中汤合温脾汤加味立效。可见门诊问诊时要细心询问,仔细辨识,方可无误。

【案二】

董某,女,78岁。

初诊(2017年4月9日):胃脘冷痛、嘈杂,得食则缓。苔白,脉缓。此乃中阳式微。

拟方:炙黄芪30 g、桂枝20 g、炒白芍30 g、炙甘草10 g、生姜10 g、大枣10 g、饴糖(烊冲)30 g、炒吴茱萸5 g、炒黄连6 g、炮姜15 g、党参15 g、炒苍术15 g、三白丸10 g、川芎15 g、白芷10 g,颗粒剂15剂,冲服,日服2次。

二诊(2017年12月10日):前方效著,一次即愈。今又复发,伴头痛,前方川芎加至20 g、高良姜10 g,颗粒剂15剂,冲服,日服2次。

按语：此案是脾胃亏虚，中阳式微，胃脘冷痛，说明是寒邪，得食则缓，说明是虚。仲景黄芪建中汤加左金丸以治嘈杂，加炮姜增强温中散寒之效，加党参、苍术者，补脾燥湿养胃；加三白丸、川芎、白芷者，增强化瘀止胃痛之效也。

【案三】

沙某，男，41 岁。

初诊（2017 年 1 月 9 日）：胃镜示慢性浅表性胃炎伴糜烂。刻下胃脘隐痛，反酸。查 ALT：45 U/L，GGT：72 U/L，平素嗜酒，伴口腔溃疡，苔薄白，脉弦。

拟方：柴胡 10 g、炒白芍 30 g、炙甘草 10 g、枳实 10 g、生地 20 g、蒲公英 30 g、甘松 10 g、炒苍术 15 g、全瓜蒌 10 g、薤白 10 g、炒黄连 10 g、干姜 10 g、浙贝母 15 g、乌贼骨（先煎）30 g，14 剂，水煎服，日服 2 次。

二诊（2017 年 2 月 17 日）：前方效如桴鼓，服后诸症皆愈。适逢春节饮酒又频，前症复发，宜原方巩固，14 剂，水煎服，日服 2 次。

按语：酒客易滋生湿热，症见胃痛泛酸，不但胃炎糜烂，肝功能也受损害，治当疏肝养胃，化湿清热，仲景四逆散疏肝理脾，加清化湿热之品，14 剂即获良效。

方中加蒲公英、甘松者一凉一温，一清一开，是止胃脘痛的绝配，干姜、黄连一辛一苦，一寒一热，辛开苦降，通调气机；苍术、浙贝母化湿化痰，湿热得清，肝胃和畅，其痛自止。

【案四】

刘某，女，55 岁。

初诊（2017 年 10 月 8 日）：胃镜示浅表性胃炎伴窦隆起糜烂。HP（＋＋＋）。症见胃脘隐痛，脐周胀气，口水多，脘腹怕冷，舌淡有齿痕，苔白。此乃太阴厥阴寒湿。

拟方：党参 20 g、干姜 15 g、炒吴茱萸 6 g、大枣 7 枚、炒苍白术（各）15 g、茯苓 15 g、炙甘草 10 g、厚朴 15 g、草豆蔻 10 g、姜半夏 15 g、代赭石（先煎）20 g、三白丸 10 g，7 剂，水煎服，日服 3 次。

二诊（2017 年 10 月 16 日）：药中病机，前加麦冬 20 g、炒枳实 10 g、蒲公英 30 g、甘松 15 g，7 剂，水煎服，日服 3 次。

三诊（2017 年 10 月 22 日）：口水仍多，前加肉豆蔻 10 g，7 剂，水煎服，日服 3 次。

四诊（2017 年 10 月 29 日）：原方巩固，7 剂，水煎服，日服 3 次。

五诊（2017 年 11 月 5 日）：痔疮时发，前加槐米 30 g，7 剂，水煎服，日服 3 次。

六诊（2017 年 11 月 12 日）：口水渐少，前加广木香 10 g，7 剂，水煎服，日服 3 次。

七诊（2017 年 11 月 29 日）：药后胃胀肠鸣皆轻，吐水已愈。仍宜吴茱萸汤合平胃散化裁。

拟方：党参 15 g、干姜 15 g、炒吴茱萸 5 g、炙甘草 10 g、生姜 10 g、炒苍术 15 g、厚朴

15 g、陈皮 10 g、广木香 10 g、代赭石(先煎)30 g、姜半夏 15 g、草豆蔻 10 g、麦冬 20 g,14剂,水煎服,日服 3 次。

八诊(2017 年 12 月 13 日):前方效著,伴甲状腺结节,加浙贝母 15 g,14 剂,水煎服,日服 3 次。

九诊(2017 年 12 月 29 日):感冒发热 3 日,荆防败毒散主之。

拟方:荆芥 10 g、防风 10 g、炙甘草 10 g、白芷 10 g、桔梗 15 g、柴胡 10 g、前胡 10 g、羌活 10 g、川芎 10 g、薄荷 10 g、党参 10 g、生姜 6 g、浙贝母 15 g,颗粒剂 3 剂,冲服,日服 2 次。

十诊(2018 年 1 月 1 日):《经》云"身热燔炭,汗出而散"。前方三剂汗出热退,感冒已愈。刻下舌胖有口水,腹微胀气,此乃脾虚寒湿。

拟方:党参 20 g、炒苍白术(各)15 g、茯苓 15 g、炙甘草 10 g、炒吴茱萸 4 g、广木香 10 g、砂仁(后下)6 g、干姜 10 g、厚朴 10 g、姜半夏 10 g、石斛 20 g、佛手 15 g,7 剂,水煎服,日服 2 次。

按语:此是 1 例幽门螺杆菌感染引起的浅表性胃炎伴隆起糜烂案,临床表现是胃痛,胀气,脘腹怕冷,口吐清水,诊为太阴、厥阴两经虚寒挟湿,方用理中汤合吴茱萸汤化裁,温健中阳,化湿散寒。药中病机,疗效颇著。后因外感发热投荆防败毒散三剂康复。可见经方与时方只要对症,皆可取效。

胃癌术后腹水浮肿

金某,男,65 岁。

初诊(2017 年 9 月 29 日):2014 年胃癌术后,刻下腹水,全身浮肿,西医诊断:低蛋白血症。刻下乏力,便溏,面色萎黄,苔花剥,舌嫩,脉沉弦。此乃脾虚湿滞,气血双亏。

拟方:生黄芪 50 g、防己 15 g、炒苍白术(各)20 g、党参 30 g、茯苓 30 g、桂枝 30 g、猪苓 20 g、车前子 30 g、炮附子(先煎)10 g、生地 20 g、阿胶(烊冲)10 g、当归 10 g、山药 30 g、广木香 10 g、泽泻 15 g,颗粒剂 6 剂,冲服,日服 2 次。

二诊(2017 年 10 月 4 日):药中病机,浮肿渐消。前加红参 10 g、仙鹤草 30 g、焦山楂 20 g、神曲 10 g,颗粒剂 6 剂,冲服,日服 2 次。

三诊(2017 年 1 月 11 日):药中病机,浮肿已消。原方巩固,颗粒剂 15 剂,冲服,日服 2 次。

四诊(2017 年 10 月 25 日):浮肿渐消,口舌干燥灼热,伴畏寒肢冷。苔少,舌光红。

拟方:生黄芪 30 g、红参 10 g、麦冬 30 g、五味子 10 g、生地 15 g、炒苍白术(各)15 g、党参 20 g、阿胶(烊冲)10 g、山药 30 g、当归 15 g、炮附子(先煎)10 g、桂枝 10 g、猪苓 15 g、车前子 30 g、焦山楂 20 g、仙鹤草 30 g,颗粒剂 6 剂,冲服,日服 2 次。

按语：患者胰、十二指肠切除术后出现慢性腹泻，大便溏薄，腹水及双下肢浮肿，2017年9月29日从某三甲医院出院后即来创新医馆求笔者诊治。西医认为是低蛋白血症，可能是蛋白丢失性肠病，亦可能是胰源性腹泻等，但住院治疗效果欠佳。初诊：面色萎黄，全身浮肿，腹水，便溏，乏力，皆脾气亏虚、脾阳衰微、阳虚水泛之象。水为阴邪，非阳气不能促其气化，故用防己黄芪汤合五苓散加炮附子以健脾益气，温阳利水，从根本上解决阳虚水泛的问题。加党参、山药培补脾气，广木香行气醒脾，气行则水行。患者舌苔花剥，舌质较嫩，皆阳损及阴、久泻伤及脾阴之象，故用生地、阿胶养阴补血，加当归10 g与黄芪50 g相伍乃当归补血汤之意。药证相符，药中病机，故能取得满意的临床疗效。

肝功能异常

阮某，女，41岁。

初诊（2017 年 3 月 22 日）：劳累熬夜，ALT：129 U/L，AST：61 U/L，γ‐GT：243 U/L。症见乏力神疲，伴口干苦。

拟方：茵陈30 g、炒栀子15 g、制大黄10 g、柴胡10 g、炒黄芩15 g、姜半夏10 g、党参15 g、当归15 g、五味子10 g、垂盆草30 g、生黄芪30 g、炒白术15 g、茯苓15 g，14 剂，水煎服，日服2次。

二诊（2017 年 4 月 19 日）：今查肝功能已全部正常，宜原方巩固。14 剂，水煎服，日服2次。

按语：烦劳则伤元气，熬夜则损阴血，气血阴阳俱损故见乏力神疲。气阴两虚，肝失所养，肝胆郁火交炽而起，所以又伴口干口苦也。故取仲景茵陈蒿汤合小柴胡汤清肝利胆，调畅肝脾，健运中州；加当归养血养肝；五味子，《神农本草经》言其"主益气，咳逆上气，劳伤羸瘦，补不足，强阴，益男子精"，在此用于强阴敛精；垂盆草、茯苓祛湿降浊，黄芪、白术健脾益气。2周之内，肝功能恢复正常，乏力口苦之症随之消失。

所谓中医思维就是临床要抓主证，辨别阴阳表里寒热虚实，然后根据中医的理法方药去组方选药，而不是一见转氨酶高就用一堆清热解毒之品降酶。

乙　肝

【案一】

刘某，男，25岁。

初诊（2016 年 9 月 29 日）：乙肝"大三阳"，HBV‐DNA：103E＋5 IU/ml。肝功能

ALT：119 U/L，AST：48 U/L，GGT：62 U/L。症见神疲乏力，大便正常。苔薄白，脉弦。

拟方：党参20 g、炒白术15 g、茯苓15 g、炙甘草10 g、柴胡10 g、炒黄芩10 g、姜半夏10 g、茵陈30 g、炒栀子15 g、广木香10 g、制大黄6 g、垂盆草30 g、白花蛇舌草30 g、生黄芪30 g、赤白芍(各)15 g、当归10 g，14剂，水煎服，日服2次。

二诊(2016年10月20日)：药后症轻，ALT降至90 U/L，AST：51 U/L，前加平地木15 g，14剂，水煎服，日服2次。

三诊(2016年11月10日)：前方效著，乏力明显改善，前方加枸杞子30 g，14剂，水煎服，日服2次。

四诊(2016年11月24日)：药中病机，原方继服。14剂，水煎服，日服2次。

五诊(2016年12月15日)：2016年11月22日化验肝功能，ALT降至56 U/L，余皆正常。症见四肢欠温，前方加桂枝15 g、淫羊藿20 g、巴戟天15 g，14剂，水煎服，日服2次。

按语：本案患者为乙肝"大三阳"，HBV-DNA阳性，肝功能受损，临床仅见乏力神疲，笔者用肝脾建中法健脾养肝，扶土疏木，疏泄肝胆，清热利湿法获效。神疲乏力乃气虚的表现，脾胃乃后天之本，气血生化之源。乙肝病毒久郁血分，损及肝体，滋生湿热，致肝胆疏泄不利，影响脾运，中气不足故见神疲乏力之症。笔者用四君子汤加生黄芪益气健脾培补元气为君；臣以小柴胡汤合茵陈蒿汤和解少阳、疏利肝胆；加当归、白芍养血柔肝；佐以垂盆草、白花蛇舌草清热解毒。后因伴畏寒肢冷，加淫羊藿、巴戟天，乃肝肾同源之故。

【案二】

杨某，男，22岁。

初诊(2015年7月15日)：乙肝"大三阳"，HBV-DNA：9.090E+07 IU/ml，ALT：290 U/L，AST：142 U/L，GGT：142 U/L，B超：脾大。症见肝区不适，脘腹作胀。舌红，苔薄黄，此为乙肝病毒久郁血分，伤及肝体。

拟方：生黄芪30 g、太子参15 g、生地15 g、当归15 g、柴胡10 g、炒黄芩10 g、清半夏10 g、生甘草10 g、茵陈30 g、炒栀子15 g、制大黄10 g、莪术10 g、制鳖甲(先煎)15 g、垂盆草30 g、白花蛇舌草30 g、生薏苡仁30 g、茯苓15 g、赤白芍(各)15 g、炒苍白术(各)10 g、沙棘30 g，20剂，水煎服，日服3次。

二诊(2015年8月5日)：药中病机，刻下ALT降至157 U/L，AST：85 U/L，GGT：92 U/L，症见口渴，前方生地加为20 g，加麦冬30 g、田基黄15 g，20剂，水煎服，日服3次。

三诊(2015年8月26日)：今查ALT：184 U/L，AST：95 U/L，GGT：72 U/L，前方加土茯苓30 g、苦参10 g，20剂，水煎服，日服3次。

四诊（2015 年 9 月 16 日）：HBV－DNA 已降至 2.57E＋05 IU/ml，ALT：140 U/L，AST：77 U/L，GGT：66 U/L，诸症皆轻，原方巩固。20 剂，水煎服，日服 3 次。

五诊（2015 年 10 月 7 日）：今查 ALT：72 U/L，AST：45 U/L，GGT：56 U/L，原方继服。20 剂，水煎服，日服 3 次。

六诊（2015 年 11 月 11 日）：今查肝功能完全恢复正常，宜原方巩固。30 剂，水煎服，日服 3 次。

七诊（2015 年 12 月 23 日）：今复查肝功能正常，仅 HBVAg、HBVAb 两项阳性，HBV－DNA 降至 6.585E＋04 IU/ml，B 超：肝脏、胆、胰、脾脏未见明显异常，宜原方巩固。30 剂，水煎服，日服 3 次。

按语：此案是典型的乙型肝炎，肝功能受损，脾脏肿大。笔者根据其化验单及 B 超资料加之肝区不适、脘腹作胀、苔黄舌红等采取了疏肝利胆、健脾化湿、清利湿热、化瘀消积之法。处方以小柴胡汤合茵陈蒿汤和解少阳为基础，针对肝胆湿热、三焦蕴毒，药用柴胡、炒黄芩、茵陈、炒栀子、制大黄、垂盆草、白花蛇舌草、生薏苡仁等；针对脾虚湿阻，气机不畅，药用生黄芪、太子参、姜半夏、莪术、炒苍白术、生薏苡仁、茯苓等；再加当归、赤白芍、沙棘养血柔肝，鳖甲、莪术化瘀消积以除癥。故能首战告捷，缓解病情。三诊时加土茯苓、苦参是针对乙肝病毒而设。整体思维是疏肝利胆，健脾化湿，清解湿毒，化瘀消癥。此实为肝脾建中思路所指导，只有肝胆疏泄正常，脾胃才能健运，正气才能恢复，湿热毒邪才无羁留之处。

肝纤维化

【案一】

李某，男，25 岁。

初诊（2017 年 2 月 19 日）：乙肝病毒阳性 20 年，刻下"大三阳"，HBV－DNA：阳性，肝功正常，肝纤维瞬时弹性检测 Median：14.8，在服抗病毒药。症见乏力神疲，畏寒，纳谷不昌，苔薄黄，舌嫩红，口苦。此乙肝病毒久郁血分，戕害肝体，损及脾运，致肝脾失调，气血瘀滞。

拟方：生黄芪 30 g、党参 15 g、炒苍白术（各）15 g、茯苓 15 g、炙甘草 10 g、广木香 10 g、莪术 10 g、三棱 10 g、赤白芍（各）20 g、当归 15 g、仙鹤草 30 g、生地 15 g、柴胡 10 g、炒黄芩 10 g、炒栀子 15 g、炙鳖甲（先煎）15 g、生牡蛎（先煎）30 g、楮实子 20 g、白花蛇舌草 30 g、茵陈 30 g，14 剂，水煎服，日服 3 次。

二诊（2017 年 4 月 16 日）：口苦，舌红，苔薄白，前加平地木 15 g，14 剂，水煎服，日服 3 次。

三诊(2017年5月6日):药后饮食有增,精神转佳。症见口干苦,手心出汗,脾脏由59 mm×151 mm缩小至42 mm×116 mm,肝纤维瞬时弹性检测Median降至7.5,前方生地加至20 g,加枸杞子30 g、制大黄10 g、焦三仙(各)30 g、山药30 g,14剂,水煎服,日服3次。

四诊(2017年6月4日):药中病机,原方巩固,14剂,水煎服,日服3次。

五诊(2017年7月9日):药中病机,诸症皆轻。刻下B超:肝脏未见明显异常。前加三七粉(冲服)6 g,丹参20 g,莪术加至15 g,21剂,水煎服,日服3次。

六诊、七诊:原方继服,21剂,水煎服,日服3次。

八诊(2017年12月24日):肝纤指标降至6.6,乙肝五项指标呈"大三阳",肝功正常,HBV-DNA<3.0E+02 IU/ml,彩超:肝内钙化灶,胆囊息肉,脾稍大(136 mm×38 mm),前方加土鳖虫10 g、桃仁10 g、沙棘30 g,21剂,水煎服,日服3次。

九诊(2018年2月11日):前方加生龙牡(各、先煎)30 g,21剂,水煎服,日服3次。

十诊(2018年5月6日):B超复查示肝内弥漫性病变,肝内钙化灶,胆囊息肉,脾大(120 mm×50 mm),肝脏超声影像和瞬时强性成像检测报告示KPA:8.4。症见乏力神疲,口苦,苔薄白,舌淡红。

拟方:茵陈30 g、郁金15 g、炒栀子15 g、制大黄10 g、土鳖虫10 g、柴胡10 g、炒黄芩10 g、姜半夏15 g、党参20 g、生黄芪30 g、当归15 g、生牡蛎(先煎)30 g、炙鳖甲(先煎)15 g、莪术15 g、三棱10 g、枸杞子30 g、枳椇子30 g、楮实子30 g、广木香10 g、茯苓15 g、炒苍白术(各)15 g、丹参20 g、焦三仙(各)30 g,20剂,水煎服,日服3次。

十一诊(2018年6月10日):原方巩固,20剂,水煎服,日服3次。

十二诊(2018年8月5日):药后乏力、口苦皆愈,诸症皆轻,今查B超:肝内钙化灶,肝内光点分布均匀,门静脉内径:12.6 mm,脾大:43 mm×117 mm,(2018年4月24日检查:50 mm×121 mm),脾脏较前次缩小。肝脏超声影像和瞬时强性成像检测报告:KPA:6.1(正常范围)。宜原方巩固,20剂,水煎服,日服3次。

按语:这是1例由慢性乙型病毒性肝炎发展成肝纤维化的病案,患者为乙肝"大三阳",肝功能虽然正常,但肝脏硬度超标,HBV-DNA:阳性。正在服用西药抗病毒药,但未能阻止向肝纤维化发展的趋势。

西医学认为肝纤维化是肝硬化的前身,是由乙肝病毒或其他多种原因引起肝细胞广泛变性坏死,纤维组织弥漫性增生,再生结节形成导致肝小叶结构破坏和假小叶形成,使肝脏逐渐变形、变硬为特征的疾病。西药虽然对乙肝病毒复制有抑制作用,对肝纤维化发展成肝硬化仍无良策。

笔者从"虚""毒""瘀"入手,认为正气亏虚,毒邪侵害,致气血瘀滞,形成积聚、癥瘕重症。该患者乏力神疲,畏寒,纳谷不昌,乃脾虚元气亏虚之象,故用参、芪、术、草补气健中,先顾"气血生化之源",使脾气健,中气足,则气机通畅,气行则血行,脾气健则水湿易除。

用木香醒脾，茯苓渗湿；当归、赤白芍柔肝养血；三棱、莪术行气破滞；配伍鳖甲、牡蛎，有软坚散结之功；生地滋阴养血；楮实子补肝肾之阴，又消水肿胀满；仙鹤草强壮补虚；配黄芪益气培元；柴胡、炒黄芩、茵陈、炒栀子、白花蛇舌草清泄肝胆湿热，清解乙肝病毒；全方益气健脾，兼顾肝肾以扶正，行滞化瘀，冲和气血以消瘤，疏利肝胆，清利湿热以解毒。

在二诊过程中，根据病情，又酌加枸杞子、制大黄、三七参、沙棘、丹参、土鳖虫、桃仁等，调治 10 个月，终于将肝脏硬度降至正常，HBV - DNA 转为阴性。

【案二】

俞某，男，43 岁。

初诊(2015 年 5 月 21 日)：患者罹患乙肝 20 多年，1 年前查出肝硬化，3 月份曾呕血 3 次。刻下肝功能受损，ALT：86 U/L，AST：62 U/L，总胆红素：28.5 μmol/L，间接胆红素：18.5 μmol/L，超声提示：肝硬化声像图改变，胆囊继发性改变，脾大。症见面色黧黑，形体消瘦，神疲乏力。伴咳嗽，痰少，咽痒，苔薄白，脉弦。此乃肝郁血瘀，脾虚湿滞，瘀毒痰浊阻碍气机。治宜益气健脾，养血柔肝，化瘀消瘤，佐以疏利肝胆，清解瘀毒。

拟方：生黄芪 30 g、当归 10 g、生白术 15 g、茯苓 15 g、党参 20 g、干姜 10 g、五味子 10 g、广木香 10 g、熟地 15 g、三七参粉 6 g、莪术 10 g、炙鳖甲(先煎)15 g、生牡蛎(先煎)30 g、赤白芍(各)15 g、山药 30 g、茵陈 30 g、垂盆草 30 g、楮实子 30 g、前胡 10 g、姜半夏 10 g、仙鹤草 30 g、白花蛇舌草 30 g，14 剂，水煎服，日服 3 次。

二诊(2015 年 6 月 5 日)：药中病机，咳嗽已愈。仍有乏力便溏，日行 3 次。

拟方：生黄芪 30 g、党参 20 g、炒苍白术(各)15 g、茯苓 20 g、炙甘草 10 g、广木香 10 g、当归 10 g、炙鳖甲(先煎)15 g、白花蛇舌草 30 g、生牡蛎(先煎)30 g、莪术 10 g、楮实子 30 g、焦山楂 30 g、山药 30 g、赤白芍(各)15 g、仙鹤草 30 g、肉豆蔻 10 g、三七参 6 g，14 剂，水煎服，日服 3 次。

三诊(2015 年 6 月 25 日)：今复查肝功能已正常，HBV - DNA：984 cps/ml↑，B 超：肝硬化，脾大。宜原方加沙棘 30 g、三棱 10 g、枳椇子 20 g，20 剂，水煎服，日服 3 次。

四诊(2015 年 7 月 15 日)：药中病机，前方继服，20 剂，水煎服，日服 3 次。

五诊(2015 年 8 月 9 日)：今查 HBV - DNA＜500 cps/ml，B 超：肝硬化，胆囊继发改变，脾大。诸症皆轻，原方继服，20 剂，水煎服，日服 3 次。

六诊至八诊(2015 年 8 月 23 日)：原方巩固。

九诊(2016 年 3 月 4 日)：患者面色黧黑已明显改善，体力有增，饮食尚可，肝功能正常，唯见神疲乏力，苔白，舌淡黯，脉弦。

拟方：生黄芪 30 g、当归 10 g、党参 20 g、炒苍白术(各)15 g、茯苓 20 g、炙鳖甲(先煎)20 g、土鳖虫 10 g、桃仁 10 g、三七参 6 g、生地 15 g、枸杞子 30 g、茵陈 30 g、垂盆草 30 g、广木香 10 g、生牡蛎(先煎)30 g、莪术 10 g、仙鹤草 30 g、白花蛇舌草 30 g，20 剂，水煎服，日服 3 次。

十诊(2017 年 2 月 28 日):复查肝功能,ALT:59 U/L,总胆红素:22.5 μmol/L,间接胆红素:16.5 μmol/L,B 超:肝硬化图像改变,胆囊继发性改变,脾大。偶有腹胀、乏力,宜原方加干姜 10 g、草豆蔻 10 g、厚朴 10 g,14 剂,水煎服,日服 3 次。

按语:该患者是乙肝病毒引起的慢性病毒性肝炎,日久形成肝硬化。其正气亏虚、毒邪壅盛是致病的关键。正气不足,邪毒留着,肝气郁滞,肝络瘀阻,日久形成积块,瘀结日甚;木不疏土,木郁土壅则脾胃运化失常,生化乏源,可见神疲乏力、纳差腹胀;毒邪蕴结,郁而化热,肝胆疏泄不利,常见黄疸等症。笔者本着"虚""毒""瘀"理念,运用自拟软肝煎加减,调治一年有余,诸症皆轻。

方中黄芪、党参、炒苍白术、山药、炙甘草健脾益气,当归、炒白芍、沙棘、仙鹤草、生地养血柔肝,健脾养肝,气血同调,解决正虚的问题;鳖甲、牡蛎、莪术、三七参软坚散结,化瘀消癥,解决瘀的问题;白花蛇舌草、垂盆草、茵陈等清热解毒,解决毒的问题。全方益气养肝以扶正,健脾滋肾以固本,清热利湿以解毒,活血化瘀以软坚。缓缓图之,以缓解病情继续进展。

直肠炎

【案一】

葛某,女,44 岁。

初诊(2016 年 11 月 23 日):大便干结,带黏冻、鲜血一年之久。肠镜:直肠炎。舌红,苔薄黄,此乃大肠湿热。金匮三物黄芩汤加味。

拟方:生地 20 g、炒黄芩 15 g、苦参 10 g、当归 20 g、炒白芍 20 g、槐米 30 g、生地榆 15 g、生甘草 15 g、浙贝母 15 g、葛根 30 g、广木香 10 g、焦山楂 20 g,7 剂,水煎服,日服 3 次。

二诊(2016 年 11 月 30 日):药中病机,大便已通,已不干,便血已止。原方巩固。14 剂,水煎服,日服 3 次。

三诊(2016 年 12 月 14 日):药中病机,大便已畅。原方巩固。30 剂,水煎服,日服 3 次。

按语:《千金》三物黄芩汤是《金匮要略·妇人产后病脉证治》后面的附方,是宋代林亿等先哲在整理编撰《伤寒杂病论》时加入的。原方出自《备急千金要方·卷第三》,主治"妇人在草蓐,自发露得风,四肢苦烦热"。近年来笔者用于治疗直肠炎、结肠炎及大肠癌得心应手。方中黄芩,味苦性寒,清热燥湿,泻火解毒,又能凉血止血。《神农本草经》言其"主诸热黄疸,肠澼泄痢,逐水,下血闭,恶疮疽蚀火疡";苦参清热燥湿,性味苦寒,对湿热泄痢、湿热带下、湿疹、湿疮、便血、黄疸、小便不利皆有良效,《本草纲目》言其"治肠风泄血,并热痢";生地清热凉血,养阴生津,为阴虚内热、肠燥便秘的常用之药。三药相使相须,清热燥湿,养阴泄火,凉血止血,是治疗因湿热引起的结肠炎、直肠炎及大肠癌出现大便干结、滞下、脓血黏冻等症的绝佳妙方。在此方的基础上针对大便下血、舌红苔黄的症状,笔者又加入当归、浙贝母,取当归贝母苦参丸之意;加入槐米、地榆、白芍以敛清肠热;加葛根升发清阳,以鼓舞脾胃清阳之气,取葛根黄芩黄连汤之意。良好的疗效,是来自对古方的深入理解及精当配伍,对药性的精确掌握、灵活运用。

【案二】

程某,女,67岁。

初诊(2017年9月22日):肠镜示直肠炎。症见脘腹胀满,大便干结不畅,有黏冻,偶带血。口腔灼热,苔薄黄,脉弦。

拟方:当归15 g、浙贝母15 g、苦参6 g、生地20 g、炒黄芩15 g、广木香10 g、生白术30 g、火麻仁30 g、桃杏仁(各)10 g、炒白芍15 g、厚朴15 g、枳实10 g、焦山楂20 g、制大黄10 g,14剂,水煎服,日服2次。

二诊(2017年10月18日):药中病机,诸症皆轻。前加炒苍术10 g,30剂,水煎服,日服2次。

三诊(2017年11月22日):前方效著,原方巩固。30剂,水煎服,日服2次。

四诊(2017年12月27日):大便成形,日行一次,原方巩固。30剂,水煎服,日服2次。

按语:三物黄芩汤见于《金匮要略·妇人产后脉证病治》,原文:"妇人在草蓐,自发露得风。四肢苦烦热,头痛者与小柴胡汤,头不痛但烦者,此汤主之。"原方是治疗产后掀露衣被,保养不慎而感了外邪,正邪交争则见四肢烦热头痛,当有寒热往来,故仲景主张用小柴胡汤以和解之。若头不痛,但烦热者,是邪已入里化热,陷入血分,故用三物黄芩汤治疗。

此方原是清热凉血、养阴除烦之用,笔者多年来用于治疗大肠湿热之结肠炎、直肠炎疗效特好,并与当归贝母苦参丸合用,疗效倍增。当归贝母苦参丸也是《金匮要略》的方子,原意是治疗妇人妊娠,血虚热郁小便不利的方子。方中当归补血;贝母入肺经利气解郁,以达清水之上源,利下焦之湿热;苦参苦寒燥湿,清下焦湿热。两方合用,生地凉血滋阴清热,当归养血润燥,苦参、炒黄芩苦寒燥湿,清大肠湿热,浙贝母清上利气,解郁化痰,共为凉血清热燥湿之用。针对大便干结型结肠炎、直肠炎及大肠癌、肠息肉等出现的脓血便、里急后重等有确切的疗效。

该患者为直肠炎,除大便干结外还出现口腔灼热、苔薄黄等湿热内结之象,故又加小承气汤泄火通便,火麻仁、桃杏仁润肠,白术炒用燥湿健脾,生用润肠通便,且量要大,亦顾护中气、健脾养胃之用。

溃疡性结肠炎

【案一】

赵某,女,57 岁。

初诊(2016 年 4 月 24 日):原罹患结肠炎。2011 年肠镜:溃疡性结肠炎。刻下大便时干时稀,带脓血。腹中痛,伴畏寒,苔薄白,脉弦滑。此乃脾虚,湿热积滞大肠。

拟方:党参 15 g、炒苍白术(各)15 g、广木香 10 g、炙甘草 10 g、炒白芍 30 g、防风 10 g、陈皮 10 g、苦参 10 g、炒黄芩 10 g、炒黄连 10 g、葛根 30 g、当归 15 g、浙贝母 15 g、生地榆 15 g、制乌梅 20 g、生黄芪 20 g,7 剂,水煎服,日服 2 次。

二诊(2016 年 5 月 1 日):前方大便改善,但乏力心慌,前方苦参减为 6 g,加山药 30 g、枸杞子 30 g、焦山楂 20 g,7 剂,水煎服,日服 2 次。

三诊(2016 年 5 月 8 日):药中病机,大便已成形,腹痛已止,原方巩固。20 剂,水煎服,日服 2 次。

四诊(2016 年 5 月 29 日):大便已成形,纳谷不馨,宜前方加佛手 15 g、炒谷芽 20 g、炒麦芽 20 g,14 剂,水煎服,日服 2 次。

五诊(2016 年 6 月 12 日):晨起自汗,前加煅龙牡(各、先煎)30 g,21 剂,水煎服,日服 2 次。

六诊(2016 年 7 月 3 日):自汗已轻,大便成形,日行 2 次,前方巩固。28 剂,水煎服,日服 2 次。

七诊(2016 年 7 月 31 日):前方效著,原方巩固。20 剂,水煎服,日服 2 次。

八诊(2016 年 9 月 11 日):原罹结肠炎,刻下大便成形,日行一次,有脓血黏冻,难解,里急后重,矢气多。苔白,脉弱。

拟方:党参 20 g、炒苍白术(各)15 g、茯苓 15 g、炙甘草 10 g、干姜 15 g、苦参 6 g、广木香 10 g、炒黄连 10 g、焦山楂 20 g、制乌梅 20 g、炒白芍 15 g、防风 10 g、葛根 30 g、肉豆蔻 10 g、补骨脂 10 g,14 剂,水煎服,日服 2 次。

九诊(2016 年 9 月 25 日):前方效著,原方巩固。21 剂,水煎服,日服 2 次。

十诊(2016 年 11 月 13 日):刻下大便已容易解,黏冻已无。肠镜:回盲瓣炎。病理:(回盲瓣)黏膜慢性炎,间质充血、水肿,淋巴组织增生,宜前方加当归 15 g,21 剂,水煎服,日服 2 次。

按语:患者自 2011 年罹患溃疡性结肠炎久治不愈,就诊时脓血便,腹中痛,畏寒,诊断为脾虚,湿热积滞大肠。当属久痢,古称滞下。故以党参、苍术、白术、广木香、炙甘草、生黄芪健脾补中气,配合仲景治疗协热下痢的葛根黄芩黄连汤合清热燥湿、养血润燥的当归贝母苦参丸及《丹溪心法》的痛泻要方。多方组合乃症情之所需,党参、黄芪、苍术、白术、炙甘草是针对脾虚而用;葛根黄芩黄连汤与当归贝母苦参丸是针对湿热滞下而用;痛泻要方以调肝理脾,是针对腹痛而用;加地榆以清热止血;加乌梅以敛阴止泻。随证加减服药半年后,肠镜复查:回盲瓣炎。溃结之顽疾终于治愈。此症也可用乌梅丸取效。全方集健脾升阳、苦寒坚阴、扶土抑木、清热燥湿等诸法为一体,以复其胃肠功能,消除疾病之因而获效。

【案二】

许某,男,51岁。

初诊(2015年12月14日):胃镜示慢性浅表性胃炎,肠镜示溃疡性结肠炎(乙状结肠以上结肠多发性斑片状充血糜烂,右半结肠有散在小浅溃疡,回盲瓣有一明显溃疡灶)。刻下左下腹隐痛,不适,大便日行一次,便溏,有黏冻,里急后重。服西药后已轻,苔薄黄,脉弦。此乃脾虚湿盛。

拟方:党参15 g、炒苍白术(各)15 g、茯苓15 g、炙甘草10 g、广木香10 g、砂仁(后下)6 g、葛根30 g、炒吴茱萸5 g、炒黄连10 g、炒黄芩10 g、干姜15 g、炒白芍30 g、防风10 g、白芷10 g、陈皮10 g、肉豆蔻10 g、制山楂20 g,14剂,水煎服,日服3次。

二诊(2016年3月20日):症如前述,前方加乌药15 g,14剂,水煎服,日服3次。

三诊(2016年4月6日):前方效著,口有异味。前方加车前子30 g(包煎),14剂,水煎服,日服3次。

四诊(2016年5月18日):时有头晕乏力,伴内痔,前方加生黄芪30 g、白及20 g、地榆20 g、槐米20 g,14剂,水煎服,日服3次。

五诊(2016年6月1日):前方效著,原方巩固。14剂,水煎服,日服3次。

六诊(2016年7月20日):前方加乌药15 g,14剂,水煎服,日服3次。

七诊(2016年8月3日):诸症皆轻,前方加桔梗20 g,14剂,水煎服,日服3次。

八诊(2016年8月19日):前方效著,原方继服。14剂,水煎服,日服3次。

九诊(2016年9月7日):前方加山药30 g,14剂,水煎服,日服3次。

十诊(2016年9月21日):前方继服,加补骨脂15 g,14剂,水煎服,日服3次。

十一诊(2016年10月12日):药中病机,前方继服。14剂,水煎服,日服3次。

十二诊(2016年11月2日):左下腹胀痛,前方加莪术15 g,14剂,水煎服,日服3次。

十三诊(2016年12月7日):停药1周,大便又见少量出血,暗红色,宜2015年12月14日方加生黄芪30 g、制乌梅20 g、地榆炭20 g、苦参10 g、生地20 g,14剂,日服3次。

十四诊(2017年1月4日):前方继服。14剂,水煎服,日服3次。

十五诊(2017年3月29日):药中病机,原意出入。

拟方:生黄芪30 g、制乌梅20 g、地榆炭20 g、苦参10 g、生地20 g、补骨脂10 g、山药30 g、白及15 g、槐米30 g、车前子30 g、党参15 g、炒苍白术(各)15 g、茯苓15 g、炙甘草10 g、广木香10 g、干姜15 g、炒白芍15 g、炒黄连10 g,颗粒剂15剂,冲服,日服2次。

十六诊(2017年4月26日):前方继服,宜2016年12月7日方加山药30 g,14剂,水煎服,日服3次。

十七诊(2017年5月24日):诸症皆轻,4月26日方继服。14剂,水煎服,日服3次。

十八诊(2017年6月14日):宜4月26日方继服。14剂,水煎服,日服3次。

十九诊(2018年3月28日):2017年9月25日复查肠镜,显示正常结肠黏膜像。胃镜:慢性非萎缩性胃炎。刻下大便日行一次,便溏,胃脘时胀。

拟方:党参15 g、炒苍白术(各)15 g、茯苓15 g、炙甘草10 g、干姜10 g、炒黄连10 g、葛根30 g、桂枝15 g、防风10 g、炒黄芩10 g、制乌梅20 g、炒吴茱萸4 g、炒白芍15 g、焦山楂20 g,14剂,水煎服,日服2次。

按语:溃疡性结肠炎是西医学的命名,认为是尚不清楚的直肠和结肠慢性非特异性炎症性疾病。按其症状为腹泻、腹痛和黏液脓血便,应与中医的"大瘕泄"相似,属于"泄泻""痢疾"范畴。中医认为此乃饮食不节,过食生冷、油腻,损伤脾胃,脾运失健,滋生湿热。《素问·阴阳应象大论》说:"湿盛则濡泄。"此病(痢疾),古人又称"肠澼"。《难经》称"大肠泄"云:"大瘕泄者,里急后重,数至圊而不能便。"先师张仲景将痢疾与泄泻统称为"下利",拟定了葛根黄芩黄连汤、白头翁汤及桃花汤等有效方剂,开温中祛寒、健脾化湿、清肠解毒和温涩固下之法门。此病与情志不畅、肝失疏泄、乘脾犯胃也不无关系。也有老年体弱及久病肾气亏虚,肾阳不足,不能温煦脾土者。总之,本病脾胃虚弱为本,湿热内蕴、痰瘀停滞为标,病初则与脾胃、大肠有关,久则损及肾脏。

本案诊断明确,既有慢性浅表性胃炎,又有溃疡性结肠炎,腹痛、大便溏泄为脾虚寒湿,《内经》云:"清气在下,则生飧泄。"大便有黏冻,里急后重为寒湿化热,湿热积滞,气滞不畅,故用仲景理中汤温中祛寒,健脾化湿;加吴茱萸、肉豆蔻助理中汤燠土暖肝之用;佐以葛根黄芩黄连汤升发脾胃清阳之气,清除大肠湿热之邪;防风、白芷乃风能胜湿之意;芍药敛肝和营,焦山楂化滞消食。首诊十四剂即获良效。

再说,此病乃疑难杂症,西医久治不愈才来求中医诊治,不用大剂复方一次取效,患者对中医治疗就失去信心,故而此方乃复方合剂,其中有理中丸(汤)、葛根黄芩黄连汤、左金丸、香连丸、芍药甘草汤、痛泻要方6个方剂组成。后宗此方加减变化,先后就诊20余次,历时两年零三个月才获得肠镜复查"正常结肠黏膜像"的满意疗效。

【案三】

杜某,女,30岁。

初诊(2007年10月17日):肠镜提示溃疡性结肠炎。刻下早孕,症见大便干结,带血色暗红,挟有脓液黏冻,日行5~6次,口干苔薄黄,脉细弱。此乃大肠湿热,伤及血络。

拟方:生地20 g、当归15 g、浙贝母15 g、苦参20 g、槐米30 g、仙鹤草30 g、地榆炭30 g、炒黄柏10 g、炒苍白术(各)15 g、制大黄6 g、白及20 g、生黄芪30 g、牡丹皮15 g、炒黄连 10 g、党参 15 g、制乌梅炭 30 g、广木香 10 g、山药 20 g、炮姜炭 15 g、赤石脂 20 g，7 剂，水煎服，日服 2 次。

二诊(2007 年 10 月 26 日)：前方效著，大便日行 2 次，脓血已少，前方加广木香为 15 g，7 剂，水煎服，日服 2 次。

三诊(2007 年 11 月 11 日)：原方继服，加焦山楂 20 g，7 剂，水煎服，日服 2 次。

四诊(2007 年 11 月 27 日)：原方继服。7 剂，水煎服，日服 2 次。

五诊(2007 年 12 月 9 日)：近 5 日受凉后大便又见带血，原方加葛根 20 g，7 剂，水煎服，日服 2 次。

六诊(2008 年 1 月 4 日)：大便成形，每日 1 次，妊娠 5 个月，胎儿发育正常，前方巩固，7 剂，水煎服，服法改为每日 1 次，每次 1 袋。

七诊(2008 年 11 月 2 日)：患者足月顺产一女婴，近日结肠炎复发，大便干结，带脓血便，左下腹痛，仍为大肠湿热，伤及血络。

拟方：当归 15 g、浙贝母 15 g、苦参 20 g、生地 20 g、地榆炭 20 g、仙鹤草 30 g、槐米 30 g、炒黄连 15 g、广木香 15 g、白及 20 g、炒苍术 15 g、制大黄 10 g、山药 30 g，10 剂，水煎服，日服 2 次。

按语：患者原罹患结肠炎，刻下早孕，某院医生让她人流后住院治疗，来就诊时年已 30 岁，好不容易怀孕，想求笔者给个两全之法，既能保住胎儿又能控制肠炎。询其大便干结，带血色黯红，挟有脓液黏冻，日行 5～6 次，口干，苔薄黄，脉细弱。诊为大肠湿热，伤及血络。结肠炎属中医的"肠癖""久痢"范畴。

该患者久痢且孕，虚实夹杂，寒热交错，气血瘀滞，伤及肠络。故用当归贝母苦参丸加生地、槐米、地榆、炒黄柏、白及、仙鹤草、大黄养血润肠，清热燥湿，凉血止血为君；治疗其主症大便下脓血为主。其中尤其要指出的是当归贝母苦参丸，原是仲景为妊娠小便难而设，《金匮要略》云："妊娠，小便难，饮食如故，当归贝母苦参丸主之。"方中当归养血润燥，贝母利肺气(肺与大肠相表里)，解热郁，苦参味苦性寒，燥湿清热，笔者用于治疗结肠炎大便干结滞下脓血黏冻者，配合三物黄芩汤常获奇效。拟黄芪、党参、炒苍白术、山药为臣，扶正健脾，益肾固胎；炮姜炭、制乌梅炭、赤石脂温中止血为佐，防其苦参伤及脾阳；以广木香、炒黄连(香连丸)为使，直通大肠，清热燥湿，行气化滞。全方攻补兼施，寒热并投，通涩互用。

7 剂以后，脓血渐少，后顺产一女婴，现已 10 余岁。患者父母从东北来到安徽，专门到医馆叩谢。

腹　痛

徐某，女，64 岁。

初诊(2018 年 3 月 21 日)：小腹及左少腹疼痛 2 年，小便时下阴不适。当归贝母苦参丸加当归芍药散主之。

拟方：当归 15 g、浙贝母 15 g、苦参 6 g、炒白芍 30 g、川芎 15 g、炒苍白术（各）15 g、泽泻 15 g、茯苓 15 g、广木香 10 g、乌药 15 g、车前子（包煎）30 g、桂枝 15 g、炮姜 15 g，7 剂，水煎服，日服 3 次。

二诊（2018 年 4 月 1 日）：药已初见成效，宜原方巩固，14 剂，水煎服，日服 3 次。

三诊（2018 年 4 月 18 日）：根据"妇人小便难，当归贝母苦参丸""妇人腹中痛，当归芍药散主之"此两条经文诊为湿热郁闭，瘀血湿阻，肝脾失调。取此二方合用，两年之病痛迎刃而解。宜原方巩固，14 剂，水煎服，日服 3 次。

四诊（2018 年 5 月 13 日）：药中病机，原方巩固，14 剂，水煎服，日服 3 次。

五诊（2018 年 6 月 3 日）：前方加车前子（包煎）30 g，14 剂，水煎服，日服 3 次。

按语：患者初诊主诉是小腹部及左少腹部疼痛两年之久，且伴有小便时下阴不适（可能是拘急、隐痛、灼热等，因当时门诊患者多，因而记录不甚清楚），其病位在小腹及左少腹，乃足厥阴肝经与足太阴脾经的循行部位，症状为疼痛，肝脾失调，气血瘀滞，不通则痛，湿阻气滞则小便不利，故诊断为肝脾失调，湿热郁闭，气血瘀滞。笔者即刻想到了《金匮要略》中的经文"妊娠小便难，饮食如故，当归贝母苦参丸主之"及"妇人怀妊，腹中疗痛，当归芍药散主之"两段经文。在两方的基础上加广木香、乌药行气，桂枝、炮姜通阳，车前子加大通利水湿之效。故初诊即见成效。

当归贝母苦参丸原来是治疗妇人妊娠小便难的方剂，笔者常借用治疗结肠炎、直肠炎出现的大便难。因当归养血润燥，贝母清热化痰，开郁下气，以复肺之通调之职，因为肺为水之上源。苦参清下焦湿热，清热燥湿而能通淋。诸药合用则养血润燥，清热开郁，通利水湿。

当归芍药散是仲景治疗妇人妊娠、肝脾失调、腹中疗痛的方剂，是肝脾建中法运用在妇科疾病的代表方。以方测证是由肝郁血瘀、脾虚湿阻引起的腹中疼痛，故用当归芍药散养血调肝，渗湿健脾。方中重用芍药敛养肝血，缓急止痛；当归助芍药养血养肝；川芎行血中之滞；泽泻渗湿利水；白术、茯苓健脾除湿。合用则肝血充足，气机调达，脾运复健，湿邪得除。

临床选方用药要先识证，后辨病。在前人经验的基础上选择相应的方剂进行加减变化。不要根据症状拼凑药物，头痛治头，脚痛治脚。更不要用西医思维去开中医处方，方证要对应。

腹 泻

【案一】

刘某，女，80 岁。

初诊（2014 年 10 月 27 日）：便溏泄泻，黏滞，凌晨时排便 3～4 次，伴胃脘隐痛，腹中冰冷,背部隐痛,胸脘痞闷,苔薄白,脉沉细弱,此乃中阳不运,肾阳衰微。

拟方:党参 15 g、炒苍白术(各)15 g、茯苓 15 g、炙甘草 10 g、干姜 15 g、炮附子(先煎)10 g、肉豆蔻 10 g、补骨脂 10 g、广木香 10 g、炒黄连 6 g、炒白芍 15 g、焦山楂 20 g,7 剂,水煎服,日服 3 次。

二诊(2014 年 11 月 6 日):药中病机,凌晨泄泻已止,刻下大便成形,日行 1 次,但仍有口吐涎沫,恶心,腹中冷,加清半夏 10 g、炒吴茱萸 5 g、生姜 10 g,7 剂,水煎服,日服 3 次。

三诊(2014 年 11 月 13 日):胃脘隐痛,怕凉,纳谷不昌,嗳气频作,泄泻与口吐清水已愈。苔白腻,舌淡红,脉细弱。此乃中阳不运,宜养胃温中。

拟方:党参 15 g、炒白术 10 g、炒苍术 10 g、厚朴 10 g、陈皮 10 g、干姜 10 g、炮附子(先煎)15 g、炙甘草 10 g、焦三仙(各)30 g、草豆蔻 6 g、石斛 20 g、炒白芍 15 g、蒲公英 20 g、甘松 10 g、乌药 10 g,7 剂,水煎服,日服 3 次。

四诊(2016 年 9 月 29 日):乙肝"大三阳"。HBV－DNA:103E＋5 IU/ml,肝功能:ALT:119 U/L,AST:48 U/L,GGT:62 U/L,症见乏力神疲,大便正常,脉弦,苔薄白。

拟方:党参 20 g、炒白术 15 g、茯苓 15 g、炙甘草 10 g、柴胡 10 g、炒黄芩 10 g、姜半夏 10 g、茵陈 30 g、炒栀子 15 g、广木香 10 g、制大黄 6 g、垂盆草 30 g、白花蛇舌草 30 g、生黄芪 30 g、赤白芍(各)15 g、当归 10 g,14 剂,水煎服,日服 2 次。

五诊(2016 年 10 月 20 日):药后症轻,ALT 降至 90 U/L,AST:51 U/L,前方加平地木 15 g,14 剂代煎,日服 2 次。

六诊(2016 年 11 月 10 日):前方效著,乏力明显改善,宜前方加枸杞子 30 g,14 剂代煎,日服 2 次。

七诊(2016 年 11 月 24 日):药中病机,原方继服,14 剂代煎,日服 2 次。

八诊(2016 年 12 月 15 日):11 月 22 日化验肝功能,ALT 降至 56 U/L,余皆正常。症见四肢欠温,宜前方加桂枝 15 g、淫羊藿 20 g、巴戟天 15 g,14 剂代煎,日服 2 次。

九诊(2017 年 1 月 12 日):今查 ALT 57 U/L,仍有畏寒肢冷,宜前方去炒栀子,14 剂代煎,日服 3 次。

十诊(2017 年 2 月 16 日):今查肝功能又有反复,ALT:83 U/L,AST:46 U/L,HBV－DNA:2.517E＋003 IU/ml。症见小便黄,畏寒。

拟方:生黄芪 30 g、党参 15 g、炒白术 10 g、茯苓 15 g、炙甘草 10 g、柴胡 10 g、黄芩 10 g、姜半夏 10 g、茵陈 30 g、广木香 10 g、枸杞子 30 g、垂盆草 30 g、白花蛇舌草 30 g、当归 15 g、赤白芍(各)15 g、淫羊藿 15 g、巴戟天 15 g,14 剂代煎,日服 3 次。

十一诊(2017 年 3 月 9 日):胃脘胀痛,怕凉,烘热交替出现,身痛口苦,心烦易怒,欲呕,嗳气,苔微黄腻,舌黯红,此乃肝郁肝气犯胃,气血痰火湿邪郁滞中焦。

拟方:炒苍术 10 g、川芎 10 g、炒栀子 15 g、香附 15 g、柴胡 10 g、黄芩 10 g、姜半夏

15 g、党参 15 g、炒白芍 15 g、蒲公英 30 g、厚朴 10 g、苏梗 10 g、炒黄连 10 g、炒吴茱萸 2 g，14 剂代煎，日服 3 次。

十二诊（2017 年 3 月 16 日）：症如前述。

拟方：炒苍术 15 g、川芎 10 g、炒栀子 15 g、蒲公英 30 g、炒延胡索 20 g、香附 15 g、炒黄连 10 g、炒吴茱萸 3 g、厚朴 10 g、苏梗 10 g、广木香 10 g、当归 15 g、炒白芍 15 g、姜半夏 10 g、炙甘草 10 g、枳实 10 g，颗粒剂 12 剂，冲服，日服 2 次。

十三诊（2017 年 3 月 30 日）：此次肝功能已全部正常，体力有增，精神转佳，宜投原方巩固，14 剂代煎，日服 3 次。

按语：该老妪是以五更泄泻来初诊，症见大便溏薄，凌晨时泄泻 3～4 次，胃痛腹冷，胸闷背痛，苔白脉沉，一派脾肾阳虚之象。此应责之命门火衰，火不暖土，脾虚失于健运，寒湿内生。凌晨乃阴气极盛，阳气初萌之际。肾中命火不足，脾虚寒湿内聚，水谷杂下，腹冷泄泻。方用《太平惠民和剂局方》中的附子理中丸温暖脾肾之阳，健脾化湿，温中止泻为君；佐以《普济本事方》的二神丸（肉豆蔻、补骨脂）温暖脾阳，固涩止泻之剂为臣；加白芍敛阴和营，香连丸行气化湿为佐；苍术、焦山楂宽中行滞为使。药中病机，七剂即效。二诊又见口吐清水，加炒吴茱萸温胃暖肝，半夏、生姜降逆止呕。

附子理中丸是在《伤寒论》理中丸的基础上加附子而成，是仲景开创温中健脾散寒化湿之祖剂，所谓理中者，乃调理中焦，鼓荡中阳也。黄元御在谈中焦之气时说："胃主降浊，脾主升清，湿则中气不运，升降反作，清阳下陷，浊阴上逆，人之衰老病死，莫不由此，故医家之药，首在中气。""中气之治，崇阳补火""泻水补火，扶阳抑阴，使中气轮转，清浊复位，却命延年之法，莫妙于此矣"。

2016 年 9 月 29 日该患者又以乙肝"大三阳"、肝功能受损就医，虽见 ALT、AST 等增高，仍有乏力神疲等脾虚之象，故用四君子汤加黄芪调补脾胃以助中焦之气，再用小柴胡汤合茵陈蒿汤清泄肝胆湿热，恢复期又加淫羊藿、巴戟天等补肾之品，所谓"正气存内，邪不可干"也。

【案二】

王某，男，50 岁。

初诊（2016 年 10 月 18 日）：胆囊术后 7 年余，刻下食油荤即泄，纳谷正常，大便先干后稀，脉缓，苔薄白。此乃脾虚湿盛，肝胆疏泄不利。

拟方：党参 15 g、炒苍白术（各）15 g、茯苓 15 g、炙甘草 10 g、广木香 10 g、砂仁（后下）6 g、葛根 30 g、炒白芍 15 g、干姜 10 g、藿香（后下）10 g、柴胡 10 g、肉豆蔻 10 g、焦山楂 20 g、防风 10 g，14 剂，水煎服，日服 2 次。

二诊（2016 年 11 月 6 日）：药中病机，大便已明显改变，食油荤后未见泄泻。宜前方加乌梅 20 g、白芷 10 g，14 剂，水煎服，日服 2 次。

按语：胆囊术后由于胆汁分泌不正常，故而食油荤即泻，中医辨证当属脾虚湿盛，结合现代病因胆囊术后，考虑肝胆疏泄不利，脉缓，苔白，脾虚寒湿盛之征明显，用理中汤加葛根、防风者提升脾阳，风能胜湿；加柴胡条达肝气，加炒白芍酸寒坚阴而止泻，肉豆蔻燠土化湿，木香、砂仁醒脾止泻，藿香化浊，焦山楂助运。药中病机，取效神速。

便　秘

【案一】

李某，女，76岁。

初诊（2012年5月17日）：脘腹不适，窜痛，大便不畅，状细，便难。胃镜：① 十二指肠球溃瘢痕期；② 慢性浅表性胃炎，活动期。苔黄腻，此乃肝脾失调，气机阻滞。

拟方：炒白芍30 g、防风10 g、陈皮10 g、炒苍白术（各）15 g、广木香10 g、炒黄连10 g、葛根30 g、升麻10 g、党参15 g、枳实10 g，7剂，水煎服，日服3次。

二诊（2012年5月24日）：腹痛已止，大便已通，解便已畅，日行2～3次，此塞因塞用之法。近日胃纳欠佳，苔黄腻略厚，加焦山楂15 g、炒谷芽15 g，7剂，水煎服，日服3次。

按语：此案是一高龄患者，脘腹窜痛，大便不畅，既细且难解，断为肝气乘脾，肝脾失调，又见黄腻舌苔，诊为湿热浊气阻滞胃肠，升降乖逆。故用肝脾建中法疏肝理脾，调和气血，以健运中焦之气。选用朱丹溪的痛泻要方补脾柔肝（亦是肝脾建中法的代表方）；加《局方》香连丸清热化湿，行气化滞。

此二方一是治腹痛泄泻的，一是治疗湿热痢疾的。大便不畅反用止泻止痢方为何？关键是在患者脘腹不适、窜痛上下，知其为肝脾失调，气机不畅，清气不升，浊气不降，故见满腹窜痛。故加升麻、葛根以升清阳；加枳实以降浊气；加党参以扶脾土。七剂痛止便通，二诊加山楂、谷芽以消导之。此塞因塞用之典型案例也。

【案二】

杨某，男，79岁。

初诊（2017年8月30日）：腰压缩性骨折，刻下大便不畅，X线：右侧中腹小液平，苔薄白，脉弦。症见腹胀，宜通腑润肠。

拟方：厚朴15 g、枳实10 g、制大黄10 g、火麻仁30 g、当归15 g、杏仁10 g、赤白芍（各）15 g、槟榔15 g、大腹皮15 g、党参20 g、郁李仁10 g、莱菔子30 g，颗粒剂6剂，冲服，日服2次。

二诊（2017年9月6日）：药中病机，前加生白术10 g、广木香10 g，颗粒剂6剂，冲服，日服2次。

三诊(2017年9月13日)：药中病机,右侧腹部X线：腹部立位未见明显异常(腹部小液平已消失),前方生白术加至30 g,颗粒剂6剂,冲服,日服2次。

四诊(2017年9月20日)：大便已通,日行一次,刻下夜尿多,小腹胀,宜前方加瞿麦15 g、王不留行15 g、乌药15 g、益智仁15 g、山药30 g,颗粒剂6剂,冲服,日服2次。

按语：此腰椎骨折后的并发症,因腰椎骨折,久卧床榻,腑气不畅,因而引起大便不通畅,X线并见有小液平,说明有不完全性肠梗阻之症。笔者用《伤寒论》治疗脾约的麻仁丸(麻仁、芍药、枳实、大黄、厚朴、杏仁),加当归活血润肠,槟榔、大腹皮、莱菔子行气破滞,郁李仁润肠通便,党参顾护胃气。全方攻不伤正,补不碍邪,润肠通便,行滞通腑,气血兼顾。

不完全性肠梗阻

陈某,男,37岁。

初诊(2017年6月2日)：太阴寒实,腹胀腹痛,欲呕,大便不畅。西医诊断：阑尾炎术后、不完全性肠梗阻。宜温脾汤加味。

拟方：党参20 g、炮附子15 g、干姜15 g、炙甘草10 g、当归30 g、制大黄15 g、莱菔子30 g、槟榔30 g、红藤30 g、败酱草30 g、厚朴15 g、枳实10 g,颗粒剂15剂,冲服,日服2次。

二诊(2017年6月21日)：药中病机,大便已通,腹痛已止,呕吐亦止。原方加高良姜10 g、香附15 g,颗粒剂15剂,冲服,日服2次。

按语：此案先点出病机,诊为太阴寒实证,可见腹胀腹痛、欲呕、大便不畅之外,当有腹冷、苔白、脉沉、不渴等脾阳亏虚之象,只是门诊人多未及写清楚,省略了舌脉等依据。

《备急千金要方》的温脾汤,是为攻下冷积,温补而设,笔者习惯上不用芒硝的峻泻,改换成降气破滞的莱菔子、槟榔,加厚朴、枳实,又是小承气汤,红藤、败酱草活血消肿,化瘀止痛。全方共奏温中散寒、活血化瘀、行滞破积、润肠通腑之效。此案应属急腹症,腑气已通,疼痛呕逆自止。

尿路感染

陈某,女,67岁。

初诊(2018年3月23日)：湿热下注,尿路感染,尿频、尿急、尿痛,伴腰痛腰凉。

拟方：生地20 g、木通6 g、竹叶10 g、生甘草10 g、萹蓄15 g、瞿麦20 g、桂枝15 g、炮附子(先煎)10 g、车前子(包煎)30 g、猪苓15 g、茯苓15 g、泽泻15 g、炒栀子15 g、连翘

20 g、当归 15 g、浙贝母 15 g、苦参 6 g、生黄芪 20 g，7 剂，水煎服，日服 3 次。

二诊(2018 年 4 月 1 日)：前方乏效，仍有尿频尿急。

拟方：生黄芪 30 g、当归 10 g、浙贝母 15 g、苦参 10 g、车前子 30 g、肉桂 10 g、生地 20 g、瞿麦 20 g、萹蓄 20 g、滑石(包煎)30 g、乌药 10 g、土茯苓 30 g、生甘草 10 g、炒栀子 15 g、贯众炭 10 g，7 剂，水煎服，日服 3 次。

三诊(2018 年 4 月 8 日)：前方效著，尿频尿急已轻。前方加山药 30 g、益智仁 10 g、桂枝 15 g、山茱萸 15 g，7 剂，水煎服，日服 3 次。

四诊(2018 年 4 月 15 日)：前方继服，7 剂，水煎服，日服 3 次。

五诊(2018 年 5 月 2 日)：尿频尿痛皆轻，但小便白细胞：$0.28×10^9/L$，细菌计数：28 752.8 个/μl($0.00\sim300.00$)，宜前方加蒲公英 30 g、龙葵 20 g、紫花地丁 20 g、金银花 30 g、连翘 20 g、炮附子(先煎)15 g，7 剂，水煎服，日服 3 次。

六诊(2018 年 5 月 9 日)：药中病机，诸症皆轻，原方巩固，7 剂，水煎服，日服 3 次。

七诊(2018 年 9 月 5 日)：尿频尿痛，尿细菌数：9 274.1 个/μl，潜血($+-$)，白细胞：$0.56×10^9/L$，伴胆固醇高，宜 4 月 1 日方加蒲公英 30 g、紫花地丁 20 g、龙葵 20 g，7 剂，水煎服，日服 3 次。

八诊(2018 年 9 月 12 日)：近日腰痛，尿频尿痛已轻，前方加川怀牛膝(各)15 g，7 剂，水煎服，日服 3 次。

九诊(2018 年 9 月 19 日)：今查尿白细胞 $0.05×10^9/L$，细菌计数降至：4 011.8 个/μl，尿频尿痛已轻，宜原方加焦三仙(各)30 g、炒苍白术(各)15 g，剂，水煎服，日服 3 次。

十诊(2018 年 9 月 26 日)：腰酸，小便仍有轻度涩痛不适，(2018 年 9 月 18 日)经省立医院尿培养＋药敏：对多种抗生素都耐药，耐药菌＞10 万 cfu/ml，宜扶正(健脾益肾)兼清热利湿。

拟方：生黄芪 30 g、桂枝 20 g、党参 20 g、炒苍白术(各)15 g、炙甘草 10 g、赤苓 15 g、猪苓 15 g、生地 15 g、茯苓 30 g、炒黄连 10 g、广木香 10 g、瞿麦 20 g、萹蓄 20 g、生薏苡仁 30 g、车前子(包煎)30 g、炮附子(先煎)15 g、蒲公英 30 g、紫花地丁 20 g，7 剂，水煎服，日服 3 次。

十一诊(2018 年 10 月 3 日)：原方巩固，7 剂，水煎服，日服 3 次。

十二诊(2018 年 10 月 10 日)：耳背，腰酸，前方加杜仲 10 g、五味子 10 g、泽泻 15 g，7 剂，水煎服，日服 3 次。

十三诊(2018 年 10 月 17 日)：前方益气健脾，温阳化气，佐以清化湿热，清利湿毒之剂，刻下尿频尿急已缓解，尿检：细菌计数：381.6 个/μl，宜原方巩固，7 剂，水煎服，日服 3 次。

十四诊(2018 年 11 月 21 日)：药中病机，停药 1 个月后尿频尿痛未见复发，小便常规仅见潜血($+$)，可见益气健脾温阳助气化湿热之品疗效显著，7 剂，水煎服，日服 3 次。

2018年12月2日来诉复查尿常规各项均正常。

按语：该案以尿频、尿急、尿痛就诊，是典型的淋证。但细询知其伴有腰痛、腰凉，辨证为湿热下注，素体脾肾阳虚，气化不利。初投五苓散加生黄芪补正气，炮附子温肾阳；佐以导赤散、当归贝母苦参丸清利下焦湿热。清补兼施，寒热并用，药后1周仍有尿频尿急，二诊即改为清利湿热为主，佐以黄芪补气健脾，肉桂温阳助气化，药中病机，尿频、尿急、尿痛皆轻，随即原方加山药、益智仁、桂枝、山茱萸等补益脾肾，温阳化气之品。五诊时虽然尿频尿急皆轻，但小便化验仍有异常，故又加入炮附子、蒲公英、龙葵、紫花地丁、金银花、连翘等，前后就诊14次，临床症状及小便常规皆正常。

淋证初起主要是下焦湿热，膀胱气化不利，拖延日久即转为虚实夹杂，再遇到禀赋不足或高年肾气亏虚之人就更需标本兼顾、寒热并用了。

该患者首诊时虽尿频尿痛，但腰痛腰凉乃肾精亏虚、肾阳虚弱之象，二诊虽君药以当归贝母苦参丸开路，但黄芪补气扶正，肉桂温阳助气化仍不可少。三诊时加入山药、益智仁、桂枝、山茱萸更是培补脾肾，顾护先后天之本，只有正气日盛，方可有力抗邪。所以中医治病是治人，是调动人的抗病能力，一味清热解毒利湿与西医抗菌消炎无异。

尿　血

卢某，男，82岁。

初诊（2016年9月6日）：肾虚湿热下注。刻下血尿，尿色鲜红，伴尿频，会阴部灼热。西医诊断为输尿管占位、左肾积水。苔黄腻，脉沉弦。

拟方：生地20g、竹叶10g、生甘草20g、白茅根60g、大小蓟（各）30g、仙鹤草60g、白花蛇舌草50g、石见穿20g、瞿麦15g、炒栀子15g、土茯苓30g、蒲黄炭10g、生地榆20g、炒苍术15g、炒黄柏15g、怀牛膝15g、生黄芪20g、山茱萸15g，7剂，水煎服，日服3次。

二诊（2016年9月13日）：药中病机，小便下鲜血明显减少，偶有不带鲜血的小便。原方巩固，前方继服，7剂，水煎服，日服3次。

三诊（2016年9月20日）：药后小便渐清，已近48h未见尿血，清热化湿、益气养阴止血法初见成效，唯腹中时胀，宜前加广木香10g、槟榔10g，14剂，水煎服，日服3次。

四诊（2016年10月4日）：从9月18日开始小便下血已止，纳谷渐馨，体力有增，前方加党参15g、覆盆子20g，14剂，水煎服，日服3次。

五诊（2016年10月18日）：前方效著，前方继服，14剂，水煎服，日服3次。

六诊（2016年11月21日）：小便下血已26日未见再出血，唯睡眠欠佳，前加五味子10g，14剂，水煎服，日服3次。

七诊(2016 年 12 月 20 日)：小便已 55 日未见尿血,刻下失眠,大便干结,宜养阴清心火。

拟方：炒酸枣仁 30 g、川芎 10 g、炒白芍 15 g、知母 20 g、五味子 10 g、炒栀子 15 g、茯神 30 g、炙远志 10 g、生地 30 g、生甘草 10 g、白花蛇舌草 30 g、石见穿 20 g、浙贝母 15 g,14 剂,水煎服,日服 3 次。

八诊(2017 年 1 月 9 日)：大便干结,失眠略轻,前加姜半夏 10 g、全瓜蒌 15 g、玄参 20 g,14 剂,水煎服,日服 3 次。

九诊(2017 年 2 月 7 日)：小便已 101 日未见下血,失眠好转,伴尿频,宜前加杜仲 10 g、覆盆子 20 g,14 剂,水煎服,日服 3 次。

十诊(2017 年 2 月 27 日)：夜尿频作,睡眠已改善,小便 122 日未见尿血。

拟方：炒酸枣仁 30 g、知母 20 g、炒白芍 15 g、川芎 10 g、炙甘草 10 g、乌药 15 g、益智仁 10 g、覆盆子 20 g、生地 20 g、白花蛇舌草 30 g、石见穿 20 g、五味子 10 g、当归 20 g、玄参 30 g、浙贝母 15 g,21 剂,水煎服,日服 3 次。

按语：卢氏老翁,就诊时已 80 岁高龄,患无痛性血尿,曾在某三甲医院泌尿科住院未能控制,经朋友介绍来笔者处求治,用手机拍下尿血照片,色鲜红量多,伴有尿频,会阴部灼热,苔黄腻,此下焦湿热之象,西医诊断为输尿管占位。考虑年老精衰,肾气肾阴皆亏,加之下焦湿热,浊毒挟瘀伤及血络所致,故采用小蓟饮子化裁。方中生地、竹叶、炙甘草乃导赤散去滑石合二妙散(苍术、炒黄柏)针对下焦湿热而设;白茅根、大小蓟、炒栀子、蒲黄炭、生地榆、仙鹤草皆凉血止血化瘀之品,白花蛇舌草、石见穿、土茯苓清热利湿解毒,针对输尿管占位而设;恐其高年气虚精亏,加生黄芪、仙鹤草、山茱萸、生地、怀牛膝补气固本,滋养肾阴。此剂药量较大,日服 3 次,1 周后小便下血已明显减少,后按此方加减,一直维持到 2018 年 7 月,7 月后未再就诊,现状不详。

小便混浊

李某,男,45 岁。

初诊(2016 年 10 月 28 日)：原罹前列腺炎,刻下便时滴白,小腹胀坠,尿黄,伴乏力神疲,此乃肾虚有湿热。

拟方：炒苍术 15 g、黄柏 10 g、生薏苡仁 30 g、川牛膝 15 g、乌药 15 g、瞿麦 10 g、生黄芪 30 g、当归 15 g、淫羊藿 20 g、巴戟天 15 g、红藤 30 g、败酱草 30 g、桂枝 15 g、王不留行 20 g、益智仁 10 g,14 剂,水煎服,日服 2 次。

二诊(2016 年 12 月 9 日)：前方服后滴白及小腹胀坠皆愈,唯有腰酸。前加杜仲 10 g、桑寄生 15 g、怀牛膝 10 g 以补肾壮腰,14 剂,水煎服,日服 2 次。

三诊(2017年10月13日)：尿素氮略高，伴腰酸倦怠，宜补肾降浊。

拟方：生熟地(各)15 g、山茱萸15 g、山药30 g、淫羊藿20 g、巴戟天15 g、杜仲15 g、续断10 g、川怀牛膝(各)15 g、泽泻15 g、茯苓15 g、牡丹皮10 g、炮附子(先煎)10 g、桂枝15 g、制大黄10 g、当归15 g、肉苁蓉20 g，14剂，水煎服，日服2次。

按语：患者45岁，正值壮年，罹前列腺炎，就诊时小便时滴白，伴有小腹胀坠、尿黄、乏力、神疲等，诊为肾虚湿热下注。肾虚则气化不利，脾虚易生湿浊。

人到中年，工作生活压力过大，熬夜、饮酒、久坐或性生活过度皆可导致肾虚精亏，脾失健运。气化不利，湿浊久郁则血脉不畅，瘀毒互结；气虚则神疲乏力；气滞血瘀则小腹胀坠；湿浊湿毒则尿黄滴白；前列腺液常规可见异常，B超常见前列腺增大。此中老年男性常见病也。笔者首选四妙丸，加桂枝助苍术辛温健脾燥湿以生中阳，助气化；加瞿麦、红藤、败酱草助黄柏、薏苡仁、川牛膝清利湿热，化瘀解毒；加乌药、王不留行行气破滞，直捣病所；加生黄芪、当归、淫羊藿、巴戟天、益智仁补气血、益肾精。此方采用攻补兼施、寒热并用之法，一举取效，后因腰酸加入杜仲、怀牛膝、桑寄生等壮肾补肾之品收功。

四妙丸者(炒苍术、炒黄柏、牛膝、生薏苡仁)乃《成方便读》的方子，其来源于朱丹溪的二妙散，丹溪取黄柏、苍术清热燥湿之效治疗湿热下注，筋骨疼痛，两足痿软或足膝肿痛等。《医学正传》在此方的基础上加川牛膝改汤为丸名为"三妙丸"治疗湿热下注之痿痹等症。徐大椿在《医略六书》中对朱丹溪的二妙散有高度的评价："湿热下注，腰脊不能转枢，故机关不利。腰中疼痛不已焉。苍术燥湿升阳，阳运则枢机自利；川柏清热燥湿，湿化则真气得行。为散，酒调，使湿热运行则经气清利，而腰府无留滞之患，枢机有转运之权，何腰中疼痛不痊哉？此清热燥湿之剂，为湿热腰痛之专方。"可见取古方治今病，重在抓病机，变通与时俱进，跟上时代。

乳糜尿

【案一】

朱某，女，80岁。

初诊(2017年10月29日)：乳糜尿20多年，刻下小便浑浊，有血丝，伴头晕。尿潜血(＋＋＋)、蛋白(＋＋＋)。舌红，苔黄腻。此乃肾气不固，湿热下注。

拟方：生熟地(各)20 g、山茱萸20 g、山药30 g、泽泻10 g、茯苓15 g、牡丹皮15 g、萆薢30 g、车前子(包煎)30 g、生黄芪30 g、党参15 g、炒苍白术(各)15 g、黄柏10 g、萹蓄20 g、土茯苓30 g、生甘草10 g，20剂，水煎服，日服3次。

二诊(2017年11月30日)：药中病机，乳糜尿已完全消失。伴头晕，腰痛。前方加续断15 g、枸杞子30 g、五味子10 g，20剂，水煎服，日服3次。

按语：乳糜尿属中医之膏淋。该患者80岁，肾气亏损，脾失健运。肾气虚则下元不固，气化不利。脾气虚则运化无权，湿热下注。故而用六味地黄汤补肾滋阴，固护肾气；党参、黄芪、白术益气健脾、补益中焦；萆薢分清饮清下焦湿热。故而一举成功，20剂中药小便即清，此标本兼顾之功也。

【案二】

张某，男，75岁。

初诊（2017年5月15日）：原罹乳糜尿，刻下自2016年复发至今。尿浊度：乳糜尿。尿常规：红细胞332个/μl↑ 尿潜血（＋＋＋），尿蛋白（＋＋）。症见小便混浊，乏力，苔偏黄腻，脉弦。此为肾虚有湿热，乃中虚膏淋。

拟方：生熟地（各）20g、山茱萸15g、山药30g、萆薢30g、党参15g、炒白术15g、茯苓15g、仙鹤草30g、黄柏10g、乌药15g、益智仁10g、炙甘草10g、生黄芪30g、柴胡6g、车前子（包煎）30g，14剂，水煎服，日服2次。

二诊（2017年5月29日）：今查尿潜血（＋－），尿蛋白（＋）。药后小便已清，伴失眠焦虑，厚腻苔已退。前加五味子10g、郁金10g，14剂，水煎服，日服2次。

三诊（2017年6月12日）：药中病机，刻下尿潜血，尿蛋已转阴。原方加酸枣仁30g，14剂，水煎服，日服2次。

四诊（2017年6月26日）：药中病机，小便常规正常，小便已清。睡眠已安，精神转佳。前加芡实30g，14剂，水煎服，日服2次。

五诊（2017年7月10日）：乳糜定性连续4次阴性，睡眠渐安。原方巩固。14剂，水煎服，日服2次。

六诊（2017年7月24日）：药中病机，乳糜尿已愈，睡眠亦安。原方继服。14剂，水煎服，日服2次。

按语：乳糜尿属膏淋、尿浊范畴，其发生多与脾肾亏虚，湿热下注有关。过食肥甘，饮食不节，脾胃受损，滋生湿热，壅遏经隧。水谷精微不能正常输布，下趋膀胱，清浊混淆，则出现尿液如米泔水或混浊如浆。若年老体衰或久病不已，肾气受损，下元不固，不能制约脂液，亦可见淋出如膏如脂。但无论脾虚肾虚，此病都与湿热有关，伤及血络也可见膏淋带血或血丝。治疗膏淋，南宋杨倓的《杨氏家藏方》有萆薢分清饮，药仅四味，方中萆薢、石菖蒲、益智仁、乌药治肾虚下元不固，湿浊不化之白浊；还有清代程钟龄《医学心悟》的萆薢分清饮，方中以萆薢、炒黄柏、石菖蒲、茯苓、白术、莲子心、丹参、车前子八味药组成，功可清热利湿，分泌清浊，主治湿热下注，小便混浊。两方方名虽同，其性一温一凉，一补一泄，不可混淆。

该患者年逾七旬，久罹淋浊，其脾肾亏虚是其主因，湿热下注是其标症。且苔黄厚腻，又见乏力，辨证"肾虚有湿热"者是肾气不固，湿热下注。"中虚膏淋"乃脾胃亏虚，脾虚气陷,小便无以摄纳,膏脂随之下滑。故用六味地黄丸的"三补"固摄肾气,黄芪、党参、白术、炙甘草益气健脾为君药治其本,益智仁、乌药、山药即缩泉丸温脾固肾为臣,萆薢、茯苓、车前子清利湿热为佐,使湿热之邪有出路。加仙鹤草既可补虚,又兼顾小便潜血之症。方中用柴胡,很多人恐怕不解其意,此乃健脾必疏肝,肝气条达,脾胃乃健,肝脾建中也。

高尿酸血症

曹某,男,23岁。

初诊(2018年9月5日):血尿酸787 μmmoL/L↑,三酰甘油:217 mmoL/L↑,曾有痛风发作史,平素喜肉食饮酒,少动,多熬夜,其他临床症状不明显。

拟方:炒苍术20 g、黄柏15 g、生薏苡仁30 g、川怀牛膝(各)20 g、土茯苓60 g、泽泻15 g、炒白术15 g、防己10 g、生黄芪30 g、绞股蓝15 g、沙棘30 g,7剂代煎,日服3次。

二诊(2018年9月16日):今查肌酐91 μmmoL/L↑,尿酸:583 μmmoL/L,估算肾小球滤过率:68 ml/(min·1.73 m²)↓,前方加制大黄10 g、枸杞子30 g,7剂代煎,日服3次。

三诊(2018年9月26日):今复查肌酐降至84 μmmoL/L(参考值:41.0~73.0 μmmoL/L),尿酸降至491 μmmoL/L(参考值:155~357 μmmoL/L),7剂代煎,日服3次。

四诊(2018年10月3日):今查尿酸540 μmmoL/L,肌酐:71.9 μmmoL/L,肾小球滤过率:90 ml/(min·1.73 m²),已正常,加虎杖15 g,14剂代煎,日服3次。

五诊(2018年12月26日):今查尿酸608 μmmoL/L,肌酐已正常,原方巩固,14剂代煎,日服3次。

六诊(2019年1月9日):今日复查尿酸降至530 μmmoL/L(参考值:208~506 μmmoL/L),前方继服,7剂代煎,日服3次。

七诊(2019年1月23日):尿酸已降至正常,体力有增,脉缓,舌淡红,苔薄白,宜原方巩固(嘱药后饮食调养,半年复查1次)。

按语:西医学认为高尿酸血症病因众多,分为原发性与继发性两大类。原发性基本上与遗传有关,可能因为某种酶的缺陷引起,继发性是由其他疾病及药物、高嘌呤饮食等引起尿酸生成增多或排泄减少而形成的高尿酸血症所致。该患者体检发现血尿酸高达787 μmoL/L,伴三酰甘油高,但临床上无任何症状,90后的男生,体态略胖,熬夜不活动,过食肥甘状况皆有。中医认为应属于脾虚湿浊不化。日久如发生痛风,可形成关节红肿热痛的湿热痹。朱良春国医大师称之为"浊痹",今虽未出现痛风,仍宜按脾虚湿浊,湿热蕴积辨证。

故选防己黄芪汤为君药(防己、黄芪、甘草、白术)益气祛湿,健脾利水;加四妙散清热利湿;加泽泻、土茯苓渗湿降浊;绞股蓝有"南方人参"之称,扶正健脾,降脂清热;沙棘有健脾化痰,降浊活血等多种功效,全方健脾益肾,祛湿降浊,活血清热。服药 10 日后血尿酸就降至 583 μmol/L,后又加制大黄、虎杖等泄下通腑之品,收获满意效果。

中医治病应治病求本,辨认病因病机,尿酸、血脂偏高,应责之脏腑功能失调,脾主运化,肾司开阖,多食少动,湿热浊毒淤积体内是其病机,健脾补肾以助运化气化,清泄降浊以祛湿邪浊毒。此方补泄兼施,药性平和,补不滞邪,攻不伤正,比西医学的化学药品有较大的优势。

肾功能衰竭

王某,男,78 岁。

初诊(2017 年 6 月 28 日):原罹肾衰、高血压、脑梗死、冠心病,刻下尿素氮:9 mmoL/L↑,肌酐:147 μmmoL/L↑,尿酸:458 μmmoL/L↑,肾小球滤过率:42 ml/(min·1.73 m²)↓,三酰甘油:2.85 mmoL/L。症见乏力神疲,头晕,尿多,夜尿频,大便日行 3～4 次,质稀。苔黄腻。此乃高年脾肾衰败,湿浊内聚。

拟方:生黄芪 30 g、党参 30 g、炒苍白术(各)15 g、当归 15 g、制大黄 15 g、干姜 15 g、乌药 10 g、益智仁 10 g、覆盆子 30 g、姜半夏 15 g、陈皮 10 g、水蛭 10 g、丹参 20 g、桑寄生 20 g、杜仲 10 g、生地 20 g,14 剂,水煎服,日服 2 次。

二诊(2017 年 7 月 12 日):药中病机,原方巩固。前方加桂枝 15 g,14 剂,水煎服,日服 2 次。

三诊(2017 年 7 月 26 日):药中病机,肌酐降至 130 μmmoL/L,肾小球滤过率升至 49 ml/(min·1.73 m²),三酰甘油降至 2.32 mmoL/L,但尿酸升至 460 μmmoL/L。前加土茯苓 30 g,14 剂,水煎服,日服 2 次。

四诊(2017 年 8 月 9 日):头晕时作,大便日行 4～5 次,质稀,夜尿多。伴乏力神疲,苔黄厚腻,脉弦。此乃肝肾精亏,痰浊瘀毒内聚。

拟方:生黄芪 30 g、太子参 20 g、丹参 20 g、川芎 15 g、当归 15 g、天麻 15 g、茯苓 30 g、陈皮 10 g、炒苍白术(各)15 g、制大黄 10 g、桂枝 15 g、覆盆子 30 g、泽泻 15 g、生山楂 20 g、土茯苓 30 g、乌药 10 g、益智仁 10 g、生地 15 g、炒黄芩 10 g,14 剂,水煎服,日服 2 次。

五诊(2017 年 8 月 27 日):今查肌酐升至 156 μmmoL/L(拔牙后服抗生素),伴大便日行 5 次,前方太子参改为党参 20 g,加制大黄为 15 g、炒黄连 10 g,14 剂,水煎服,日服 2 次。

六诊(2017 年 9 月 10 日):头晕下肢无力,益气补肾运脾降浊法。

拟方:生黄芪 30 g、党参 20 g、当归 15 g、肉桂 6 g、桂枝 15 g、制大黄 10 g、生白术

15 g、土茯苓 30 g、水蛭 6 g、生地 20 g、山药 30 g、陈皮 10 g、淫羊藿 20 g、巴戟天 15 g、泽泻 15 g、炒苍术 10 g,14 剂,水煎服,日服 2 次。

七诊(2017 年 9 月 24 日):药中病机,肌酐降至 95 μmmoL/L(正常),尿素:9.8 mmoL/L,尿酸:492 μmmoL/L,三酰甘油:2.74 mmoL/L,极低密度脂蛋白:1.01 mmoL/L。前方生黄芪加至 50 g,14 剂,水煎服,日服 2 次。

随访:后继续服中药,至 2018 年 4 月 29 日肌酐已降至正常:77 μmmoL/L,肾小球滤过率已升至 88 ml/(min·1.73 m²)。

按语:患者年近 80 岁,长期罹患高血压、冠心病、脑梗死,又出现慢性肾功能不全,症见乏力神疲头晕乃元气亏虚之征,尿多尿频乃肾气亏虚之象,大便稀次数多乃脾运失健之证,苔黄腻乃湿浊内聚。其病机当是脾肾阳虚,湿浊瘀毒内聚,虚实夹杂之证。笔者认为,高年肾气先虚,如《内经》云:"年四十阴气自半,起居衰也",加之久病劳倦,致肾虚气化不利,脾虚运化无权。湿浊内聚,血瘀不行,瘀阻则毒邪废物积聚体内,由虚致实,由实致虚,虚实夹杂,正气受损。故而治疗以补肾健脾、活血降浊法为主,方中黄芪、党参、白术、桂枝益气健脾,脾气健运则清阳能升,浊阴能降;生地、覆盆子、桑寄生、杜仲、益智仁补益肾精,肾精充盈则癸水充足,气化正常;陈皮、姜半夏、水蛭、丹参、制大黄活血化瘀,化痰降浊,以攻因脏气虚损所致的瘀浊痰湿。总之,此案治疗扶正重视脾肾、促进气化,攻邪注意泄浊,重点是痰瘀。本着脾阳为本、肾阳为根的理念,力求恢复其自身气化功能才能使其症状逐渐好转,指标降至正常。

肾病综合征

万某,女,8 岁。

初诊(2015 年 8 月 12 日):原罹肾病综合征 5～6 年,刻下激素控制,眼睑浮肿,尿蛋白(+++),伴乏力,苔薄白,脉细弱,当补脾肾,宣散水湿。

拟方:炙麻黄 6 g、杏仁 6 g、生薏苡仁 20 g、炙甘草 6 g、生黄芪 15 g、炒白术 10 g、当归 6 g、熟地 15 g、山茱萸 10 g、山药 15 g、茯苓 15 g、白茅根 20 g、白花蛇舌草 15 g、生姜 6 g,14 剂,水煎服,日服 2 次。

二诊(2015 年 8 月 26 日):尿蛋白已转为阴性,前方加巴戟天 10 g、芡实 15 g,14 剂,水煎服,日服 2 次。

三诊(2015 年 9 月 9 日):原方巩固,30 剂,水煎服,日服 2 次。

四诊(2015 年 10 月 7 日):诸症为轻,原方加制大黄 5 g、焦三仙(各)15 g,30 剂,水煎服,日服 2 次。

五诊(2015 年 11 月 8 日):前方效著,改汤为丸。

拟方：炙麻黄 200 g、杏仁 200 g、炙甘草 200 g、生薏苡仁 300 g、生黄芪 400 g、炒白术 300 g、当归 200 g、熟地 300 g、山茱萸 300 g、山药 300 g、茯苓 200 g、白茅根 300 g、白花蛇舌草 300 g、生姜 100 g、巴戟天 200 g、芡实 300 g、焦三仙(各)200 g、制大黄 80 g，上药制成浓缩丸，日服 20 粒，日服 3 次。

六诊(2016 年 8 月 24 日)：小便蛋白已转阴 1 年，服丸药巩固未见复发，肾功能也正常。宜丸药缓图，巩固疗效。

按语：患者仅 8 岁，患肾病综合征就有 5～6 年，虽服激素，仍出现小便中尿蛋白(＋＋＋)、眼睑浮肿伴乏力、苔白、脉细弱等症。眼睑浮肿当属风水挟湿，乏力乃脾虚湿困，蛋白尿乃肾虚不固，精微物质泄漏之象。笔者用《金匮要略》治疗湿病的麻黄杏仁薏苡甘草汤发汗解表，祛风除湿；黄芪、白术、山药、茯苓、芡实健脾利水；当归养血，熟地、山茱萸滋补肝肾；生姜味辛，通畅神明，可助麻黄走表，又可助白术化湿；白茅根、白花蛇舌草清热活血，利水解毒。全方共奏宣肺解表、益气健脾、化湿行水、补肾活血之效，故能一诊获效。二诊加巴戟天以温润肾阳，芡实以健脾固精，后改汤为丸，缓缓图治，1 年后仍未复发。说明中医中药如果辨证用药得当，其效果比西药激素可靠。之所以用麻杏苡甘汤，是仲景提出："腰以下肿，当利小便，腰以上肿，发汗乃愈。"《内经》又云："诸湿肿满，皆属于脾。"肺为水之上源，脾虚水泛，肺气郁闭，故见眼睑浮肿。用麻黄杏仁薏苡甘草汤为君；乏力、蛋白尿是脾虚、肾精不固之象，故用健脾化湿之品，与养血补肾之品为臣；白茅根、白花蛇舌草利水清热为佐；生姜辛散走表，宣肺行水为使。

心律失常

赵某，女，53 岁。

初诊(2017 年 12 月 20 日)：心电图示频发房性期前收缩，呈二联律。胸前 R 波、T 波变化。刻下心悸，失眠，心慌，畏寒，脉参伍不齐，自汗，宜"心动悸，脉结代，炙甘草汤主之"。

拟方：炙甘草 15 g、干姜 10 g、桂枝 15 g、红参 10 g、生地 15 g、阿胶(烊冲)6 g、火麻仁 20 g、太子参 15 g、麦冬 20 g、五味子 10 g、茯苓 30 g、茯神 30 g、炒白术 15 g、生龙牡(各、先煎)30 g、川芎 10 g、丹参 20 g，20 剂，水煎服，日服 3 次。

二诊(2018 年 5 月 4 日)：药中病机，药后心悸失眠皆轻，近日又见复发。前方去干姜，生地加至 30 g，麦冬加至 30 g，加炒酸枣仁 30 g，20 剂，水煎服，日服 3 次。

三诊(2018 年 5 月 30 日)：药后睡眠已安，但仍有心慌，因价贵前方去阿胶，加当归 10 g，20 剂，水煎服，日服 3 次。

按语：该案是一心律失常患者，家在外地，主诉是心悸失眠，伴畏寒，脉象参伍不齐，早搏较多,心电图呈频发前期收缩,呈二联律,并有心肌缺血现象。笔者用炙甘草汤加减,一次性开 20 剂中药,药尽即安。至次年 5 月又见复发,再次来诊求治,始知炙甘草汤的神奇功效。炙甘草汤见于《伤寒论》177 条,原方:"伤寒脉结代,心动悸,炙甘草汤主之。"仲景先师怕人不理解结代脉,故在 178 条中又说:"脉按之来缓,时一止复来者,名曰结。又脉来动而中止,更来小数,中有还者反动,名曰结,阴也。脉来动而中止,不能自还,因而复动者,名曰代,阴也。得此脉者必难治。"以上具体描述了结、代脉的性状。两者均属间歇脉象,均属缓脉,均属阴脉。其中止有定数,复来之脉不快者为代脉。可见古人诊脉,体察甚详,精细入微。现代心电图、心脏彩超、超声心动图、心脏造影等先进技术对心血管疾病的诊断可谓一目了然。但古人留下来治疗疾病的中医中药精粹应该继承发扬光大,使灿烂的中华民族瑰宝继续为人类造福,是我们这一代中医人的责任。

该患者除心悸、心慌,伴失眠,畏寒,此乃心阴心阳两亏,心脉失养,心神不安之象。故用原方中生姜易为干姜,加太子参、五味子,取生脉饮之意益心气,养心阴。方中生地、阿胶、麦冬、五味子、火麻仁滋心阴,养心血,充血脉;红参、炙甘草、炒白术甘温,益心气补脾气;桂枝、干姜配伍丹参、川芎温通心阳,活血通脉;再加龙牡潜镇,安心神,敛心气,故能使心悸失眠,脉结代等同时奏效。二诊加炒酸枣仁、当归养血安神,去阿胶是因其太贵,患者负担不起,所以摒弃不用。

心力衰竭

王某,男,80 岁。

初诊(2017 年 3 月 28 日):原罹患冠心病,心力衰竭Ⅲ级。伴肝硬化,门脉高压,脾功能亢进,肝性腹水。症见咳嗽痰少,下肢浮肿,腹水,心悸气短,四肢凉。苔白,脉促弦滑。此乃心气心阳亏虚,水饮凌心射肺,脾虚肝郁,血瘀水阻为患。苓桂术甘汤加味。

拟方:桂枝 15 g、炒苍白术(各)15 g、茯苓 30 g、炙甘草 10 g、生黄芪 30 g、丹参 20 g、红参 10 g、当归 15 g、葶苈子(包)10 g、杏仁 10 g、姜半夏 10 g、橘红 10 g、川芎 10 g、麦冬 30 g、五味子 10 g、炒黄芩 10 g、炮附子(先煎)10 g,7 剂,水煎服,日服 2 次。

二诊(2017 年 4 月 10 日):药中病机,胸闷心悸皆轻。前加焦三仙(各)20 g、泽泻 10 g,7 剂,水煎服,日服 2 次。

三诊(2017 年 4 月 18 日):药后心悸明显改善,下肢浮肿已消。前加大腹皮 15 g、鸡内金 15 g,7 剂,水煎服,日服 2 次。

四诊(2017 年 5 月 2 日):药中病机,原方巩固。7 剂,水煎服,日服 2 次。

五诊(2017 年 5 月 9 日):药中病机,前方加淫羊藿 20 g,7 剂,水煎服,日服 2 次。

六诊(2017 年 5 月 22 日):药中病机,原方继服。7 剂,水煎服,日服 2 次。

按语：患者高龄，心力衰竭Ⅲ级，伴有肝硬化。就诊时有腹水，心悸，气短咳嗽，四肢凉，下肢浮肿。当时诊断为心气心阳亏虚，水饮凌心射肺，脾虚肝郁，血瘀水阻，考虑阳虚水泛，水气凌心。仲景云"病痰饮者，当以温药和之"，故取苓桂甘汤温阳化饮为君；臣以红参、附子、五味子振奋心肾之阳；黄芪、丹参、当归、川芎益气活血化痰；葶苈子、杏仁、橘红、姜半夏等取其行水化痰、利肺降气之功。药中病机，故而7剂即见明显疗效。

"阳气者，若天与日，失其所则折寿而不彰"。水为阴邪，人之阴阳气血的运行需要依赖气化完成，阳气是气化的关键。脾阳亏虚则水湿不化，肾阳亏虚则寒湿内停，上凌心肺则咳嗽喘悸，水湿泛滥则可见腹水、四肢浮肿，故治疗水饮痰湿者非温阳不可。仲景设救治心肾阳虚的四逆汤、四逆加人参汤、通脉四逆汤等，温化寒湿的苓桂术甘汤、甘草干姜茯苓白术汤以及真武汤、附子汤等，为后世留下了宝贵的财富。

心绞痛

葛某，女，58岁。

初诊（2011年3月27日）：寒气痰凝胸膈，胃脘、胸膈隐痛阻塞，牵及背部隐痛，苔薄白，脉弦。

拟方：桂枝30 g、全瓜蒌15 g、薤白15 g、姜半夏15 g、枳实10 g、旋覆花（包煎）10 g、炮附子（先煎）15 g、片姜黄15 g、威灵仙20 g、降香10 g、炒苍术15 g、广木香10 g、厚朴15 g、佛手15 g、生姜15 g，7剂，水煎服，日服2次。

二诊（2011年4月4日）：诸症皆轻，两下肢易抽筋，前方加当归15 g、炒白芍15 g、淫羊藿20 g，7剂，水煎服，日服2次。

三诊（2011年4月12日）：前方加莪术10 g、金沸草15 g，7剂，水煎服，日服2次。

按语：患者胃脘、胸膈隐痛痞塞，牵及背部亦痛，加之脉弦，苔白，此胸痹心阳不展，寒凝痰气互结之象，取仲景枳实薤白桂枝汤（枳实、厚朴、薤白、桂枝、瓜蒌）与瓜蒌薤白半夏汤（瓜蒌实、薤白、姜半夏、白酒）二方合一，温通心阳，豁痰散结，化瘀通痹；加炮附子温阳散寒；姜黄、降香、威灵仙化瘀通络；苍术、厚朴、广木香、佛手、生姜者燥湿和胃，理气畅中也。

房　颤

【案一】

施某，男，28岁。

初诊（2017年8月27日）：心律失常，时发房颤、心动过速。苔白，脉参伍不齐。此乃心气心阴不足，心阳不展。宜益气养心，宽胸通阳。

拟方：生黄芪 30 g、炙甘草 15 g、桂枝 15 g、生地 15 g、阿胶（烊冲）6 g、火麻仁 15 g、当归 15 g、红参 6 g、生白术 15 g、川芎 15 g、远志 6 g、全瓜蒌 10 g、薤白 10 g、姜半夏 10 g、五味子 10 g、麦冬 20 g，颗粒剂 30 剂，冲服，日服 2 次。

二诊（2017 年 9 月 24 日）：药后胸闷、心悸明显改善，早搏、房颤很少发作，宜炙甘草汤主之。前方红参、阿胶皆加至 10 g，加茯神 10 g，颗粒剂 60 剂，冲服，日服 2 次。

三诊（2017 年 12 月 13 日）：心悸气短明显改善，宜前方加麦冬为 30 g、茯苓 15 g、丹参 20 g、红景天 10 g、沙棘 30 g，颗粒剂 60 剂，冲服，日服 2 次。

四诊（2018 年 3 月 4 日）：药中病机，动态心电图报告，房颤已愈，体力又增，胸闷气短，心悸等症已愈。宜原方巩固。颗粒剂 60 剂，冲服，日服 2 次。

按语：炙甘草汤是《伤寒论》治疗心动悸、脉结代的名方。现代人多因饮食不慎、劳倦熬夜，伤及真阴，损及阳气。阴血不足，血脉无以充盈，阳气不足，无力鼓动血脉，脉气不能接续则出现参伍不齐的结代脉。心气不足，心脉失养则见心悸胸闷。故用炙甘草汤益气滋阴，通阳复脉。加黄芪、白术以补气健脾；当归、川芎以养血活血；五味子、炙远志以安神宁志；姜半夏、全瓜蒌、薤白以化痰宽胸以行滞，使处方灵动，疗效可靠。

【案二】

向某，女，60 岁。

初诊（2014 年 10 月 22 日）：原罹高血压，刻下房颤。症见心悸易怒，苔薄白，脉参伍不齐。

拟方：太子参 30 g、麦冬 30 g、五味子 10 g、炙甘草 15 g、干姜 10 g、桂枝 15 g、生地 20 g、阿胶 10 g、火麻仁 30 g、柴胡 10 g、赤白芍（各）15 g、郁金 10 g、香附 10 g、全瓜蒌 10 g、薤白 10 g，7 剂，水煎服，日服 3 次。

二诊（2014 年 10 月 29 日）：前方悉除，伴下肢抽筋，前加木瓜 20 g、巴戟天 15 g、淫羊藿 15 g、杏仁 10 g、防风 10 g，14 剂，水煎服，日服 3 次。

三诊（2014 年 11 月 19 日）：房颤已纠正，伴自汗，前加生黄芪 30 g、生龙牡（先煎、各）30 g、生熟地（各）15 g、山茱萸 20 g，14 剂，水煎服，日服 3 次。

四诊（2014 年 12 月 28 日）：每年冬天易咳，易感冒，刻下来诊预防咳嗽感冒。

拟方：生黄芪 30 g、防风 10 g、炒白术 10 g、当归 15 g、炙麻黄 8 g、杏仁 10 g、桔梗 15 g、炙甘草 10 g、干姜 10 g、桂枝 15 g、炒白芍 15 g、细辛 3 g、姜半夏 10 g、五味子 10 g、熟地 15 g、山茱萸 15 g、淫羊藿 20 g，14 剂，水煎服，日服 3 次。

五诊（2015 年 1 月 23 日）：感冒后咳嗽加重。

拟方：炙麻黄 10 g、杏仁 10 g、炙甘草 10 g、干姜 10 g、橘红 10 g、桔梗 15 g、炙百部 10 g、当归 15 g、炙黄芪 30 g、蝉蜕 10 g、细辛 3 g、五味子 10 g、桂枝 15 g、炒白芍 15 g、前胡

15 g,17 剂,水煎服,日服 3 次。

六诊(2015 年 1 月 28 日):前方加山茱萸 20 g,7 剂,水煎服,日服 3 次。

七诊(2015 年 2 月 11 日):失眠烦躁。

拟方:太子参 20 g、麦冬 20 g、五味子 10 g、炒酸枣仁 30 g、川芎 15 g、当归 15 g、知母 20 g、姜半夏 10 g、郁金 10 g、柏子仁 10 g、桂枝 15 g、炒白芍 15 g、熟地 20 g、山茱萸 20 g、生龙牡(先煎、各)30 g,14 剂,水煎服,日服 2 次。

八诊(2015 年 6 月 24 日):咳嗽月余,咽痒痰白,自汗痰黏,苔薄白舌淡红。

拟方:炙麻黄 10 g、干姜 10 g、桂枝 15 g、炒白芍 15 g、姜半夏 10 g、细辛 3 g、五味子 10 g、炙甘草 10 g、生黄芪 30 g、熟地 15 g、当归 15 g、杏仁 10 g、前胡 10 g、炙紫菀 30 g、生姜 10 g、大枣 7 枚,7 剂,水煎服,日服 2 次。

九诊(2017 年 7 月 5 日):房颤,畏寒自汗,心悸,脉参差不齐,苔白。

拟方:炙甘草 15 g、干姜 15 g、桂枝 30 g、红参 10 g、生地 20 g、阿胶 10 g、火麻仁 30 g、丹参 20 g、麦冬 30 g、五味子 10 g、生黄芪 30 g、当归 10 g、茯神 30 g、远志 10 g,颗粒剂,6 剂,开水冲服,日服 2 次。

按语:患者有高血压伴房颤,初诊见心悸,易怒,苔薄白,脉参伍不齐。笔者用《医学启源》的生脉散用太子参易红参,价格相对便宜些。该方益气养阴生津,配《伤寒论》中专治心动悸、脉结代的炙甘草汤益气滋阴,通阳复脉;再加柴胡、芍药、郁金、香附疏肝理气;全瓜蒌、薤白化痰宽胸。药后心悸气短、胸闷等症悉除。该患者为心气心阴不足,心之阴阳俱亏,阴血不足,阳气不展,无力鼓动血脉,脉气不相接续,故见脉象参伍不齐(心房纤颤)。

方中生脉散益心气养心阴,配伍生地、阿胶、麦冬、火麻仁滋阴养血;炙甘草合太子参益心气、健脾气,助生化之源;桂枝、干姜辛温,与全瓜蒌、薤白鼓荡温通,振奋心阳;佐以疏肝行气活血的柴胡、赤白芍、郁金等,达到阴阳平补,气血双调,益心气助心阳,养心阴补心血,补而不滞,滋而不腻,温而不燥之效,能使气血冲和,阴阳调畅,心脉得复,心悸能愈。

二诊心悸已愈,伴有下肢抽筋,加木瓜配原方中的赤白芍柔肝舒筋,淫羊藿、巴戟天温通肾阳。三诊因自汗又加黄芪补气,熟地、山茱萸滋补肝肾之阴,龙骨、牡蛎潜镇敛阳。后因感冒咳嗽,随症施治而愈。药后 2 年房颤未再复发,直至 2016 年 11 月 7 日再次发病,在当地服用前方缓解。

高血压性肾病

余某,男,72 岁。

初诊(2016 年 1 月 14 日):高血压 8 年未服药。刻下症见两眼浑浊,下肢浮肿,乏力神疲,夜尿增多,畏寒肢冷,舌淡,苔薄白,脉弦。此乃肝肾亏虚,湿浊瘀毒内聚。

拟方:生黄芪50 g、生白术15 g、当归15 g、天麻15 g、杜仲10 g、生地20 g、制大黄15 g、炮附子(先煎)15 g、干姜15 g、炙甘草10 g、山茱萸20 g、巴戟天15 g、车前子(包煎)30 g、益母草15 g、桂枝15 g、茯苓20 g、土茯苓30 g、姜半夏10 g、泽泻10 g、水蛭10 g、陈皮10 g,7剂,水煎服,日服3次。

二诊(2016年1月29日):药中病机,肌酐由121 μmmoL/L降至98 μmmoL/L,体力有增。肾小球滤过率由56 ml/(min·1.73 m²)升至70 ml/(min·1.73 m²),前加淫羊藿20 g,14剂,水煎服,日服3次。

三诊(2016年2月21日):今查肌酐又升至111 μmmoL/L,估算肾小球滤过率:60 ml/(min·1.73 m²)↓,心脏彩超提示:① 符合高血压心血管改变;② 心律失常(房颤);③ 二尖瓣反流;④ 心包积液。前方加葶苈子(包煎)15 g,14剂,水煎服,日服3次。

四诊(2016年4月25日):今查肌酐108 μmmoL/L,原方继服。14剂,水煎服,日服3次。

五诊(2016年6月19日):6月18日查肌酐90 μmmoL/L,估算肾小球滤过率78 ml/(min·1.73 m²)↓[正常值>90 ml/(min·1.73 m²)],下肢浮肿,原方巩固。14剂,水煎服,日服3次。

六诊(2016年7月10日):今查肌酐109 μmmoL/L,宜2016年1月29日继服。14剂,水煎服,日服3次。

七诊(2016年7月25日):前加葶苈子(包煎)15 g,14剂,水煎服,日服3次。

八诊(2016年8月28日):2016年8月26日复查,肌酐:80 μmmoL/L,肾小球滤过率已升至90 ml/(min·1.73 m²)。1月14日方生黄芪加至60 g,淫羊藿加至30 g,加党参20 g,14剂,水煎服,日服3次。

九诊(2016年9月20日):今查肾功能正常,肌酐:75 μmmoL/L,尿酸:328 μmmoL/L,眼睑及下肢微浮,夜尿多,四肢冷,前方益肾健脾,温阳化湿泄浊法效果明显。宜前方加红参10 g(切),泽泻加至15 g,14剂,水煎服,日服3次。

按语:有些患者认为服降压药容易有依赖性,临床没有症状就不服药,此种误解贻害无穷。门诊上经常碰到此类患者,终至肾衰不救,后悔不及。该患者下肢浮肿,乏力神疲,夜尿增多,畏寒肢冷。下肢肿应属阴水,神疲乏力应属脾虚,夜尿多乃肾虚不固,畏寒肢冷是脾肾元阳不足,气化不利,湿浊瘀毒内聚之象。人身脾阳为本,肾阳为根。温脾阳以资后天之本,温肾阳以促气化摄精,再加利水化湿泄浊之品,7剂中药即把肌酐降至正常。药方取真武汤、温脾汤、苓桂术甘汤之意化裁。

以黄芪、桂枝、白术、茯苓、炙甘草健脾化湿,温阳化气;再加附子温肾阳,干姜暖脾阳,以助脾肾,共促气化;当归、生地、山茱萸、天麻养血柔肝,平肝降压,滋肾壮水以敛浮阳;车前子、茯苓、泽泻利水;陈皮、姜半夏、制大黄、土茯苓化痰泻浊;水蛭通瘀逐恶血兼利水道。

现代研究："水蛭水煎剂对肾缺血有明显保护作用,能降低血清尿素氮、肌酐水平。"

脑出血后遗症

赵某,男,54 岁。

初诊(2016 年 12 月 8 日):原罹高血压,血糖略高。今年 7 月份突然出现脑出血,手术后乏力神疲,畏寒,反应迟钝,黏痰多,清涕多。视力模糊,视野缺陷。苔白,脉弦。此乃气虚血瘀,瘀阻脑络。

拟方:生黄芪 30 g、赤白芍(各)15 g、川芎 10 g、当归 15 g、地龙 20 g、桃仁 10 g、红花 10 g、姜半夏 15 g、丹参 20 g、山茱萸 20 g、巴戟天 15 g、石菖蒲 10 g、桂枝 15 g、熟地 15 g、制南星 10 g、防风 10 g、五味子 10 g,7 剂,水煎服,日服 3 次。

二诊(2016 年 12 月 15 日):药中病机,前方加炒苍术 15 g、葛根 30 g、生地 15 g,14 剂,水煎服,日服 3 次。

三诊(2016 年 12 月 29 日):药中病机,苔白腻。前加泽泻 10 g,14 剂,水煎服,日服 3 次。

四诊(2017 年 1 月 12 日):加大二甲双胍用量后血糖已降至空腹血糖:6～7 mmol/L,刻下认知能力增强。宜原意出入。

拟方:生黄芪 30 g、赤白芍(各)15 g、川芎 10 g、当归 10 g、地龙 30 g、桃红(各)10 g、防风 10 g、葛根 30 g、炒苍白术(各)15 g、炒黄芩 10 g、炒黄连 10 g、泽泻 10 g、姜半夏 10 g、丹参 20 g、桂枝 15 g、薤白 10 g、天麻 10 g、石菖蒲 10 g,7 剂,水煎服,日服 3 次。

五诊(2017 年 1 月 19 日):药中病机,原方巩固,14 剂,水煎服,日服 3 次。

六诊(2017 年 2 月 9 日):药中病机,服补阳还五汤加化瘀消痰降浊之剂后视物渐清晰,认知明显好转,体力有增。前加生地 15 g,14 剂,水煎服,日服 3 次。

七诊(2017 年 2 月 23 日):诸症为轻,原方加黄精 10 g,14 剂,水煎服,日服 3 次。

八诊(2017 年 3 月 16 日):原方巩固,14 剂,水煎服,日服 3 次。

九诊(2017 年 4 月 6 日):前方效著,前加车前子(包煎)20 g,14 剂,水煎服,日服 3 次。

十诊(2017 年 5 月 11 日):原方巩固,14 剂,水煎服,日服 3 次。

十一诊(2017 年 6 月 22 日):视力缺失,胸闷,痰难咯。苔薄白,脉缓。补阳还五汤加味。

拟方:生黄芪 30 g、赤芍 15 g、川芎 15 g、当归 15 g、地龙 20 g、桃红(各)15 g、炒苍白术(各)15 g、姜半夏 15 g、丹参 30 g、水蛭 10 g、制大黄 10 g、太子参 30 g、麦冬 20 g、五味子 10 g、焦三仙(各)20 g、山茱萸 20 g,14 剂,水煎服,日服 3 次。

十二诊（2017 年 7 月 20 日）：药中病机，前加炒酸枣仁 20 g，14 剂，水煎服，日服 3 次。

十三诊（2017 年 8 月 17 日）：药中病机，原方巩固，14 剂，水煎服，日服 3 次。

十四诊（2017 年 9 月 21 日）：诸症皆轻，原意出入。

拟方：生黄芪 40 g、赤芍 20 g、川芎 15 g、当归 15 g、地龙 30 g、桃红（各）10 g、丹参 30 g、生地 15 g、山茱萸 20 g、薤白 10 g、姜半夏 15 g、枳实 10 g、橘红 10 g、桂枝 20 g、茯苓 15 g、制大黄 10 g、水蛭 10 g、太子参 20 g、麦冬 20 g、五味子 10 g，14 剂，水煎服，日服 3 次。

十五诊（2017 年 10 月 26 日）：药中病机，前加葛根 30 g，14 剂，水煎服，日服 3 次。

十六诊（2017 年 12 月 14 日）：偶有胸痛。心脏超声提示：① 左房饱满，左室壁厚度上限，左室舒张功能减低；② 二尖瓣少量反流。心电图：① 窦性心律；② 室性早搏；③ 下壁异常 Q 波；④ T 波变化。前加泽泻 15 g、鬼箭羽 15 g，14 剂，水煎服，日服 3 次。

十七诊（2018 年 2 月 8 日）：药中病机，头脑较前清晰。前加沙棘 30 g、红景天 10 g，7 剂，水煎服，日服 3 次。

十八诊（2018 年 5 月 10 日）：头晕胸闷皆轻，眼视力缺失明显改善。宜前方桂枝减为 10 g，7 剂，水煎服，日服 3 次。

按语：该患者血压、血糖皆高，其气虚血瘀痰阻体质可想而知。如遇调养失宜，劳累、饮酒等因素，其并发症如脑梗死、心肌梗死等在所难免。出现脑出血乃中医之中风，现在 CT 定位，开颅手术清除瘀血可以保住性命。以前中风中脏腑者非死即残，为第一致死因素，故陈修园在《医学三字经》中风门中说："人百病，首中风。"

患者脑出血术后半年，出现神疲乏力，反应迟钝，黏痰较多，鼻流清涕，视力模糊，视野缺陷，此乃气虚血瘀，瘀阻脑络。中风之人首先是肝肾亏虚，虚风内动，痰瘀阻络，所以在用王清任补阳还五汤益气活血通络的同时，又用大剂熟地、山茱萸、巴戟天、五味子之类补肾填精之品以固本扶正；加半夏、天南星、石菖蒲、防风化痰息风通络；丹参活血，桂枝通阳。使其气虚血瘀得以改善，体质得以提高，以期逐渐恢复其脑细胞功能。二诊加入虫类药水蛭，逐瘀通络作用更强，加生脉散以益气养阴顾护心脏。葛根、泽泻通络降脂。以此方原意出入治疗一年半左右，其视物逐渐清晰，体力有所增加，认知能力明显好转。

弱精症

【案一】

王某，男，25 岁。

初诊（2018 年 4 月 15 日）：弱精症，2018 年 4 月 14 日查 A 级精子：16.41％，B 级精

子：14.14％,活动率：43.69％,活力：30.56％,临床症状不明显,宜补肾填精。

拟方：生熟地(各)20 g、山茱萸 20 g、山药 30 g、泽泻 10 g、茯苓 15 g、牡丹皮 10 g、桂枝 15 g、五味子 10 g、覆盆子 30 g、枸杞子 30 g、菟丝子 30 g、车前子(包煎)30 g、女贞子 30 g、蛇床子 20 g、锁阳 10 g、炙麻黄 10 g、淫羊藿 20 g、巴戟天 15 g,20 剂,水煎服,日服 3 次。

二诊(2018 年 5 月 23 日)：当日查 A 级精子：22％,B 级精子：16.29％,精子活动率：52.29％,活力：38.29％,原方巩固。20 剂,水煎服,日服 3 次。

三诊(2018 年 6 月 20 日)：2018 年 5 月 25 日 B 超示左侧精索静脉曲张。今查 A 级精子：3.47％,B 级精子：7.38％,活动率：22.13％,活力：10.85％。症见左侧睾丸疼痛,外观血管充血。

拟方：当归 15 g、川芎 15 g、生地 20 g、桃仁 10 g、红花 10 g、炙甘草 10 g、枳壳 10 g、赤芍 20 g、柴胡 10 g、川怀牛膝(各)15 g、水蛭 10 g、山茱萸 15 g、茯苓 15 g、浙贝母 15 g、川楝子 6 g、丹参 30 g、桂枝 15 g、车前子(包煎)30 g、泽兰 10 g、淫羊藿 30 g,20 剂,水煎服,日服 3 次。

四诊(2018 年 7 月 11 日)：今复查精子,A 级精子：29.95％,B 级精子：24.73％,活动率：67.03％,活力：54.67％。医患皆喜,此乃运用血府逐瘀汤加水蛭等通瘀生精之品的结果,当地市级西医男科医师称"中医真神了",宜原方加菟丝子 15 g,蛇床子 10 g,继服。20 剂,水煎服,日服 3 次。

按语：此案初用六味地黄汤加补肾填精之品乏效,A 级精子一度降至 3.47％,B 级精子降至 7.38％。症见左侧睾丸疼痛,外观血管充血。B 超提示：左侧精索静脉曲张。故改弦易辙,投王清任血府逐瘀汤加水蛭、丹参、泽兰活血通瘀;加桂枝、茯苓、川楝子、浙贝母、车前子通脉渗湿,利水散结;山茱萸、淫羊藿补肝肾之精。疗效凸显,精子质量达到正常水平,后加菟丝子、蛇床子收功。可见中医治病要圆机活法,选方用药,随症变化,审证求因,方出疗效。

【案二】

戴某,男,30 岁。

初诊(2011 年 4 月 13 日)：西医诊为原发性不育症,重度弱精症。婚后 3 年未育,症见腰酸腰痛,阴囊潮湿,小便余淋,时腹泻。苔白厚腻。此乃脾肾精亏,湿邪、瘀血阻滞精窍。

拟方：熟地 300 g、红参 300 g、炒苍白术(各)300 g、山药 30 g、茯苓 300 g、菟丝子 400 g、枸杞子 300 g、五味子 200 g、淫羊藿 400 g、巴戟天 300 g、补骨脂 300 g、锁阳 300 g、葫芦巴 300 g、紫河车 300 g、鹿角片 300 g、黄柏 300 g、瞿麦 300 g,上药制成浓缩丸,每服 50 粒,日服 3 次。

二诊(2017 年 5 月 3 日)：弱精症。前两料丸药后已育一女，刻下欲求二胎，查精子质量仍不达标。原方巩固，再配一料。

按语：男子精弱不育，当责之肾精亏虚，故见腰酸腰痛，出现阴囊潮湿，小便余淋，苔白厚腻。又有泄泻，可见又兼脾虚湿热下注。

方中熟地、枸杞子、五味子滋补肾阴；淫羊藿、巴戟天、菟丝子、锁阳、补骨脂温运肾阳；紫河车、鹿角片乃血肉有情之品，峻补精血；红参、炒苍白术、山药健脾益气止泻，以助生化之源；佐以瞿麦、炒黄柏清利湿热通窍。目标明确，丸药缓图，终获良效。如果不是二诊想要二宝，我们还不知道如此疗效。

血精症

李某，男，43 岁。

初诊(2017 年 1 月 8 日)：罹患精囊炎 16 年，已做过 4 次手术，刻下每次性生活后即出现精中带血，伴尿血，血量大，有血块，而后小便逐渐恢复清澈。治宜滋养肾阴，清利湿热，凉血止血。

拟方：生地 20 g、山茱萸 20 g、山药 20 g、牡丹皮 15 g、泽泻 10 g、茯苓 15 g、知母 20 g、炒黄柏 10 g、炒栀子 15 g、瞿麦 15 g、大小蓟(各)15 g、白茅根 30 g、仙鹤草 30 g、车前子(包煎)30 g、滑石(包煎)20 g、生甘草 10 g，颗粒剂 15 剂，冲服，日服 2 次。

二诊(2017 年 1 月 22 日)：前加三七粉(冲服)10 g、炒蒲黄(包煎)15 g，颗粒剂 15 剂，冲服，日服 2 次。

三诊(2017 年 2 月 8 日)：已患病 16 年的血精经服 1 个月的中药刻下已治愈。伴胃脘时胀，宜前方加炒苍术 10 g、蒲公英 30 g，颗粒剂 15 剂，冲服，日服 2 次。

四诊(2017 年 2 月 22 日)：血精未再发作。伴苔白略腻，胃胀，晨起胃满，此乃湿阻中脘。前加厚朴 15 g、草豆蔻 10 g，颗粒剂 15 剂，冲服，日服 2 次。

按语：血精一症，古来有之。《诸病源候论·虚劳精血出候》云："此劳伤肾气故也。肾藏精，精者血之所成也。虚劳则生七伤六极，气血俱损，肾家偏虚，不能藏精，故精血俱出也。"《景岳全书》谓："精道之血，必自精宫血海而出，多因房劳，以致阴虚火动，营血妄行而然。"该患者精囊炎已 16 年之久，诊断已明确，西医曾做过 4 次手术。来诊时手机拍下大片精血，故用知柏地黄汤滋阴降火，加凉血止血、清热利湿之品获效。手术之所以无效，是没从人身整体观念去考虑，局部手术解决不了房劳伤肾、肾阴亏虚、精关不固的问题，手术更解决不了由相火过旺、湿热下注、扰动精室、伤及血络之精血之症。六味地黄丸的"三补"是地黄滋阴补肾，填精益髓；山茱萸补养肝肾，养阴涩精；山药补益脾阴，兼能固肾。"三泻"之茯苓淡渗脾湿，泽泻益肾泄浊，牡丹皮清泄虚热。知母、炒黄柏清泄相火，兼清湿热,再加凉血止血之品。药中病机,从根本上解决了精囊发炎,行房即出血的原因,这就是中医的"治病必求于本"。

阳　痿

【案一】

韩某,男,34岁。

初诊(2014年12月21日):阳痿早泄,苔黄厚腻。

拟方:炒苍术15 g、生薏苡仁30 g、黄柏15 g、当归15 g、炒白芍15 g、川芎10 g、熟地15 g、柴胡10 g、淫羊藿30 g、巴戟天15 g、菟丝子20 g、枸杞子30 g、覆盆子30 g、五味子10 g、炙甘草10 g,14剂,水煎服,日服3次。

二诊(2015年1月4日):腰痛好转,前方加女贞子20 g、车前子(包煎)20 g,14剂,水煎服,日服3次。

三诊(2015年1月18日):前方杜仲15 g、续断15 g、沙棘30 g,14剂,水煎服,日服3次。

四诊(2015年2月4日):阳痿早泄,阴囊潮湿,口干。

拟方:龙胆草10 g、炒栀子15 g、炒黄芩10 g、柴胡10 g、生地20 g、车前子(包煎)30 g、泽泻15 g、生甘草10 g、当归15 g、炒苍术15 g、黄柏10 g、巴戟天15 g、淫羊藿30 g、怀牛膝15 g、赤白芍(各)15 g,30剂,水煎服,日服3次。

五诊(2015年3月15日):前方效著,原方继服。30剂,水煎服,日服3次。

六诊(2015年4月19日):阳痿早泄明显好转,伴腰痛,前方加杜仲15 g、续断15 g,30剂,水煎服,日服3次。

七诊(2015年5月24日):前方效著,原方巩固。30剂,水煎服,日服3次。

八诊(2016年1月10日):前方效著,阳痿早泄已愈。刻下欲求二宝。

拟方:炒苍术15 g、黄柏15 g、薏苡仁30 g、川怀牛膝(各)15 g、太子参30 g、五味子10 g、杜仲15 g、续断15 g、生地20 g、山茱萸20 g、淫羊藿30 g、巴戟天20 g、当归15 g、炒白芍15 g、菟丝子20 g,30剂,水煎服,日服3次。

九诊(2016年3月27日):精子质量正常,原方巩固。30剂,水煎服,日服2次。

按语:患者正值壮年患阳事不举,又有早泄,且苔黄厚腻,初诊断为:湿热肝郁,肾精不足。投四妙散清下焦湿热,合四物汤养血柔肝以润宗筋,佐以补肾填精的巴戟天、淫羊藿之属,疗效一般。遂想到华岫云在《临证指南医案·阳痿》的按语中说:"更有湿热为患者,宗筋必弛纵而不坚举,治用苦味坚阴,淡渗去湿,湿去热清而病退也。"故从四诊时改用龙胆泻肝汤获效,可见临床上辨证用药之难。

【案二】

焦某,男,34 岁。

初诊(2018 年 1 月 29 日):压力过大引起勃起障碍,自觉精神紧张,焦虑,口苦,近欲求嗣。舌暗红,苔白,脉弦。宜疏肝解郁,佐以益肾填精。

拟方:当归 15 g、炒白芍 15 g、柴胡 10 g、茯苓神(各)20 g、炒苍白术(各)15 g、炙甘草 10 g、川芎 15 g、薄荷 10 g、熟地 15 g、山茱萸 15 g、淫羊藿 30 g、巴戟天 15 g、菟丝子 30 g、蛇床子 10 g、桂枝 15 g、杜仲 10 g、五味子 10 g,14 剂,水煎服,日服 3 次。

另:当归 100 g、炒白芍 100 g、蜈蚣 100 条、生甘草 100 g,共为细末,装入胶囊,口服 3 次,每次 4 粒。

二诊(2018 年 2 月 11 日):前方效著,原方,14 剂,水煎服,日服 3 次。

三诊(2018 年 3 月 11 日):前方效著,原方,14 剂,水煎服,日服 3 次。

后续:当年 9 月陪同家人来看门诊,自述前症多年求治未愈,笔者中药调治三诊即愈,感中医之神奇,如今在自学中医。

按语:阳痿之病或由纵欲过度,斫伤太过;或由压力过大,情志失调;或由烟酒无度,湿热下注引起肝、脾、肾功能失调,宗筋弛缓,故见男子青壮年时期阳痿不举或举而不坚。刻下患者自觉精神紧张,压力过大而出现阳事不举,焦虑,适逢近欲求嗣关键时候,患者求治心切。见其舌红,问其口苦,诊其脉弦。根据张景岳在《景岳全书·杂证谟·阳痿》中说:"凡思虑焦劳,忧郁太过者,多致阳痿。"故投疏肝解郁、调和肝脾的逍遥散,加入补肾益精之品。

方中柴胡、当归、白芍、薄荷疏肝柔肝,养肝血,畅达肝气,恢复肝脏体阴而用阳之本性;用苍白术、炙甘草、茯苓健脾和中,顾后天之本,防木旺克土;熟地、山茱萸滋补肾阴、填补肾精;淫羊藿、巴戟天、菟丝子、蛇床子、桂枝、杜仲温润肾阳,壮阳益阴,与熟地、山茱萸相伍取"善补阳者必于阴中求阳,善补阴者必于阳中求阴"之意;茯神、五味子安心神、敛心气。全方疏肝解郁、安神宁志,益肾填精,兴举阳道。

此案能获此良效,还得益于一验方:当归、白芍、蜈蚣、生甘草共为细末装胶囊。此方是笔者在 1980 年左右的一期中医杂志上看到,用于临床屡试不爽。此方从治肝入手,养肝柔肝,活血通络。正如国医大师王琦提出:"男子有曲情,非女子独有。前阴为肝所统,气血充盈则振,宗筋为肝所主,治痿当重调肝。临床辨证为先,阳痿肝病居首。"

甲 亢

段某,女,22 岁。

初诊(2015 年 6 月 12 日):甲亢,刻下 T_3:5.26 ng/ml, T_4:2.73 μg/ml,TSH:

0.03 mIU/ml↓,伴 ALP：179 U/L,GGT：52 IU/L。症见眼突,颈部甲状腺肿大,右侧偏大。自汗,五心烦热,易怒,多食易胀,苔黄腻,舌红。此乃肝经郁火,胃热痰火。

拟方：柴胡 10 g、赤白芍(各)15 g、枳实 10 g、生甘草 10 g、夏枯草 50 g、姜半夏 15 g、茯苓 20 g、麦冬 20 g、生地 20 g、炒栀子 15 g、山慈菇 15 g、浙贝母 15 g、牡蛎(先煎)30 g、玄参 20 g、郁金 10 g、太子参 20 g,14 剂,水煎服,日服 2 次。

二诊(2015 年 7 月 15 日)：今查 T_3、T_4 已正常,甲状腺较前已小,原方巩固。14 剂,水煎服,日服 2 次。

三诊(2016 年 3 月 9 日)：药后眼突明显改善,心烦易怒好转。今查 T_3、T_4 皆正常,TSH：0.026 mIU/ml↓,前方加黄芩 10 g,20 剂,水煎服,日服 2 次。

按语：甲亢与情绪与阴虚体质有关,阴虚则生内热,气郁易生痰化火。该患者症见甲状腺肿大、眼突、自汗、易怒、五心烦热等,此属中医瘿病范畴,皆为肝经郁火、痰火郁结所致。笔者用张仲景的四逆散加生地、郁金、栀子疏肝理脾,凉血散郁;程钟龄的消瘰丸加夏枯草、山慈菇、姜半夏、茯苓清热化痰,凉血散结,软坚消瘰;太子参、麦冬益气养阴。全方疏肝理脾,清热养阴,软坚散结,化痰消瘿。药中病机,三诊后理化指标及临床症状皆明显改善。

甲状腺癌术后

李某,女,51 岁。

初诊(2015 年 12 月 6 日)：右侧甲状腺癌根治术后放疗后。症见烦躁,头晕,烘热,自汗,苔薄白,脉弦,此乃冲任失调,痰火郁。

拟方：玄参 30 g、浙贝母 15 g、生牡蛎(先煎)30 g、莪术 10 g、当归 10 g、炒白芍 15 g、白花蛇舌草 30 g、淫羊藿 15 g、巴戟天 15 g、知母 15 g、厚朴 10 g、姜半夏 10 g、生地 15 g、茯神 15 g、柴胡 6 g、郁金 10 g,7 剂,水煎服,日服 2 次。

二诊(2015 年 12 月 20 日)：前方效著,原方继服,炒酸枣仁 20 g,7 剂,水煎服,日服 2 次。

三诊(2016 年 2 月 21 日)：今查 T_3：31.95 ng/ml↓,T_4：5.18 µg/ml↓,促甲状腺激素：51.20 mIU/ml↑,前方加夏枯草 30 g、连翘 20 g、枳实 10 g、厚朴 10 g,14 剂,水煎服,日服 2 次。

四诊(2017 年 2 月 12 日)：2017 年 1 月 16 日查 T_3：2.74 ng/ml,T_4：6.32 µg/ml,促甲状腺激素：39.92 mIU/ml,易怒心烦,烘热自汗已明显好转。舌红,苔薄白,脉弦,此乃肝郁痰火。

拟方：柴胡 10 g、赤白芍(各)15 g、枳实 10 g、生甘草 10 g、生牡蛎(先煎)30 g、浙贝母

15 g、玄参 30 g、夏枯草 30 g、郁金 15 g、香附 10 g、生地 15 g、牡丹皮 15 g、当归 15 g、茯苓 15 g、香附 10 g、炒栀子 15 g、白花蛇舌草 30 g、炒酸枣仁 30 g，14 剂，水煎服，日服 2 次。

五诊（2019 年 1 月 13 日）：偶有胸闷，前方加全瓜蒌 15 g、薤白 10 g，14 剂，水煎服，日服 2 次。

按语：罹患甲状腺结节、甲状腺癌以及乳腺结节、乳腺癌者，十之八九都与情志有关。女性善感而多郁，长期情怀抑郁，忧愁恚怒，肝气不舒，痰火内郁，日久蕴毒，结为癌瘤。

患者甲状腺癌根治后其肝郁痰火、阴阳失调之症状尚存，故见烦躁头晕，烘热自汗，用消瘰丸（玄参、浙贝母、生牡蛎）加莪术、白花蛇舌草、姜半夏、郁金化痰散结，清热解毒；二仙汤（当归、巴戟天、淫羊藿、仙茅、知母、黄柏）加生地补肾精、养肾阳调冲任；柴胡、郁金疏肝解郁，茯神安神宁志。方证对应，故取桴鼓之效。

2 型糖尿病

殷某，男，46 岁。

初诊（2017 年 12 月 10 日）：罹患 2 型糖尿病，伴高血压，刻下总糖化血红蛋白：9.00 mg/dl↑，糖化血红蛋白：7.40 mg/dl↑，平均血糖：9.24 mmol/L↑，三酰甘油：2.10 mmol/L↑，极低密度脂蛋白胆固醇：0.99 mmol/L↑，空腹血糖：8.61 mmol/L↑。症见头晕，苔白，舌淡有齿痕。此乃气阴两虚，瘀浊湿热内蕴。

拟方：生黄芪 30 g、葛根 30 g、炒黄连 10 g、炒黄芩 10 g、太子参 30 g、麦冬 30 g、五味子 10 g、知母 20 g、丹参 30 g、川芎 15 g、生地 20 g、鬼箭羽 15 g、翻白草 20 g、枸杞子 30 g、制大黄 10 g、炒苍白术（各）15 g、泽泻 15 g、天麻 10 g，14 剂，水煎服，日服 3 次。

二诊（2017 年 12 月 31 日）：药中病机，头晕改善，14 剂，水煎服，日服 3 次。

三诊（2018 年 1 月 21 日）：药中病机，空腹血糖：6.91 mmol/L，糖化血红蛋白：6.13 mg/dl，前方继服，14 剂，水煎服，日服 3 次。

按语：糖尿病，中医称为消渴病，多因五脏禀赋脆弱，气阴两虚，肺燥、胃热、脾虚、肾亏等一系列脏腑功能失调所导致的津液输布失常的一种疾病。临床上以烦渴多饮、多食、多尿、疲乏消瘦为典型症状。如控制不好，正气日虚，瘀毒内聚，常可并发冠心、中风、痈疽、失明等病证。由于胰岛素的问世，给糖尿病患者带来了福音，目前很少有典型的多饮、多食、多尿"三多"的症状出现。

刻下患者 2 型糖尿病伴高血压，症见头晕，其他症状不明显，苔白，舌淡有齿痕，诊为气阴两虚，瘀浊湿热内蕴。方中生黄芪、太子参、麦冬、五味子、生地、枸杞子益气养阴，补心肺之气，滋肾中真阴；葛根生津升脾阳；炒苍白术健脾燥湿。共为补益之品，解决正气亏虚的问题，落实到气阴两亏上，补益了肺、脾、肾三脏。黄连、炒黄芩、制大黄为《伤寒论》中三黄泻心汤,具有清湿热、泄心火、解热毒的功效;配知母、翻白草增加养阴泄火解毒之效;丹参、川芎、鬼箭羽、制大黄皆化瘀通络之品;加上泽泻泄浊、天麻平肝,共奏益气养阴、解毒泄浊、活血化瘀之功。

癫　痫

【案一】

徐某,男,12岁。

初诊(2016年5月15日):自幼罹患癫痫,反复发作至今,刻下发作频繁,发作时口眼歪斜,意识丧失,抽动尖叫。此乃风痰瘀于脑络。

拟方:制南星300g、钩藤(后下)500g、郁金300g、白矾80g、天麻300g、白附子300g、炒僵蚕300g、生地300g、姜半夏300g、葛根300g、知母300g、赤白芍(各)300g、全蝎300g、浙贝母300g、炒黄芩300g、茯苓茯神(各)300g、生甘草200g,上药制成浓缩丸,每服40粒,日服3次。

二诊(2016年8月28日):药中病机,自服中药后癫痫未再发作。原方巩固。

按语:该患儿自小发作癫痫,发病应与先天因素有关。历代医家认为癫痫与风、痰、热、瘀、虚有关。其发作时口眼歪斜,意识丧失,抽动尖叫,是典型的癫痫症状,且发作较频,故而辨证为风痰瘀之邪阻于脑络。治疗以息风化痰镇惊为主,佐以化瘀清热。

方中胆南星、天麻、姜半夏、白附子、钩藤、郁金皆为豁痰开窍息风之药;加全蝎、炒僵蚕虫类药,搜风入络止痉;赤白芍入营,敛肝活血;葛根引药上行,解肌通络,舒挛缓急。知母、浙贝母、炒黄芩、茯苓、茯神清热化痰,安神定志;用白矾者,《本草纲目》云:"矾石之用有四,吐利风热之痰涎……"《医方考》中白矾、郁金为丸名为"白金丸",专主痰壅心窍,癫痫发狂。笔者喜在丸剂中加入以增加其化痰之力。

【案二】

孙某,男,3岁。

初诊(2016年1月20日):小儿癫痫,曾发作2次。发作时瞪眼,四肢抖动,第一次发作时痰阻咽喉,第二次发作时小便失禁,此为痰瘀阻滞脑络。脑电图提示:界限性睡眠,脑电图棘-慢复合波发放(浅睡期中央区),宜定痫丸加味。

拟方:姜半夏10g、制南星6g、郁金10g、白附子6g、炒僵蚕6g、茯苓10g、防风6g、丹参10g、全蝎6g,颗粒剂30剂,冲服,日服2次。

二诊(2016年2月19日):药中病机,原方巩固。颗粒剂30剂,冲服,日服2次。

三诊(2016年2月23日):药后已2个月未发作,宜原方巩固。颗粒剂30剂,冲服,日服 2 次。

四诊(2016 年 4 月 27 日)：今查脑电图为正常睡眠脑电图。原方巩固。颗粒剂 30 剂，冲服，日服 2 次。

按语：定痫丸载自清代程国彭的《医学心悟》，程氏认为痰涎是其病根。此方涤痰息风，开窍安神，白附子配僵蚕、全蝎是取名方牵正散之意，其息风止痉之效确实，故拟此方化痰息风化瘀止痉，功效甚捷。

【案三】

周某，男，26 岁。

初诊(2016 年 7 月 10 日)：2014 年脑外伤后引起轻度癫痫发作，发作不定时，伴头晕、烦躁、失眠、发作时口眼歪斜、手痉挛，此为痰瘀脉络。

拟方：制南星 10 g、白附子 10 g、炒僵蚕 10 g、天麻 10 g、全蝎 10 g、川芎 10 g、葛根 30 g、珍珠母 30 g、郁金 15 g、茯苓 20 g、茯神 20 g、姜半夏 15 g、丹参 20 g、钩藤(后下) 30 g，颗粒剂 30 剂，冲服，日服 2 次。

二诊(2016 年 8 月 14 日)：前方效著，药后癫痫未发，头晕亦未发。颗粒剂 30 剂，冲服，日服 2 次。

三诊(2016 年 9 月 18 日)：原方巩固。颗粒剂 10 剂，冲服，日服 2 次。

另：制南星 300 g、白附子 300 g、炒僵蚕 300 g、天麻 300 g、全蝎 300 g、川芎 200 g、葛根 500 g、珍珠母 500 g、郁金 300 g、茯苓 300 g、生半夏 300 g、丹参 300 g、钩藤(后下) 500 g、炒白术 300 g、浙贝母 300 g，上药制成浓缩丸，每服 30 丸，日服 3 次。

按语：此外伤引起的癫痫。发作时口眼歪斜，两手痉挛，诊断为痰瘀阻滞脑络，处方取定痫丸与牵正散二方之意。以制南星、白附子、炒僵蚕、天麻、全蝎、钩藤、姜半夏等大队化痰息风，平肝止痉之品直捣病所；以茯神、珍珠母镇静安神；丹参、郁金活血通瘀。取效后丸药巩固，以防复发。

成人抽动症

王某，男，33 岁。

初诊(2017 年 11 月 14 日)：四肢及头抽动、震颤，饮酒、吸烟、熬夜，伤及肝阴，肝风内动。舌红，苔白。镇肝熄风汤加味。

拟方：当归 15 g、怀牛膝 15 g、代赭石(先煎) 20 g、川楝子 6 g、生牡蛎(先煎) 30 g、生龙骨(先煎) 30 g、天麻 15 g、钩藤(后下) 30 g、炒白芍 30 g、制南星 10 g、全蝎 10 g、姜半夏 10 g、郁金 10 g、木瓜 20 g、生地 20 g，15 剂，水煎服，日服 3 次。

二诊(2017年11月28日)：药中病机,抽动震颤明显改善,前方加川芎15g、葛根30g,15剂,水煎服,日服3次。

三诊(2017年12月19日)：药中病机,抽动震颤已止,原方巩固,15剂,水煎服,日服3次。

按语：喝酒、吸烟、熬夜,耗伤气阴,损及肝肾。肾主水,肝主木,肾水亏涸不能涵养肝木则生风动摇,肾主骨,肝主筋,虚风内动则抽动不已,此不良习惯造成。当下太平盛世,物质丰富,有些人不知节持,放荡不羁,烟酒过度,膏粱厚味,正如《素问·上古天真论》中所说："以酒为浆,以妄为常,醉以入房,以欲竭其精,以耗散其真,不知持满,不时御神,务快其心,逆于生乐,起居无节,故半百而衰也。"张锡纯《医学衷中参西录》所创治疗内风的镇肝熄风汤(怀牛膝30g、生赭石15g、生龙骨15g、生牡蛎30g、龟甲15g、生白芍15g、玄参15g、天冬15g、川楝子6g、茵陈15g、生麦芽6g、甘草4g)原方本为治疗内中风而设,张锡纯所列主治之症多为中风前兆。今借用其方义,用当归、白芍、怀牛膝、生地养血柔肝,滋补肾阴;以龙骨、牡蛎、代赭石重镇沉潜,以敛浮越之阳气;木瓜、郁金、川楝子解肝之郁,缓肝之急;天麻、钩藤、全蝎、姜半夏化痰息风止痉。全方滋养肝肾之阴,镇潜浮越之阳,化痰舒筋,息风解痉,故能见就诊3次,其顽疾自愈之效。

借古人之法,为今人之用,随证损益,灵活变通是临床的关键。

头 痛

【案一】

杨某,女,45岁。

初诊(2017年2月15日)：气虚血瘀,络脉不畅。头痛时发,劳累时痛。

拟方：生黄芪30g、党参15g、炒苍白术(各)15g、当归15g、川芎30g、防风10g、细辛3g、白芷15g、炙甘草10g、羌活10g、制首乌10g、生地15g、藁本10g、虫草菌丝10g、桃红(各)10g,14剂,水煎服,日服2次。

二诊(2017年3月3日)：药中病机,前方继服。14剂,水煎服,日服2次。

三诊(2017年4月2日)：头痛已愈,原方巩固。14剂,水煎服,日服2次。

按语：头痛分外感、内伤、瘀血、风痰等因,该患者头痛是劳累后发作,虽当时笔者未记录脉象舌苔,其气虚血瘀的临床表现一定具备。故以补气药领先,黄芪、党参、白术、炙甘草、虫草菌丝益气健脾培元;生地、当归、制何首乌、川芎补血养血活血;防风、白芷、羌活、藁本以祛风散湿;细辛助川芎以通脑络;桃红助当归、川芎加强活血。全方用意即补气养血,健脾化湿,活血通络。以补为主,佐以活血通络,祛风止痛。

【案二】

梁某,女,38 岁。

初诊(2016 年 5 月 3 日):原罹血管性头痛,刻下头痛,呕吐,遇风遇冷加重,熬夜生气皆能发作。苔薄白,脉弦。川芎茶调散主之。

拟方:川芎 30 g、荆芥 10 g、防风 10 g、细辛 3 g、白芷 15 g、薄荷(后下)10 g、生甘草 10 g、羌活 10 g、生黄芪 20 g、当归 15 g、赤白芍(各)15 g、炒白术 10 g,7 剂,水煎服,日服 2 次。

二诊(2016 年 5 月 10 日):症较前轻,前加炒吴茱萸 6 g、葛根 30 g、干姜 15 g,14 剂,水煎服,日服 2 次。

三诊(2016 年 5 月 24 日):服前方 3 日后头痛即止,迄今未作,原方巩固,14 剂,水煎服,日服 2 次。

按语:血管性头痛是西医病名,中医当称"头风"。头痛或偏或正,遇风遇冷即发,熬夜生气皆可损伤正气,使风寒湿热之邪挟瘀上扰,因头为诸阳之会,清明之府,风寒湿邪阻遏清阳,则见头痛时发。

方用《太平惠民和剂局方》之川芎茶调散改散为汤,加黄芪、白术益气固表祛湿;加当归、白芍养血和营止痛。药证相符,覆杯即效。汪昂在《医方集解》中说得好:"此足三阳药也,羌活治太阳头痛,白芷治阳明头痛,川芎治少阳头痛,细辛治少阴头痛,防风为风药卒徒,皆能解表散寒,以风热在上,宜于升散也,头痛必用风药者,以巅顶之上,惟风可到也,薄荷、荆芥并能消散风热,清利头目,故以为君,同诸药上行,以升清阳而散郁火,加甘草者,以缓中也,用茶调者,茶能上清头目也。"

三叉神经痛

张某,女,48 岁。

初诊(2015 年 7 月 5 日):罹患右侧三叉神经痛 18 年,去年又出现脑膜瘤,术后刚 1 年,刻下右侧面部三叉神经区疼痛较剧,如火烧刀割,嘴角歪斜,苔薄黄腻,舌暗,此乃痰瘀阻络挟风,川芎茶调散主之。

拟方:川芎 30 g、赤白芍(各)30 g、防风 15 g、细辛 5 g、白芷 15 g、薄荷 10 g、羌活 10 g、全蝎 6 g、白附子 10 g、制南星 10 g、桃红(各)15 g、生地 20 g、当归 15 g、葛根 30 g、威灵仙 15 g,7 剂代煎,日服 3 次。

二诊(2015 年 8 月 5 日):药后有 5 日一点都不痛,宜前方巩固,7 剂代煎,日服 3 次。

三诊(2015 年 8 月 16 日):三叉神经痛基本控制,前方继服,7 剂代煎,日服 3 次。

四诊(2015 年 8 月 26 日):前方加灵草丹 5 g,14 剂代煎,日服 3 次。

五诊(2015 年 9 月 13 日):刻下胃脘时痛,前方加广木香 10 g、郁金 10 g、三白丸 10 g,7 剂代煎,日服 3 次。

六诊(2015 年 9 月 30 日):三叉神经痛已止,伴胃脘隐痛,宜 7 月 5 日方加广木香 10 g、三白丸 10 g,7 剂代煎,日服 3 次。

七诊(2015 年 10 月 14 日):症较前轻,前方加姜半夏 15 g,7 剂,水煎服,日服 3 次。

八诊(2015 年 11 月 1 日):前方服后时有心悸,加太子参 20 g、麦冬 20 g、五味子 10 g,7 剂,水煎服,日服 3 次。

九诊(2015 年 11 月 11 日):心悸好转,前方加生地榆 15 g,7 剂,水煎服,日服 3 次。

十诊(2015 年 11 月 20 日):宜 7 月 5 日方加灵草丹 6 g、广木香 10 g、三白丸 10 g,7 剂,水煎服,日服 3 次。

十一诊(2015 年 12 月 9 日):前方效著,7 剂,水煎服,日服 3 次。

十二诊(2016 年 3 月 9 日):症如前述,三叉神经痛至今未复发,前方加灵草丹 6 g,7 剂,水煎服,日服 3 次。

十三诊(2016 年 5 月 15 日):7 月 5 日方加灵草丹 6 g,7 剂,水煎服,日服 3 次。

十四诊(2016 年 6 月 3 日):脑瘤及三叉神经痛未见明显复发,今查生化全套基本正常。唯总胆固醇略高:5.72 mmoL/L,白细胞 $3.70 \times 10^9/L \downarrow$,宜 5 月 15 日加生黄芪 30 g、淫羊藿 20 g、巴戟天 15 g、黄柏 10 g、知母 20 g,7 剂,水煎服,日服 3 次。

十五诊(2016 年 6 月 26 日):近日耳鸣,宜 2015 年 7 月 5 日方加五味子 10 g、知母 20 g、黄柏 10 g、淫羊藿 20 g、巴戟天 15 g,14 剂,水煎服,日服 3 次。

十六诊(2016 年 7 月 15 日):前方效著,改为颗粒剂,各 1 袋,14 剂。

十七诊(2016 年 8 月 3 日):吹空调及食冷饮又引起三叉神经痛复发,宜 2015 年 7 月 5 日方继服,7 剂,水煎服,日服 3 次。

十八诊(2016 年 8 月 19 日):前方服后疼痛未减,加制乳没(各)6 g、炒栀子 15 g,7 剂,水煎服,日服 3 次。

十九诊(2016 年 8 月 26 日):右侧三叉神经痛,伴舌痛,口苦,口干,此乃风痰化火。

拟方:生地 30 g、炒黄连 10 g、牡丹皮 15 g、赤白芍(各)30 g、川芎 30 g、白芷 15 g、防风 15 g、细辛 5 g、炒延胡索 20 g、制乳没(各)6 g、丹参 30 g、制南星 10 g、蒲公英 30 g、浙贝母 15 g,7 剂,水煎服,日服 3 次。

二十诊(2016 年 9 月 2 日):前方痛略轻,前加郁金 15 g,7 剂,水煎服,日服 3 次。

二十一诊(2016 年 11 月 2 日):前加炒栀子 15 g、生石膏(先煎)30 g,7 剂,水煎服,日服 3 次。

二十二诊(2016 年 10 月 7 日):原方巩固,14 剂,水煎服,日服 3 次。

二十三诊(2017 年 4 月 7 日):胃胀漫酸水,胃镜:慢性非萎缩性胃炎伴胆汁反流。

拟方:姜半夏 15 g、厚朴 15 g、干姜 10 g、炒黄连 10 g、炒吴茱萸 2 g、黄芩 10 g、炙甘草

10 g、三白丸 10 g、炒白芍 15 g、广木香 10 g，7 剂，水煎服，日服 3 次。

二十四诊（2017 年 9 月 24 日）：面红烘热，刺痛，原罹三叉神经痛，宜清胃散加味。

拟方：生地 30 g、升麻 10 g、炒黄连 10 g、赤白芍（各）30 g、牡丹皮 15 g、生石膏（先煎）30 g、细辛 5 g、白芷 15 g、川芎 30 g、炒延胡索 30 g、防风 10 g、薄荷（后下）10 g，7 剂，水煎服，日服 3 次。

二十五诊（2017 年 9 月 29 日）：灼热已轻，疼痛未减，前方继服，7 剂，水煎服，日服 3 次。

另：全蝎 10 g、制乳香 6 g、炒僵蚕 10 g、没药 6 g，颗粒剂 12 剂，冲服，日服 2 次。

二十六诊（2017 年 10 月 11 日）：三叉神经疼痛持续未减，此乃阳明经风热上扰络脉受阻。

拟方：生地 20 g、细辛 5 g、白芷 20 g、升麻 15 g、赤白芍（各）30 g、牡丹皮 15 g、制乳没（各）6 g、炒延胡索 30 g、全蝎 6 g、蜈蚣 6 g、当归 15 g、川芎 20 g，颗粒剂 9 剂，冲服，日服 2 次。

二十七诊（2017 年 10 月 20 日）：前加生石膏 30 g，颗粒剂 14 剂，冲服，日服 2 次。

二十八诊（2018 年 7 月 27 日）：服 10 月 20 日方后三叉神经痛未见复作，但近日又有轻微疼痛，宜原方巩固，颗粒剂 14 剂，冲服，日服 2 次。

按语：三叉神经痛是西医病名，是一种三叉神经分布区内短暂而反复发作的剧烈疼痛，分原发性和继发性两种，属于中医的"面风痛""头风""面风"等范畴。

头为"诸阳之会"，"高巅之上，唯风可达"，风为阳邪，易犯头面。此患者罹患此疾已 18 年之久，久痛入络，痰阻血瘀在所难免，不通则痛，疼痛剧烈是瘀阻较重，络脉不通，风痰阻络之征也。苔黄腻，疼如火烧刀割，此乃风痰化热之象。《太平惠民和剂局方》中方用川芎茶调散主之，疏风止痛为要务，加全蝎、白附子、胆南星搜风通络，化痰清热。生地、赤白芍凉血养阴，散瘀活营；当归、桃红携川芎、芍药活血养血，亦"治风先治血，血行风自灭"之意，加葛根升阳通络，疏风散热，威灵仙通行十二经，止痛效果显著。全方杂而不乱，攻伐有序，疏风止痛，活血通络，化痰清热并行。1 个月后病情就基本控制，后随症加减而安，至 2017 年 9 月 24 日又见面红烘热刺痛，用清胃散加祛风止痛药而愈。今因其他病症求治于余，言其三叉神经痛至今未犯。

眩　晕

安某，女，30 岁。

初诊（2017 年 12 月 1 日）：胃凉吐清水，伴头晕，总胆红素：33.7 μmol/L，直接胆红素：9.6 μmol/L，间接胆红素：24.1 μmol/L，HP（＋）。曾发眩晕，伴嗳气，四肢凉。此乃

寒湿困中,水饮上泛。

拟方:茯苓 30 g、桂枝 20 g、炒苍白术(各)20 g、炙甘草 10 g、泽泻 30 g、炒吴茱萸 4 g、干姜 15 g、党参 15 g、茵陈 30 g、广木香 10 g、炮附子(先煎)10 g、肉豆蔻 10 g、厚朴 15 g、生姜 10 g,14 剂,水煎服,日服 3 次。

二诊(2017 年 12 月 17 日):药后吐水曾好转,近几日又见吐水,但头晕心烦皆轻。宜前方生姜加至 20 g,7 剂,水煎服,日服 3 次。

三诊(2017 年 12 月 27 日):头晕已愈,吐水已轻,肝功能已恢复正常,唯间接胆红素:12.7 μmol/L,宜原方巩固,7 剂,水煎服,日服 3 次。

按语:患者胃凉吐清水,又见头晕目眩、嗳气、四肢凉等症。吐清水乃脾胃寒湿,责之中阳不运,眩晕乃寒湿水饮上犯清阳之位。脾主四肢,脾阳不足即见四肢欠温,取法苓桂术甘汤、吴茱萸汤、桂枝人参汤、四逆汤等温运中阳,温养肝肾,化饮利湿降浊之法,一举取效,吐水眩晕皆愈。可见人体阳气之重要,此乃"脾阳为本,肾阳为根"之思维指导临床用药的实例。

耳 鸣

【案一】

李某,女,68 岁。

初诊(2018 年 4 月 17 日):两耳耳鸣多年。《经》云:髓海不足则头眩耳鸣。此乃肾气、肾精亏虚。

拟方:生熟地(各)20 g、山茱萸 20 g、山药 30 g、泽泻 20 g、茯苓 15 g、牡丹皮 10 g、五味子 10 g、川芎 15 g、葛根 30 g、灵磁石(先煎)30 g、石菖蒲 10 g、炒白术 15 g,14 剂,水煎服,日服 2 次。

二诊(2018 年 5 月 13 日):药中病机,耳鸣已轻。原方巩固。14 剂,水煎服,日服 2 次。

三诊(2018 年 6 月 12 日):耳鸣头晕,颈椎增生。

拟方:葛根 30 g、炒白术 15 g、泽泻 30 g、五味子 10 g、党参 15 g、陈皮 10 g、茯苓 30 g、姜半夏 15 g、石菖蒲 10 g、灵磁石(先煎)30 g、山茱萸 20 g、炙甘草 10 g,7 剂,水煎服,日服 2 次。

四诊(2018 年 6 月 25 日):耳鸣已轻,原方加川芎 15 g,7 剂,水煎服,日服 2 次。

按语:该患者年近古稀,肾精已亏,故见头晕耳鸣。笔者用《重订广温热论》中的耳聋左慈丸取效。该方取六味地黄丸滋补肝肾,益精泄浊之法。加五味子收敛固涩,益气生津,补肾宁心;加磁石镇惊安神,平肝潜阳,聪耳明目;加石菖蒲宁神益智,化湿通窍,可谓组方巧妙。笔者在原方基础上又加葛根、川芎以增活血通络之功,加白术健中除湿,配伍得当,两次即愈。

【案二】

范某,男,57 岁。

初诊(2018 年 8 月 13 日):耳鸣闭气,头脑轰鸣,重则眩晕,呕吐,西医曾诊断为:梅尼埃病。伴胃镜:慢性萎缩性胃炎伴肠化、上皮内瘤变。苔白厚腻,舌淡。此乃痰饮上泛。

拟方:生白术 15 g、泽泻 30 g、炒吴茱萸 6 g、姜半夏 15 g、茯苓 30 g、生地 20 g、灵磁石(先煎)30 g、五味子 10 g、葛根 30 g、川芎 15 g、丹参 30 g、生姜 15 g、炮附子(先煎)15 g、桂枝 15 g、炙甘草 10 g,颗粒剂 14 剂,冲服,日服 2 次。

二诊(2018 年 8 月 28 日):眩晕未再发作,晨起口苦,前方加黄芩 15 g,14 剂,水煎服,日服 2 次。

三诊(2018 年 9 月 10 日):听力有增,原方巩固,21 剂,水煎服,日服 2 次。

四诊(2018 年 10 月 9 日):药中病机,头晕呕吐已止,耳聋好转,仍有耳鸣,两下肢冷,两足凉,苔白舌淡,此乃肾阳不足,痰饮寒湿上泛。

拟方:茯苓 20 g、桂枝 20 g、炒白术 15 g、炙甘草 10 g、姜半夏 20 g、炮附子(先煎)15 g、怀牛膝 15 g、生地 15 g、山茱萸 20 g、泽泻 20 g、川芎 15 g、五味子 10 g、车前子(包煎)30 g、夏枯草 30 g、益母草 20 g,21 剂,水煎服,日服 2 次。

按语:此案是中医眩晕案,古人认为无痰不作眩,仲景明示:病痰饮者,当以温药和之。据症分析,当属脾肾两虚,阴寒内盛,痰饮湿浊上泛,瘀阻脑络。故见耳鸣头响,眩晕呕吐。

方用治疗支饮冒眩的泽泻汤与温阳化饮的苓桂术甘汤为君,健脾温阳化气行水,使清阳上达,浊阴下降;加吴茱萸暖肝,附子温肾以助阳;加半夏、生姜为小半夏汤,降逆止呕,共为臣药;生地、五味子、灵磁石滋阴潜阳,又为治耳鸣的圣药,兼防吴茱萸、附子之辛燥之性,共为佐药;选用葛根、川芎、丹参通窍活血化瘀之品为使。药专力宏,其效甚奇,药虽15 味,却涵盖了 6 个仲景方:泽泻汤、苓桂术甘汤、桂枝附子汤、甘草附子汤、小半夏汤、小半夏加茯苓生姜汤等,可见中医看病先抓病机,病机明确后才可立法,治法确定后其方药随后即可应用,这就要靠熟读经典,《伤寒》《金匮》要熟读。

失 眠

【案一】

李某,男,75 岁。

初诊(2017 年 2 月 19 日):失眠多年,服某老中医药后略有好转,刻下仍离不开安眠药。伴畏寒,大便泄泻,日行 4～5 次,宜酸枣仁汤合交泰丸主之。

拟方:酸枣仁 30 g、炒白芍 20 g、炙甘草 10 g、川芎 10 g、知母 20 g、肉桂 10 g、炒黄连 10 g、姜半夏 15 g、乳香 5 g、五味子 10 g、太子参 20 g、麦冬 20 g,7 剂,水煎服,日服 2 次,晚饭后服 1 次,临睡服 1 次。

二诊(2017 年 2 月 26 日):药后睡眠已改善,仍有胃脘胀气,嗳气,前方加广木香 10 g、枳实 10 g,14 剂,水煎服,日服 2 次。服法如前。

三诊(2017 年 3 月 12 日):胃镜示"慢性萎缩性胃炎伴胆汁反流""十二指肠球炎"。病理:(胃窦)黏膜慢性炎(活动期)伴糜烂,个别腺体肠上皮化生。症见胃胀时痛,嗳气,怕凉,大便泄泻,日行 4～5 次,伴畏寒,苔薄黄,脉缓。此乃中焦虚寒,湿浊内聚。

拟方:党参 15 g、炒苍白术(各)15 g、茯苓 15 g、干姜 15 g、炙甘草 10 g、生黄芪 30 g、莪术 10 g、丹参 20 g、制乌梅 20 g、姜半夏 15 g、炒酸枣仁 30 g、广木香 10 g、炒白芍 20 g、桂枝 15 g、川芎 15 g、蒲公英 30 g、五味子 10 g、乳香 5 g,14 剂,水煎服,日服 3 次。

四诊(2017 年 3 月 26 日):胃胀痛明显改善,宜原方巩固。14 剂,水煎服,日服 2 次。

按语:该患者经人介绍,因失眠困扰多年求笔者诊治。来前已求某中医大家诊治过,略有好转,但仍离不开安眠药,十分苦恼。观其年逾古稀,舌淡红,苔薄黄,询其兼有畏寒泄泻等症,故诊断为肝血、心气皆不足,虚火痰热上扰心神,心脉失养,神不守舍。虽有脾虚泄泻,但治疗应先抓住失眠这个主要矛盾。故用仲景方酸枣仁汤合交泰丸。

方中酸枣仁、白芍、五味子补肝血养肝阴;太子参、麦冬、炙甘草益心气养心阴为君;佐以《韩氏医通》的交泰丸交通心肾;加半夏以和降胃气,仿半夏秫米汤之意;加乳香少许,很多人不能理解其意,可参《本草纲目》言其"治不眠,入心活血"。并嘱其服药全在晚上,晚饭后服 1 次,临睡再服 1 次,故初诊即取得满意效果。

方中酸枣仁、五味子、乳香这三味药,是笔者治疗失眠常用的组药。酸枣仁入心、肝二经,既养心阴又益肝血,故为安神首选药。仲景创酸枣仁汤治疗肝血不足,虚热内扰之虚烦不得眠,用之临床屡试不爽。五味子味甘、酸,性温,益气生津,补肾宁心,又能上敛肺气,下滋肾阴,二药相伍,养心敛肝,安神效果明显增强。加入乳香是《得配本草》书中酸枣仁的配伍应用,有"配辰砂、乳香治胆虚不眠"的记载,用之果不虚言。方中黄连、肉桂、炙甘草,既能交通心肾治疗失眠,又可温中健脾、清热燥湿治疗泄泻。失眠解决后转以温脾健中、行滞消痞法治其胃肠疾患。

【案二】

赵某,女,76 岁。

初诊(2018 年 3 月 4 日):失眠,大便时干时稀,伴骨关节炎,怕冷。苔薄白腻。此乃痰湿内扰,心神失养。

拟方:炒酸枣仁 30 g、姜半夏 15 g、茯苓神(各)30 g、炙甘草 10 g、枳实 10 g、陈皮

10 g、五味子 10 g、川芎 15 g、当归 10 g、太子参 15 g、炒白术 10 g、炙远志 10 g、广木香 10 g、乳香 5 g、肉桂 6 g、炒黄连 6 g，7 剂，水煎服，日服 2 次。

二诊（2018 年 3 月 18 日）：眠差依然如故，前加生地 15 g，7 剂，水煎服，日服 2 次。

三诊（2018 年 4 月 1 日）：睡眠渐安，关节冷痛。前加淫羊藿 20 g、仙茅 10 g、干姜 10 g、肉豆蔻 10 g、炒黄连 10 g，5 剂，水煎服，日服 3 次。

四诊（2018 年 4 月 8 日）：原方效著，5 剂，水煎服，日服 3 次。

五诊（2018 年 4 月 15 日）：偶有失眠，宜养心养肝，安神宁志。

拟方：党参 15 g、生白术 15 g、炒苍术 15 g、生黄芪 30 g、当归 10 g、炙甘草 10 g、茯神 30 g、炙远志 10 g、炒酸枣仁 30 g、广木香 10 g、五味子 10 g、炒黄连 10 g、肉桂 6 g、姜半夏 15 g、乳香 5 g，5 剂，水煎服，日服 3 次。

六诊（2018 年 4 月 29 日）：牙痛失眠，苔薄黄，舌红，口苦。伴乏力。此乃心阴不足，虚火痰热上扰心神。

拟方：生地 20 g、太子参 20 g、麦冬 30 g、五味子 10 g、炒黄连 10 g、阿胶（烊冲）6 g、鸡子黄（冲）1 枚、炒黄芩 10 g、炒白芍 15 g、姜半夏 10 g，5 剂，水煎服，日服 2 次。

七诊（2018 年 5 月 6 日）：睡眠已安，可见经方治病，只要辨准证候，效如桴鼓。原方巩固，5 剂，水煎服，日服 2 次。

按语：此案以失眠求治，初诊时除失眠外又见大便时干时稀，关节怕凉，苔白等症，按痰湿内扰，心胆虚怯，神志不宁，投《世医得效方》十味温胆汤合交泰丸等略见好转。但三诊时自诉失眠依然如故，又加生地益阴清热，四诊出现关节冷，大便溏泻，加入淫羊藿、仙茅温肾祛湿散寒之品及干姜、肉豆蔻暖土止泻之药取效。但至 4 月 29 日第七诊时又出现失眠、牙痛、口苦、苔黄等症，恐以上热药引动心肾之火，伤及真阴，改投黄连阿胶汤合生脉饮后覆杯即安。可见临证之难，难于认证。选方用药一旦出现偏差，不但妨碍疗效，也会增加治疗的难度。

黄连阿胶汤见于《伤寒论》第 303 条"少阴病，得之二三日以上，心中烦，不得卧，黄连阿胶汤主之"。此为治疗阴虚火旺的少阴热化、心烦不寐之妙方。方中黄连、炒黄芩泻心火，白芍、阿胶、鸡子黄滋肾阴，肾阴得以滋养，心火得以清降，睡眠自安。方中鸡子黄乃血肉有情之品，擅长养心滋肾，必须生用，效果始著，故方后言："上五味，以水六升，先煮三物，取二升去滓，纳胶烊尽。小冷，纳鸡子黄，搅令相得，温服七合，日三服。"

【案三】

何某，女，48 岁。

初诊（2017 年 1 月 3 日）：胸膈痞满灼热，失眠，痰火内郁。

拟方：全瓜蒌 10 g、炒黄连 10 g、姜半夏 10 g、陈皮 10 g、茯苓 15 g、枳实 10 g、竹茹 10 g、炒酸枣仁 30 g、川芎 15 g、郁金 15 g、柴胡 10 g、赤白芍（各）15 g、五味子 10 g、香附

10 g,7 剂,水煎服,日服 2 次。

二诊(2018 年 5 月 22 日):腹痛即泻,泻后痛减,生气后胃痛,失眠。

拟方:柴胡 10 g、炒白芍 30 g、炙甘草 10 g、枳实 10 g、陈皮 10 g、防风 10 g、炒苍白术(各)15 g、广木香 10 g、香附 15 g、厚朴 15 g、党参 15 g、姜半夏 15 g,7 剂,水煎服,日服 2 次。

三诊(2018 年 5 月 29 日):药中病机,前症悉除,原方巩固,7 剂,水煎服,日服 2 次。

按语: 中医治病,重在运用中医思维去审证求因,辨证论治。患者胸膈痞满灼热,伴有失眠不寐,诚为痰火内郁、上扰心神。胸膈乃清旷之地,痰郁化火,壅塞其中,哪有不痞之理。

方用小陷胸汤合温胆汤清热化痰,宽胸散结。痰气互结必生郁热,有碍肝胆疏泄,肝为藏血之脏,气滞则血瘀,故加柴胡、郁金、香附疏达肝气;川芎乃血中之气药,得赤白芍增强活血散血之功;五味子、酸枣仁养心安神。药后前症悉除,1 年后又因肝郁脾虚、腹痛即泄求治于笔者,投四逆散、痛泻要方加党参、广木香等运用肝脾建中法取效。

【案四】

梁某,女,38 岁。

初诊(2018 年 12 月 10 日):失眠,口有异味,大便干结,此为产后血虚,痰火内郁。

拟方:炒酸枣仁 30 g、炒白芍 20 g、川芎 15 g、知母 15 g、五味子 10 g、制乳香 6 g、制大黄 15 g、姜半夏 20 g、火麻仁 30 g、郁李仁 15 g、当归 20 g、枳实 10 g,颗粒剂 7 剂,冲服,嘱晚餐后、临睡前各服 1 次。

二诊(2019 年 1 月 14 日):失眠便干皆愈,伴痔疮,前加生地榆 20 g、槐米 30 g,颗粒剂 7 剂,服法同前。

按语: 产后伤及阴血,痰火上扰,心神失养则失眠、口臭,大肠失润则便干。用酸枣仁汤加乳香养心养阴;半夏、枳实、制大黄化痰,泄火降浊;当归、火麻仁、郁李仁养血润肠通便;晚餐后连服 2 次,可让患者安然入睡,能睡则阴血得以恢复,失眠、便干之症可即解除。

奔豚气

马某,女,64 岁。

初诊(2019 年 3 月 21 日):自觉有气上冲,如小猪上窜,烦躁时更明显,发作时异常难受,伴心烦失眠,焦虑,寒热不均,躁汗,苔白厚,脉弦,此乃肝郁气滞、痰气交阻之奔豚证。

拟方:柴胡 15 g、枳实 10 g、赤白芍(各)30 g、炙甘草 10 g、郁金 15 g、香附 15 g、当归 15 g、黄芩 10 g、代赭石(先煎)30 g、姜半夏 15 g、茯苓 20 g、旋覆花(包煎)10 g、生龙牡

(各、先煎)30 g、桂枝 20 g、五味子 10 g,7 剂代煎,日服 3 次。

二诊(2019 年 3 月 29 日):疏肝平肝行气降逆法明显见效,自觉有气从少腹上窜的感觉已消除,宜乘胜追击,原方巩固,14 剂代煎,日服 3 次。

三诊(2019 年 4 月 19 日):药后奔豚症状已解除,刻下仍有眠差,易怒,苔白,脉弦。

拟方:当归 15 g、炒白芍 15 g、川芎 10 g、柴胡 10 g、茯苓 15 g、炒苍白术(各)15 g、炙甘草 10 g、党参 15 g、淫羊藿 20 g、巴戟天 15 g、五味子 10 g、郁金 10 g、香附 15 g、沙棘 30 g、姜半夏 15 g,14 剂代煎,日服 3 次。

按语:奔豚气病见于《金匮要略·奔豚气病脉证治》篇:"师曰:奔豚病从少腹起,上冲咽喉,发作欲死,复还止,皆从惊恐得之。"又曰:"奔豚气上冲胸,腹痛,往来寒热,奔豚汤主之。"仲景指出病由惊恐恼怒所得,肝气郁结化热,随冲气上逆,气血瘀滞则腹中疼痛,少阳郁滞则寒热往来,故仲景明示用奔豚汤(甘草、川芎、当归、半夏、黄芩、生葛根、芍药、生姜、甘李根白皮)养血平肝,和胃降逆。

本案马姓老妪,临床症状极似奔豚症,故取仲景奔豚汤意,用四逆散、小柴胡汤调达肝胆之气,和解少阳枢机;当归、白芍、郁金、香附养血疏肝;代赭石、姜半夏、旋覆花平冲降逆;再用桂枝加龙骨牡蛎汤调和阴阳,潜镇安神。药后即安。效不更方,3 周后诸症痊愈。

腰椎间盘突出症

【案一】

王某,女,44 岁。

初诊(2018 年 9 月 11 日):腰痛,压迫左髋骨及左下肢凉麻,2018 年 4 月 27 日某医院 CT:① 腰椎平直;② L4‑L5 椎间盘突出伴后纵韧带钙化;③ 腰椎增生退变。此乃肾虚风寒湿邪侵袭。

拟方:羌独活(各)10 g、桑寄生 20 g、秦艽 15 g、防己风(各)10 g、细辛 5 g、川芎 15 g、当归 15 g、熟地 20 g、赤白芍(各)20 g、桂枝 30 g、炮附子(先煎)15 g、炮姜 15 g、杜仲 10 g、川怀牛膝(各)15 g、仙茅 15 g、淫羊藿 20 g、续断 15 g、巴戟天 15 g、威灵仙 20 g,颗粒剂 14 剂,冲服,日服 2 次。

二诊(2018 年 10 月 3 日):药中病机,疼痛冷麻皆轻,前方加葛根 30 g、生地 20 g,颗粒剂 21 剂,冲服,日服 2 次。

三诊(2018 年 12 月 4 日):药中病机,诸恙皆轻,前方加生黄芪 30 g、沙棘 30 g,颗粒剂 28 剂,冲服,日服 2 次。

按语:腰椎间盘突出症是临床常见病、多发病,属中医"腰痛""腰腿痛""腰痛连膝""痹病"等范畴。如《素问·刺腰痛论》曰:"衡络之脉令人腰痛,不可以俯仰,仰则恐仆,得之举重伤腰。"《素问·脉要精微论》云："腰者,肾之府,转摇不能,肾将惫矣。"

根据《内经》理论及多年临床经验,笔者认为腰椎间盘突出症首先应责之肾虚。正如张景岳所说："腰痛之虚证十居八九。"因腰为肾之外府,肾主骨,肝主筋,肝肾亏虚则筋骨懈惰无力束骨而出现椎间盘突出退变等。若加之感受风寒湿邪或劳累外伤,可导致患者腰痛较剧,痛连腰腿。

此患者腰痛及左髋骨痛,伴左下肢凉麻,故诊断为肾虚,风寒湿邪侵袭。投《备急千金要方》独活寄生汤加减,2周即痛麻皆轻。《备急千金要方》云："治腰背痛,独活寄生汤。夫腰背痛者,皆由肾气虚弱、卧冷湿地当风得之,不时速治,喜流入脚膝为偏枯、冷痹、缓弱疼重,或腰痛挛脚重痹,宜急服此方。"吴崑《医方考》云："是方也,独活、寄生、细辛、秦艽、防风、桂心,辛温之品也,可以升举肝脾之气,肝脾之气升,则腰膝弗痛矣;当归、熟地、白芍、川芎、杜仲、牛膝者,养阴之品也,可以滋补肝肾之阴,肝肾之阴补,则足得血而能步矣;人参、茯苓、甘草者,益气之品也,可以长养诸脏之阳,诸脏之阳生,则冷痹去而有力矣。"

方中加羌活、防己以加大祛风除湿之功;桂枝易桂心再加附子、炮姜、威灵仙加大温经通络散寒之功;加仙茅、淫羊藿、巴戟天、续断者取其补肾壮骨,温养肾阳之效。全方集滋补肝肾、祛风除湿、温经散寒、通络止痛于一身,故凡遇肝肾不足、气血亏虚、风寒湿痹、腰膝冷痛者皆可投之。

【案二】

孙某,女,65岁。

初诊(2018年10月7日):原罹椎间盘突出症,刻下腰痛,右下肢麻痛,四肢欠温,舌红,苔薄白,伴口干。此乃肾虚骨弱,血脉瘀阻。

拟方:生黄芪30g、桂枝20g、赤白芍(各)30g、生姜10g、大枣7枚、当归15g、川芎15g、炙麻黄6g、炮附子(先煎)10g、细辛5g、防风10g、防己10g、制乳没(各)6g、杜仲15g、川怀牛膝(各)15g、威灵仙20g、续断15g,7剂,水煎服,日服3次。

二诊(2018年10月14日):药中病机,腰腿疼痛、头痛头晕皆轻,原方巩固,14剂,水煎服,日服3次。

按语:本案腰痛,右下肢麻痛,四肢欠温,诊为肾虚骨弱、寒邪侵袭、血脉瘀阻,方用黄芪桂枝五物汤、当归四逆汤、麻黄细辛附子汤三方化裁。患者年逾六十,肝肾不足、气血俱亏,易受风寒湿之邪侵袭,寒湿之邪痹阻经络,瘀阻血脉,血脉不畅则痛麻并作,阳气不达四肢则畏寒四肢冷。黄芪桂枝五物汤见于仲景《金匮要略·血痹虚劳病脉证并治第六》："血痹阴阳俱微,关上微,尺中小紧,外证身体不仁,如风痹状,黄芪桂枝五物汤主之。"该方是治疗阴阳俱微、营卫气血亏虚、阳气不足、血脉瘀阻之证,合温经散寒、通养血脉的当归四逆汤再配以解表温经的麻黄细辛附子汤。三方合用,益气温阳、通经活血、祛寒蠲痹。加杜仲、牛膝、续断以补肾壮骨以固本;加威灵仙、乳香、没药通经活血止痛以治标;方药对证故能覆杯即效,使患者对中医树立信心,产生兴趣。

B 细胞恶性淋巴瘤

丁某,男,62 岁。

初诊(2010 年 5 月 4 日):B 细胞恶性淋巴瘤,刻下耳鸣耳聋,烦躁易怒,盗汗乏力,纳少,苔薄黄舌黯,此乃气阴两虚,肝郁气滞,瘀毒内聚。

拟方:生地 20 g、百合 15 g、生黄芪 20 g、党参 15 g、山茱萸 20 g、山药 30 g、泽泻 15 g、牡丹皮 15 g、茯苓 20 g、知母 15 g、炒黄柏 15 g、白花蛇舌草 30 g、半枝莲 20 g、生薏苡仁 30 g、蜀羊泉 30 g、浙贝母 15 g、炙龟甲(先煎)15 g、五味子 10 g、磁石(先煎)20 g、山慈菇 15 g、冬凌草 30 g,20 剂,水煎服,日服 3 次。

二诊(2011 年 4 月 26 日):刻下腰酸,乏力,纳谷尚可,胃脘时有不适,大便日行 2~3 次,成形,此为脾肾两虚。

拟方:熟地 20 g、山药 30 g、生晒参 10 g、生黄芪 30 g、炒白术 15 g、茯苓 20 g、白花蛇舌草 30 g、半枝莲 20 g、生薏苡仁 30 g、猪苓 20 g、枸杞子 30 g、蜀羊泉 30 g、山慈菇 20 g、灵芝 15 g,20 剂,水煎服,日服 3 次。

三诊(2011 年 11 月 1 日):B 细胞恶性淋巴瘤,化疗 8 次,刻下失眠多梦,耳鸣,右眼白内障失明,畏寒肢冷,苔薄白,舌淡紫,脉细弱。此乃化疗伤正,肾虚精亏。

拟方:熟地 15 g、覆盆子 30 g、山茱萸 15 g、山药 30 g、生黄芪 30 g、炒酸枣仁 30 g、五味子 10 g、灵芝 15 g、生晒参(另煎)10 g、炒白术 15 g、茯苓 15 g、白花蛇舌草 30 g、生薏苡仁 30 g、枸杞子 30 g、当归 15 g、川芎 10 g、冬凌草 30 g、蜀羊泉 20 g、藤梨根 30 g,20 剂,水煎服,日服 3 次。

四诊(2012 年 5 月 8 日):诸症皆轻,原方加益智仁 15 g,20 剂,水煎服,日服 3 次。

五诊(2013 年 6 月 17 日):药后耳鸣依然,一般情况维持尚可,宜前方丹参 30 g,20 剂,水煎服,日服 3 次。

六诊(2014 年 5 月 13 日):药中病机,病情稳定,刻下锁骨下淋巴结肿大。前方加浙贝母 15 g、生牡蛎(先煎)30 g、玄参 30 g、夏枯草 50 g,20 剂,水煎服,日服 3 次。

七诊(2015 年 6 月 16 日):前方服用 3 个月后锁骨下淋巴结肿大已消失,刻下诸症稳定,宜 2011 年 11 月 1 日方继服。20 剂,水煎服,日服 3 次。

八诊(2016 年 4 月 12 日):药中病机,原方巩固。20 剂,水煎服,日服 3 次。

九诊(2017 年 10 月 9 日):药中病机,已 7 年未见复发,刻下基本情况尚好,宜 2011 年 11 月 1 日方继服,20 剂,水煎服,日服 3 次。

按语:淋巴瘤是西医血液淋巴系统的恶性肿瘤,与中医的"石疽"相类似,可归属于中医的"阴疽""瘰疬""失荣""恶核"等范畴。本病多由虚劳日久,脏腑亏虚,毒邪内聚,日久则气血暗耗,肾精亏虚,脾运失健,湿痰凝聚所致。临床上痰凝、气滞、血瘀、毒聚形成"恶核""石疽"等凶险之症。该患者患B细胞淋巴瘤,化疗后来求中医诊治,耳鸣、耳聋、盗汗、乏力皆肾阴亏虚之象,烦躁易怒,苔黄舌黯,此为痰火瘀毒引动相火,上熏肝胆,下灼肾水。治宜滋阴降火、化痰化瘀、清热解毒为法。方中知柏地黄汤、百合地黄汤滋阴降火,加龟甲、灵磁石、五味子滋阴潜阳,聪耳敛精,大队清热解毒、化痰散结消癥之品以攻其顽烈之毒,黄芪、党参顾护中气,以防伤及中焦之气。以此方为基础,随症加减,至2017年仍未复发。这其中8次化疗虽起到一定作用,但后续中医中药的扶正抗癌、防止复发起到了关键作用。

泪道狭窄

曹某,女,40岁。

初诊(2008年9月17日):泪道狭窄,时常流泪,伴时有目赤,头痛,此乃上焦风热。

拟方:生地20 g、荆芥10 g、防风10 g、连翘30 g、金银花30 g、川芎15 g、蔓荆子10 g、谷精草15 g、柴胡10 g、炒黄芩15 g、赤苓15 g、炒牛子15 g、浙贝母15 g、赤白芍(各)15 g、炒栀子10 g、牡丹皮15 g,7剂,水煎服,日服3次。

二诊(2009年1月21日):上焦风热化火,右眼流泪,苔薄白,脉缓,仍宜原方加白蒺藜15 g、蝉蜕10 g、制大黄5 g,7剂,水煎服,日服3次。

三诊(2012年11月20日):右泪道阻塞,流泪,目赤,此为肝经亏虚,上焦风热。

拟方:生地20 g、山茱萸15 g、女贞子20 g、菊花10 g、枸杞子30 g、牡丹皮15 g、泽泻15 g、茯苓20 g、荆芥10 g、防风10 g、蔓荆子10 g、炒黄芩15 g、炒栀子15 g、车前子30 g,7剂,水煎服,日服3次。

四诊(2013年3月10日):前方加决明子15 g,7剂,水煎服,日服3次。

五诊(2017年1月22日):前方效著,服后眼流泪即止。今冬气候干冷,又见右眼流泪,前加赤苓15 g,谷精草15 g,14剂,水煎服,日服3次。

按语:泪道狭窄,时常流泪,见风更甚,《医宗金鉴》认为有虚实之分:"泪冷不痛不赤为虚,宜补肝汤(当归、白芍、蒺藜、川芎、熟地、木贼、防风),泪热肿赤疼痛为实,宜用川芎茶调散(荆芥、薄荷、甘草、木贼、防风、羌活、石决明、菊花、生石膏、川芎)。"该患者流泪伴目赤、头痛,诊断为上焦风热,故拟疏风清热泄火之法取效。首诊后4个月复发,二诊后维持了近2年,2013年3月加了决明子,直至2017年冬天又见复发,原方加减后治愈。中医眼科内容丰富,博大精深,可惜现在几近失传。

解热止痛药成瘾

马某,女,49岁。

初诊(2014年8月31日):长期服解热止痛药,一旦停服不久,即出现自汗,怕冷,畏风,乏力神疲,此乃营卫亏虚,营卫失调。

拟方:桂枝20g、炒白芍20g、炙甘草15g、生姜10g、大枣7枚、生黄芪30g、炒白术15g、防风10g、熟地15g、淫羊藿15g、当归15g、山茱萸15g,14剂,水煎服,日服2次。

嘱:停服一切解热止痛药。

二诊(2014年9月28日):服前方后畏风怕冷、自汗皆愈,但近来出现泄泻,胃镜:慢性浅表性胃炎伴糜烂。

拟方:桂枝15g、炒白芍15g、炙甘草10g、生姜10g、大枣7枚、生黄芪20g、防风10g、炒白术10g、太子参15g、五味子10g,7剂,水煎服,日服2次。

随访:至2017年5月28日,除胃疾反复发作外,自汗畏风等症皆未见复作。

按语:有些解热止痛的西药或中成药如三九感冒灵、维C银翘片、白加黑等久服容易上瘾,停服后会出现类似感冒的症状,头痛身楚,咽中不利,服药后即止,长此下去营卫失调,正气渐虚,抵抗力下降。并能引起慢性胃炎,导致胃胀胃痛等症。此患者即是,就诊时自汗怕风,笔者用桂枝汤合玉屏风加味调和营卫,顾护卫气,益气养血取效,二诊因泄泻减去阴柔滋补之品。三诊时因胃痛泛酸,加温养中焦之品而安。

桂枝汤乃《伤寒论》第一方,功能解肌发表,调和营卫。此患者自汗乃卫阳不固,营阴失守,津液外泄所致。所以桂枝汤不是单纯治疗外感病,古人说其"外证得之调营卫,内证得之和阴阳"。《方剂学》曰:"方中桂枝为君,助卫阳,通经络,解肌发表而祛在表之风邪。芍药为臣,益阴敛营,敛固外泄之营阴。桂芍等量合用,寓意有三:一为针对卫强营弱,体现营卫同治,邪正兼顾;二是相辅相成,桂枝得芍药,使汗而有增,芍药得桂枝,则滋而能化,三为相制相成,散中有收,汗中寓补。"此为本方外可解肌发表,内调营卫阴阳。生姜辛温,既能助桂枝辛散表邪,又兼和胃止呕;大枣甘平,既能益气补中,且可滋脾生津。姜枣相配,是为补脾和胃、调和营卫的常用组合,共为佐药。炙甘草调和药性,合桂枝辛甘化阳以实卫,合芍药酸甘化阴以和营,功兼佐使之用。柯琴赞誉"为仲景群方之冠",配之《医方类聚》的玉屏风散,更能增强其益气固表自汗的功效。

月经紊乱

王某,女,42岁。

初诊(2017年4月26日):腹中隐痛,月经淋漓不断,色暗,腹中喜暖,刻下恶心欲吐,伴头痛。彩超:宫壁低回声(肌瘤可能),右卵巢囊肿(非赘生性可能),宫颈潴留性囊肿。此乃冲任虚寒挟瘀。

拟方:生黄芪30 g、当归15 g、川芎15 g、炒白芍15 g、党参20 g、桂枝15 g、阿胶珠10 g、牡丹皮10 g、麦冬30 g、姜半夏15 g、炮姜15 g、炒苍白术(各)15 g、炒吴茱萸6 g、泽泻10 g、茯苓15 g、桃仁10 g、生姜10 g,7剂,水煎服,日服3次。

二诊(2017年5月10日):前方效著,原方出入。

拟方:熟地15 g、当归15 g、川芎10 g、炒白芍15 g、益母草15 g、桂枝15 g、炮姜15 g、炒艾叶10 g、仙鹤草30 g、白芷10 g、香附10 g、姜半夏15 g、炒吴茱萸3 g、炒苍白术(各)15 g、乌药15 g、草豆蔻10 g、厚朴15 g,7剂,水煎服,日服3次。

三诊(2017年6月21日):B超示子宫壁间小肌瘤,双侧卵巢未见明显占位。刻下仍有右下腹痛,伴外痔,大便带黏冻。前方加生地榆20 g、槐米20 g,14剂,水煎服,日服3次。

按语:患者腹中隐痛,经色暗,当属血瘀气滞;淋漓不断并喜暖当属冲任不固;恶心欲吐当属寒湿二邪犯胃;加之子宫肌瘤,卵巢囊肿,故断为冲任虚寒,挟有瘀滞,取《金匮要略》温经汤与当归芍药散合桂枝茯苓丸三方加减效果显著,月经淋漓不断,腹痛呕吐等症皆愈,右侧卵巢囊肿及宫颈潴留性囊肿亦消。方中吴茱萸、炮姜、桂枝温中暖肝,温畅血脉,散寒止痛。黄芪、党参、炒苍白术健脾补中,以资生化之源,半夏、生姜辛温降逆止呕,助运中焦,当归、川芎、白芍、牡丹皮、桃仁等,养肝血活血行瘀血。茯苓、苍白术、泽泻健脾化湿消水气,茯苓、白术、泽泻与当归、白芍、川芎共为调肝养血活血,健脾助运化湿的名方"当归芍药散",使肝血足则气条达,腹痛即止,脾运健则湿邪除,潴留性囊肿即消。再加阿胶珠养血止血,麦冬生津养阴以防姜桂之辛燥。三方揉为一方,君臣佐使明了,此活用古方之中医思维也。

痛 经

【案一】

许某,女,24 岁。

初诊(2017 年 3 月 5 日):寒凝胞宫,痛经较剧,经行腹中冷痛,腰冷,血块较多,舌红,苔白。

拟方:生熟地(各)15 g、当归 15 g、赤白芍(各)30 g、炮姜 15 g、炒延胡索 15 g、肉桂 10 g、炒小茴香 20 g、川芎 15 g、益母草 15 g、炒蒲黄(包煎)15 g、五灵脂 10 g、没药 6 g、血竭 5 g、桂枝 15 g、炙甘草 10 g,颗粒剂 15 剂,冲服,经前 1 周晚上服 1 次,经期每日 2～3 次。

二诊(2017 年 4 月 9 日):前方治疗痛经,效如桴鼓,原方继服。颗粒剂,15 剂,冲服,经前 1 周晚上服 1 次,经期每日 2～3 次。

按语:笔者写门诊医案,有时候首先点出病机,此案即是因患者来看痛经,又见腹冷,血块较多,故诊断为寒凝胞宫。既有寒凝,又有血瘀,首先想到的就是王清任的少腹逐瘀汤了。方中炮姜、肉桂、小茴香解决寒的问题,加桂枝助其温经散寒,当归、川芎、赤芍、炒延胡索、没药、五灵脂、蒲黄解决瘀血的问题,加血竭增强其化瘀止痛之效,方中又加熟地、白芍增强养血功效,加炙甘草顾及中焦脾胃又能缓急止痛。全方温经散寒,化瘀止痛。特别在服药方法上值得提出,让患者在经前 1 周每日晚上服 1 次,打好温经散寒化瘀的基础,经期时每日服用 2～3 次即可 1 次治愈,消除痛经之苦。

【案二】

赵某,女,38 岁。

初诊(2017 年 3 月 15 日):原罹甲亢,刻下月经后期,痛经,有血块,腹中冷。苔薄白,伴畏寒,脉沉细。此乃冲任虚寒挟瘀,温经汤主之。

拟方:生黄芪 30 g、桂枝 20 g、炒白芍 20 g、当归 15 g、川芎 15 g、党参 15 g、牡丹皮 10 g、麦冬 20 g、姜半夏 15 g、炮姜 15 g、炒吴茱萸 4 g、益母草 15 g、乌药 15 g、香附 15 g、炒蒲黄(包煎)15 g、五灵脂 10 g、炒苍白术(各)15 g、炮附子(先煎)10 g,颗粒剂 21 剂,冲服,日服 2 次。

二诊(2017 年 3 月 29 日):B 超示子宫腺肌症。前方炮附子加至 15 g、桃红(各)10 g、白芷 15 g,21 剂,水煎服,日服 2 次。

三诊(2017 年 6 月 11 日):B 超示① 腺肌症并子宫肌瘤可能;② 盆腔积液。药后痛经已轻,宜原方加车前子(包煎)30 g,21 剂。水煎服,日服 2 次。

四诊(2017年7月9日):行经腹痛已止,宜原方巩固,21剂,水煎服,日服2次。

五诊(2017年8月4日):痛经已愈。月经量少,白带量多,前加淫羊藿30 g、菟丝子15 g,21剂,水煎服,日服2次。

六诊(2017年12月1日):药后痛经已愈。刻下月经量少,3日即无,白带量多,色白,伴畏寒。宜补冲任,益脾肾,祛寒湿。

拟方:熟地20 g、当归15 g、川芎15 g、炒白芍15 g、党参20 g、炒苍白术(各)20 g、茯苓15 g、炙甘草10 g、炮姜15 g、桂枝15 g、白芷15 g、香附15 g、益母草15 g、菟丝子20 g、巴戟天15 g、淫羊藿30 g、炮附子(先煎)10 g,14剂,水煎服,日服2次。

按语:妇人在行经前后或经期出现小腹疼痛牵及腰骶部者可称为痛经,甚者可出现呕吐,冷汗,四肢逆冷等。《金匮·妇人杂病》篇:"带下,经水不利,少腹满痛……"是对痛经的最早论述。《诸病源候论》首立"月水来腹痛候"。宋代陈自明的《妇人大全良方》有"妇人经来腹痛,由风冷客于胞络冲任……用温经汤"的记载。金元明清各有发挥,清代吴谦所著《医宗金鉴·妇科心法要诀》提出痛经的病因,有气滞、血瘀、虚实、寒热之辨,如"腹痛经后气血弱,痛在经前气血凝。气滞腹痛血滞痛,更审虚实寒热情"。清代《傅青主女科》论述痛经的病因病机及治法方药更加精详,他认为肝郁、寒湿、肾虚是痛经的病因,并创开郁通经汤、温脐化湿汤、调肝汤分别施治。

此患者原雁甲亢,其痰气郁滞可想而知,经期迟至,腹痛有血块,并见腹中冷,畏寒,苔薄白,脉沉细等症,诊断为冲任虚寒挟瘀。投仲景的温经汤加味取效甚捷。笔者用温经汤原方生姜易炮姜,加附子助吴茱萸、炮姜、桂枝以温经散寒;加乌药、香附以行气疏肝;加炒苍白术助党参、黄芪温补中焦以助运化;加蒲公英、五灵脂助当归、川芎、牡丹皮化瘀通经止痛之用。方中麦冬甘寒,养阴清热;白芍酸苦微寒,敛阴养血,牡丹皮活血散血,清血分虚热。全方配伍精良,温而不燥,刚柔相济,揉温、清、消、补于一方之中,此仲景调经第一方也。不但可治痛经,对崩中漏下、宫寒不孕等投此方温养冲任,化瘀活血甚效。

温经汤史上有两张,仲景温经汤和《妇人大全良方》的温经汤,后者以当归、川芎、肉桂、莪术、牡丹皮、人参、牛膝、甘草组方,温经补虚,化瘀止痛。较之《金匮要略》的温经汤其活血祛瘀止痛功效显著,仲景温经汤则以温经散寒养血之功见长。

【案三】

陈某,女,41岁。

初诊(2018年1月24):痛经较重,有血块,腹中冷,有下坠感,小腹胀痛。B超:子宫增大,回声增粗伴子宫后壁等回声(考虑子宫腺肌症合并腺肌瘤),此乃冲任虚寒挟瘀。

拟方:生黄芪30 g、当归15 g、川芎15 g、赤白芍(各)20 g、桂枝20 g、党参20 g、牡丹皮15 g、姜半夏15 g、炒吴茱萸6 g、炮姜15 g、桃仁10 g、莪术10 g、茯苓15 g、炒蒲黄包(包煎)15 g、五灵脂10 g、炒苍白术(各)15 g,14剂,水煎服,日服3次。

二诊(2018年2月25日)：药中病机,痛经明显减轻,原方继服。14剂,水煎服,日服3次。

三诊(2018年3月28日)：前方效著,原方继续服用,14剂,水煎服,日服3次。

四诊(2018年5月2日)：痛经已明显改善,血块已少,原方巩固,14剂,水煎服,日服3次。

五诊(2018年6月22日)：痛经明显改善,血块亦少些,宜原方巩固,14剂,水煎服,日服3次。

六诊(2018年8月5日)：痛经明显改善,仍有少量血块,伴胃脘不适,欲呕,(2018年8月2日)胃镜：慢性非萎缩性胃炎(活动期)伴糜烂,病理：(胃窦)黏膜慢性炎伴糜烂。宜原方加三白丸15 g、代赭石(先煎)30 g、厚朴10 g,14剂,水煎服,日服3次。

七诊(2018年11月9日)：药后痛经明显改善,子宫肥大已缩小,2018年1月19日B超示宫体：96 mm×85 mm×60 mm,2018年9月27日B超示宫体：77 mm×76 mm×63 mm,但CA125仍高：113.84 u/ml,苔薄白腻,脉细弱。8月5日方加炒艾叶10 g、厚朴10 g、乌药10 g,14剂,水煎服,日服3次。

八诊(2019年2月27日)：2019年2月25日B超示① 子宫腺肌症(子宫稍增大70 mm×68 mm×75 mm)；② 宫颈囊肿(最大为4 mm×3 mm)。CA125：106.3 u/ml↑,痛经已愈,但仍有肛门下坠感。宜2018年1月24日方加葛根30 g、炮附子(先煎)15 g、䗪虫10 g,14剂,水煎服,日服3次。

按语：痛经是指妇女经期及其前后,出现小腹及腰部疼痛,甚至痛及腰骶,每随月经周期而发,严重时可伴有恶心呕吐、冷汗淋漓、手足厥冷,甚至晕厥等。本案痛经较重,有血块、腹中冷、小腹下坠、胀痛。B超提示：子宫增大、回声粗、伴子宫后壁等回声(考虑子宫腺肌症合并腺肌瘤)。根据临床症状,笔者判断为冲任虚寒挟瘀。符合使用《金匮要略》温经汤的指征。因腹痛较剧伴有血块应属气滞血瘀阻滞胞宫,有碍正常经血疏泄,腹中冷为寒邪凝滞,下坠为气虚下陷,方用温经汤,生姜易为炮姜,加大温经之力,不用阿胶因其价格太贵,加桃仁、茯苓即取其桂枝茯苓丸化瘀消癥之意,加失笑散、莪术等加大活血祛瘀行气止痛之效。加苍术、白术等,取其配合党参、黄芪、茯苓、桂枝、吴茱萸、炮姜温养中州暖肝健脾益气温阳,亦"中央健、四旁如""肝脾建中"之意也。

因胞宫虚寒气血瘀滞则见痛经血块多、腹中冷。因冲任二脉隶属肝肾"冲为血海,任主胞胎",两者又靠后天脾胃之滋养,如中焦虚寒、气虚则滞,血寒则凝,癥瘕积聚易于发生。患者腺肌瘤、腺肌症应属中医癥瘕积聚之聚,采用温养气血、温运中焦之法补益肝脾,使气血充和,癥瘕肌瘤等消散于无形之中。先后就诊7次,历时10个月,痛经治愈。经B超复查肥大的子宫已明显缩小,说明腺肌症、腺肌瘤得到明显改善。2019年2月25日复查B超：① 子宫腺肌症(子宫稍增大70 mm×68 mm×75 mm)；② 宫颈囊肿(最大为4 mm×3 mm)。痛经已未再发生。

【案四】

李某,女,29 岁。

初诊(2018 年 9 月 11 日):痛经较剧,有血块,伴呕吐,腹中冷,苔白脉沉。少腹逐瘀汤加味。

拟方:当归 15 g、赤白芍(各)30 g、炮姜 15 g、炒延胡索 25 g、肉桂 10 g、炒小茴香 30 g、川芎 15 g、香附 15 g、炒蒲黄(包煎)15 g、没药 6 g、炒苍白术(各)20 g、白芷 15 g、益母草 15 g,颗粒剂 14 剂,冲服,日服 2 次。

二诊(2018 年 10 月 4 日):药症相安,原方巩固,前方加姜半夏 15 g、炒吴茱萸 4 g、浙贝母 15 g,15 剂,水煎服,日服 2 次。

三诊(2018 年 10 月 30 日):痛经基本消失,前方巩固。15 剂,水煎服,日服 3 次。

按语:痛经较剧,有血块,伴呕吐,腹中冷,苔白,脉沉乃寒气凝结,瘀血阻滞,经行不畅所致,故选王清任《医林改错》少腹逐瘀汤(炒小茴、炮姜、炒延胡索、没药、当归、川芎、肉桂、赤芍、五灵脂、炒蒲黄)加味,活血祛瘀,温经止痛;常加香附、益母草活血通经、增强止痛化瘀之效。笔者治疗痛经时常常叮嘱患者平时每晚服药 1 次(1 袋),月经来潮时 1 日服 3 次的服药方法,时常 1～2 个月经周期即可收到满意的效果。

带下病

【案一】

张某,女,40 岁。

初诊(2016 年 12 月 25 日):脾肾阳虚,冲任虚寒挟瘀,兼有湿热下注。症见月经量少,色暗淡,有血块,痛经,腹中冷。伴白带色黄,带血丝。苔薄白,脉细弱。此宜温养冲任,健脾化湿。

拟方:熟地 15 g、当归 15 g、川芎 10 g、炒白芍 15 g、炮姜 15 g、桂枝 15 g、炒苍白术(各)30 g、山药 30 g、炙黄芪 30 g、益母草 15 g、党参 15 g、柴胡 10 g、香附 15 g、白芷 10 g、车前子(包煎)30 g、荆芥炭 10 g、淫羊藿 20 g,14 剂,水煎服,日服 3 次。

二诊(2017 年 1 月 8 日):药中病机,此次痛经已愈,白带血丝已愈。原方巩固。14 剂,水煎服,日服 3 次。

三诊(2017 年 1 月 22 日):经血颜色正常,前方继服。14 剂,水煎服,日服 3 次。

四诊(2017 年 2 月 12 日):白带已少,带血丝已愈。刻下月经量仍少,但颜色已正,仍有轻微痛经,苔薄白,脉细弱。仍宜温养冲任,温经汤加味。

拟方:生黄芪 30 g、当归 15 g、炒白芍 15 g、川芎 10 g、党参 20 g、桂枝 20 g、阿胶珠 10 g、牡丹皮 10 g、麦冬 20 g、姜半夏 10 g、炮姜 15 g、炒吴茱萸 5 g、益母草 15 g、炒苍白术

(各)15 g、熟地 15 g,14 剂,水煎服,日服 3 次。

五诊(2017 年 3 月 12 日)、**六诊**(2017 年 4 月 2 日):药中病机,原方巩固。14 剂,水煎服,日服 3 次。

七诊(2017 年 4 月 16 日):《金匮》温经汤,温脾暖肝,温经养血,佐以化瘀,其效甚伟。药后诸症皆消,原方巩固。14 剂,水煎服,日服 3 次。

按语: 本案初诊时月经量少,色黯,有血块,痛经,腹中冷,但白带色黄,有血丝,诊断为脾肾阳虚,冲任虚寒挟瘀,兼有湿热下注。取法温养冲任,健脾化湿。用黄芪、党参、苍白术、山药、炮姜、桂枝、淫羊藿益气健脾,温阳补肾,促使气化,俾脾气温健则寒湿可化;熟地、当归、白芍、川芎养血活血,柔肝调经,使肝血得养、精血得充,与健脾温肾药共用,既有肝脾建中思想,又有益阴和阳之妙;再加柴胡、香附疏肝调气;益母草活血利水;白芷祛风燥湿,车前子清利湿热,针对白带而设;加荆芥炒炭,长于理血、止血,与车前子、白芷配伍治疗白带色黄、带有血丝,效果可靠。四诊后改用《金匮》温经汤收功。

【案二】

郭某,女,43 岁。

初诊(2018 年 12 月 30 日):原罹乙肝"小三阳",刻下 HPV - 16 阳性,伴宫颈非典型增生Ⅱ度。症见焦虑心烦,情绪低落,月经量多,白带量多,色黄。伴下阴痒。舌红,苔薄黄褐,此乃肝郁脾虚,湿滞下焦。

拟方: 当归 15 g、炒白芍 15 g、柴胡 10 g、茯苓 20 g、土茯苓 30 g、炒苍白术(各)30 g、炙甘草 10 g、薄荷 10 g、牡丹皮 15 g、炒栀子 15 g、浙贝母 15 g、车前子 30 g、白芷 15 g、香附 15 g、郁金 15 g、山慈菇 15 g、生薏苡仁 30 g、贯众炭 10 g、生黄芪 20 g,14 剂,水煎服,日服 3 次。

二诊(2019 年 1 月 20 日):药中病机,白带已少,原方巩固,14 剂,水煎服,日服 3 次。

三诊(2019 年 2 月 24 日):药后诸恙皆轻,黄芪加至 30 g,14 剂,水煎服,日服 3 次。

四诊(2019 年 3 月 6 日):今复查 HPV - 16 已转阴,白带已少,阴痒已愈。昨日行宫颈锥切术,宜原方巩固,14 剂,水煎服,日服 3 次。

按语: 此案系乙肝病毒感染者,体虚肝郁可想而知,又查出 HPV - 16 阳性,宫颈非典型增生Ⅱ度,患者担心害怕,精神焦虑,情绪低落。此为思虑伤脾,忧郁伤肝。除此之外,还有月经量多,白带色黄、量多,下阴瘙痒,舌红,苔黄等。此乃肝郁脾虚,湿热蕴毒下注。

方用丹栀逍遥散加郁金、香附疏肝健脾,调畅情志;加土茯苓、山慈菇、浙贝母、车前子、白芷、薏苡仁、贯众炭清热解毒,化湿止带;黄芪大补元气,扶正健脾。药后肝血得养,肝气得舒,脾土得健,湿毒得清。重用苍术、白术,是受到傅青主的启发,他创完带汤治疗白带时,炒白术、炒山药均为一两,并说:"夫带下者俱是湿证……加以脾气之虚,肝气之郁,湿气之侵,热气之逼,安得不成带下之病哉! 故妇人有终年累月下流白物,如涕如唾,不能禁止，甚则臭秽者，所谓白带也。夫白带乃湿盛而火衰，肝郁而气弱，则脾土受伤，湿土之气下陷，是以脾精不守，不能化荣血以为经水，反变成白滑之物，由阴门直下，欲自禁而不可得也。治法宜大补脾胃之气，稍佐以舒肝之品，使风木不闭塞于地中，则地气自升腾于天上，脾气健而湿气消，自无白带之患矣。"

慢性盆腔炎

任某，女，70岁。

初诊(2013年5月26日)：原罹宫颈癌，放疗后引起慢性盆腔炎、膀胱炎，刻下小腹胀坠，隐痛灼热，小便痛，白带带血丝、烂肉。苔薄黄，脉弦，此乃瘀毒化热，湿浊下注。

拟方：炒苍术20 g、黄柏15 g、生薏苡仁30 g、怀牛膝15 g、生地20 g、苦参15 g、炒黄芩15 g、白芷15 g、炒白芍20 g、红藤30 g、败酱草30 g、浙贝母20 g、山慈菇20 g、石见穿20 g、白花蛇舌草30 g、党参15 g、藤梨根30 g、女贞子30 g、土茯苓30 g，14剂，水煎服，日服3次。

二诊(2013年7月21日)：药中病机，小便血丝、烂肉已无，小便仍烫、灼痛，前方加瞿麦20 g、车前草30 g、车前子(包煎)30 g、炒栀子15 g、滑石(包煎)20 g、连翘20 g，7剂，水煎服，日服3次。

三诊(2013年8月4日)：小腹胀痛，有烂肉，小便灼热，频数。

拟方：桂枝15 g、茯苓15 g、牡丹皮15 g、赤白芍(各)15 g、炒苍白术(各)15 g、当归15 g、红藤30 g、败酱草30 g、浙贝母15 g、生薏苡仁30 g、白芷15 g、车前子(包煎)30 g、黄柏15 g、瞿麦20 g、萹蓄15 g、琥珀6 g、制乳没(各)6 g，7剂，水煎服，日服3次。

四诊(2013年8月11日)：诸症皆轻，前方继服，14剂，水煎服，日服3次。

五诊(2013年9月1日)：小便仍灼热，前方加苦参15 g、炒黄芩15 g，7剂，水煎服，日服3次。

六诊(2013年9月8日)：原方巩固，14剂，水煎服，日服3次。

七诊(2013年9月20日)：小腹板硬，小便灼热，频数，宜7月21日方，7剂，水煎服，日服3次。

八诊(2013年10月3日)：小腹板硬，小便灼热。

拟方：生地15 g、土茯苓30 g、炒苍白术(各)15 g、茯苓30 g、灵芝15 g、石见穿20 g、藤梨根30 g、太子参20 g、生黄芪30 g、白花蛇舌草30 g、黄柏10 g、莪术10 g、瞿麦15 g、车前子(包煎)30 g，7剂，水煎服，日服3次。

九诊(2013年11月3日)：小便灼热，前方加苦参15 g，7剂，水煎服，日服3次。

十诊(2013年11月17日)：放疗引起膀胱炎复发，刻下小便频数涩痛，带血色鲜，小腹疼痛。此为湿热下注,伤及血络。

拟方:生地 30 g、炒苍术 15 g、黄柏 15 g、生薏苡仁 30 g、怀牛膝 15 g、炒栀子 15 g、牡丹皮 15 g、白花蛇舌草 30 g、石见穿 20 g、半枝莲 20 g、白茅根 30 g、仙鹤草 30 g、瞿麦 20 g、萹蓄 15 g、滑石(包煎)20 g、车前草 30 g、车前子(包煎)30 g、乌药 15 g、苦参 15 g、土茯苓 30 g,7 剂,水煎服,日服 3 次。

十一诊(2013 年 11 月 24 日):尿血已止,仍有小便涩痛灼热,加滑石 30 g(包煎)、生甘草 15 g,7 剂,水煎服,日服 3 次。

十二诊(2013 年 12 月 1 日)至十六诊:药中病机,原方巩固,7 剂,水煎服,日服 3 次。

十七诊(2016 年 7 月 8 日):放射性膀胱炎复发,宜 2013 年 11 月 24 日方,苦参减为 10 g,7 剂,水煎服,日服 3 次。

十八诊(2016 年 10 月 19 日):腹痛即泄,日行 5~7 次,带血色鲜。

拟方:炒白芍 40 g、防风 10 g、陈皮 10 g、炒苍白术(各)15 g、仙鹤草 60 g、广木香 10 g、炒黄连 10 g、阿胶珠 10 g、地榆炭 30 g、当归 10 g、生地 20 g、苦参 10 g、炒黄芩 10 g、车前子(包煎)30 g、白花蛇舌草 30 g、太子参 20 g,14 剂,水煎服,日服 3 次。

十九诊(2016 年 11 月 4 日):前方效著,大便已成形,干燥,伴肛门胀坠,眠差。

拟方:炒白芍 30 g、陈皮 10 g、防风 10 g、生白术 30 g、当归 15 g、浙贝母 15 g、苦参 10 g、葛根 30 g、炒黄连 10 g、玄参 30 g、太子参 30 g、广木香 10 g、白花蛇舌草 30 g、石见穿 20 g、炒酸枣仁 30 g,14 剂,水煎服,日服 2 次。

二十诊(2016 年 12 月 25 日):大便干结,前加火麻仁 30 g、郁李仁 10 g、槐米 30 g、升麻 10 g、槟榔 15 g,14 剂,水煎服,日服 2 次。

二十一诊(2018 年 4 月 27 日):大便秘结,5~7 日一行,伴头痛,失眠。

拟方:火麻仁 30 g、杏仁 10 g、赤白芍(各)20 g、川芎 20 g、制大黄 15 g、枳实 10 g、炒酸枣仁 30 g、知母 20 g、莱菔子 30 g、槟榔 15 g、厚朴 15 g、生甘草 10 g,14 剂,水煎服,日服 2 次。

二十二诊(2018 年 5 月 13 日):头痛失眠皆轻,刻下大便稀,日行 5~6 次,肠鸣,苔薄黄,口苦,宜健脾化湿。

拟方:党参 20 g、炒苍白术(各)15 g、茯苓 15 g、炙甘草 10 g、广木香 10 g、干姜 10 g、山药 30 g、葛根 30 g、白芷 15 g、车前子(包煎)30 g、炒黄连 10 g、防风 10 g,7 剂,水煎服,日服 3 次。

按语:该患者宫颈癌放疗后引起慢性盆腔炎及膀胱炎,求笔者诊治,宫颈癌本身属中医的"赤白带下""癥瘕""积聚"范畴,老年妇女晚期宫颈癌常见出血不止,即民间所说的"倒开花"。从病因病机上讲也离不开"虚""毒""瘀"三字,先由冲任虚损,肝肾亏虚,脾虚等脏腑功能失调,引起气血瘀滞,气血逆乱,湿热浊毒内聚,由虚致瘀,由瘀致毒,瘀毒内结,正气日损,互为因果。患者经过放疗,虽然癌毒暂时被控制,但放疗带来的副作用,引起了盆腔及膀胱炎症。小腹胀坠隐痛是气滞血瘀,小腹灼热,小便涩痛是湿热下注,白带有血块,烂肉是湿热浊毒伤及冲任,损及胞宫,故当时诊断为瘀毒化热,湿浊下注。首先想到了《成方便读》的四妙丸,朱丹溪的二妙散加薏苡仁、牛膝。

方中黄柏苦寒燥湿,清热泄火,苍术健脾苦温燥湿,薏苡仁甘淡渗湿乃抗癌圣药,怀牛膝滋补肝肾,引药下行。第二考虑的是《金匮要略》附方《千金》三物黄芩汤,方中生地凉血益阴,滋补肝肾,黄芩苦寒,清热燥湿,泄火解毒;苦参更是大苦大寒,燥湿清热,并偏重治疗湿热泄泻、湿热带下、湿疹阴疮等下焦湿毒之症,笔者常用来治疗结肠炎、直肠炎、大肠癌等湿毒病症。加白芷燥湿止带,乃风能胜湿之意。红藤、败酱草、浙贝母、土茯苓、山慈菇、石见穿、白花蛇舌草等大队清热解毒抗癌之品,增强四妙及三物黄芩汤的功效。然癌症患者是由虚致瘀,由瘀致毒。"虚""毒""瘀"的病机贯穿整个病程,故治疗湿热、瘀毒时千万不能忘了扶正。方中党参、苍术健脾益气,生地、白芍、女贞子、牛膝养阴和营,滋补肝肾;藤梨根即软枣猕猴桃的根,味淡性平,既能清热利湿、解毒消肿,又能健胃抗癌。笔者常用它治疗胃癌等。此方服14剂后,二诊时带下血丝烂肉即愈,小便乃烫,故加车前子、炒栀子、滑石等清利之品获效。此方随症加减,从2013年开始治疗至2018年病情逐渐稳定。

多囊卵巢综合征

王某,女,26岁。

初诊(2010年7月18日):原罹多囊卵巢综合征,月经2~3个月一行。月经应在本月15日来潮,但至今未来,伴腹泻,腹中时痛,平素怕冷,月经来时色暗,有血块,此乃虚寒挟瘀。

拟方:生黄芪300 g、当归300 g、赤白芍(各)300 g、川芎300 g、熟地300 g、桃红(各)300 g、益母草300 g、刘寄奴300 g、炮穿山甲200 g、炒苍白术(各)300 g、淫羊藿300 g、巴戟天300 g、炮姜200 g、桂枝300 g、阿胶300 g、红参200 g、牡丹皮200 g、香附300 g、姜半夏300 g,上药制成浓缩丸,每服50丸,日服3次。

二诊(2012年4月15日):药后月经基本正常,后怀孕生双胞胎,今又见月经2个月未来,宜2010年7月18日方,加锁阳200 g、菟丝子200 g,制成浓缩颗粒剂,每服10 g,开水冲服。

三诊(2012年7月27日):诸症皆轻,宜2012年4月15日方继服。制成浓缩颗粒剂,每服15 g,早晚各1服。

按语:此多囊卵巢综合征,冲任虚寒挟瘀之证。患者月经稀发,2~3个月一行,伴腹中痛,腹泻时作,畏寒肢冷,月经色黯有块,诊断为冲任虚寒挟瘀,因患者在外地,服汤剂不方便,故投以九剂缓图。

笔者对多囊卵巢综合征的病因病机认识主要是"虚""痰""瘀"三个方面。虚是脏腑功能失调,特别是肾虚精亏,因肾藏精、骨生髓,为天癸之源,冲任之本;其次是脾虚,脾统血,主运化,为后天之本,脾虚则水湿停聚,聚湿成痰,痰湿阻滞冲任胞脉则易导致月经后期、经闭不孕;再者是肝郁,女子以肝为先天,肝主藏血和疏泄,是调节全身气机的枢纽,如肝气不舒、肝郁气滞则影响冲任二脉的调畅,引起月经紊乱、气血瘀滞,肝气乘脾,加重痰湿瘀浊的形成。故此由于脏腑功能失调,所以产生痰湿、瘀血等引起多囊卵巢的病理产物。正如明代《万氏妇人科》所言:"惟彼肥硕者,膏脂充满,元室之户不开;痰涎壅滞,血海之波不流。故有过期而经始行,或数月经一行,及为浊为带,为经闭,为无子之病。"所以,笔者认为,肾虚脾亏肝气郁结,痰浊瘀血互为因果,交织为患。

故以四物汤加淫羊藿、巴戟天、阿胶养肝血,益肾精,补冲任;黄芪、红参、苍白术、香附、姜半夏益气健脾化痰以助生化之源;桂枝、炮姜温阳化气,行气化湿;桃仁、益母草、炮穿山甲、刘寄奴者,活血通经。全方肝脾肾同调,气血痰瘀同治,使脾胃得健,肾精、肝血充盈,痰湿瘀血逐渐消散,故能使经水调畅,怀孕生子。

附件包块

侯某,女,23岁。

初诊(2018年10月31日):2018年10月19日某医院B超示右附件区不均质高回声(大小为17 mm×14 mm×11 mm),右下腹疼痛,按之尤甚。此乃瘀血为患。桂枝茯苓丸加味。

拟方:桂枝20 g、茯苓20 g、赤芍30 g、牡丹皮15 g、桃仁15 g、莪术10 g、红花10 g、三棱10 g、制乳没(各)6 g、泽兰10 g、炮姜10 g、香附15 g、益母草15 g,14剂,水煎服,日服3次。

二诊(2018年11月28日):2018年11月26日B超:盆腔积液(34 mm×18 mm)。药后右侧附件区包块已消,伴痛经,腹中冷,月经有血块,前方加生黄芪30 g、炒苍白术(各)15 g、炮姜加为15 g、炒吴茱萸4 g、泽泻15 g,14剂,水煎服,日服3次。

按语:患者宫外孕保守治疗后瘀血癥块滞留,B超查出:右侧附件区不均质低回声。投《金匮要略》桂枝茯苓丸加三棱、莪术、香附破血行气,消积止痛;泽兰、红花、益母草活血化瘀,行水化湿;乳香、没药活血止痛,消肿散瘀;炮姜助桂枝温散寒凝,以助气化。其药力雄厚,摧坚消癥,药后B超证实右侧附件包块消失。后因痛经腹中冷,又加黄芪补气,二术健脾燥湿,炒吴茱萸助炮姜暖肝温经,泽泻助茯苓利水,以消盆腔积液。

桂枝茯苓丸原是仲景治疗瘀阻胞宫证,妇人素有癥块,妊娠漏下不止或胎动不安腹痛拒按者。《济阴纲目》将本方改为汤剂,用于临产腹痛,胞浆不下。其方义徐彬在《金匮要略论注》中论之甚详:"药用桂枝茯苓丸者,桂枝、芍药一阴一阳,茯苓、丹皮一气一血,调其寒温,扶其正气。桃仁以之破恶血,消癥癖,而不嫌于伤胎血者,所谓有病则病当之也。且癥之初,必因寒,桂能化气而消其本寒;癥之成,必挟湿热为窠囊,苓渗湿气,丹清血热,芍药敛肝血而扶脾,使能统血,则养正即所以去邪耳。"目前常用于子宫肌瘤、子宫内膜异位症、卵巢囊肿、附件炎、盆腔炎等。

原发性闭经

陆某,女,31岁。

初诊(2015年12月30日):月经停经已2年,伴畏寒,苔薄白,脉弦。检查显示激素六项正常、子宫壁薄,宜调冲任、养气血。

拟方:生黄芪30 g、党参15 g、炒白术15 g、茯苓15 g、熟地20 g、当归30 g、川芎15 g、赤白芍(各)20 g、益母草20 g、桂枝15 g、炮姜15 g、刘寄奴10 g、桃红(各)10 g、菟丝子20 g、炙甘草10 g,14剂,水煎服,日服2次。

二诊(2016年1月17日):药中病机,前方益母草加至60 g加桃红(各)20 g、莪术15 g,14剂,水煎服,日服2次。

三诊(2016年2月19日):药后月经于2月7日来潮,原方加巴戟天15 g、淫羊藿20 g、沙棘30 g,14剂,水煎服,日服2次。

四诊(2016年3月4日):月经已来潮,白带已少。前方化裁。

拟方:熟地20 g、当归20 g、川芎15 g、炒白芍20 g、益母草30 g、党参20 g、炒白术15 g、炒苍术15 g、桃红(各)10 g、淫羊藿20 g、巴戟天15 g、沙棘30 g、桂枝15 g、炮姜15 g、菟丝子20 g,14剂,水煎服,日服2次。

五诊(2016年3月23日):此次月经又来潮,已基本正常,14剂,水煎服,日服2次。

六诊(2017年8月9日):月经又见3个月未至,伴心烦易怒,情绪欠佳。前方2月19日方加柴胡10 g,郁金10 g,14剂,水煎服,日服3次。

七诊(2017年8月30日):8月19日月经已来潮,但量少,色黯,刻下口臭,便秘,宜前方加肉苁蓉20 g、枳实10 g,14剂,水煎服,日服3次。

八诊(2017年9月20日):前方效著,14剂,水煎服,日服3次。

九诊(2017年10月13日):9月30日月经来潮,原方巩固,14剂,水煎服,日服3次。

十诊(2017年11月8日):月经未见来潮,伴耳后少许银屑病皮损,宜3月4日方加白鲜皮30 g、白蒺藜15 g、防风10 g、威灵仙15 g,14剂,水煎服,日服3次。

十一诊(2017年12月13日):月经基本正常,刻下头晕头痛,血压低105/55 mmHg,

宜 3 月 4 日方加生黄芪 30 g,14 剂,水煎服,日服 3 次。

按语: 此患者年龄不大,刚到 31 岁,月经停经 2 年,又见畏寒、苔薄白、白带量多等虚寒征象,子宫壁薄,应属于冲任亏虚,虽然激素六项正常,病机仍属于冲任虚寒,气血瘀滞。冲任隶属于肝肾,冲为血海,任主胞宫,但脾胃是气血生化之源,故用四君子汤加黄芪益气健脾,以充化源,气血充沛方能灌注冲任滋养肝血肾精。四物汤者乃补血调经之主方,专治营血亏虚,冲任虚损,月经失调之证。再加桂枝通阳,炮姜暖宫,菟丝子补肾,益母草、桃仁、红花、刘寄奴皆是活血散瘀通经要药。二诊加大了益母草用量,服药至 2 月 7 日(约 40 日),停经 2 年之久的经闭始来月汛。三诊加巴戟天、淫羊藿、沙棘皆补肾精,益冲任之品。先后调治 2 年,月信始准,患者渐安。

更年期综合征

【案一】

黄某,女,54 岁。

初诊(2016 年 10 月 6 日):冲任失调,血分郁热,月经量多。伴烘热自汗,白带色黄。

拟方: 生地 20 g、牡丹皮 15 g、茯苓 15 g、地骨皮 30 g、炒黄柏 15 g、炒白芍 15 g、当归 15 g、淫羊藿 15 g、巴戟天 15 g、知母 20 g、仙鹤草 30 g、地榆炭 15 g、青蒿 15 g,14 剂,水煎服,日服 2 次。

二诊(2016 年 10 月 30 日):月经已断,烘热自汗已止,刻下流口水,前方去黄柏,加砂仁(后下)6 g、炒苍白术(各)15 g、草豆蔻 10 g,14 剂,水煎服,日服 2 次。

三诊(2017 年 2 月 26 日):月经又见来潮,伴烘热自汗,烦躁,宜 10 月 6 日方加生龙牡(各、先煎)30 g、炒栀子 15 g、车前子(包煎)30 g,14 剂,水煎服,日服 2 次。

四诊(2017 年 3 月 12 日):药后烘热自汗已愈,刻下经前乳房胀痛。B 超:双乳散在低回声小结节,伴子宫肌瘤,宫颈囊肿。

拟方: 柴胡 10 g、当归 15 g、赤白芍(各)15 g、茯苓 15 g、炒苍白术(各)15 g、薄荷(后下)10 g、郁金 15 g、香附 15 g、牡丹皮 15 g、生地 15 g、黄柏 10 g、知母 20 g、炒栀子 15 g、夏枯草 30 g、五味子 10 g、麦冬 20 g、炒酸枣仁 30 g、地骨皮 20 g,14 剂,水煎服,日服 3 次。

五诊(2017 年 4 月 9 日):前方效著,左乳结节已消失,原方巩固。14 剂,水煎服,日服 3 次。

按语:《内经》云:"女子七岁肾气盛……七七,任脉虚,太冲脉衰少,天癸竭,地道不通,故形坏而无子也。"该案年届五十有四,经量仍多,又伴有烘热自汗,白带色黄等,自当属于冲任失调,阴阳失衡,血分郁热,肝经郁火,迫血妄行之象。初诊投傅青主清经汤,清泻肝火,滋阴凉血,抑阳扶阴,待阴精得益,火热得清而血海自宁。佐以上海曙光医院的二仙汤,温肾阳,补肾精,泻肾火,调冲任,更能使更年期综合征出现的烘热自汗药后立止。后以丹栀逍遥散善后,诸症皆安。

【案二】

孔某,女,49岁。

初诊(2017年10月27日):烘热自汗,失眠耳鸣,此乃肾虚精亏,冲任失调。

拟方:生地20 g、五味子10 g、当归15 g、炒酸枣仁30 g、川芎15 g、知母20 g、黄柏10 g、淫羊藿20 g、巴戟天15 g、茯神30 g、合欢皮15 g、柏子仁10 g、制乳香5 g、郁金10 g,颗粒剂14剂,冲服,日服2次。

二诊(2017年11月12日):药后失眠已愈,伴四肢凉,伴咽中不利,前加姜半夏15 g、桂枝15 g、生甘草10 g,14剂,冲服,日服2次。

按语:《内经》云"女子……七七,任脉虚,太冲脉衰少,天癸竭,地道不通,故形坏而无子也"。这是上古之人对人体正常生理变化的认识。天癸,即天真之气,壬癸之水,是肾气充盛产生的促进生殖功能发育,成熟、旺盛的精微物质。冲任二脉隶属肝肾,女子到了50岁左右,癸水不足,肾精亏虚,肝血虚少,故而可见肾之真阳虚衰、真阴亏损同时出现的阴阳失调的复杂证候。肾经虚火挟瘀热上扰心神,则畏寒、腰膝酸软的同时又见烘热面赤、烦躁失眠等阴虚火旺之象。故而采用二仙汤合酸枣仁汤调和冲任,燮理阴阳,滋肾养肝,清降虚火。药后失眠等症即愈。后加半夏散及汤化痰散郁,咽中不利也随之而解。二仙汤是上海中医药大学附属曙光医院的经验方(仙茅、淫羊藿、当归、巴戟天、炒黄柏、知母),其特点是壮阳药与滋阴降火药同时并用,针对阴阳俱虚于下,虚火(肝火、肾火)上炎的复杂证候而设,笔者于更年期综合征用此方加减变化常获良效。方中淫羊藿、仙茅、巴戟天温肾阳,补肾精;黄柏、知母泄火滋养肾阴;当归养血调冲任;加生地以滋肾水;五味子、柏子仁、茯神配酸枣仁、乳香养心安神;郁金、合欢皮疏解肝郁。方证对应,疗效突出。

不孕症

蔡某,女,31岁。

初诊(2018年6月18日):宫颈癌前病变激光治疗后,刻下月经量少,久未受孕,两少腹痛,白带不多,苔薄白,脉弦,宜养血调补冲任。

拟方:熟地15 g、当归15 g、川芎15 g、赤白芍(各)15 g、益母草15 g、柴胡10 g、香附15 g、炒苍白术(各)15 g、党参15 g、桂枝15 g、干姜10 g、淫羊藿30 g、巴戟天15 g、菟丝子15 g、茺蔚子10 g,颗粒剂14剂,冲服,日服2次。

二诊(2018年7月3日):两少腹疼痛已轻,月经量已增多,近患咳嗽,原方加前胡

15 g、炙枇杷叶 15 g,颗粒剂 14 剂,冲服,日服 2 次。

三诊(2018 年 9 月 9 日):咳嗽已愈,月经量仍少,宜 6 月 18 日方继服,颗粒剂 14 剂,冲服,日服 2 次。

四诊(2018 年 9 月 26 日):月经量仍少,两少腹疼痛,宜 6 月 18 日方加蛇床子 10 g、地肤子 10 g、乌药 15 g、五灵脂 10 g,颗粒剂 14 剂,冲服,日服 2 次。

五诊(2018 年 10 月 12 日):今查尿为早孕,宜养胎保胎。

拟方:生地 15 g、当归 15 g、川芎 10 g、炒白芍 10 g、党参 15 g、炒白术 15 g、炒黄芩 10 g、续断 10 g、杜仲 10 g、苎麻根 15 g、桑寄生 10 g、砂仁 6 g、炙甘草 10 g、生黄芪 20 g、山茱萸 15 g,颗粒剂 14 剂,冲服,日服 2 次。

六诊(2018 年 10 月 27 日):嗜睡畏寒,β绒毛膜促性激素:21 755.00 mIU/ml,宜前方加红参 10 g、姜半夏 10 g,颗粒剂 14 剂,冲服,日服 2 次。

按语:此患者以求嗣为目的前来就诊,原雁宫颈癌前病变,经激光治疗后月经量少,伴两少腹痛,苔白,脉弦等。女性生殖系统隶属冲任二脉,冲任二脉又隶属肝肾二脏,又受脾土后天生化之源的滋养,故此肝、脾、肾三脏与妇科疾病有着密切关系。其中肾为根本,肾为先天之本,内寓真阴真阳。《内经》云:"女子七岁,肾气盛,齿更发长,二七而天癸至,任脉通,太冲脉盛,月事以时下,故有子。"经血的正常与否,本于肾精的强弱。正如《傅青主女科》云:"经水出诸肾。"肝藏血,主疏泄,女子又以肝为先天,前人有"肝肾同源"之说。脾为仓廪之官,后天之本,主运化,为气血生化之源,据此,调补肝、脾、肾对冲任亏虚所致月经量少至关重要。刻下患者月经量少,两少腹痛,苔白,脉弦,应为冲任亏虚,气虚血瘀,肝气不畅,肾精亏虚之证。方选《医学心悟》的益母胜金丹(熟地、当归、白芍、川芎、丹参、茺蔚子、香附、炒白术、益母草、牛膝)加味。方中以四物汤养血活血,加柴胡助香附疏肝以达肝气,加党参、苍术、干姜、桂枝助白术温补调理中焦之气,促使气化,以利后天生化之源,加淫羊藿、巴戟天、菟丝子助熟地填补肾精,温养冲任。益母草、茺蔚子为活血调经之圣药。全方补肾填精,温养冲任,疏肝养血,条达气机,健脾温中以助化源,活血调经以通瘀滞,故而能取得满意疗效,调补两月即喜怀妊。

妊娠期牙痛

沈某,女,32 岁。

初诊(2017 年 9 月 13 日):妊娠 2 个月,刻下右上尽牙肿痛,伴低热,舌红,苔黄厚腻。此乃血分郁热。

拟方:生地 20 g、荆芥 10 g、防风 10 g、牡丹皮 10 g、炒牛蒡子 10 g、生石膏(先煎) 20 g、生甘草 10 g、炒黄芩 15 g、浙贝母 15 g、金银花 30 g、连翘 15 g、蒲公英 30 g,颗粒剂 3

剂,冲服,日服 2 次。

二诊(2017 年 9 月 17 日):药中病机,发热、红肿疼痛皆消。原方继服。颗粒剂 3 剂,冲服,日服 2 次。

按语:患者妊娠 2 个月,突患牙痛,伴低热,西医不便使用抗生素。有此难题家人想到中医。患者虽为孕妇,但舌苔黄厚且腻,舌质红赤,伴低热,此血分郁热之风火牙痛,笔者用"牙痛要方"(荆芥、防风、牡丹皮、炒牛蒡子、生地、生石膏、青皮、生甘草)加清热解毒、散瘀消肿之品,3 剂即安。至于妊娠,"有故无殒,亦无殒也"。如不及时疏散风热、凉血解毒对胎儿更为不利。

经行头痛

许某,女,35 岁。

初诊(2016 年 1 月 31 日):月经期头痛,伴五心烦热,经前乳房胀痛,久未受孕,苔薄白,脉弦,此乃肝经郁热。

拟方:生地 20 g、知母 15 g、川芎 15 g、赤白芍(各)20 g、柴胡 10 g、茯苓 15 g、炒苍白术(各)15 g、炙甘草 10 g、益母草 15 g、香附 15 g、炒栀子 15 g、牡丹皮 15 g、淫羊藿 20 g、当归 15 g、黄柏 10 g,21 剂,水煎服,日服 2 次。

二诊(2016 年 3 月 9 日):经期头痛已轻,前加地骨皮 30 g、山茱萸 20 g、仙鹤草 30 g,21 剂,水煎服,日服 2 次。

三诊(2016 年 4 月 6 日):经期头痛已轻,伴白带色黄褐,经期腹痛、五心烦热已轻,伴下阴干涩。

拟方:当归 15 g、赤白芍(各)20 g、川芎 15 g、生地 15 g、益母草 15 g、柴胡 10 g、茯苓 15 g、炒苍白术(各)15 g、炒栀子 15 g、牡丹皮 15 g、女贞子 20 g、巴戟天 15 g、浙贝母 15 g、黄柏 10 g、车前子(包)30 g、淫羊藿 20 g、香附 15 g,21 剂,水煎服,日服 2 次。

四诊(2016 年 5 月 1 日):前症悉除,唯月经淋漓不断,7~8 日始净,前加山茱萸 20 g、山药 30 g,21 剂,水煎服,日服 2 次。

五诊(2017 年 4 月 19 日):前方服后即怀孕,刻下剖宫产一男婴,胸闷,鼻眼自觉冒火,五心烦热,自汗,苔薄黄,脉弦,此乃郁火内炽。

拟方:柴胡 10 g、赤白芍(各)10 g、炒栀子 15 g、生甘草 10 g、炒黄芩 10 g、浙贝母 15 g、制大黄 8 g、蒲公英 30 g、连翘 20 g、生地 15 g、牡丹皮 10 g,14 剂,水煎服,日服 2 次。

六诊(2018 年 1 月 14 日):月经血块多,白带量多,色红如血水,时黄。腰酸,易怒心烦,B 超示甲状腺弥漫性病变。2017 年查促甲状腺激素(TSH)11.44 mIU/ml↑,甲状腺球蛋白抗体(TG-Ab)419.50 U/ml↑,三酰甘油:2.95 mmol/L,总胆固醇 6.25 mmol/L。

苔薄黄,脉弦。

拟方:当归 15 g、赤白芍(各)15 g、柴胡 10 g、茯苓 15 g、炒苍白术(各)15 g、薄荷(后下)10 g、炒栀子 15 g、牡丹皮 15 g、夏枯草 30 g、黄柏 15 g、玄参 30 g、浙贝母 15 g、生牡蛎 30 g(先煎)、车前子(包煎)30 g、白芷 15 g,14 剂,水煎服,日服 3 次。

七诊(2018 年 2 月 4 日):药中病机:月经血块已少,伴腰痛,前加桑寄生 15 g,14 剂,水煎服,日服 3 次。

八诊(2018 年 3 月 4 日):右乳胀痛,前加郁金 10 g、蒲公英 30 g、连翘 20 g、紫花地丁 30 g,21 剂,水煎服,日服 3 次。

九诊(2018 年 9 月 2 日):2018 年 8 月 28 日 B 超示甲状腺弥漫病变,甲状腺右叶结节(11 mm×12 mm 偏高回声,另一 10 mm×4 mm 低回声结节,边界欠清,形态欠规则),TSH:8.340 mIU/ml↑,伴心烦心悸,前方去车前子、桑寄生、白芷,21 剂,水煎服,日服 3 次。

十诊(2018 年 10 月 5 日):今查 TSH:4.29 mU/ml,已正常,TG - Ab:559.2 U/ml↑,TPO - Ab:250 U/ml↑,2018 年 9 月 30 日淮南东方医院 B 超:右侧甲状腺结节。右侧甲状腺内 12 mm×10 mm 中等回声,内见 4 mm×3 mm 低回声。宜 3 月 4 日方加皂刺 10 g、全瓜蒌 10 g、山慈菇 10 g,21 剂,水煎服,日服 3 次。

按语:患者经期头痛,五心烦热,经前乳房胀痛,久未受孕,苔薄白,脉弦。肝脏体阴而用阳,为藏血之脏,性喜条达。"妇人善怀而多郁",如情志不遂,肝气郁结,可致肝郁血虚、肝郁血滞。因冲任二脉隶属肝肾,足厥阴肝经循行部位布两胁上额会于巅,故而可见经期头痛,两乳胀痛。气郁化火,血虚生热,必见口苦口干,易怒心烦之症。笔者选用丹栀逍遥散加生地、知母、黄柏养血滋阴,清降虚火;加益母草调经、香附理气、淫羊藿益肾调冲任,可使肝气得舒,肝血得养,脾运得畅,气血中和,此疏肝理脾之建中法也。前方加减调治 1 年喜得一子,后又患甲状腺结节加入消瘰丸、郁金、夏枯草等,疗效亦较明显。

逍遥散乃《太平惠民和剂局方》中疏肝解郁、养血健脾的名方,目前除妇科调经外用于慢性肝炎、胃炎、消化不良、肝脾失调、肝郁脾虚者亦可选用。《内科摘要》加炒栀子、牡丹皮,对肝郁化火、肝经郁热者更妙,又称丹栀逍遥散,《医略六书·女科指要》加生地或熟地名为黑逍遥散用于治疗肝血不足较甚者。

人工流产后自汗

华某,女,29 岁。

初诊(2018 年 9 月 2 日):人工流产后一月余,气血双亏,晨起手脚心出汗,舌淡红,苔白,脉细弱。此乃气血双亏,元气受损。

拟方：生黄芪 30 g、桂枝 20 g、炒白芍 20 g、炙甘草 15 g、熟地 20 g、当归 15 g、川芎 15 g、益母草 15 g、党参 20 g、炒白术 15 g、炮姜 15 g、煅龙牡（各、先煎）30 g，14 剂，水煎服，日服 2 次。

二诊（2018 年 10 月 14 日）：手心出汗已止，前方加山茱萸 20 g、枸杞子 30 g，14 剂，水煎服，日服 2 次。

按语： 人工流产后出现手脚心出汗，伴有舌淡红，苔白，脉细弱，其畏寒肢倦可想而知，人流如外伤，斫伤冲任，冲为血海，隶属肝肾，受脾胃中土之气滋养。气阴双亏，气血两虚，气不摄津，故见手脚心出汗。取四物汤补血养营；取黄芪桂枝五物汤之意加党参、白术健脾补益气，温养和营；炮姜温中；龙骨、牡蛎潜阳敛汗。全方温养气血，敛阴和阳，取《灵枢·邪气脏腑病形》中所说："阴阳形气俱不足，勿取以针，而调以甘药"之意。

乳腺炎后肿块不消

王某，女，41 岁。

初诊（2018 年 4 月 12 日）：罹患化脓性乳腺炎后右乳肿块仍未消散，宜散结消癥法。

拟方：玄参 20 g、浙贝母 15 g、生牡蛎（先煎）30 g、莪术 10 g、三棱 10 g、柴胡 10 g、郁金 10 g、香附 15 g、皂刺 10 g、全瓜蒌 10 g、赤芍 15 g、当归 15 g、白芷 10 g、党参 15 g、炒苍白术（各）15 g，14 剂，水煎服，日服 3 次。

二诊（2018 年 4 月 26 日）：药中病机，原方巩固，14 剂，水煎服，日服 3 次。

三诊（2018 年 5 月 3 日）：肿块已软，前方加连翘 20 g、天花粉 15 g，14 剂，水煎服，日服 3 次。

四诊（2018 年 5 月 20 日）：药中病机，原方巩固，14 剂，水煎服，日服 3 次。

五诊（2018 年 6 月 7 日）：右乳肿块渐消，伴自汗，前方加知母 20 g、炒黄柏 15 g、生地 15 g，14 剂，水煎服，日服 3 次。

按语： 此案以乳腺炎后期肿块未消为主，故用《医学心悟》的消瘰丸（玄参、浙贝母、牡蛎）软坚散结，清热化痰；加柴胡、郁金、香附疏肝解郁；当归、赤芍养血散血；三棱、莪术破血行滞，增加软坚散结之功；皂刺、全瓜蒌均可消肿排脓，为治疗乳痈之圣药。《校注妇人大全良方》有"神效瓜蒌散"：全瓜蒌 1 个研烂，生粉草等分，治乳痈及一切痈疽疖初起。

皮肤过敏

王某,女,26岁。

初诊(2016年12月14日):颜面皮肤过敏,瘙痒起水疱,伴口渴。此乃肺胃风热。

拟方:荆芥10 g、防风10 g、白芷10 g、白蒺藜15 g、白鲜皮15 g、薄荷(后下)10 g、制乌梅15 g、生地15 g、炙麻黄10 g、炒苍术10 g、地肤子10 g、赤芍15 g、当归10 g、生石膏(先煎)30 g、生甘草10 g,颗粒剂9剂,冲服,日服2次。

二诊(2016年12月23日):药中病机,面部水泡瘙痒已愈,原方巩固,颗粒剂6剂,冲服,日服2次。

按语:中医治病应先讲医理,理、法、方、药依次进行,医理即分析病因病机,刻下患者颜面过敏,瘙痒起水疱,伴有口渴,中医认为痒属风热之邪,侵袭人体,浸淫血脉,内不得疏泄,外不得透达,郁于皮肤之下,腠理之间,故见瘙痒、水疱;火性上炎,肺主皮毛,颜面乃阳明经循行部位,患者兼有口渴,此应属肺胃风热。故取消风散疏风透表,清热凉血方义化裁。方中荆芥、防风、薄荷、麻黄、白蒺藜、地肤子疏风透表,祛风止痒;白芷为阳明经引经药,引药力上行头面,亦能祛风止痒;当归、生地、赤芍凉血散瘀,生石膏、生甘草清泄内火热毒;加苍术燥湿畅中,防止凉药戕胃;乌梅酸涩,以防升散太过,并有较强的抗过敏作用。药中病机,故能一次即愈,两次即安。

痤疮

【案一】

张某,男,27岁。

初诊(2016年1月1日):痤疮,两颊及前额满布,色暗红,伴瘙痒,时有脓头,伴口干,舌质暗红,苔薄白,脉弦数。此乃血分风热。

拟方:生地15 g、赤芍15 g、牡丹皮10 g、玄参10 g、浙贝母10 g、龙葵10 g、防风10 g、天花粉10 g、紫花地丁10 g、蒲公英30 g、皂刺10 g、白鲜皮10 g、紫草10 g、丹参10 g,14剂,水煎服,日服2次。

二诊(2016年1月14日)：诸症皆轻，原方巩固，14剂，水煎服，日服2次。

三诊(2016年1月28日)：痤疮基本已消，宜前方加丝瓜络15g，14剂，水煎服，日服2次。

四诊(2016年3月23日)：痤疮已消，宜原方加炙枇杷叶15g，14剂，水煎服，水煎服，日服2次。

按语：痤疮的"痤"始见于《素问·生气通天论》："汗出见湿，乃生痤痱。"中医对痤疮的认识多指"肺风粉刺"，如《外科正宗》认为"粉刺属肺，总皆血热郁滞不散"，又说"又有好饮者，胃中糟粕之味熏蒸肺脏而成"。《医宗金鉴·外科心法要诀》记述："此证由于肺经血热而成，每发于面鼻，起碎疙瘩，形如黍屑，色赤肿痛。"

笔者认为此症多发于青年男女，青春期多见，甚者后背前胸皆起。总由血分郁热、熬夜伤阴、膏粱醇酒、辛辣刺激等引起肺胃郁火，脾经湿热。治疗应从三个方面辨证，偏肺热的用枇杷清肺饮加减；偏脾胃湿热的用清胃散合茵陈蒿汤；偏热毒型的用五味消毒饮合黄连解毒汤之类。

有时临床上很难分清证型，笔者多从四个方法入手。第一是用祛风解表药如荆芥、防风、白芷，使热邪从表散去；第二用凉血散瘀药如生地、牡丹皮、赤芍、紫草之类；第三用清热解毒药如蒲公英、龙葵、紫花地丁、连翘；第四引经药、化痰药也不可少，可加清肺热、化痰火的枇杷叶、浙贝母；肝胆脾胃积热炽盛的加茵陈蒿汤。也有少数患者表现为畏寒肢冷，体虚之象的不在此例，对虚证痤疮笔者常用荆防败毒散加味获效。

【案二】

陈某，男，24岁。

初诊(2018年10月14日)：前胸后背疖疮反复4～5年之久，之前看过西医，皮下针注射后痤疮一度消失，不久又复生，两手心出汗，起水疱，此乃湿热内蕴。

拟方：炒苍术15g、黄柏15g、生薏苡仁30g、川怀牛膝(各)15g、荆芥10g、防风10g、白芷10g、生地15g、赤芍15g、牡丹皮15g、浙贝母15g、蒲公英30g、紫花地丁20g、龙葵20g、土茯苓30g，颗粒剂14剂，冲服，日服2次。

二诊(2018年10月31日)：药中病机，两手心水疱已愈，仍有出汗，疖疮稍轻，质稍硬，原方巩固，颗粒剂14剂，冲服，日服2次。

三诊(2018年11月18日)：诸症为轻，前胸后背痤疮明显改善，前方加炙麻黄10g、桃仁10g、红花10g，颗粒剂14剂，冲服，日服2次。

四诊(2018年12月5日)：前胸后背皆消，原方巩固，颗粒剂14剂，冲服，日服2次。

按语：湿热内蕴，日久生毒，致气血瘀滞，则易发疖疮痤痱之类，当下年轻人熬夜加班，饮食油腻，恣食辛辣之物，致热毒湿浊内聚。方用四妙散清化湿热，加生地、牡丹皮凉血散瘀，荆芥、防风、白芷祛风走表，蒲公英、紫花地丁、龙葵是一组清热解毒的角药，浙贝母是化痰清热消痈散结的妙品,土茯苓助四妙散使湿热从小便利去,三组药协同作用效果明显。

【案三】

刘某,男,36岁。

初诊(2018年11月4日):体丰,面部痤疮,色黯红,疖疮,背部、两大腿部多,伴泄泻。此乃痰瘀化热。

拟方:葛根30 g、炒黄连15 g、炒黄芩15 g、炙麻黄10 g、生薏苡仁30 g、荆芥10 g、防风10 g、白芷15 g、广木香10 g、炒苍术15 g、黄柏10 g、蒲公英30 g,14剂,水煎服,日服2次。

二诊(2018年11月18日):药中病机,痤疮渐少,面部痤疮已结痂,近日面痒,前方加地肤子10 g、白蒺藜15 g,14剂,水煎服,日服2次。

按语:本案看似简单,实为用中医思维治疗现代疾病的典型案例。患者壮年体丰,出现痤疮、疖疮伴有泄泻。当下年轻人多见恣食生冷、油腻、膏粱厚味,烟酒过度,加之多逸少动,故使湿热内生,浊毒内聚,发于头面形成痤疮,发于背部即成疖疮,湿热积滞大肠即成泄泻。

投葛根黄芩黄连汤解表清里;取麻黄连翘赤小豆汤与二妙散之意透表清热、燥湿泄火;加荆芥、防风、白芷助葛根、麻黄走表,使郁火湿热浊毒从表疏散;加蒲公英清热解毒乃治疖疮要药,可助黄芩黄连清泄内热火毒;加广木香醒脾行气,与黄连配伍即《太平惠民和剂局方》的名方香连丸,清热化湿、行气化滞,治疗湿热下利。

病机是脾胃积热日久,湿浊内生,湿热浊毒郁于血分,发于肌表形成疖疮;积于胃肠,导致泄泻;积于体内,形成膏脂(肥胖)。针对以上瘀热浊毒采用解表清里、化湿解毒之法,药中病机一次即效。

唇 炎

【案一】

蔡某,男,7岁。

初诊(2016年11月27日):脾胃积热,唇炎。

拟方:炒苍术10 g、炒栀子10 g、藿香(后下)6 g、防风10 g、荆芥6 g、制大黄6 g、生石膏(先煎)20 g、生甘草10 g、炒僵蚕6 g、蝉蜕6 g、片姜黄5 g,14剂,水煎服,日服2次。

二诊(2016年12月11日):唇炎已轻,前加焦三仙(各)10 g,14剂,水煎服,日服2次。

三诊(2016年12月25日)：前加党参10 g、炒白术10 g，14剂，水煎服，日服2次。

四诊(2017年1月11日)：前方效著，前加白芷6 g、生黄芪10 g，20剂，水煎服，日服2次。

五诊(2017年2月8日)：泻黄散加祛风药，唇炎未再发作，伴鼻塞，前加辛夷6 g，14剂，水煎服，日服2次。

按语：小儿唇炎，口唇干裂、起皮疼痛，越干越想用舌头舔，越舔越干。此属脾胃积热，故用《小儿药证直诀》的泻黄散加味泻脾经伏火；加《寒温条辨》的升降散(蝉蜕、炒僵蚕、姜黄、制大黄)及炒苍术、荆芥、生甘草，宜泻表里三焦的火热。

升降散是清代杨栗山所创，原治疫邪侵犯三焦，影响津气升降出入，秽浊壅阻，气机阻滞，升降失调。可见头晕、胸闷、心腹疼痛、呕吐、发热、咽痛等三焦火热，其证不可名状者。笔者常用于三焦郁火、无名低热，口干心烦者，其由小儿，内有积热，外有表邪者更宜投之。

【案二】

汪某，女，25岁。

初诊(2014年6月8日)：口唇肿痛干裂已3个月，此乃唇风，脾胃积热挟风。

拟方：荆芥10 g、防风10 g、薄荷(后下)10 g、连翘20 g、生地20 g、炒黄连10 g、炒白芍15 g、赤芍15 g、牡丹皮15 g、白蒺藜15 g、炒僵蚕10 g、生甘草10 g、升麻10 g、麦冬20 g、玉竹20 g，7剂，水煎服，日服2次。

二诊(2014年6月15日)：唇周硬皮已掉，前方效著，原方继服。7剂，水煎服，日服2次。

三诊(2014年6月22日)：唇风渐愈。

拟方：荆芥10 g、防风10 g、生地15 g、连翘20 g、赤芍15 g、当归10 g、姜半夏10 g、浙贝母15 g、炒僵蚕10 g、生甘草10 g、升麻10 g，7剂，水煎服，日服2次。

四诊(2016年9月27日)：前方效著，唇炎两年未发作，今因熬夜又见唇炎发作，口干。宜2014年6月8日方加炒苍术10 g、浙贝母15 g、升麻10 g，7剂，水煎服，日服2次。

五诊(2016年10月16日)：唇风已愈，平素熬夜伤及气阴，前加生黄芪30 g、沙棘30 g，7剂，水煎服，日服2次。

按语：口唇属脾胃，脾胃积热可引起口唇干裂肿痛，当属唇风，选用李东垣的清胃散甚为合拍。方中黄连清热燥湿，善治脾胃伏火，加连翘助黄连清火泄热；热在阳明经络，故用荆芥、防风、薄荷助升麻升散郁火，僵蚕、白蒺藜散上焦风热，使热邪外透；生地、当归、赤白芍、牡丹皮凉血散血，活血消瘀兼清胃养阴；麦冬、玉竹助生地滋养胃阴以润燥。药中病机，7剂即效，2次治愈。

本方可治疗因胃火引起的牙龈肿痛、溃烂出血、唇肿、口臭等脾胃积热之症。药后2年未犯，后因熬夜复发，仍以前方取效。

湿 疹

朱某,女,74岁。

初诊(2019年1月11日):因照顾老伴,子女又不在身边,长期劳累,全身除小腿外遍布湿疹,手臂及腰腹密集层叠,湿疹反复难愈,触之干燥硬结,瘙痒颇甚,红赤灼热,遇热加重,防风通圣散加味。

拟方:防风15 g、制大黄10 g、荆芥10 g、薄荷10 g、炙麻黄10 g、赤芍20 g、连翘20 g、生甘草10 g、桔梗15 g、当归15 g、川芎10 g、生石膏(先煎)30 g、滑石(包煎)15 g、炒苍术15 g、黄芩15 g、地肤子15 g、白鲜皮20 g、蝉蜕10 g、生地20 g、白蒺藜15 g、制乌梅20 g,7剂代煎,日服3次。

二诊(2019年1月18日):药后湿疹明显好转,前次湿疹已消,又有细小新生,触之皮肤已松,仍干燥痒甚,自述如北风吹过皮肤裂开感,原方继服,7剂代煎,日服3次。

三诊(2019年1月27日):前方效著,湿疹明显消退,瘙痒已止,14剂代煎,日服3次。

按语:患者湿疹瘙痒伴表皮红赤、灼热,投防风通圣散立效。防风通圣散是《黄帝素问宣明论方》的方子,原治表里俱实、憎寒壮热、头昏目赤、咽痛口干、胸闷便结等症,投之疗效神速。笔者取其方意,目前常用于血分瘀热,风热湿毒引起的皮肤病,如湿疹、荨麻疹、银屑病及疮痈初起等。方中连翘、炒栀子、黄芩、生石膏清热解毒泄火;荆芥、防风、麻黄、薄荷解表散热,使邪有出路;大黄、滑石使湿热瘀毒从二便排出,与荆芥、防风等相伍解表通里,表里双解,双管齐下;当归、生地、川芎、赤芍凉血散瘀和营;桔梗开肺气,苍术燥脾湿;加地肤子、蒺藜、蝉蜕、白鲜皮祛风止痒,与乌梅酸敛防其表散太过。全方表里双解,上下通彻,对三焦郁火、血热湿毒、表里俱实者皆可用之。

斑 秃

倪某,女,28岁。

初诊(2015年2月10日):斑秃,伴心烦睡眠不实,胆怯,苔薄白,舌尖红,此乃心胆气虚,肾阴亏虚,心神不交。

拟方:生熟地(各)15 g、当归15 g、川芎15 g、炒白芍15 g、五味子10 g、茯神30 g、太子参20 g、麦冬20 g、生龙牡(各,先煎)30 g、郁金10 g、黑桑椹30 g、制何首乌10 g、柏子仁10 g、炙远志10 g、丹参15 g、牡丹皮15 g,14剂,水煎服,日服3次。

二诊(2015年3月1日):情绪好转,前方加炒白术15 g、益母草10 g、阿胶珠10 g、仙鹤草 20 g,20 剂,水煎服,日服 3 次。

三诊(2015 年 3 月 4 日):脱发好转,月经淋漓不断,10 日未净。

拟方:生熟地(各)300 g、当归 300 g、川芎 200 g、炒白芍 300 g、制何首乌 200 g、桑椹 300 g、黑芝麻 300 g、女贞子 300 g、炒苍白术(各)300 g、香附 200 g、太子参 300 g、五味子 200 g、茯神 300 g、制大黄 200 g、焦山楂 200 g、广木香 200 g,上药制成浓缩丸,每服 50 粒,日服 3 次。

四诊(2015 年 6 月 3 日):脱发渐愈,月经量少,烦躁,易怒,前方加郁金 200 g、柴胡 200 g、炙远志 200 g,制法、服法如前。

五诊(2015 年 10 月 14 日):脱发已止,月经淋漓 20 日始净,量少,烦躁。乏力,腰凉,腹中冷。其母代述。

拟方:生熟地(各)300 g、当归 300 g、川芎 200 g、炒白芍 300 g、党参 150 g、炒苍白术(各)300 g、女贞子 300 g、黑芝麻 300 g、香附 300 g、柴胡 200 g、炒艾叶 200 g、阿胶珠 300 g、炮姜炭 200 g、覆盆子 300 g、炙远志 200 g、生黄芪 300 g,前方制成浓缩丸,每服 50 粒,日服 2 次。

六诊(2016 年 3 月 30 日):脱发已止,睡眠欠安,黄昏时烦躁,情绪低落,前加郁金 300 g、五味子 300 g、益母草 300 g、仙鹤草 300 g、炒艾叶 200 g、淫羊藿 300 g,前方制成浓缩丸,每服 50 粒,日服 2 次。

七诊(2016 年 9 月 28 日):原方用了三料,刻下斑秃已完全治愈,并见头发较前黑密,刻下仍见月经淋漓,半月始净,色淡,腹中冷,苔白厚,脉沉细,此乃冲任虚寒,大温经汤主之。

拟方:生黄芪 30 g、桂枝 15 g、当归 15 g、炒白芍 15 g、川芎 10 g、党参 15 g、阿胶珠 10 g、牡丹皮 10 g、麦冬 20 g、炮姜 15 g、姜半夏 10 g、炒吴茱萸 3 g、炙甘草 10 g、仙鹤草 30 g、山茱萸 20 g、五味子 10 g,7 剂,水煎服,日服 2 次。

按语:斑秃多发于精神紧张,压力过大,肝郁肾精亏虚,血不养发。该患者斑秃心烦,胆怯失眠,故投四物汤养血活血,加桑椹、何首乌滋补肝肾之精,乌发生发;用生脉饮加柏子仁、茯神、炙远志养心气、益心阴、安心神、宁心志;龙牡潜镇;郁金解郁;牡丹皮、丹参凉血活血。药后诸症皆轻。后改汤为丸,缓缓图之,历时一年零七个月,斑秃完全治愈,头发较前黑密。

脱 发

【案一】

桑某,女,15 岁。

初诊(2016 年 10 月 6 日):案牍积劳,精血暗耗,血不养发,心神失养,故见脱发、失眠、烦躁、焦虑等症。苔薄白,舌红,脉细弱。

拟方:太子参 20 g、麦冬 30 g、五味子 10 g、生地 15 g、炒酸枣仁 40 g、制何首乌 10 g、女贞子 20 g、生龙牡(各、先煎)30 g、知母 15 g、柏子仁 10 g、川芎 15 g、炒白芍 15 g、当归 10 g、制乳香 5 g、炙甘草 10 g,颗粒剂 9 剂,冲服,日服 2 次。

二诊(2016 年 11 月 10 日):药中病机,药后脱发即止,睡眠已明显改善,前加益智仁 10 g,颗粒剂 15 剂,冲服,日服 2 次。

三诊(2016 年 12 月 8 日):脱发明显改善,前加山茱萸 15 g,颗粒剂 15 剂,冲服,日服 2 次。

按语: 目前中学生学习压力过大,学生精神负担过重,睡眠不足,日久精血暗耗,心气心阴不足,心血亏虚,肝郁化火,肾精渐渐亏虚,肾水、精血不能濡养发根,滋养心神,故见失眠烦躁、焦虑、脱发等症。宜用四物汤养血活血;加生脉饮益气养心阴;知母滋阴泻火;制何首乌、女贞子滋养肝肾之阴,养血生发;加乳香配酸枣仁、五味子乃是治疗失眠的有效组药;龙牡潜镇浮阳;甘草调和诸药。药后心神得养,精血渐充,脱发、焦虑、失眠等症皆愈。

【案二】

陈某,女,54 岁。

初诊(2015 年 6 月 15 日):恚怒郁闷,伤及肝血,头发失养,脱发较重,伴腰痛,心烦易怒,眠差,五心烦热。苔薄白,脉弦。

拟方:生熟地(各)20 g、桑椹 20 g、女贞子 30 g、当归 15 g、赤白芍(各)15 g、柴胡 10 g、茯苓 15 g、炒苍白术(各)15 g、炙甘草 10 g、薄荷(后下)10 g、郁金 10 g、山茱萸 15 g、川芎 15 g,14 剂,水煎服,日服 2 次。

二诊(2015 年 6 月 29 日):近日感冒头痛,咳嗽痰黄。

拟方:荆芥 10 g、防风 10 g、炙麻黄 10 g、杏仁 10 g、生石膏(先煎)30 g、生甘草 10 g、桔梗 15 g、川芎 15 g、浙贝母 15 g、前胡 15 g、炒黄芩 10 g,3 剂,水煎服,日服 2 次。

三诊(2015 年 7 月 20 日):头发渐长,宜前方(6 月 15 日方)继服,14 剂,水煎服,日服 2 次。

四诊(2015 年 8 月 5 日):药中病机,宜 6 月 15 日方加沙苑子 15 g、防风 10 g,14 剂,水煎服,日服 2 次。

五诊(2015 年 8 月 26 日):脱发好转,伴阵阵恶寒,腋下及锁骨下淋巴结肿大,6 月 15 日方加浙贝母 15 g、生牡蛎(先煎)30 g、玄参 20 g、连翘 20 g,14 剂,水煎服,日服 2 次。

六诊(2017 年 7 月 16 日):刻下已长满头黑发,乏力神疲,烦躁,月经已断,冲任失调,伴淋巴结肿大。

拟方:当归 15 g、生地 15 g、赤白芍(各)15 g、淫羊藿 20 g、巴戟天 15 g、知母 20 g、黄柏 15 g、浙贝母 15 g、夏枯草 30 g、玄参 30 g、生牡蛎(先煎)30 g、山慈菇 15 g、蒲公英 30 g、连翘 20 g、太子参 20 g，14 剂，水煎服，日服 2 次。

按语：肝性喜条达，职司疏泄。恚怒郁闷，则肝失疏泄，气机不畅，气滞则血瘀，日久肝失所养，郁热内生。肝肾同源，肝血亏虚则肾精日衰。发为血之余，肝血不足，肾精亏虚，瘀热内阻则经隧不畅，发根失养，故见脱发伴有心烦不眠、五心烦热等症。

方选《太平惠民和剂局方》的逍遥丸加味。逍遥散由《伤寒论》四逆散与《金匮要略》中当归芍药散两方加减变化而来，是肝脾建中法疏肝理脾的代表方，方中柴胡疏肝解郁，畅其气机；当归、白芍养血活血柔肝；白术健脾除湿；茯苓化痰渗湿；加甘草健脾和中，培土荣木，令中焦健运，土旺则木荣；薄荷、生姜疏泄辛散，疏理肝脾。全方补中寓疏，药性平和，加生熟地、桑椹、山茱萸、女贞子以滋补肝肾，养血生发，加郁金解郁散瘀，川芎为血中气药，以增强当归、芍药的养血活血之效。依此方调治 2 年，至 2017 年已长出满头黑发，后因淋巴结肿大，更年期综合征等仍在此方的基础上加消瘰丸、二仙汤等取效。

带状疱疹

王某，男，57 岁。

初诊(2016 年 10 月 26 日)：带状疱疹消后皮肤疼痒，衣服碰到加重，精神紧张，情绪不稳，苔薄白，舌暗，此乃肝郁血滞，血府逐瘀汤加减。

拟方：当归 15 g、生地 15 g、桃红(各)10 g、生甘草 15 g、枳实 10 g、赤白芍(各)30 g、柴胡 10 g、川芎 15 g、怀牛膝 10 g、全瓜蒌 10 g、牡丹皮 15 g、丹参 15 g、制乳没(各)6 g、茯神 30 g、五味子 10 g、郁金 15 g，14 剂，水煎服，日服 2 次。

二诊(2016 年 11 月 18 日)：药中病机，前加炒酸枣仁 30 g，14 剂，水煎服，日服 2 次。

三诊(2016 年 12 月 16 日)：血府逐瘀汤合活络效灵丹效果很好，疼痒及精神紧张皆有减轻，原方巩固，14 剂，水煎服，日服 2 次。

按语：带状疱疹是西医名称，中医称为"蛇串疮"，也叫"缠腰火丹"，症见皮肤上出现成簇疼如火燎的急性疱疹性疾病，水疱沿一侧周围神经作带状分布，疼痛较剧。多由肝郁气滞，郁而化火，湿热内聚，日久蕴毒；或因老年精亏，血虚肝旺，郁火内炽引起该病的发生。其发病之初即有局部灼热刺痛，西医认为是病毒感染。中医多采用清热解毒、凉血散瘀之品治之。肝胆湿热重者龙胆泻肝汤加味；湿热重者茵陈蒿汤合胃苓汤主之。

此患者水疱消后疼痛不减，本案用血府逐瘀汤合活络效灵丹取效。活络效灵丹是张锡纯所创，当归、丹参、生乳香、生没药四味，功能活血祛瘀、通络止痛。疼痛较剧者可用炒延胡索 30 g、白芷 20 g，甚者可加全蝎、蜈蚣等通络止痛之品。

银屑病

吴某,男,57 岁。

初诊(2016 年 10 月 30 日):罹患银屑病 1 年,全身皮肤皆有红斑,上有皮屑,搔之有血点。伴失眠。苔薄白,口干唇裂。此乃脾经风热湿毒。

拟方:生地 30 g、赤芍 20 g、牡丹皮 15 g、荆芥 10 g、防风 10 g、炒苍术 15 g、白鲜皮 30 g、薄荷(后下)10 g、白芷 15 g、白花蛇舌草 30 g、土茯苓 30 g、苦参 10 g、白蒺藜 20 g、生甘草 10 g、炒僵蚕 10 g、制乌梅 20 g,14 剂,水煎服,日服 3 次。

二诊(2016 年 11 月 20 日):药后红斑皮癣明显消退,前加白蚤休 15 g,14 剂,水煎服,日服 3 次。

三诊(2016 年 12 月 13 日):药中病机,原方巩固,14 剂,水煎服,日服 3 次。

四诊(2016 年 12 月 26 日):药中病机,银屑病消退明显,原方巩固,14 剂,水煎服,日服 3 次。

五诊(2017 年 2 月 15 日):原方巩固,14 剂,水煎服,日服 3 次。

六诊(2017 年 3 月 8 日):皮癣渐愈,全身瘙痒、失眠皆轻,唯大便溏薄,生地减为 20 g、广木香 10 g,14 剂,水煎服,日服 3 次。

按语:银屑病中医称为"白疕",是一种常见的慢性炎症性皮肤病,以浸润性红斑上覆盖多层银白色糠秕状鳞屑,刮去鳞屑有薄膜现象和点状出血为临床特征。又称"白疕""松皮癣""干癣""疕风""蛇风"等。多由营血亏损,化风生燥,肌肤失养而成;或因风寒、风热之邪侵袭,毛窍闭塞,气血不畅;或湿热内蕴,内外合邪,阻郁肌肤;或感染毒邪、风寒而化热,湿热化燥,以致燥邪成毒等。上海名医朱仁康认为"血分有热"是银屑病发病的主要原因。北京名医赵炳南分血热、血燥、血瘀三型论治。《医宗金鉴》则认为"由风邪客于皮肤,血燥不能荣养所致。宜初服防风通圣散,次服搜风顺气丸"等。

该患者发病 1 年,症状典型,诊断明确,伴有失眠,口干唇裂,故诊为脾经风热湿毒。方用生地、赤芍、牡丹皮凉血散瘀;荆芥、防风、薄荷、白芷疏散风热;苍术、苦参、土茯苓燥湿渗湿,使湿毒从小便利去;白花蛇舌草、生甘草清热解毒;白鲜皮、蒺藜、炒僵蚕清热燥湿,祛风解毒;加乌梅敛阴去死肌。药症合拍,其效甚速。

荨麻疹

宣某,男,17 岁。

初诊(2017 年 2 月 8 日):血分伏火,遇触即发,周身起红疹瘙痒,忽热忽冷时易发,食辣即发,宜凉血祛风。

拟方:荆芥 10 g、防风 10 g、制大黄 8 g、炙麻黄 8 g、赤芍 15 g、连翘 15 g、生甘草 10 g、薄荷(后下)10 g、当归 10 g、生地 15 g、炒黄芩 10 g、炒苍术 10 g、白鲜皮 15 g、白蒺藜 10 g、制乌梅 15 g、生牡蛎(先煎)30 g、牡丹皮 10 g、生石膏(先煎)20 g,颗粒剂 21 剂,冲服,日服 2 次。

二诊(2017 年 3 月 5 日):药中病机,原方巩固,30 剂,冲服,日服 2 次。

按语:风疹瘙痒,遇触即发,季节交替时易发,应属荨麻疹或过敏性皮肤之类。中医称为风疹。多由风湿或风热之邪侵袭人体,外不得透达,内不能疏泄,郁于肌肤腠理之间,故见皮肤瘙痒,遍起红疹。治当祛风透表除湿、清热凉血散瘀为法。

方中荆芥、防风、麻黄、薄荷辛散透达,疏风走表;生地、牡丹皮、当归养血活血散瘀,取"治风先治血,血行风自灭"之意,石膏、大黄、炒黄芩、连翘清热泄火解毒;苍术苦温,祛风燥湿,可防生地、石膏寒凉败胃;乌梅、牡蛎酸敛重镇,以防荆芥、防风、麻黄升散太过;白鲜皮、白蒺藜治风疹,二味皆是祛风止痒之圣药;甘草调和诸药。此方是在《外科正宗》消风散的基础上加减变化而成,用于荨麻疹、湿疹、过敏性皮炎疗效可靠。

单纯性紫癜

张某,男,75 岁。

初诊(2018 年 9 月 9 日):两下肢皮肤瘀斑,不痛不痒,伴面色萎黄,畏寒肢冷,舌淡,苔白,脉沉细,此脾虚失统,血不归经之阴斑。

拟方:生黄芪 30 g、党参 20 g、炒白术 15 g、炙甘草 10 g、仙鹤草 50 g、阿胶珠 6 g、熟地 15 g、丹参 20 g、当归 15 g、炒蒲黄(包煎)15 g、牡丹皮 10 g、川芎 10 g,颗粒剂 14 剂,冲服,日服 2 次。

二诊(2018 年 10 月 3 日):药中病机,两下肢瘀斑明显改善,宜原方巩固。颗粒剂 14 剂,冲服,日服 2 次。

三诊(2018 年 12 月 14 日):药中病机,瘀斑渐少,伴抽筋,宜前方加淫羊藿 30 g,巴戟天 15 g、炒白芍 20 g、木瓜 20 g、茯神 20 g、远志 10 g、五味子 10 g、山茱萸 20 g,颗粒剂 14 剂,冲服,日服 2 次。

按语:此患者虽见紫癜,但面色萎黄,畏寒肢冷,舌淡,苔白,脉沉且细,此气不摄血,脾不统血,血溢脉外,化为阴斑。此调摄失养,脾虚中气亏损。脾为后天之本,气血生化之源,人之元气,精血皆靠后天脾胃之滋养。故用黄芪、党参、白术、炙甘草补气健脾,熟地、当归填精补血;仙鹤草、阿胶珠补虚止血,丹参、川芎、蒲黄、牡丹皮活血散瘀消斑,以化离经之血。全方补气健脾以摄血,补肾填精以养血,活血散瘀以消斑。

特发性血小板减少性紫癜

邓某,女,47岁。

初诊(2016年5月13日):原罹特发性免疫性血小板减少,刻下血小板仅 $3\times10^9/L\downarrow$,伴盗汗乏力,齿衄。宜益气养阴止血为法,犀角地黄汤加味。

拟方:水牛角丝(先煎)30 g、炒白芍15 g、牡丹皮15 g、生熟地(各)20 g、生黄芪30 g、党参15 g、当归10 g、炒白术15 g、阿胶珠10 g、仙鹤草60 g、地骨皮30 g、黄柏10 g、知母20 g,7剂,水煎服,日服2次。

二诊(2016年5月29日):药中病机,血小板升至 $68\times10^9/L$,前加山茱萸15 g、炙甘草10 g,水煎服,日服2次。

三诊(2016年6月12日):仍有紫癜,齿衄。

拟方:生黄芪30 g、红参10 g、党参15 g、生白术10 g、水牛角丝(先煎)30 g、炒白芍15 g、当归15 g、炙甘草15 g、生熟地(各)20 g、阿胶珠10 g、仙鹤草60 g、山茱萸20 g、牡丹皮10 g、淫羊藿15 g、巴戟天15 g、茜草10 g,14剂,水煎服,日服2次。

四诊(2016年7月3日):血小板升至 $91\times10^9/L$,紫癜及齿衄皆愈,前方继服。14剂,水煎服,日服2次。

五诊(2016年7月26日):今查白细胞:$2.8\times10^9/L$,红细胞:$36\times10^{12}/L$,血小板:$47\times10^9/L$,前加鸡血藤20 g、山药30 g,14剂,水煎服,日服2次。

六诊(2016年8月15日):今查血小板升至 $115\times10^9/L$,白细胞、红细胞已正常,前方继服。14剂,水煎服,日服2次。

七诊(2016年9月14日):今查血小板升至 $140\times10^9/L$,血常规已正常,前方巩固。14剂,水煎服,日服2次。

八诊(2016年10月10日):血小板降至 $110\times10^9/L$,前加山茱萸15 g,14剂,水煎服,日服2次。

九诊(2016年11月13日):血小板已升至正常:$129\times10^9/L$,症见月经紊乱,前加益母草15 g,20剂,水煎服,日服2次。

备注:患者病情较重,来诊时血小板仅 $3\times10^9/L$,当地医院束手无策,拒之门外,患者本人不能前来就诊,其家属经电话联系来此诊治吃中药治愈,2018年10月7日其亲人前来就诊,诉其治愈后一如常人,表示十分感谢。

按语:此患者是涡阳老家一肺癌患者的亲戚,肺癌患者经笔者治疗已存活近10年,现仍健在,就诊时咨询其亲友病情,求笔者诊治。询其症状除紫癜外尚伴有盗汗,乏力,齿衄,血小板仅 $3\times10^9/L$,因病情危重,不能前来就医,故根据所述症状,首选犀角地黄汤清热凉血,散瘀消斑,考虑到脾主统血,故用生黄芪、党参、白术益气健脾以摄血,熟地、阿胶、仙鹤草滋肾补血,散瘀止血以固营阴之本,加地骨皮、黄柏、知母增强其清降虚火,养阴清热之功。药后首战告捷,血小板升至 $68×10^9$/L,又加山茱萸敛肝阴,炙甘草补中气,至 6 月 12 日告知仍有紫癜、鼻衄,考虑到脾虚肾亏,营血失统,"气为血之帅,血为气之母",改以温养中气,温养肾气,佐以养阴补血化瘀之品,故用黄芪、红参、党参、白术、炙甘草补气健脾,温养中气;淫羊藿、巴戟天温而不燥,温养肾气;熟地、山茱萸、阿胶、当归、白芍滋补肝肾,养血敛阴;水牛角、牡丹皮、仙鹤草凉血止血,化瘀消斑。上方服用 2 周,紫癜及齿衄皆愈,血小板升至 $91×10^9$/L 后以此方化裁,血小板一度升至 $140×10^9$/L,近日随访,一切正常。

此病西医称为特发性血小板减少性紫癜,是一组免疫介导的血小板过度破坏所导致的出血性疾病。中医归属"血证""阴阳毒""发斑""肌衄""紫斑"等,有热毒炽盛,迫血妄行;阴虚火旺,灼伤血络;脾肾亏虚,气不摄血之分;但无论哪种原因,离经之血不能排出体外,留积体内,蓄积成瘀,瘀血阻滞,血不循经,溢于脉外而为紫斑、便血、尿血、衄血等。本案运用中医思维,以补气固摄,滋养肝肾,凉血散瘀之法调治半年,使多年的疑难重症得以治愈,病家感激之至。所以说中医的生命在于临床疗效,临床疗效来源于中医思维,中医思维靠的是扎实的中医理论基础与丰富的临床经验。学中医务必要在这方面下功夫。

黄褐斑

邓某,女,47 岁。

初诊(2018 年 3 月 20 日):黄褐斑,子宫已切除,伴烘热自汗,畏寒,心烦,健忘。此宜养血祛斑,滋肾养肝,益气化瘀。

拟方:当归 15 g、炒白芍 15 g、川芎 10 g、熟地 15 g、菟丝子 15 g、淫羊藿 30 g、巴戟天 15 g、枸杞子 30 g、桑黄 10 g、炒僵蚕 10 g、白芷 10 g、炙甘草 10 g、党参 15 g、红景天 10 g、杜仲 10 g、锁阳 10 g、炒白术 15 g,14 剂,水煎服,日服 2 次。

二诊(2018 年 4 月 5 日):症如前述,前方加五味子 10 g,30 剂,水煎服,日服 2 次。

三诊(2018 年 5 月 10 日):体检查出肝、肾囊肿,前方加莪术 10 g、三棱 10 g,14 剂,水煎服,日服 2 次。

四诊(2018 年 6 月 17 日):药中病机,黄褐斑已散开变淡,前方巩固,20 剂,水煎服,日服 2 次。

五诊(2019 年 3 月 10 日):黄褐斑明显淡化,前加灵芝 10 g,20 剂,水煎服,日服 2 次。

按语:黄褐斑古人称为"面黑黯""面黑䵟""䵟黯"等,也叫"蝴蝶斑""妊娠斑",多因肝气郁结,脾失健运,肾精亏虚所致,气郁而化热,脾虚易湿滞。总之肝郁则血瘀,脾虚则湿滞,肾虚则精亏。气血不能上荣于面,故而面如尘垢,萎暗不华。也随年龄而变,如《素问·上古天真论》曰:"女子……五七,阳明脉衰,面始焦,发始堕;六七,三阳脉衰于上,面皆焦,发始白。"

患者年近五十,子宫已切除,其肾精不足之症显而易见,伴有烘热自汗,心烦健忘,畏寒肢倦等,故用养血祛斑,滋肾养肝,益气化瘀之法综合治之。方中四物汤养肝血活血;党参、白术、炙甘草、红景天健脾益气化湿;淫羊藿、巴戟天、菟丝子、杜仲、锁阳温润肾阳,温养肾精;白芷、炒僵蚕祛风走表,是祛斑之圣药。全方调畅气血,化瘀行滞,肝脾建中,顾护化源,温养肾精,以补先天。

结节性红斑

左某,女,64岁。

初诊(2018年8月1日):结节性红斑复发,结节肿痛,色红,轻微瘙痒,五心烦热,口渴,轻度浮肿,脉弦。宜凉血散瘀,利水解毒。

拟方:生地20 g、赤芍20 g、当归15 g、川芎15 g、牡丹皮15 g、炒苍术15 g、黄柏15 g、生薏苡仁30 g、紫草15 g、蒲公英30 g、紫花地丁30 g、龙葵30 g、制大黄10 g、生黄芪30 g、泽泻15 g、泽兰15 g、炒黄连10 g、地肤子15 g、土茯苓50 g、炒黄芩10 g、生甘草10 g,7剂,水煎服,日服3次。

二诊(2018年8月15日):药中病机,刻下红斑渐退,浮肿渐消,宜原方巩固,7剂,水煎服,日服3次。

按语:结节性红斑是常见的风湿性疾病之一。临床特点为位于膝踝之间的外侧后侧面起红色或紫色炎性结节,有蚕豆至核桃大小不等,结节高出于皮肤,质硬有压痛,局部皮肤发热,大多伴关节肌肉疼痛。病因可由感染或药物、系统性疾病引起,也有原因不明者。西医学认为该病病理是血管周围淋巴细胞、中性粒细胞浸润,中小静脉管壁炎症反应,内膜增生及管腔部分闭塞。目前西医针对原发疾病治疗,原发病因不明者用非甾体抗炎药和免疫抑制剂,但久服副作用多。

中医没有与之相应病名,从症状上看与"梅核火丹"相类似,其硬结由红变紫,痛不移处,与瘀血有关,局部热痛乃湿热蕴毒。此患者除红斑疼痒外,还有五心烦热、口渴等内火炽盛等症。故用凉血散瘀、利湿解毒法一次即效。

方中四物汤加牡丹皮、紫草凉血散瘀,三妙散清利湿热,黄连解毒汤合五味消毒饮化裁清热解毒。全方集中优势兵力,药专力强,日服3次,故取得了7剂即愈的疗效。

下　篇

经　验　谈

胃痞汤

【组成】生黄芪 30 g、党参 15 g、石斛 15 g、蒲公英 30 g、丹参 30 g、焦山楂 15 g、莪术 10 g、白花蛇舌草 30 g。

【功效】益气健脾,养阴和胃,化瘀解毒,行滞消痞。

【主治】慢性萎缩性胃炎。出现胃脘痞满胀痛,或隐痛灼热,畏寒纳少,消瘦神疲等症。

【方解】慢性萎缩性胃炎多由浅表性胃炎发展而来,若伴有肠上皮化生或异型增生者则有癌变可能。笔者认为其病机为脾胃气阴亏虚,升降失司,湿浊、痰瘀日久蕴毒所致,即脾胃亏虚为本,内外合毒为因,胃络瘀阻为标,虚、毒、瘀互为因果,合而为患,日久致病。本方扶正益胃,化瘀解毒,行滞消痞,攻补兼施,动静相宜。方中黄芪味甘性微温,长于益气健脾,《本草逢原》言其"性虽温补而能调血脉,流行经络,可无碍于壅滞也",故为君药。伍以党参、石斛益气养阴、健脾和胃。党参甘平,补中益气,生津养血,《本草正义》言其"健脾而不燥,滋胃阴而不湿";石斛补胃阴、清胃热,《本草纲目拾遗》谓"清胃,除虚热,生津,已劳损"。佐以白花蛇舌草、蒲公英清热解毒。蒲公英解毒散结,清热利湿,《医学纂要》谓"补脾和胃、泄火";白花蛇舌草清热解毒,凉血活血。又以丹参、莪术行滞化瘀、补中寓通。丹参苦微寒,化瘀滞,通脉络,养营血,去滞生新,活血定痛,《吴普本草》言其"治心腹痛";莪术善于温通行滞,破血消积,李时珍认为"治气中之血,理中焦之气"。阳明胃经为气血之海,胃脘疾病主要责之于气血失常,运行不畅,以气中之血药治之最为适宜。使以焦山楂酸甘微温,消食除积,化滞祛瘀。全方攻补兼施,寒温并用,标本兼顾,滋而不腻,温而不燥,扶正不留邪,祛邪不伤正,使虚弱之脾胃得以振奋,上下气机得以条达,毒邪去,瘀血通,则痞胀得消,诸症自除,萎缩得以逆转。

【加减】脾胃虚寒者加桂枝、干姜、高良姜等;湿重者加苍术、草豆蔻等;肝胃郁热者加柴胡、枳实、白芍、炒栀子、牡丹皮等;胃阴亏虚者加生地、麦冬、北沙参等;瘀血胃痛者加蒲黄、五灵脂、炒延胡索等;寒热错杂者加半夏、干姜、黄芩、黄连。

胃安丸

【组成】珍珠母 800 g、白及 600 g、三七 600 g、海螵蛸 400 g、浙贝母 400 g、制大黄 200 g。

【功效】制酸止痛,养胃和中,散瘀清热,生肌敛疮。

【主治】慢性胃炎、消化性溃疡引起的胃酸过多,嘈杂反酸,灼热烧心,胃胀胃痛属痰瘀湿热者。

【用法】上药净制后共为细末,制成丸药,如绿豆大,每次 5 g,每日 2 次,饭前开水冲服。

【方解】糜烂性胃炎、胃及十二指肠球部溃疡常出现反酸、烧心、嘈杂、胀痛等症,其病机多为湿热内蕴,痰浊郁结,瘀血阻络,日久生毒,伤及胃体,损及胃膜所致。笔者以珍珠粉为君,取其清热解毒、生肌敛疮之功,古人常用它治疗口舌生疮,咽喉溃烂,如《丹台玉案》的珍宝散。《本草汇言》称其"镇心、定志、安魂、解结毒、化恶疮、收内溃破烂"。用于愈合溃疡,保护胃黏膜可谓效专力宏。配以白及、三七为臣,化瘀活血,敛疮止痛,此二味对胃黏膜糜烂、胃溃疡均有保护与修复作用。乌贼骨、浙贝母为佐,清热散结,收敛制酸。浙贝母清热化痰、散结消肿,为制酸止痛之良药,乌贼骨更是收敛止血、制酸止痛之佳品。伍以制大黄,直入胃肠,苦寒泄浊,清胃肠积热为使,使全方共奏制酸止痛、养胃和中、散瘀清热、生肌敛疮之效。

三白丸

【组成】白及 150 g、炒白芍 150 g、白芷 100 g、海螵蛸 150 g、煅瓦楞子 150 g、蒲公英 100 g、甘松 60 g、炙甘草 100 g、浙贝母 100 g、炒延胡索 100 g、没药 50 g。

【功效】活血散瘀,行滞化湿,柔肝养胃,制酸止痛。

【主治】慢性胃炎、消化性溃疡引起的胃痛,泛酸,嘈杂等症。

【用法】上药净制后共为细末,制成丸药,如绿豆大,每服 5 g,每日 2 次,饭前开水冲服。

【方解】胃脘痛常见于慢性胃炎及消化性溃疡,常伴有泛酸、嗳气、嘈杂、痞满等症。病机多为肝胃不和,寒凝食积,痰浊湿热,气机阻滞,日久致瘀,损及胃络,不通则痛。方中白芍配甘草即《伤寒论》名方"芍药甘草汤",其中芍药酸苦,养血敛阴,柔肝止痛;甘草甘平,补中缓急,二药合用甘酸化阴,缓急止痛。甘草的现代药理作用有抗溃疡、抑制胃酸分泌,缓解胃肠平滑肌痉挛及镇痛作用。白及味苦甘,性微寒,质极黏腻,性极收涩,其药理对胃黏膜有明显保护作用。白芷味辛性温,为阳明经引经药,功能祛风除湿,通窍止痛,消肿排脓,《药性论》谓其"能治心腹血刺痛",又为疮家圣药。笔者用于治疗消化性溃疡、糜烂性胃炎引起的胃痛,疗效确切。甘寒的蒲公英配辛温的甘松,一寒一温,一清一散,清解胃热,消肿散结,除治疗多种疮痈外,对胃炎、肠炎等消化系统炎症疗效佳好,甘松理气止痛,醒脾健胃,主治脘腹胀痛。该品温而不热,甘而不滞,香而不燥,微辛能通,故兼温中理气之长。海螵蛸味咸微温,《现代实用中药》言:"乌贼骨为制酸药,对胃酸过多,溃疡病有效。"《中药学》指出,其治"胃痛吐酸"。浙贝母味苦性寒,功效清热化痰,散结消痈。《山东中草药手册》载:"清肺化痰,制酸解毒,治感冒咳嗽,胃痛吐酸,痈毒肿痛。"再配以消痰化瘀、软坚散结、制酸止痛见长的煅瓦楞子,更能增强其制酸止痛之功效。至于延胡索与没药,皆行血中之气,为止痛圣药。延胡索辛散温通,为活血止痛之良药,《本草纲目》谓其能"行血中之气滞,气中之血滞,故能专治一身上下诸痛"。没药味辛苦性平,功能活血止痛,消肿生肌,《中药学》提到"治疗血瘀气滞较重之胃痛多用"。此二味更是朱丹溪治疗心脾气痛的手拈散(延胡索、五灵脂、草果、没药、沉香、阿魏)中的主药。诸药合用,不寒不燥,活血散瘀,行滞化湿,理气和中,柔肝养胃,制酸止痛。对慢性胃炎、胃疾、十二指肠球部溃疡引起的胃痛、泛酸、嘈杂等症有明显疗效,保护胃黏膜、愈合胃溃疡更是该方的功能特点。

灵草丹

【组成】灵芝孢子粉200 g、冬虫夏草菌丝200 g、五灵脂100 g、枳壳100 g、郁金100 g、露蜂房100 g、制马钱子50 g、莪术200 g、山慈菇200 g、浙贝母200 g、白矾50 g、鸦胆子(去皮壳)50 g、干蟾皮100 g。

【功效】扶正固本,清热解毒,化痰逐瘀,消癥散结。

【主治】各类肿瘤病(如食管癌、肺癌、乳腺癌、胃癌、肝癌、大肠癌、宫颈癌等)。

【制法】郁金、枳壳、露蜂房、制马钱子、浙贝母、白矾、干蟾皮7味经洁净处理,干燥粉碎,过筛备用;五灵脂、莪术、山慈菇、鸦胆子4味煎煮3次,去渣,提取浓缩液,制成浸膏,烘干备用;再加入灵芝孢子粉、冬虫夏草菌丝粉,拌匀,制成浓缩丸,每丸重约0.15 g。

【用法用量】每次2 g,约15粒,日服3次,开水送服,饭后即服。

【注意事项】空腹服用易出现恶心、呕吐等不良反应,脾胃虚弱者可适当减量。

【方解】肿瘤病在中医文献中多归属于癥积类,其病多因正气虚衰、邪气结聚所致。治则不外扶正、祛邪两大原则,正如张景岳《景岳全书·积聚》所说"凡积聚之治,如经之云者,亦既尽矣,然欲总其要,不过四法,曰攻,曰消,曰散,曰补,四者而已"。方中冬虫夏草菌丝、灵芝孢子粉扶正固本。灵芝作为传统的滋补强壮剂，首见于《神农本草经》"紫芝味甘温，主耳聋，利关节，保肾益精，坚筋骨，好颜色，久服轻身不老延年"。其含灵芝多糖具有调节免疫、降血糖、降血脂、抗氧化、延缓衰老及抗肿瘤作用；冬虫夏草更是补益肺肾之佳品，人工虫草菌丝粉可提高癌症患者免疫功能，改善临床症状。五灵脂、莪术、山慈菇、郁金散瘀活血，攻坚破积，治疗积聚痞块；干蟾皮、浙贝母、白矾、露蜂房、枳壳开郁散结，化痰利气，专治阴蚀恶疮，抗癌抗菌；鸦胆子清热解毒，腐蚀赘疣，《中华本草》指出其药理有明显的抗肿瘤作用；马钱子性味苦寒，有大毒，善通络、强筋；散结、止痛；消肿；解毒，主风湿痹痛；肌肤麻木，肢体瘫痪；跌打损伤，骨折肿痛；痈疽疮毒，恶性肿瘤等。全方共奏扶正固、清热解毒、化痰逐瘀、消癥散结之效，集攻坚消积、散结补虚于一方之中。临证时可用灵草丹配合中药汤剂，用于多种肿瘤病患者的术前、术后治疗，特别是对于失去手术机会及不适用放化疗者，可抑制肿瘤生长，提高生存质量，带瘤延年。

我眼中的"中医之路"

扫二维码
观看幻灯片

　　谢谢各位远道而来！刚才讲了那么多头衔，最关键的要能看好病，要能用中医的办法看好病。再多的头衔如果不能为患者看好病，不能为患者解决痛苦都是没有用的。我知道各位都是临床上的骨干，既然来听的肯定是想听实实在在的医疗经验和学术观点。所以，一切虚的就不讲了。各位都是中医大家，很多都是科主任，都是担当中医重任的栋梁，能在百忙中参加鄙人的学术研讨会，我是万分地感谢！谢谢大家！

　　无用的东西用不着讲，关于传承部分，我今天讲的题目是我眼中的中医之路。第一个：沿革中的传承与创新，这是历史。第二个：现实与机遇。第三个呢，讲讲我个人的体会和思考。

　　沿革中的传承与创新，我本来是想要讲的，是历代医家对中医理论和方略等各个方面的传承到发展，现在由于时间问题，这个部分我就不讲了。我直接讲第二个部分，现实与机遇。可以说，我们现在所处的时代和环境是近百年来最好的时候。没有战乱，国家富强，人民安定，这个时代可以说是相当难得的，对于中医事业的发展也是可喜的局面。目前，第一个，国家重视，政策扶持，大家都知道，国家对中医院的拨款在不断地增加。第二个是公众认同，需求日增，现在要求看中医门诊的也是越来越多。第三个就是设立院校，广招学子。中医院校一批一批的毕业生，在座的各位好多也都是我们学校毕业的学子，现在也都在自己的岗位上成了骨干，各有建树。第四个就是科学技术的进步，研究成果的丰富，现在无论是新药、新技术的开发还是中药剂型的改革各个方面都是相当不错的，这是可喜的一面。但是现在现实中存在的问题也不少。有好多人都反映现在找好中医看病相当难，省医看过了，安医看过了，想去看看中医，结果给他开的要么是中成药，要么是西药，要么是吊水，这就很麻烦，这就是我们教育体系方面、临床实践能力方面以及评价体系出了问题。评价体系的问题在于拿西医的标准来衡量中医，中医的政策，中医的疗效在晋升、评奖或者是评职称也好，都是用照搬西医那一套，没有我们中医实际的东西。这是个很麻烦的问题。

　　比如一个中医学院五年制的学生，来到学校之后先学中医基础，四大经典呢，是第三年才开课，要背外语，还要学西医，去掉实习一年时间以外，这四年中间最多能有一年半的时间学中医。进了实习单位以后，有些单位没有好的中医带教，进了单位也就是进病房开西药。在这个方面，在学生实习的时候就已经打下了西化的基础了，所以我们不能怨学生怎么出了门就不干中医了,不是那么回事,而是环境所导致的。第一个是学习任务重;第二个是培养模式特殊;第三个是培养周期长,西医四年我们五年;第四个是综合素质要求又高,还要考外语、计算机;第五个是评价体系不完善;第六个是各人经济压力大,还要成家、买房子。你想想,他光开中药他的效益提不上去,患者就住医院里一天就开一剂中药,院长也不同意啊,对不对?我们下面坐着几个院长呢。这就是我们中医现状,这也是时代所造成的。在学习方面呢,第一个是不重视经典学习,自己没学好对中医就没信心;第二个是中药西用,他开中药时用的全是西医的理念,他就按照中药的药理研究,这个药含什么成分,那个药含什么成分,然后拼凑出来一张方子,这就是中药西用;第三个就是临床辨证,过分依赖 B 超、CT 各种化验单,拿着化验单开处方,不辨阴阳、表里、虚实、寒热。这三条呢就属于不重视中医经典和中医理论,过分重视现代药理研究,临床不辨证,按照西医理念指导用药,实际上就是抽掉了中医的灵魂,就是中医的西化。不是只有吊水、开西药才是西化,不用中医理论思维来指导处方和用药我认为就是西化。这是一些现实情况,也是我们现在中医的一些弊病。前途无限风光好,道路坎坷荆棘多。文化底蕴的积累,人才梯队的培养,研究方法与评价体系的完善,药物资源与药材质量的保证,这些都是我们今后在发展中要努力的方向。正如马克思所说:在科学的道路上,没有平坦的大道可走,只有崎岖的小路。攀登时不畏劳苦的人,才有希望达到光辉的顶点。希望大家多努力,攀登中医这个高峰。

第三部分,体会与思考。想学好中医第一个要抄方,要临证,要药症对应。抄方呢,也要先有基础,药性要背熟,要知道它的寒、热、温、凉四性,要知道它的功效主治,要知道有哪些禁忌证。第二个,方剂要背熟,这老师开的方你却不知道是什么方,什么出处,什么作用。如果这些基础不扎实,抄方的时候也是懵懵懂懂的。所以说抄方很重要,要在跟师的过程中循序渐进。我在拜师的时候当时是在亳州跟我的恩师魏配三老师学习,后来我跟我的师兄张庆平,还有张万春等一批人,一起在华佗中医院当学徒,到了涡阳以后,卫生局又安排了我跟中医院的名老中医王凌霄抄方,整理他的医案,我跟王老抄方的时候他都已经 90 岁了,比我还胖些,走起路来还是虎虎生风。那个时候他都是留的方子,没记病案,哪些病治好了,他就在方子上标注治某病,方子有一大摞,我后来把这些整理出一本《王凌霄医疗经验集》,当时是涡阳县卫生局油印的,我自己刻的蜡版油印出来的,大概有 5 万~6 万字。后来也报了省卫生局,现在也作为一个课题,在涡阳县中医院在做这个课题。后来我到了北京广安门医院抄方,我在《我的学医之路》里写了,我跟了路志正、冉先德、董德懋、谢海洲、刘志明这些大家,确实大开了眼界!这些大家,每人有每人的真功夫,每人有每人的特色,每人有每人的绝招。我在《我的学医之路》里也写了,那感觉就像是刘姥姥进了大观园,看到这些大家的用药,确实感觉学到不少。跟师抄方的时候,要搞清楚老师的辨证思路,要清楚老师的遣方用药特点,要总结老师的学术思想,这样抄方才能抄到点子上。所以你们大家带学生在抄方的过程中一定要有要求,基础要打牢,回去要总结,晚上要思考。第二个要诵读。以前江西有个医生讲了,学中医12点以前睡觉的根本就学不好,那是在20世纪70年代,为啥呢,他不背书怎么能学好,我们早上背晚上背,我跟师兄张庆平他们那时候在亳州中医院早晨背书,背得最好的是丁成业,在院子里都能听到,他是大声地朗诵,这样才能记清楚,才能进到脑子里。背诵这个功夫大家一定要练好。还有临证,临证要学以致用,边用边学,纸上得来终觉浅,绝知此事要躬行。读书读得再多,都需要实践来验证。验证的过程必然不是一帆风顺的,这里边有好多参差磨合。西医用小白鼠做实验,是实验这个药有用没用,中医是用人来做实验,几千年来都是把药给患者吃,我们的老师是患者,我们是从患者身上学到的真本事,你开的方子患者吃着好了,然后你总结留下来了。患者吃了不好,吃过后拉肚子吃了反而发膜发胀了,总结经验再改方再换法子再换思路,所以我们根本的老师还是患者,我们是从患者身上学到的真本事,是从临床实践上学到的真本事。跟师抄方期间,学习过程中要思考。学而不思则罔,思而不学则殆。在读书方面,我认为基础理论是入门,名家医案是捷径,经典著作是后盾。前面已经讲过了,在这里再补充一下,那就是现在很多文献杂志还有中医药杂志,"文革"以后,从《新中医》开始,从《中国中医药学报》创刊到现在,每一期我都看,每一期都有有用的东西,都能吸取到经验。现在的杂志更是丰富,你们会上网,哪个验方、哪个名老中医的经验这些新东西你们都能查得到,也是很宝贵的。还有,要辨证,说到辨证就要想到整体,整体观念是中医的立身之本,表里的冲和,五脏的调和,人与自然的谐和都是整体观念的体现,是生理病理的根本原理,是辨证论治的前提。离开了整体观念的中医,就不是真中医。辨证论治是中医的根本方法,基于整体观念融合传统哲学、社会心理学、生理病理学等,各学科的理论是中医诊断和治疗的万引大法,在历史的沿革中根据时代和疾病的具体情况产生了很多不尽相同的辨证方法,我们常用的就是八纲辨证。八纲辨证是我们临床中最有效最实用的辨证办法,阴阳表里虚实寒热,来的患者先辨八纲,然后再落实到哪个脏腑,再落实到病位在哪个经络。如果是外感热病,卫气营血,再用三焦辨证看在哪个焦,这种辨证的程序在临床中是很常用的。我举一个简单的例子,就这个礼拜二上午,一位女患者,46岁,慢性肠梗阻,肚子疼肚子胀,大便解不下来,患者比较弱,用泻药和灌肠保守治疗,住了4次院,最后一次20多天,除了吊水以外,什么都不给吃,不能吃,一吃肚子就胀,开刀也不能开,没法子了,然后找到我给她看。第一次看呢,是9月28日,一看这位患者,瘦得不得了,肚子疼胀,虽然出了院才2天,但是还得喝泻药,不喝泻药就不行,现在也不敢吃,什么东西都得打成流质,喝的都是水剂。一看脉象舌苔是脾胃虚寒证,虚寒是本质,还有积滞,是寒实证。体是虚的,病是实的,我给她用的是温脾汤,单用温脾汤温下,用芒硝怕太厉害了,我给它换成了麻仁,用的什么处方呢,党参20 g,炮附子15 g,干姜15 g,炙甘草15 g,当归30 g,生白术30 g,制大黄15 g,火麻仁30 g,郁李仁10 g,厚朴15 g,枳实10 g,玄参30 g,槟榔15 g,莱菔子20 g。用了1个礼拜的药以后大便就通了,前方巩固,10月18日第三次原方巩固,10月27日加焦三仙各20 g,11月17日原方巩固,到了礼拜二患者自己来讲了,体重增长了 4.5 kg,正常吃饭了,这就是温脾建中的一个办法。用的就是温脾建中,润肠通便,消食导滞。用古方也要变化,这是辨证。

我从医 50 年,心得也有,体会也有,教训也有,从大的方面来讲,最大的体会就是"中医理论的深奥,中医方法的灵活,临床疗效的神奇"。我认为当一个现代的好中医一定要练好基本功,有扎实的中医理论基础,汲取现代科学技术,了解中西医各自的优势与不足,取长补短,发扬中医的优势与特色,用中医的思维,中医的理念,用一颗仁慈的爱心服务于广大患者,使中医不断地发扬光大,我是中医,我不反对西医,我也学过西医,我也系统地看过西医书,我也用过西药,哪一个老中医,再铁杆的老中医也不能说:我治疗高血压,天天只要吃中药,1 粒降压药都不吃,这是不可能的。大出血了不止血,失水了不补液,该开刀的不开刀,这都是不可能的,西医有西医的长处,我们现在就是要取长补短。由于时间的关系,我仅就肝脾建中的理论以及脾胃病辨治的一些经验方说说。首先讲肝脾建中的理论。第一个从认识方面,这个肝脾建中是我从多年临床经验中总结出的治法,肝主疏泄及藏血,脾主运化及统血,两者的这些生理关系大家想必都很清楚了,现在要说明一个问题,肝居中焦,有别于肝肾同源之下焦论。在清朝时,吴鞠通等一些医家在治疗温病的时候,根据《内经》中肝肾同源的理论把肝列为下焦,认为上焦心肺,中焦脾胃,下焦肝肾,说肝肾同源。根据现在的病理,根据肝脾的生理,认为中焦受气取汁,变化而赤是为血,脾的运化必须得到肝胆的疏泄,肝胆疏泄不利的时候,脾胃的运化也受到影响,但是脾虚也能导致肝胆疏泄不利,肝胆脾胃是运化水谷、运化水湿的重要脏腑。我认为心肺是上焦,肝脾是中焦,肾与膀胱是下焦。

肝脾建中的理论可以从三个方面来看肝脾的功能,一个是气机方面,肝主升发,脾胃升清降浊。第二个是气血方面,《血证论》里面提到"肝属木,木气冲和条达,不至郁遏,则血脉和畅",肝藏血,脾统血,脾胃为气血生化之源,后世李时珍提出"脾为元气之母",李中梓提出"脾为后天之本",脾胃健运,气血化源充足,统摄血液不溢于脉外则肝有所藏;而肝血充盛,肝胆气机条达则脾胃健运,即"疏肝则脾安""木赖土荣"之意。临床上,肝不藏血导致的出血常可伴有肝气急、肝火旺的表现,脾不统血所导致的出血常伴有脾气虚、脾不升清的症状。第三个就是水液代谢方面,《内经》指出了"脾为胃行其津液""脾气散精,上归于肺",指出了脾的运化水湿、肝的疏泄作用。这里重点说肝脾理论,肝与脾本身就兼具阴阳,有体阴用阳的特征,肝属于阴脏,脾也属于阴脏,但是这两个脏都是体阴而用阳,脾脏是阴中之至阴,由于这个特点,它收藏与升发并用,而且生克关系决定了两者不是平等的关系,在气血的协调上,肝为主,脾为从,在水谷运化气血运行上,脾为主,肝为从。肝脾的主次从属关系在这方面是相互依存、相互影响的。在病理生理方面也不是固定不变的,这和一般意义上的肝脾一体、肝脾同病是有所不同的。正确认识两者的关系是整体观念的体现,有利于整体把握中焦运化的生理与病理,辨证用药时也会更加全面和准确。对于治疗脾胃病、肝胆病以及其他各类的疾病都具有很好的使用价值。芍药甘草汤、归芍六君子汤、四君子汤以及大小建中汤、痛泻要方、逍遥散等处处都透露着肝脾一体的疾病观点，在健脾的方剂里，我们使用柴胡、芍药、枳实这些疏肝柔肝之品，在养肝的方剂中用到党参、白术、甘草这些健脾的药，其目的都是为了中焦气血的健运、中焦气机的通达，只有中焦通达了，疾病才能快些解除，人体才能恢复健康。我用于治疗脾胃的这些方子都顾及了肝脾的关系。由于时间关系，关于肝脾建中的理论我写得也很清楚，大家再看一下资料，有不到之处，大家再给我提提意见，咱们共同探讨这方面的理论。我用 10 分钟的时间再把这个肝硬化讲一下。

下面探讨一下肝硬化的辨治，我治肝硬化也有 20 多年了，外地有好多肝硬化腹水的患者也有来找我看的，也算是积累了一些经验，也不能保守，跟大家分享一下。

肝硬化在中医属"胁痛""黄疸""积聚""鼓胀"的范畴，临床最常见的原因就是乙型肝炎，感染乙肝病毒后出现了肝脏的弥漫性纤维化、再生结节和假小叶的形成，早期症状不太明显，都是以乏力、腹胀、食欲不振、肝区隐痛不适为主要表现，等到出现黄疸、肝掌、肝大、腹水这些并发症才来治疗，这个时候治疗就比较棘手了。我们中医对于保护肝脏的功能，减轻肝脏的损伤，促进肝细胞的修复，防止肝纤维化的形成增生，促使肝纤维重吸收等都具有肯定的疗效。是肯定的疗效，不是有一定的疗效。这可以延缓肝硬化的进程，逆转早期肝硬化，是早期，到了后期肝硬化腹水了，肝功能衰竭了，你再找神仙也不行了。干瘆气臟噎，阎王下到帖。就是现在肝硬化到了后期也是很麻烦的。

肝硬化的辨治要从"虚、毒、瘀"三个方面考虑，"虚"即是正气内虚，"毒"就是湿热蕴毒，"瘀"就是瘀阻肝络。肝硬化的辨治首先从虚讲起。《经》云："正气存内，邪不可干。邪之所凑，其气必虚。"可见"虚"是疾病发生的前提和内在条件。饮食无节、烦劳无度、起居无常、情志不遂等身心不适都可亏耗正气，影响人体免疫功能和组织修复能力，从而无法抵御外邪。脾主运化，为后天之本，水谷化精，化生气血能充养人体，气血化生不足则会形瘦体弱，正气内虚，易受外邪。若邪犯肝脏，多累及脾，随着脾气日衰，湿热蕴毒久积肝胆，阻遏肝气，肝失疏泄而瘀滞乘脾，土虚则木乘，纠缠不清，肝郁脾虚，肝脾同病，进而病邪久耗，损伤肝肾，精气渐衰。从整个乙肝肝硬化的过程来看，无论是脾气亏虚，肝郁脾虚，还是肝肾阴虚，气阴两虚，"虚"这一病机始终存在于发病—进展—转归—复发等各个阶段，并且占据了极其重要的一程。

第二个讲"毒"，《金匮要略心典》提到了："毒者，邪气蕴结不解之谓。"乙肝病毒所挟的湿热之毒为首害，由于疾病迁延反复多年，湿热灼伤津液，化为痰毒；湿热损伤脾运，浊毒内蕴，瘀血留滞不去而成瘀毒；这种因毒致毒的情况也使乙肝肝硬化的病机更加复杂。湿热郁毒蕴结肝脾，肝气郁滞不畅，浊毒氤氲三焦，气机不畅，血行不利。痰毒、瘀毒胶结肝络，肝脾壅塞硬化，临床可见神疲纳呆，胁肋胀痛，黄疸日深，继则腹水大满，肌肤甲错，吐血衄血，乃至不治。慢性乙型肝炎后出现肝硬化的过程中，乙肝病毒作为邪毒进入人体后伴随着的就是湿毒、热毒，继而出现痰毒、浊毒、瘀毒，这些具有不同致病特点的毒邪，既是乙肝病毒的属性所致,也是疾病进展的结果所致。毒邪还可分为外来之邪和内生之邪。外来疫毒引发内生之毒,加重了疾病,内外合毒,又生新证。因此,针对毒邪的治疗可以有效遏制疾病的进展。其中,疫毒又是毒的肇端,遣方用药必须照顾这个病因。

第三个是瘀,"久病在络,气血皆窒",久病入络,久病必瘀,气血瘀滞、热灼血瘀、因虚致瘀等都是肝硬化形成的原因。瘀血形成后,可导致经脉的阻滞,气机的壅塞,脏腑的失养,正气的耗损抑制,变证频出。因此,瘀血既是疾病过程中的病理产物同时也是致病的因素。我认为从感染乙肝病毒开始,湿热阻碍气机已经开始产生瘀滞,而从感染病毒初期到形成肝硬化与这一转变过程中是否科学地治疗"瘀",是能否控制肝硬化转阴的关键之一,抓住"虚""毒""瘀"的病机有助于在众多复杂的症状体征中理清思路,为后续的治疗处方提供方向。

我提出"虚""毒""瘀"辨治肝硬化。在治疗上,首先是补虚,《金匮要略》提出"见肝之病,知肝传脾,当先实脾",实脾则肝自愈,补虚之要,首推补脾,以党参、黄芪、白术等益气之品以实脾,以茯苓、木香、砂仁化湿之品以清脾,以神曲、鸡内金、山楂等消导之品以运脾。肝病迁延,子病必及母,而见肝肾阴虚,可用枸杞子、地黄、山药、五味子等补益肝肾,滋阴填精。脾肾二脏乃是运化之始,气血之源,因此,补虚的重点在脾肾。肝硬化补虚有三方面:一是健脾补中,中央健四旁如,健脾是最主要的。其次补肾填精助气化,一提到肾阴亏虚大家可能会想到左归丸,到了后期,由于体质的关系,有些患者出现热化或寒化,好多寒化的出现肾阳虚症状,这时桂枝类助气化的、附子干姜之类的也是要用上。第三,肝脏宜养肝柔肝为主,在养肝的同时加上软坚散瘀、化癥消痞的药。

关于解毒,解毒的根本当以湿热疫毒为核心,采用的经典方就是茵陈蒿汤加垂盆草、白花蛇舌草、平地木等经验药味,以清利湿热为主。湿热重的再加土茯苓、苦参;热毒重的,加栀子、连翘、制大黄。

祛瘀这方面,祛瘀通络是活血软肝法,又能利水消胀。古今治瘀的方子很多,比如桃红四物汤、血府逐瘀汤、下瘀血汤等这些都可以用,但要注意久病宜缓攻,集攻补于一身的土鳖虫、三七、丹参、当归、赤芍,这些药性平和,协同作用力专效宏,特别是莪术,教科书上说是破血之品,但我们用下来,莪术是血中之气药,又是气中之血药,莪术的药性比较平和,是破瘀散结消癥的好药,炮穿山甲很好,但是价格太贵了,鳖甲呢,也很好,但是用量一大,脾虚的人容易出现腹泻,超过15 g、20 g的鳖甲用上后大便一天好几次。鳖甲在攻坚化瘀的同时,性较凉,脾阳虚的人不适宜。肝硬化的辨治中,软肝煎也是我临床中总结出来的,有茵陈、垂盆草、炒栀子、白花蛇舌草、黄芪、白术、党参、茯苓、当归、土鳖虫、炙鳖甲、莪术、三七、丹参,围绕着"虚""毒""瘀"的病机,宜黄芪、党参、白术、茯苓培补元气,健脾化湿,当归、生地、枸杞子养血柔肝,重点是柔,滋补肝肾使肝脾肾三脏同调,气阴精同补,以解决虚的问题;茵陈、炒栀子、垂盆草、白花蛇舌草疏肝利胆清热利湿,解毒保肝,解决毒的问题,集中优势兵力选用丹参、三七、土鳖虫、炙鳖甲、莪术等活血化瘀、软坚散结、消癥化纤之品针对肝硬化的主要矛盾,解决瘀的问题。关于肝硬化的加减法,这个大家自己看啊,这些验方在我的那个附方后面,刚才讲的软肝汤、痛风饮以及胃癌汤都是在《中国中医药报》名医名方专栏登过的。

下面讲体会与思考。时代在发展,中医学的发展迎来了机遇,当然也少不了一些杂音。有些学者大谈中医不科学应该废除中医,但是越废我们现在越兴旺,谈到中医之路的思考,我想我们在想什么?思考什么?应该坚守什么?应该发展什么?又如何去发展?第一要坚守文化,传统文化是中医的土壤,也是中华文明的土壤。举个例子,我们大学的中医学子要过了四六级才能拿到学位,那么你的医古文是几级,古汉语是几级呢?四大经典是多少级?考过没考过?对于现在好多人尤其是基层的人来说外语用到的机会是很少的,所以,要知道我们需要坚守什么。第二个,发展什么,我们中医一贯是服务于人治疗疾病的,发展的目标是服务于临床的,我们中医不是光搞按摩的,也不是光搞养生保健的,我们的重点是治病!这个方向不能弄错了。一提到中医就是保健、就是治未病,中医是医啊,是开方治病救人的!中医是临床治病的,你身体不好了找中医去调调,难道中医就只是给人调养保健的吗?这个路子搞错了。发展什么?那就是发展中医临床,中医药发展实际能治病的手段,要做到西医能治的病我们能治,比如常见病、多发病。疑难杂症用西药副作用大的、不能开刀的我们也能治,这样才能发展好中医,这是我们的发展目标。那么,如何发展?这一直是困扰中医界的一大难题,靠创新?靠经典?靠传承?我认为就是靠两条,一个是靠疗效,一个就是靠走自己的路,埋头做事,苦心积累,培养后学,我们才能立足,才能发展,创新才有可能。现在的理论科学方法当然是不错的,但更多的是为西医量身定做的,不是为中医搞的,我们如果削足就履,很容易误入歧途。举个例子,像黄连素、青蒿素,你讲它是中药还是西药,这确实不能算咱们中医的成功,只是受到了我们中医用青蒿治疗疟疾的启发。总结一下我眼中的中医之路:中医要沿着前人的脚步走传承之路,中医要超越前人的认识走创新之路,中医要完善自我的体系走发展之路。谢谢大家!

(选自"2015年11月张杰学术思想暨中医疑难病治疗研讨会",根据录像音频和幻灯片整理)

杂病杂说(Ⅰ)

扫二维码
观看幻灯片

谢谢大家!今天选了几个典型病案跟大家一起分享一下。

一、胃咳案

大家知道咳嗽是个常见病、多发病,临床上经常碰到,有时候很难治。教科书上将咳嗽分外感和内伤,外感咳嗽分风寒、风热、燥邪,内伤咳嗽有肺虚、脾虚、痰湿、痰浊,治疗方法也写得清楚,但是真正到了临床上好多咳嗽还是比较棘手的。今天说一个典型的病案就是这个女同志,37 岁,咳嗽 3 个月,但是咳得不厉害,经常有痰涎,一看舌苔是白腻苔,舌质是淡的。怎么分析这样一个病案呢? 时间比较长,舌质又很淡,舌苔又白腻,倒像是个痰湿咳嗽。但她这个情况还与她的脾胃有关,所以用四君子汤加上二陈汤,既健脾化湿,又化痰止咳,3 剂药下来之后,咳嗽基本上就好了。后来加了干姜,加了橘红,这个咳嗽基本就解决了。

《内经》里黄帝问岐伯:"肺之令人咳,何也? 岐伯对曰:五脏六腑皆令人咳,非独肺也……帝曰:六腑之咳奈何? 安所受病? 岐伯曰:五脏之久咳,乃移于六腑。"什么叫"六腑之咳"? "安所受病"? 怎么得的啊? 岐伯曰:五脏之久咳,乃移于六腑。《素问·咳论》里讲了:"脾咳不已,则胃受之,胃咳之状,咳而呕,呕则长虫出。"那个时候描述的应该是胆道蛔虫症,咳嗽的时候呕出一条虫。我们上面医案里的这个患者既没有虫也没有寒积,她是脾虚,所以用二陈汤加四君子汤化痰降气,很简单的方子,加上杏仁、前胡,3 剂药以后咳嗽基本好了,但是寒邪仍未散尽,这个时候再加干姜。大家可有发现张仲景在他的方子里凡是治咳嗽的都离不开姜、辛、味,即干姜、细辛、五味子,或者是生姜或者是干姜,陈修园在《医学三字经》里给他总结的"姜、辛、味,一起烹"。小青龙汤治咳嗽,化饮散寒,我喜欢用小青龙汤加当归、前胡、杏仁,效果特别好。我们药房有个药师小郑,他既考了药师也考了医师,他就问我张老师你怎么一开方治咳嗽就喜欢用当归,当归不是血分的药吗? 我说你回去看《神农本草经》,当归条文下面第一条是什么? 当归的第一条就是"主咳逆上气",他说我光看了《中药学》,没有看过《神农本草经》。还有一种胃咳我没写在里面,想起来了也跟大家探讨一下,反流性食管炎、反流性胃炎引起的咳嗽,表现是一躺倒就咳,喉咙一痒就咳,另外还有胃不舒服。这种长期咳嗽我喜欢用四逆散(柴胡、枳实、白芍、甘草)加上干姜、五味子;如果伴有胸痛胸闷的,在四逆散的基础上再加上干姜、五味子,再加上小陷胸汤(全瓜蒌、黄连、姜半夏),效果特别好,希望大家临床时可以试试。这就又涉及了肝脾建中,是调和肝胃的情况。张仲景在治疗肝郁气滞、阳郁不达的情况下创了四逆散这个方子,大家可以翻翻《伤寒论》里四逆散的加减注解,张仲景提到了"咳者,加五味子、干姜各五分",用四逆散加五味子、干姜,用于偏于痰热的加小陷胸汤在治疗反流性食管炎、反流性胃炎引起的咳嗽效果相当好。我们共同探讨尝试啊,患者才是最好的老师。

二、慢性结肠炎案

第二个病案讲慢性结肠炎,这个患者是个男同志,70 多岁了,原来有丙肝、肝硬化,慢性腹泻 20 多年了,大便 1 日 2~3 次,便溏,还有肠鸣,腹痛即泻,畏寒自汗,容易感冒,舌苔白厚腻,脉细,这是脾肾元阳亏虚,胃气不足,用党参、白术、茯苓、黄芪、肉桂、附子、白芍、防风、肉豆蔻、赤石脂、焦山楂、陈皮、干姜、补骨脂、炙甘草。二诊的时候大便已经成形了,但是还有里急后重,加了葛根与黄连,一个升清,一个苦降。到了三诊的时候有肠鸣、自汗,加了黄芪、龙牡、防风、补骨脂。四诊的时候前方效著,大便成形,1日1次,原方巩固。看了几次后,这个结肠炎就慢慢好起来了。患者自述,罹患结肠炎20余年,其间大便从未成形过,原来腹中肠鸣即欲如厕,服第一次药后肠鸣更甚但不欲如厕了,这时候说明脾阳已经不下陷了,服药第二次后肠鸣渐轻,矢气较多,大便仍不成形,服药第三次,肠鸣偶见,矢气颇多,大便仍不成形,服药第四次,矢气仍多,大便已成形,肠鸣几无。慢性结肠炎病史非常漫长,而且非常容易反复,目前治疗大部分还是西医的方法和理念,比如针对一个"炎"字,抗生素是必不可少的,又因为病情的顽固,激素也往往作为常用药物;或者辅以镇静类药物、脱水剂、活性菌等。

我们中医不必纠结于"炎症",你知道他患的是什么病,知道西医用的什么药,也做了肠镜知道是什么情况,但是你要按照中医的四诊八纲进行辨证,再根据理、法、方、药进行治疗。回归到寒热虚实来看,结肠炎的辨治其实不难,无非虚寒、湿热两大类,虚寒者,温补;湿热者,清利。虚寒者,理中丸、乌梅丸、四神丸、赤石脂散等,任选一方,随证加减,都能取得不错的疗效;湿热者,香连丸、葛根芩连汤、白头翁汤等。把握住这两个大方向,剩下的随症加减就比较容易了。再给大家推荐一个治疗湿热的方子,大便有脓血,舌苔黄腻,有湿热的症状,这个时候可以用三物黄芩汤,也是《金匮要略》里的方子,三物黄芩汤是后人收录到《金匮要略》中的,有黄芩、生地、苦参,养阴清湿热,苦寒泄浊,厚肠止利。这个方子除了治湿热的结肠炎以外,对大肠癌,无论手术还是没手术的效果都是不错的,结肠癌的患者有时候大便下血有脓血,坠胀疼,用这个效果不错。苦参这个药苦寒败胃,用10g左右,别超过10g。还有治疗腹泻的时候我喜欢加上风药,防风、白芷这一类的,风能胜湿,加入这类药,疗效突出,事半功倍。

三、不孕案

第三个病案是个不孕症。现在的不孕症太多了,好多都是人流导致的,等到真正想要孩子的时候怀不上了,一问是不是有流产史,一次的、两次的,还有三次的。这个患者是30岁,结婚3年未孕,一查左侧输卵管不通伴有子宫肌瘤、乳腺增生,曾经人工授精也未成功,现在月经量少,颜色红有血块,腹中冷痛,腰酸乏力,白带色白或黄,量一般,经前乳房胀痛,经前胃脘不适,此冲任虚寒挟瘀。凡是辨证为冲任虚寒挟瘀的我首先考虑《金匮要略》里的温经汤,这个方对此证疗效可靠。用了炙黄芪、当归、川芎、红参、桂枝、牡丹皮、乌药、姜半夏、炮姜、炒吴茱萸、菟丝子、淫羊藿、巴戟天、炒小茴香、益母草、赤白芍、生地、香附、丹参、麦冬,炒吴茱萸别超过10g,尤其是对虚寒不是太重的患者,因为它是暖肝的。方中吴茱萸是暖肝的,炮姜是暖脾胃的,原方用的是生姜,这里我换成了炮姜。如果再有肾阳虚的,就加炮附子,那就是同温肝、脾、肾三脏,温肾的附子,温脾的干姜,暖肝的吴茱萸,各走各的路,又协同作战。这个方子用后B超显示:子宫肌瘤,右侧附件增大,盆腔积液少许,又用前方加了薏苡仁、白芷、红藤、败酱草、桃仁、红花、土茯苓。三诊的时候月经量少,色黯,有血块,伴有白带色黄,烦躁易怒,改方:当归、川芎、生熟地、赤白芍、益母草、苍白术、柴胡、乌药、茯苓、红藤、败酱草、薏苡仁、制大黄、䗪虫、桃仁、淫羊藿、菟丝子、山药、荆芥炭、土茯苓、白芷、炮姜。四诊的时候子宫肌瘤较前小了,前方去制大黄,加泽兰。五诊的时候诸症皆轻,腹痛已轻,白带亦少,仍有腹胀,大便稀,上个方子就是针对盆腔炎白带多的,这时候就用当归、川芎、赤白芍、红参、黄芪、桂枝、阿胶、麦冬、半夏、炮姜、吴茱萸,久告不离原词,还是没离开大温经汤的思路,加益母草、䗪虫、桃仁、制大黄、淫羊藿、广木香、香附、补骨脂、菟丝子。2009 年 9 月 6 日初诊的,2009 年 10 月 4 日是最后一次复诊的,到了 2013 年 1 月 17 日她过来看其他病了,她讲到 2009 年 9 月底就怀孕了,后来生了一个健康的女孩,今年 2 岁多了,现在做 B 超显示子宫壁有两个低回声,较大的 21 mm×21 mm,症见小腹坠胀,腹中冷痛,用的桂枝茯苓丸。

从这一个不孕案来看,病机错综复杂,既有胞宫虚寒,又有阴虚内热;既有肝气郁滞,又有痰瘀交阻。这么多问题,从哪个地方着手好呢?从标本缓急来,输卵管不通是标,为痰瘀阻滞,月经量少,腰酸腰痛是本,为肝肾不足,首选大温经汤,补虚通瘀兼备。胃脘不适、乳房胀痛为气滞,以香附、枳壳治之;肌瘤乃痰气、瘀血所致,浙贝母、郁金、桃仁、䗪虫、半夏皆可随证加用。对于女性的温补肝肾,我比较习惯于用淫羊藿、巴戟天、山茱萸、菟丝子、沙苑子等,这些药都比较温润,不容易上火,价格也不贵,疗效也确切。

现在临床上有一类不孕症非常棘手,就是多次人流术后继发的不孕。有的月经量少、腰酸痛、乏力神疲,一派肝肾亏虚、脾肾两虚、血虚宫冷的迹象。也有的仅有月经量少,或提前,或推迟,其他症状不明显,几乎无证可辨。如果按其症状、体征或舌脉来辨证,都不会太全面准确,这个辨证和治疗类似于以前的"金创科",为什么说到"金创科",反复的人流,反复的刮宫,脏器受到伤害了,跟外伤是一样的性质。活血化瘀是第一法,但用药宜轻不宜重,因为这个病是"虚瘀夹杂"的,活血化瘀后必须紧跟着要养血补肾。一些患者经过治疗后,出现经血色黑,继而转红,此时,应以养血补肝肾为主,辅以疏肝健脾等法,蓄养精血来填补冲任。

治疗妇科病,希望大家把《金匮要略》中的妇人三篇的条文读透弄懂,后来妇科病的千变万化都离不开这三篇的内容,《金匮要略》中妇人三篇的内容都是后人医家在治法立方等方面得到了前人的启发,比如现在用得比较热门的桂枝茯苓丸治疗癥病,现在用于子宫肌瘤,包括好多西医也都开这个给患者。腹中疼痛的,当归芍药散,别小看当归芍药散中的六味药,对腹痛效果特别好,当归、芍药、川芎、茯苓、白术、泽泻,这六味药对于治疗腹中疼痛也是肝脾建中、肝脾协同、肝脾同治的典范。半产漏下的胶艾汤,现在大家用得多,月经止不住的、怀孕见红了也用胶艾汤。妇人小便难者用当归贝母苦参丸,这是个泻药,通瘀活血,现在我喜欢将这个方子用于慢性结肠炎,效果也非常好。胎动不安的当归散、产后第一方的小柴胡汤,产后腹痛的枳实芍药散,这些都是千古名方,还有虚寒挟瘀的温经汤以及小建中汤、桂枝汤。

四、精神分裂症

李某,33 岁,初诊时自述头痛,有如放电样癫痫,思绪纷乱,焦躁不安,五心烦热,伴失眠,舌红,苔黄腻。四院诊断为精神分裂症,此乃肝郁痰火内结,邪热挟痰上扰。精神分裂症,又考虑到痰火,首先想到的就是礞石滚痰丸,方用青礞石、制大黄、柴胡、赤白芍、枳实、川芎、黄芩、郁金、清半夏、制南星、制首乌、地龙、全蝎、茯神、生地、炒栀子、生甘草。患者二诊时手还有点抖,痰难咳,又加了浙贝母、橘红、天麻。三诊时头痛似放电样感觉已解除,偶有胡思乱想,手抖,手心热,口渴,这时候改汤为丸了。青礞石 60 g,制大黄 200 g,赤白芍(各)300 g,枳实 200 g,川芎 200 g,郁金 400 g,半夏 300 g,制南星 300 g,制首乌 300 g,地龙 400 g,全蝎 300 g,朱茯神 300 g,黄芩 300 g,生甘草 200 g,生地 300 g,炒栀子 300 g,浙贝母 300 g,橘红 300 g,生石膏 500 g,知母 300 g。上药制成浓缩丸,每服 50 粒,日服 2 次。

精神分裂症,古人谓之"癫狂",或者兴奋或者冷漠,或者嬉笑无常,或是沉默不语,辨证多离不开痰,比如痰火攻心、痰蒙心窍,从这一点上看,古人的认识确实是超前的。这个患者肝火内郁,痰火攻心,礞石滚痰丸是首选的必用方,辅以大柴胡汤。大柴胡汤是治疗少阳阳明合病,口苦胁满、便秘诸症的,为何选这个方子?我考虑两点:一个是肝郁,泄肝是必然的;一个是患者舌苔黄腻,精神亢奋,中气自然是亢奋激昂,试想中气不足精神萎靡的状况我们要温补,这时候精神亢奋我们就要用泻下,用大柴胡汤泻热下行之力将亢奋的中气和肝火一起下泄,肝和脾胃一起清,兼解肝郁。用药后患者的反应也证明了这个方法是可行的。同样是精神疾病,抑郁症现在几乎成了一个常见病,真实的患者固然不少,但是许多正常人在情绪不佳、压力过大时也容易出现这方面的症状,一到四院去查就说是抑郁症,我不希望轻易给患者戴上抑郁症的"帽子",这类人也用不着吃抗抑郁的药,我认为许多人的抑郁症不过是暂时的情绪低落。我们作为中医,在应用逍遥散、四逆散等疏肝理气方药治疗的同时,也应该帮助患者正确认识情绪问题,摆脱不良的心理暗示,古人称"心病还须心药医"就是这个意思。

五、紫癜性肾炎

第五个是一个紫癜性肾炎的病案,这是个姓黄的小姑娘,26 岁,2011 年 12 月 18 日去的,过敏性紫癜性肾炎 5 年之久,刻下畏寒肢冷,背凉,自汗,面黄浮肿,刻下服 25 g 泼尼松每日 5 片,胃脘胀满,牵及背部,小便蛋白(＋＋＋),舌淡黯,苔白厚腻,辨证为脾肾阳虚,寒湿内聚。我用的是黄芪、红参、党参、炮附子、陈皮、淫羊藿、巴戟天、肉豆蔻、补骨脂、枳实、厚朴、煅龙牡、炒苍白术、干姜、桂枝、炒白芍、炙甘草。二诊时胃胀已轻,畏寒有所减轻,炮附子、干姜各加至 30 g,10 剂之后复查尿常规:尿蛋白(＋)、隐血(＋＋＋),红细胞:96 个/μl,自汗减轻,面色㿠白,前方加姜半夏 12 g,到了 2012 年 2 月 5 日,背部发凉,盗汗较多,泛吐清水,晚上盖 8 kg 的被子,后背烜热后盗汗大为减轻,舌黯,苔黄厚少津,伴胃胀满,脉沉细,当温脾肾之阳,泻湿浊。改用的方子是红参10 g、生黄芪30 g、熟地20 g、炮附子40 g、干姜40 g、制大黄10 g、炒苍白术(各)20 g、茯苓30 g、炙麻黄10 g、细辛5 g、莪术10 g、生姜10 g。6剂。到了2月12日服药后小便隐血仍有(+++),尿蛋白(+),还是畏寒肢冷,胃脘胀气,大便时泄,日行4~5次,苔薄黄腻,用的是黄芪、红参、党参、白术、熟地、炮附子、干姜还是用40 g、淫羊藿、桂枝、白芍、半夏、茯苓、生姜、葫芦巴、草豆蔻、锁阳。到5月6日来诊时仅着两三件单衣,不甚怕冷了,今日尿检:潜血(++),红细胞已经没有了,畏寒明显好转,苔白厚微黄腻,前方加淫羊藿、当归。6月6日时隐血(+++),蛋白微量,仍有胃胀泛酸,舌苔黄厚少津,舌黯,月经量极少,用炮附子40 g、干姜40 g、厚朴、熟地、半夏、生姜、黄连、吴茱萸、草豆蔻,7剂。7月18日自述去年这个时候是穿着毛衣、棉衫、厚外套,今年已经是单衣单裤,如脱胎换骨,但是仍有轻微畏风,脉细弱,舌暗红,苔薄腻,表卫不足,督脉寒湿,仍遵原意,加减调治。

这个病的治疗思路就是脾阳为本。脾阳为本,肾阳为根,脾肾之阳不能气化,寒湿郁而化热,寒是根本,湿热是标,是个表象。这个病案比较典型,治疗过程也是一波三折,从三个方面来看会比较清晰。① 治疗方法调整状况,患病前5年,西药时激素+雷公藤多苷片+雷米普利等,改为纯中药补火助阳、温肾散寒、益气固精之法,治疗7个月。② 检查指标改善情况,就诊时尿蛋白(+++),1个月后尿蛋白(+),5个月后尿蛋白(-)。③ 自觉症状改善情况:2011年9月28日,气温27℃,穿2件厚毛衣,1件加厚羽绒服,仍觉后背发凉,怕冷畏寒与怕热自汗交替并作。2012年7月18日,衬衫单裤,轻松自如,自述如脱胎换骨,仅有些畏风。

我们辨证清楚之后就不要怕用重剂,不要轻来轻去,用10 g、15 g的炮附子、干姜不起作用,反而会让你自己和患者都失去信心,抓住主症后就要大胆去用。

六、不明原因发热案

第六个是不明原因发热案。胡某,女,17岁,来看病的时候是发热39℃,四肢凉,查血常规正常,口干,咳嗽痰黄,胸闷,乏力。CT提示:右侧轻度支气管扩张(支扩伴感染,叠进西药抗生素治疗后基本退热,1周后又高热复作,如此反复经年,动则汗出,怕风易受凉),脉弦滑,苔黄腻。此乃肺之气阴两虚,痰火内郁。用的是秦艽鳖甲散,秦艽鳖甲散原来是治风劳的。用的是秦艽15 g、炙鳖甲15 g、地骨皮30 g、柴胡10 g、青蒿20 g、当归15 g、知母20 g、乌药15 g、浙贝母20 g、黄芩15 g、牡丹皮15 g、生黄芪30 g、防风10 g、前胡15 g、紫菀30 g、生地30 g、焦三仙各15 g、鱼腥草30 g、杏仁10 g、炙甘草15 g。药后第二日体温37.5℃,第三日恶寒发热皆愈,黄痰已除,刻下纳少,偶有咳嗽,痰声重浊,自觉颜面烘热,乏力。前方加党参15 g,又开了10剂。

我们内科不明原因的发热是比较棘手的,排查起来也是涉及诸多科室,劳师动众,劳民伤财,血常规、骨髓细胞学的检查既痛苦又费钱,甚至有些患者经过大量的检查最终没能查出原因。我们中医治疗这样的病,可以避免落入这样的死循环。不明原因的发热,气虚阴虚者过半。不信你去看去辨证,大多不是气虚发热就是阴虚发热,或是兼有郁火,或是兼有痰热。我们临床上常用的就是青蒿鳖甲汤、秦艽鳖甲散、清骨散这一类的。湿热较重的,我们用当归六黄汤,当归六黄汤既益气养阴又泄火热毒。阴虚血少的,我们可以用傅青主的养血汤。当然还有气虚发热、血虚发热等,只要通过辨证论治,可以简单地治愈复杂的病情,还可以提供一个综合治疗的选项。曾经还有一个患者,是高二的学生,不明原因发热2个月,到处看都没有检查出原因,一度要休学赴京求治,观其舌嫩红,苔薄黄,属于气阴不足,询问得知,高中学业压力大,熬夜比较多,判断为阴虚发热。《经》云:动则养阳,静则养阴。人最安静的时候就是睡眠的时候,用酸枣仁汤加地骨皮、麦冬治疗,患者服药后酣睡数日,然后体温就恢复正常了。压力过大了,气阴暗耗了,我们用养阴安神法就证他的烧退了,阴气能够敛阳。

七、胃息肉案

大家一听到胃息肉可能就会想到胃镜下夹除,你但是这次夹掉了3个月之后做胃镜还有胃息肉,你还能反复能夹吗?你还能天天夹吗?这个患者,徐某,女,40岁,2009年7月6日胃镜提示:胃多发息肉,部分夹除,伴浅表性胃炎。刻下胃脘胀满,面色少华,伴心烦易怒,偶有泛酸,嘈杂,舌紫暗多瘀斑,苔薄白,脉细弦,用的是党参、炒白术、茯苓、姜半夏、炒黄连、柴胡、枳实、干姜、黄芩、炒白芍、厚朴、莪术、浙贝母、威灵仙、生甘草,7剂之后痞满的症状就没有了,前方加郁金又服用14剂,到了第二年2月24日胃镜复查提示:浅表性胃炎,未见息肉。

胃多发息肉一般是通过胃镜下夹除来治疗,但这种方法可以说是权宜之计,毕竟导致胃息肉多发的原因没有得到治疗,而且多发性息肉还有癌变的倾向。根据虚毒瘀理论来辨证,患者胃脘痞满,面色少华属脾胃气虚,伴有气机不畅,加上烦躁易怒,脉细弦,肝气郁滞的表现也比较明显,由脾虚、肝郁导致气滞,进而血瘀,这个病机发展路径也就比较清晰了。治则方药也就呼之欲出了。健脾用四君子汤,疏肝用四逆散,虚实并见,寒热错杂,用半夏泻心汤。对于息肉,我们习惯以癥瘕的思路论治,既然有息肉了,肉眼能看见,通过胃镜看得到就是有形之物形成了,有些慢性肾炎、肾病综合征的病理报告能看出问题了,现在有一种中医的新理论叫作"微癥",从癥瘕的思路上治疗。这个医案中浙贝母、莪术、威灵仙这一组药物就是针对息肉来的,如果伴有糜烂、充血,可进一步加入蒲公英、蒲黄、海螵蛸等。对于胃糜烂的患者我常用三白粉、胃安冲剂,这几个方子对于胃糜烂效果相当好,按照这个比例让制剂室制成中成药在临床上用,基本上百分之八九十疗效都比较明显。

八、肠梗阻案

这个是肠梗阻的医案,上午也说了一个肠梗阻的,这又是一个肠梗阻的案例。这是姓刘的一位老年男性,77岁了,2014年5月2日初诊,胃脘及腹部胀痛,矢气不通,大便已2日未行,X片:部分小肠管积气扩张伴有多发短液气平面,考虑为不完全性肠梗阻。带着片子过来的,按压后疼得不得了,给他用了生大黄15g、玄明粉(冲服)15g,还用了枳实、厚朴,这是大承气汤,在大承气汤的基础上加莱菔子30g、玄参30g、生地20g、神曲30g、生白术20g,生白术用到20~30g就是润肠通便的,炒白术用到15g就是止泻的,太子参20g。2剂药,每2个小时吃1次,1次吃100ml。药后大便量多,暴下3次,硬便粪水杂下,腹中胀痛皆消,刻下养胃和中,用了生白术20g、火麻仁30g、当归15g、厚朴15g、枳实10g、制大黄10g、莱菔子30g、槟榔15g、炙甘草10g、生地20g,5日的药,每日吃3次,每次150ml,药后第三次来,腹中胀痛皆消,大便已正常,前方加太子参15g、焦山楂20g。

中医现在治疗危急重症的机会少了,就是有,因为医患关系也不敢治,赶紧往大医院里推,处于现在的医疗环境和社会环境呢也可以理解,对这类疾病的中医治疗是在不断萎缩弱化的,但是我们的一些实践经验告诉我们,中医药治疗危急重症是大有可为的。像这个案例,患者77岁高龄,身体状况一般,尽管符合手术指征,但对手术治疗的耐受性存在不确定因素,而且即使手术顺利,术后的康复也是一个问题,我们也考虑到患者的具体情况,辨证属于脾肾精亏、阳明腑实,因此,摆在面前的就是两条治疗途径:补虚,泻实。急症则两路并进,在大承气汤的基础上,加用健脾补气之平剂,选用白术、太子参、神曲等,起到顾护脾胃的作用,提高患者对治疗的耐受性,也可以促进机体康复。

治疗危急重症,一个"快"字特别要注意,你不能说今天来了患者,明天才把药送到家,1日只喝2剂,一次就喝一袋,再重的病情都耽误完了。这种情况1日可以喝4~5次,1日可以2~3剂药,这要根据病情调整,不能因循守旧。首剂要足量,否则再而衰三而竭,病邪未去,徒耗正气。达到治疗目的后,要及时减量、改方、撤药。如果能把中医药的优势发挥出来,配合西医的后续保障性治疗,应该会更加安全稳妥。

感谢大家能在百忙之中抽空参加我们的研讨会,十分感谢!

(选自"2015年11月张杰学术思想暨中医疑难病治疗研讨会",根据录像音频和幻灯片整理)

中央健,四旁如——浅谈"肝脾建中"理论在内科杂病中的应用

扫二维码
观看幻灯片

各位同仁,谢谢广东省中医院魏华主任的邀请!受魏主任的委托,今天有幸能够跟大家一起探讨一下我的恩师路志正的学术思想。路老是我们国家的第一届国医大师,这就不用介绍了,刚才师兄已经谈得很详细,我有幸在1976~1977年在广安门医院内科进修,

跟在路老左右,学到了不少的技术,包括他的医德医风也学到了不少。今天想跟大家讨论的是肝脾建中,我想分成五个方面讲,第一个说说我的学医之路,在我的学医之路里,我就穿插着把路老的经验都放到学医之路里面谈。第二个,是肝脾一体;第三个,就是肝脾建中的理论;第四个,是肝脾建中的验案浅析;第五个,是我的思考。我们搞临床的要有自己的思想。

我先讲我的学医之路。我怎么学的医呢?我是个幼稚天哮,三四岁的时候就得了哮喘,到了 15 周岁的时候,就是 1961 年,每日靠 1 支氨茶碱,如果不打这个氨茶碱就喘得不能动,每日 1 支,靠氨茶碱度日,这个时候不得不休学。我从中学休学后,我的父亲变卖家产带我到处去求医,上海的仁济医院、南京的鼓楼医院,包括徐州,我们那边离我近的医院都跑到了,什么用都没有,还是靠氨茶碱。我的启蒙老师也就是后来给我看病的医生,他比我父亲大一二十岁,当时就是六七十岁了,去过以后,一看我喘得不得了,发作起来是不得了。我的恩师就是亳州华佗中医院的魏配三老先生,后来就用小青龙汤,把我的病情控制住,两三日基本哮喘就平稳了,我那时候是哮喘持续状态,平稳过以后,慢慢调理,半年以后,基本上不发作了,稳定了。

这个时候,激起了我对中医的神奇疗效的兴趣。当时我虽然是小伙子,但是跑了好多地方都没治好,我就不想上学了,我就想学中医啦。我父亲赶紧跟我的恩师讲,老师一看我呢,也有这个意思,行,拜师,从那开始一学就是 5 年,学了 5 年,这 5 年中,我白天跟老师抄方,晚上、早上要背书,三更灯火五更鸡,一帘月影半床书。每天还要练一篇毛笔字。老师要求比较严,先是《医学三字经》《药性赋》《汤头歌诀》,后来,1 年以后,基础打好了,就开始让我学《伤寒论》《金匮要略》《黄帝内经》,他跟我讲,《内经》,你就看《内经知要》,全本看,我也没有空给你讲,重点的,他给勾好,要背,然后呢,伤寒看尤怡的《伤寒贯珠集》,金匮看尤怡的《金匮要略心典》。《伤寒贯珠集》把伤寒论的条文打乱后重新排序了,这样你看着就方便了,不像伤寒原版原文的条文错综复杂,有时候太阳病篇的条文都能跑到阳明病篇里去了。这个指导让我在读伤寒、金匮的过程中走了捷径。我有幸啊,早年等于说 15 周岁就开始学中医了。我现在所用的方,我现在所用的辨证,全是靠那个时候背诵记忆的,那个时候输入进去,好比现在储存的比较多,所以反应也比较快,我看病比较快,他们讲,你怎么看得这么快,辨证熟了,方子熟了,药性熟了,我一上午是限号限到 40 号,有时候一冒尖都是 50 号,有时候 12 点半、下午 1 点钟都下不了班。

因为家在涡阳,我在亳州学医,后来因为这个我就调到了涡阳县,在县人民医院,在那个地方又给老中医整理医案。然后我还想出去再学,我当时就在考虑到哪个地方学。我想,中国中医研究院是最高的地方,学中医是最管用的地方,我就跟我们院领导商量,那时候"文革"还没结束呢,那是 1976 年,他就说只要你联系好就行,后来就联系好了,我就去了广安门医院进修,跟的就是路老。

那个时候我们穿的都是中山装。那时内科的大家不少,当时董德懋、谢海洲、刘志明,都在那个地方上班。还有蒲老的大弟子是薛伯寿,他是从上海中医学院毕业以后跟着蒲老,所以说那个地方真是中医大家云集!进了广安门医院,就等于说是刘姥姥进了大观园,掉进中医的海里去了,什么海?学术之海。尽管是在"文革"期间,学术氛围还比较浓。我们白天是4个人抄方,晚上大家整理医案,然后我们内科出了3本小册子,就是跟师笔记啊,大家总结的,自己刻,然后油墨印,印了3本小册子。这一年之中,当时发生大事都让我们碰上了,1976年刚去就地震、毛主席逝世、打倒"四人帮",发生几次大事时我都在北京。广安门医院属于卫生部的直属单位,所以我们都直接去参加了。所以说在广安门医院的学习,对我的成长确确实实太重要了!

我抄了这么大一摞子方子,其中路老的就不少,我从中拣了3个。第一个就是姓丁的这位患者,头痛头晕,咳嗽,吐的是黄痰,面部还有点浮肿,已经2个礼拜了,口渴还喜欢喝水,舌苔还黄。路老开了很简单的几味药,经方时方合用,一个是泻白散,一个是麻杏石甘汤。赶到复诊的时候,痰也不黄了,也不咳嗽了,也不头晕,这个方虽然只有寥寥7味药,实际上是两个原方,泻白散和麻杏石甘汤的原方。看看路老的功底,不但是经方熟,而且时方用得也很强大,经方时方能结合,患者又是头痛,又是吐黄痰,这种情况下,路老辨证为内热痰火,但是外边还有一点表证,那么相比《伤寒论》中:"喘而无大热者,麻杏石甘汤主之。"麻杏石甘汤为什么讲无大热?后人解释张仲景说"无大热"是表无大热,里有大热。麻杏石甘汤现在用于小儿肺炎效果挺好的,别说是小儿肺炎了,大人的气管感染,我认为它都不比现代的抗生素差多少。第二个,刘美兰的,雷诺病,路老一看,不用问了,当归四逆散,用上去,1个礼拜回来复诊,各方面都好得不得了。第三个,也是《太平惠民和剂局方》的方,是丹栀逍遥散。从这三个病历上来看,路老的理论功底相当雄厚,无论是经方还是时方,辨证的灵活性各个方面都相当好。这都是原始的资料,以后如果师兄那边要整理路老的病历,我这边都能提供。所以说在广安门医院的进修,对我这一生在中医的成长都是很有帮助的,打下了很好的基础。

另外我还很感谢当时的内科主任徐承秋,他的爱人是张代钊,是中日友好医院肿瘤科的,他们夫妻两个都是1955年第一批西学中的。她讲张杰,你呢,是中医学徒出身的,你既然来进修中医了,你又想学好,我建议你看一点生理、生化、病理方面的书。她给了我几本书,她说你可以看一下,你要知道这个患者来到过以后,他现在是得了什么病,中医辨证是什么证,应该怎么辨证,你心里要有数。徐承秋老师的提醒,对我以后的成长影响不小。在这之前,我没接触过西医的东西。后来呢,就看了生理、病理等方面的书,包括西医的内科学,每个病,它的诊断要点、鉴别诊断要点,我都搞清楚了。所以说现在,拿来化验单,拿来B超单子,拿来CT,我还主动问患者要,你在哪家医院做的检查,拿给我看看,这对自己的诊断是个参考。

1985年中医学会请了路老、焦树德、董建华还有朱良春这四位中医大家到合肥开讲座,当时我们把他们请到合肥,住到梅山饭店南楼。那时候我是中医学会的秘书,会前会后搞好服务照顾老师们。几天的讲课，轰动了整个安徽省，那是一票难求，能找到一张入场券那是不得了的事。因为那时候学术讲座很少，我们请的这四位又都是中医大家。我的师兄马俊，是针灸医院的，他是比我早半年去广安门医院进修的，也是第二、三、四、五批的全国名老中医药专家学术经验继承工作指导老师。路老的根基是相当扎实的，熟读经典，旁涉百家，辨证精绝，疗效卓著。还有，他在医德方面，是仁心仁术，德艺双馨，诚大医风范，是一代宗师！所以说，我对路老的崇敬之情难以言表。

下边，举出路老的两个病历。第一位患者，于1977年1月5日就诊，半身麻木，左肩手都发凉，两手平时都冰凉，另外左下肢麻木，睡眠不太好，舌质黯淡，脉细弱。路老认为这个人不是风湿，而是血痹虚劳，应该按虚劳病治，是血脉瘀阻，阳气不运，用黄芪桂枝五物汤。患者主要是半身麻木，没有疼痛，发凉、头晕、脉细，这都是阴阳俱微，素体营卫不足，阳气不足，阴血涩滞，所以说才见到了肌肤发凉，麻木不仁，这与风痹的肌肤关节疼痛不一样。路老用《金匮》的黄芪桂枝五物汤合《伤寒论》里的当归四逆汤，益气通阳，和营行痹，温经散寒，养血通脉，用药比较精当，疗效比较显著。

第二位是个慢性肾炎的患者，路老给他用的是防己黄芪汤。这位患者下肢浮肿，尿少，有尿蛋白，这是表虚不固，阳气亏虚，风湿相搏，水湿泛滥。路老就用《金匮》的防己黄芪汤合桂枝附子汤，用防己黄芪汤益气固表，健脾祛湿；以桂枝附子汤助阳解表，散风除湿；又以杏仁降气利肺，开水之上源；这里的川椒目是温阳利水的，己椒苈黄丸里就有，可以帮助附子温脾肾之阳；木瓜、茯苓皮、大腹皮、赤小豆都是理脾化湿的；芍药敛阴的，是佐药。所以患者吃过这个药以后，阳气渐复，水湿渐去。那个时候，广安门医院就有化验室，后来再化验，尿蛋白一个半加号，症状也都好转了，治疗是有效的，这个小伙子后来治疗的效果很好。

从以上这两个病例来看，第一位患者是阳气不足，阴血涩滞，血虚寒凝，气血不畅的半身凉麻证。路老方证对应，辨证准确，取两方之长，甘温益气，养血通脉，温经散寒之用。路老的意思是什么呢？有根据，有渊源，这是《灵枢·邪气脏腑病形》里提到的"阴阳形气俱不足，勿取以针，而调之以甘药"。就是指"阴阳形气俱不足"的这些虚寒证，不要扎针了，要给他用温养的办法，"取以甘药"。第二位患者的慢性肾炎属于阴寒水湿，路老采用的是甘温益气、温阳行水的办法，这都是重视脾阳、关注肾阳的思想。脾肾的阳气来复，运化正常了，气化正常了，阴寒水湿自然消退。所以说路老注重脾胃调养，注重保护阳气，这个对我的启发也很大。

我在跟路老他们这些前辈学习的过程中增长了知识，开阔了眼界。这个手抄本的《冷庐医话》，是我在安徽中医学院期间手抄的，那时候图书馆离宿舍虽然很近，但是天天往图书馆跑也不行，经常还有别的事，那时候中医出版物很少，我又很喜欢这个《冷庐医话》，我就花了3个月的时间，找方格纸用毛笔把它抄下来了，3个月抄完了整本书，我把这本书还到图书馆，我说这本书我不再借了，我自己抄下了。

下面再说说我们学中医的几个要点，即跟师四要点。第一点要侍诊。大家别以为跟老师去抄方是个很简单的事，跟师学习是很重要的，你要观察老师的几个方面。第一个要观察老师对患者的态度，学习老师的医风医德，他对患者关心不关心？他是否嘘寒问暖？在开药的过程中，他的医德医风是什么样？我们给患者看病，没钱的人我们也不忍心开贵药对不对，这第一个从侍诊方面跟师我们要学好老师的医德。第二个你要看他的四诊技巧。望闻问切，望诊的学问更大，望而知之谓之神，患者一进门，一看脸色，一看步态，一看身体状况，就知道八九不离十了，这是要跟老师学的。第三个要看他的辨证思路，这个辨证思路，你看他用这个方，他为什么要在这个方上减去某一味药又加上某一味药，这都是老师的辨证思路。闲暇的时候你不懂的地方、理解不透的地方你就可以提问，为啥把这味药去掉，为啥又加上这两味药，这都是靠中医思维。没有中医思维，光看它含什么成分来开药，堆积出来的处方那不叫中医处方。第四个就是选方用药的加减变化。所以说临床在侍诊的观摩上是很关键的。

第二个方面就是诵读，诵读经典的著作、名家医案，诵读应该伴随着中医的一生。我过了年不算小，比师兄还小3岁，过了年就虚龄72岁，我到现在还得看书，到现在还得看杂志，还得看《中国中医药报》，那就是诵读要伴随我们一生。原来江西有个老中医讲：学中医的晚上12点以前睡觉的绝对学不好。那现在的诱惑就更多了，电脑、手机上网，哪能挤出时间来看书？那挤不出时间看书你就学不好中医。学医背诵很关键，特别是四小经典。要做到哪一味药、什么方子张口就来。就从三字经来说，我今天要说的这个"中央健，四旁如"就是陈修园在《医学三字经》盅胀篇讲的。"中央健，四旁如"后边还有注解，后边的注解是喻嘉言说的，他说"执中央以运四旁，千古格言"。老师要求背的时候，你不能光背上面两句六个字，你得把陈修园的注解也弄清楚。再讲用小青龙汤的时候，你看"挟水气，小龙平"这句下面就注解了"非麻黄不能捣其巢穴"，如果你把后面的注解背会了，你对陈修园治这个病用什么方，其中的病机你就都知道了。要背的还有《医宗金鉴》的内科心法要诀。《医宗金鉴》这本书，吴谦编纂的时候组织了当时全国的名医，等于说是那时候的中医官方教材，里面的歌诀你要是从头至尾都会背，包括它的诊断心法要诀，那么确确实实你在临床上，等于说你的内存太多了，一点到哪个，咚咚就出来了，是很实用的。相比我们背《内经》的时候，"阴阳者，天地之道也，万物之纲纪，变化之父母，生杀之本始，神明之府也，治病必求于本"。一条一条的，包括《金匮》里面的条文，不要求你全背，经典句子，像"腰以下肿，当利小便，腰以上肿，当发汗乃愈""病痰饮者，当以温药和之"，这些经典句子、关键句子你一定要背会。所以说学中医要背诵。这是第二个。

第三个是临证，纸上得来终觉浅，绝知此事要躬行。读书再多，你不临证都不行。熟读王叔和，不如临证多。临证很关键。前面讲了向老师学，向书本学，临证是向谁学呢？临证是向患者学。你把你的知识装备好了，你去看病了，你用到了这个小柴胡汤、半夏泻心汤，下一次患者来，哪些好了哪些没好？又出现了什么症状？你再回去总结，然后你再把方子加减后用到患者身上,最后患者好了。就这种经历,反反复复以后,你的医技就提高了,中医水平就提高了。西医是用小白鼠做实验,中医几千年来都是人做实验,都是医生开方给患者喝,效果好了再总结,不好再改方子。西医是微观医学,他要看得见摸得着,中医是宏观医学,讲究整体观,天人相应的观念,中医并非像西医那样,把心、肝、脾、肺、肾仅仅看成一个个的脏器,所以说中医是个伟大的哲学。

辨证这个问题在中医学习中是最重要的一环。有几点要注意的。

第一个问题是不要泥古不化。有的人认为我用《金匮》《伤寒》的方子要原方不动,按他的剂量、按他的服法,丝毫不改变地用到患者身上。两千多年前有雾霾吗?有塑料吗?有现在这个气候吗?有现在吃得这么好吗?时代不一样了,不要泥古不化。第二个,不要囿于门派,自吹自擂,我不去贬低任何人,但是我不主张孟浪用药,有的人鼓吹我用附子用到120 g,那不是本事。路老、焦老都跟我们讲,中医用药要轻灵、要巧妙、要四两拨千斤,不是说非孟浪用药才能治好病,这个很关键。第三个就是不要离开中医的基本理论,为啥这样讲?要用中医的思维去辨证。目前有几种现象不大好:一个是不重视中医经典理论,用西医的理论去解释中医的病机;第二个是临床上光靠看化验单开药,光看B超开药,光看CT、磁共振开药,一看血常规的指标高,热药不敢用了,发表药不敢用了,一味地清热解毒,那哪是中医?那不叫中医!还有过分重视现代的药理,把中药的含量,把中药的成分当作圭臬,忽视了四气五味、升降浮沉的特性,这样开出来的虽然是中药方,但实际上是中药西用。这是我给它下的定义,就是中药西用。你用的不是中医思维呀,你开的叫什么方呢。但我不反对西医,西医有西医的长处,中医有中医的长处,要相信现代医学科学,临床上我也看B超、也看化验单,有些糖尿病用胰岛素就是好,二甲双胍用之后还稳当,各个方面都很好。你不能反对现代科学,我也照用,但是呢,是为我所用,在临床上辨证方面理法方药要选用中医的思维。所以我认为临床上对待如血压高、血脂高的患者,有些人很虚弱很瘦,一派虚寒象,你不能一上来用平肝潜阳吧,一提到高血压就平肝潜阳,那是不对的。我用补肾运脾降浊法一样能降压。所以说我认为没有中医思维、没有中医理论指导的辨证论治是抽掉灵魂的中医!所以说中医讲究辨证论治,学习中医更需要辨证,要对所见、所闻、所学、所想进行辨证。不唯上,不唯书,不唯人言,不唯自我,博闻强识,取长补短,不偏一隅,广纳贤言。

第二个问题是"肝脾一体",肝脾生理上是密切相关,为啥讲肝脾一体?它有协同升降作用,故"升木以培土",脾气从左则升,胃气从右则降,肝气随脾气也是从左则升,所以说肝脾一体。胆气随胃气从右侧降。木能疏土:"土得木而达";少火生气:"扬之则光,遏之则灭";散精于肝:"损其肝者,缓其中";藏统互用:"肝藏血,脾统血"。这是说肝脾在生理上密切相关。

肝脾的功能关系方面,在气机方面,肝主升发,《医碥》里讲"木能疏土,而脾滞以行"。在气血方面,《血证论》里提到"肝属木,木气冲和条达,不至遏郁,则血脉和畅""疏肝则脾安""木赖土荣"。在水液代谢方面呢,《内经》中就提出"脾为胃行其津液""脾气散精,上归于肺"。

关于肝脾疾病方面的关系,首先是肝病及脾,如:胆郁化热,胃燥成实,阳郁不伸,肝脾不和,肝火犯胃,胃失和降。这些我们在临床上见得太多了。其次是脾病及肝:宿食壅胃,肝气滞塞,中焦虚寒,肝木侮土,脾虚血亏,肝失所养。再次是肝脾同病:肝郁血虚,脾虚失运,土败木贼,脾络失和,肝胃阴虚,血络失养,肝虚犯脾,脾虚水泛,肝气郁滞。这些临床上都是相当多见的。所以我们将肝脾之间这些密切的生理病理关系归纳为肝脾一体。

第三个问题就是肝脾与中焦。一般来讲,肝肾同源,首先讲讲肝肾同源的问题。肝肾同源是在明末清初吴鞠通在治疗温病的时候提出来的,你要滋养下焦。上焦:心、肺;中焦:肝、胆、脾、胃;下焦:肾与膀胱、大小肠。从我几十年的从医生涯来说,我认为这个中下焦划分是比较合理的。肝肾同源是指肝肾之间的关系,中间是肾藏精,精能生血;肝藏血,血能化精。

从部位上看,《灵枢》里提到"上焦出于胃上口……"《类经》和《难经》里也都提到了,《医学正传》里更是讲"三焦者,指腔子而言",提到了中焦是肠胃,"胸中膏膜之上曰上焦,膏膜之下脐之上曰中焦,脐之下曰下焦"。按照《医学正传》里这个分法,就是刚才我所说的上、中、下三焦所含的脏腑,上焦是心与肺,中焦是肝、胆、脾、胃,下焦是肾与膀胱、大小肠。

从功能上看,"中焦如沤,下焦如渎"。"沤"是久渍也,是指中焦腐熟消化水谷和化生转输水谷精微的作用。"渎",沟也,是排泄的,是指排泄糟粕和尿液的功能。《难经》中说:"下焦者,当膀胱上口,主分别清浊,主出而不内,以传道也。"中焦为气机升降之枢,脾主升清,胃主降浊,而肝之疏泄功能的中心环节是调畅气机,从而维护中焦的升清降浊的协调平衡。所以说脾胃的消化离不开肝胆之气的疏畅条达,肝胆之气的疏畅条达,胆汁的正常排泄对水谷的消化、对精微的吸收是相当关键的。

从病理上讲,"见肝之病,知肝传脾,当先实脾"这是在《金匮要略》中首先提到的。

简而言之,肝脾建中的"中"指生理上的中焦,同时也意味着"中央健,四旁如"这个核心思想。肝脾建中的主要方法是通过协调肝脾来健运中焦,化生气血,并协调上下,畅通经脉。其主要意义在于凸显肝脾协同一体的整体性以及肝脾二脏在三焦、五脏、气血津液等生理病理功能中的突出作用,为临床观察施治提供便捷的思维路径。所以说我们治疗内科杂病,无论哪个系统的疾病,用肝脾建中的办法来疏理肝气,条达脾胃,建立中焦,通畅气血,对一切内科疾病的治疗都有好处。

接下来是肝脾建中在经方运用中的体现。大家知道肝病及脾的时候:胆郁化热,胃燥成实的情况是用大柴胡汤;阳郁不伸,肝脾不和的时候我们用四逆散;肝寒上逆,中焦虚寒的时候用吴茱萸汤。脾病及肝的:寒湿伤中,胆汁外溢的用茵陈术附汤;中焦虚寒的用小建中汤;脾土虚寒,肝血下溜的用黄土汤;脾胃虚弱,胆邪内犯的用小柴胡汤。这些都是经方中经常用到的。另外,肝脾互戕时用的有芍药甘草汤和当归芍药散。当归芍药散不只是妇科的腹痛才用,当归芍药散活血利水,调肝理脾。我治过一个下肢静脉栓塞的女患者,单侧也就是左侧下肢水肿,还有点疼,西医没治好,跑到我们那儿去,我给她用的是当归芍药散再加上水蛭、丹参,就这几样,2个礼拜后基本上两腿一样正常了,效果挺好的。在时方里面,逍遥散,千古名方,出自《太平惠民和剂局方》,也体现了"肝脾建中"的思想。痛泻要方也是如此。

第四个问题,是肝脾建中的验案分析。第一个验案是1976年路老看的,为啥要在肝脾建中的验案里选用路老的验案呢?我们来看看路老在疏肝理脾方面的思路,一起学习路老这个思路。水电部来了一个女干部,肚子痛,对这个人我印象很深,来的时候是腹胀腹痛,表情忧郁。路老看过以后号号脉,又看她的情绪不太好,给她开了个方,柴胡、白芍、苍术、甘草、党参、枳壳、半夏曲、川楝子、黄芩,是个四逆散加减的方子,用过以后,等到复诊的时候,患者喜形于色,7剂药没吃完腹胀痛就解除了,情绪也比之前好很多。这是跟着路老抄方的一个病历。路老用这个方,还是从肝脾失调、木郁土壅的这个角度去辨证的,虽然寥寥几味药,他的选方很合理,取效很快。

第二个是我治疗的一个目前还健在的肺癌患者,这个患者是我们安徽定远的,2004年做的肺癌手术,2005年来找我看病,来的时候就有淋巴结转移,还有黄疸,消瘦,吃饭不行,肺癌手术1年多,现在有转移,身体也不耐受手术后化疗。他本人也知道病情,就跟家属讲他想找中医看。通过辨证我认为这个患者是气血不足,气化不利而痰湿内郁,血弱不足荣养而形销枯槁,肝胆湿滞而见黄疸,毒邪内郁而生癥积。正气亏虚,何以驱邪?所以所用的方子就是先以培补为主,佐以疏肝理脾。这个患者是因为疾病消损以及手术放化疗以后多方面呈现出来本虚标实的特点,因此健运脾胃、扶助正气是基本原则。可以说,留得胃气就保住一份生机。而大部分癌症患者的心理负担都是比较重的。癌症是怎么死的呀?有三条,第一就是听说患了癌症吓死的,精神负担太重了。第二是放化疗毒死的,当然也有放化疗好的一部分。第三才是自己生病病死的。咋死的,这三条,精神是第一,一说他得癌症了,咚,倒了,也不能吃饭了,也睡不着觉了,那还得了吗?所以说在临床上要把握住柔肝、疏肝、养肝、清肝这些办法,并不完全是针对患者的症状体征来的,而是平衡中焦,把握全面。对气血的生化运行通道的维护,对精神状态的全程关注,这些对癌症的治疗都是不可或缺的一环。这个患者到现在还仍然健在,由于他还健在,定远的好多癌症的患者,不单纯是肺癌了,都往我们那儿奔,大内科嘛,什么不看呢。我们那时候学医不像现在分科分那么细,大内科就是内外妇儿都看,小孩一两个月大的病了也照喝汤剂,到老了七八十岁的老年病也都看,从内看到外,从皮肤看到内脏,这就是那时候的中医大内科。

产后抑郁的这个患者,不是太典型。她是因为产后气血双虚,肝血不足,因虚致郁,所以出现了焦虑紧张,失眠多梦,看起来烦躁易怒是实证,实际上是由于肝血不足,神魂失养。所以用养血柔肝,佐以健脾助运之品。

再讲讲慢性萎缩性胃炎,这个患者慢性萎缩性胃炎伴糜烂,隆起还有肠化。但是她的主要症状是胃痛,受凉以后和空腹的时候痛得狠些,伴有嘈杂,有灼热,有作胀,有烦躁易怒,所以我认为是肝郁不舒,脾虚不运,阴火内炽。所以用柴胡、枳实、白芍……这还是四逆散加减,再加上党参、白术、茯苓、炙甘草这些健中的药,然后再加上消导之品。这还是调和肝脾,还是肝脾建中。

这个萎缩性胃炎的患者算是"老胃病"了,患病三四十年,她的子女说她的性子特别急躁,多思多虑,多愁善感,这些症状都与她嘈杂灼热、胃胀口干的症状相符合,病机为肝郁化热。而她脾胃怕凉,受凉饱食以后、生气以后容易发生胃痛,更符合了脾胃气虚、脾胃虚寒的病机。综合以上病机,我们认为她热象多,寒象少,肝郁脾虚,虚瘀交错,肝郁可以化热,郁热可以伤阴,阴伤又生虚热。脾虚则不运,积滞又可生湿,湿滞更伤中阳。所以病机有寒有热,有虚有实,在这复杂的关系中怎么入手?还是肝脾建中的办法,脾胃的问题,从肝辨思,是一个恰当的路径。首先要调整肝郁的状态,采用四逆散条达肝气,气机通畅了,郁热散了,气机畅则脾胃健,气机通则郁热散;其次才是四君子汤加味健脾消导,醒脾助运;辅以温而不燥的桂枝温通散寒,此为第一步。待虚寒缓解,病痛解除,脾胃功能稍有恢复之际,继续佐助胃气,这时候可以加入莪术、厚朴这些消胀宽中之品。针对萎缩性胃炎,我根据多年的临床经验,立了一个自拟方叫胃痞汤,在《中国中医药报》的名医名方里有介绍。除了"肝脾建中",我还提出了"虚、毒、瘀"的理论,关于萎缩性胃炎,我认为第一个是脾胃虚弱,第二个是瘀毒内聚,内里有瘀毒。所以胃痞汤里首先是健脾的黄芪、党参,益气养阴的石斛,然后是解毒化瘀消积的白花蛇舌草、丹参、莪术、焦山楂。胃阴不足的加生地、麦冬;脾虚湿盛的加苍白术。

这位患者得的是肝硬化腹水,伴有低蛋白血症,肝功能白蛋白只有 20 g/L,球蛋白是 50 g/L,白蛋白低,球蛋白高,蛋白倒置,但是他的各项酶还都正常,说明他的肝损伤还不是太重。用过我这个方以后,腹水很明显好了,治疗的效果比较理想。在这里呢,我给大家介绍一个组方,软肝煎,治疗肝纤维化的,也是"虚、毒、瘀"理论,肝脾建中理论,方中黄芪、党参、白术、茯苓健脾,当归、生地、枸杞子养肝养阴,鳖甲、土鳖虫、三七、莪术、丹参化瘀软坚散结;白花蛇舌草、垂盆草、栀子、茵陈清热解毒利湿,清肝胆湿热。这个软肝煎也是在《中国中医药报》的名医名方里发表的。还有一个组药治疗肝纤维化的,一个是莪术,一个是鳖甲,一个是鸡内金,这三样就像是对药一样,凡是肝纤维化、肝硬化早期我基本上都用到。这是一对组药,这里用到莪术,大家别认为莪术就是破气的,实际上我们临床上用于萎缩性胃炎,有不典型增生或是肠化我们用莪术,肝硬化肝纤维化我们也用莪术,妇科的癥瘕像子宫肌瘤、卵巢囊肿我们也用莪术。用莪术不是说用得猛了非得要 30 g、40 g,不是那样,一般 10 g、15 g,最多用 20 g,但是药性很平和很好,没有出现过不良反应。莪术活血逐瘀,行气散结,药性比较平和,不伤正气,我们用到现在,没见过莪术出现过副作用的。第二个是鳖甲,鳖甲大家都更知道了,软坚散结,养阴养肝,特别是肝阴不足的。鸡内金配合着这两味药,它健脾助运消食相当好。所以在治疗肝纤维化、肝硬化的时候,你用上这三味药,再把其他的健脾、益气、疏肝的药用上,效果特别突出。

我们对于肝脾一体做个小结。五脏六腑、气血津液、经筋皮部都是人体的有机构成，其表里上下无不联系密切，"肝脾建中"的提法并非要将肝脾二脏单独剥离出来，而是基于多年的临床观察，我体会到了肝脾二脏对于中焦的生理病理具有明确的联动效应和平衡效应，这与其他脏腑对中焦的作用形式是不太相同的，具有一定的特殊性，所以我认为"肝脾建中"理论的提法有助于凸显肝脾二脏的关系，肝脾和中焦的关系以及肝脾和气血的关系，有助于重新认识中焦在脏腑辨证、八纲辨证中的地位。

　　最后，是我的思考。早些年，像中医比较落后、中药副作用大这样反中医的杂音甚嚣尘上。由于国家的重视，党的重视，再加上我们自身的努力，自强不息，所以说现在才迎来了中医发展的最好时机。

　　我们要坚守什么？传统文化是中医的土壤，是中华文明的土壤，坚守中医的传统文化，坚守中医的整体医学，坚守中医的原创思维和特色。中医就是原创医学，在世界上能拿得出手的，这就是中华传统文化中的瑰宝，书法、国学、中医，对不对，所以我们要坚守。中医学子，看看你的《内经》考几级？《伤寒》考几级？古文能过几级？这才是考中医。什么外语考几级，我连 ABC 都不认识，我不是看一辈子中医看的还挺好吗，我又没学过外语，头一年我刚回来，广安门医院就给我打电话，他说招收第一批研究生全国恢复高考，打电话的时候，我爱人生了双胞胎，4 月 16 日，一男一女，老三老四出生了，我说我走不掉，第二年吧。第二年毁了，加上一门考外语，没上成研究生。所以说啥学历，我连初中证书都没有，什么学历都不是，可怜了啊。发展什么，毫无疑问，中医是服务人的，是治病的，我们要发展临床看病的能力，要看疑难病，要能看西医治不好的病，要看常见病、多发病，这才是发展中医。你看不好病，靠什么呢？

　　最后，中医的路要怎么走？12 月 6 日，国务院首次向全世界发布了"中医药白皮书"，党和国家把发展中医药提高到国家的战略层面，中医药迎来了最好的发展时机。所以说我认为作为中医人，我们要沿着前人的脚步，走传承之路，我们要超越前人的认识，走创新之路，我们要完善自我的体系，走发展之路！谢谢大家！

（根据 2016 年 12 月广州省中医院"路志正学术思想研讨"讲座录像音频和幻灯片整理。讲座发言人：张杰；幻灯片制作：唐勇；讲稿整理者：贾浩茹）

"肝脾建中"理念在妇科杂病中的应用与思考

扫二维码
观看幻灯片

　　"肝脾建中"的"中"，既是生理上的中焦，同时也寓意着"中央建，四旁如"的核心思想。肝脾建中的主要方法是通过协调肝脾来健运中焦，生化气血，并协调上下，畅通经脉，其主要意义在于凸显肝脾协同一体的整体性及肝脾二脏在三焦、五脏、气血津液及妇人的经、带、胎、产等生理功能中的突出作用,尤其对于妇科杂病,运用"肝脾建中"理念尤为重要,可以为临床诊察施治提供便捷的思维路径。

简单地说肝脾建中法即是"疏肝理脾,调和气血,建运中气""中央建,四旁如"也。

气血是维持人体生命活动的基本物质,妇人尤其以血为根本,经、带、胎、产、乳皆以气血为主要物质基础,因此气血的生化、储运、调和是衡量健康和辨治病症的主要观察对象。"肝脾建中"理论是基于对人体气血的生化、储运、调和等方面来分析,考量肝脾两脏在其中扮演的角色,并从肝脾两脏的生理特点、病理规律来进行辨证用药,以期解构内在矛盾,使人体达到或恢复气血充和的状态。

一、肝脾在妇科生理中的位置

1. 肝(肾)主冲任　《素问病机气宜保命集·妇人胎产论第二十九》:"妇人童幼天癸未行之间,皆属少阴;天癸既行,皆从厥阴论之。"

"女子七岁肾气盛,齿更发长,二七而天癸至,任脉通,月事以时下,故有子……七七任脉虚,太冲脉衰少,天癸竭,地道不通,故形坏而无子也……"

"男子二八,肾气盛,天癸至,精气溢泄,阴阳和,故能有子……七八肝气衰,筋不能动,天癸竭,精少,肾脏衰,形体皆极……"

天癸是什么?"天"是元真之气,"癸"是任癸之水。马玄台注《素问》时说:"天癸者,阴精也,盖肾属水,癸亦属水,由先天之气蓄极而生,故谓阴精为天癸也。"天癸是肾中精气充盛而逐渐成熟起来的产物,与现代生殖系统内分泌有相关之处。

王冰说:"冲为血海,任主胞胎,二者相资,故能有子。"冲任二脉隶属于奇经,其功能作用的发挥,是以脏腑的正常功能活动为基础的,叶天士认为:任脉隶属肝肾,"肝肾内损,伤及冲任奇脉"。肾藏精,主生殖,其封藏功能必须与肝脏的疏泄功能相互协调,一藏一泄,方能发挥妇科特殊的生理功能。

肝主血海:① 血海指冲脉,又称十二经之海。《素问·上古天真论》:"冲为血海。"② 指肝脏:肝脏具有储存和调节血液的功能,《素问·五脏生成》:"肝藏血,心行之,心动则血运于诸经,人静则血归于肝脏,何也? 肝为血海故也。"③ 经穴名。

血海之源在于何处? 肝也! 血藏于肝,疏泄于各处;胞胎之主又是何处? 肝也! 胞胎乃精血所化,赖于肝血滋养。

肝肾同源:又称乙癸同源,肝阴和肾阴相互滋养,肝藏血,肾藏精,精血互生,肝和肾均内寄相火,且相火源于命门,临床上肝肾不足或相火过旺,常用滋水涵木,肝肾并治。

2. 肝主藏血　《医学真传·气血》中说:"盖冲任之血,肝所主也。"

黄元御在《四圣心源》云:"血统于肝,凡脏腑之血,皆肝血之所流注也。其在脏腑则曰血,而在经络则为营,营卫者,经络之气血也。"黄元御崇阳气,重视脾胃。脾胃健运,水谷精微充盛,上注化赤为血,散精于肝,肝体得濡。肝得精血之资,又藏周身之血。

肝为藏血之脏,血所以营运周身者,赖冲、任、带三脉以管领之。肝则司主血海,冲任带三脉,又为肝所属。故补血者以补肝为要。《医学真传·气血》中说:"盖冲任之血,肝所主也。"《血证论》:"血液下注,内藏于肝,寄居血海,由冲、任、带三脉,行达周身,以温养肢体。"

3. 肝主疏泄　肝主疏泄有两个方面:一方面是条达气机,以保证气血的正常运行及脾胃的升降运化功能。肝气有升发透泄作用,能疏畅全身气机,胃主受纳,脾主运化,脾胃的消化吸收过程与肝脏有密切关系。《宝命全形论》曰:"土得木则达。"肝与胆相表里,肝能分泌胆汁,而胆汁能帮助胃肠腐熟水谷,消化食物,肝的疏泄功能是人体正常消化吸收过程的重要环节。

另一个方面是储运气血,将气血汇集于冲脉,以调节十二经正常的气血运行,并供给有关脏腑、组织及胞宫胎儿。肝气的疏泄功能正常,对周身气血、冲任二脉及其他内外经脉都有重要意义。

除疏泄功能还有通调水道的作用,腹水、水肿都与肝的疏泄失常,肝气乘脾,脾失健运有关。

4. 脾主运化　脾运化水谷精微,上输于肺,通过心肺作用化生气血,以营养全身。"中焦受气取汁,变化而赤,是谓血。"先天来源于父母,后天来源于脾胃,脾胃为后天之本,气血生化之源。运化水液,如雾露滋润,运化气血,如渠道灌溉。

5. 脾主统血　《寿世保元·妇科总论》记载"况心生血,脾统之,此调经之要法也"。以脾之正气统御血液,以无形之气,驾驭有形之血。脾之统御与肝之疏泄相得益彰。

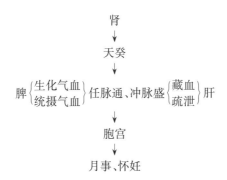

抓住肝脾建中的理念,即执中央以运四旁,"中央建,四旁如",使气血冲和,脏腑功能正常。

二、肝脾在妇科病理中的联系

1. 肝气郁结　"妇人善怀而多郁",中国妇女多愁善感的天性、勤劳隐忍的个性,既是美德,又是病源。

《读医随笔》中说:"凡脏腑十二经之气化,皆必藉肝胆之气以鼓舞之,始能通畅而不病。"女子"有余于气,不足于血"的生理特点以及"妇人善怀而多郁"的性格特点易于导致肝失疏泄,气郁成疾。

2. 肝郁血瘀　女子多易抑郁,致肝气不舒,气滞血瘀,冲任胞脉皆受累而淤积不畅,如《医宗金鉴·妇科心法要诀》所言:"或因宿血积于胞宫,新血不能成孕",或是胞脉不畅,不通则痛。"其发腹痛,逆气上行",或是胞脉停瘀,久致癥瘕。妇科常见的痛经,子宫肌瘤等多因肝郁血瘀引起。

3. 脾失健运　脾为后天之本,生化之源,脾失健运则气血生化失去源头,首先致使女性气血不足,可表现为经量过少,甚至出现闭经。《医方集宜》云:"王节斋曰:妇人经脉不行,盖脾旺则能生血,而经自行矣。"且水湿亦赖于脾运,脾虚则湿滞,而又生带下之疾。

由脾胃损伤而致者,不可就认作经闭血死,轻用通经破血之药,遇有此症,便须审其脾胃如何,若因饮食劳倦损伤脾胃,以致血少而不行者,只宜补养脾胃,用白术为君,茯苓、芍药为臣,佐以甘草、陈皮、麦芽、川芎、当归、柴胡等药。

4. 脾虚失统　脾气乃中焦之主,约束无力,诸漏不止。其气虚过甚,统御无权,则血溢脉外,或诸漏不止。其主要病症为月经量过多,经期延长,淋漓不尽,或崩漏、带下、产后恶露不尽等。

5. 肝郁脾虚　气血不足,气郁成疾。仲景云:见肝之病,知肝传脾,当先实脾。根据五行生克理论,木能克土,肝失疏泄,则肝木克伐脾土。因此,肝郁脾虚是临床上最常见的证型。肝之升发条达,必赖脾土之精气培养。脾土之运化健旺,也依靠肝胆的疏泄功能。

6. 中虚损肾　肝脾居中,运化气血,肝脾两虚,精血乏源,故久病必累及肾,肝脾主中运,司气血,倘肝脾两虚,首先导致后天对先天填补滋养不足,从而损及本源,导致肾精亏虚,肾为肝之母,若肾水不足,精血匮乏,又必累及肝脾。

三、肝脾建中的核心思想及在妇科的意义

所谓"肝脾建中"乃基于肝脾各自所处的位置及其生理功能而言,肝(胆)脾(胃)同居中焦,肝主疏泄,条达上下枢机,脾主运化,滋养一身气血,肝脾调和,中焦健运,气血充和,则滋养心肺,填补肾精。

中焦是后天之本,疑难杂病千头万绪,持中可守方圆,抓住中焦就掌握了全局。喻嘉言说:"执中央以运四旁,千古格言。"陈修园治臌胀曰:"中央健,四旁如。"

而"肝脾建中"理念的价值在于紧扣中焦这一核心,以气血为着眼点,通过对肝脾二脏病理关系的梳理,调查人体气血生化运行的状态,为辨证施治提供一条便捷的路径。

自古以来,论及妇人之病,多从"天癸""冲任"来解释,而我们现行的中药材的使用和评价体系是建立在药物的四气五味、性味归经上的,是根据脏腑经络来的,并无直接归经属性与冲任、天癸等相关。女子属肝,男子属肾(女子以肝为先天,男子以肾为先天),肝肾

同源最终的体现是在气血上,前面已经讲了妇人之病,最多最直接的是体现在气血上,从气血辨证角度对妇科杂病经行思辨,通过确立脏腑关系来解构病理矛盾。在先天已定而后天可为的背景下,我们辨治就自然侧重于肝脾二脏。因此,了解了气血在妇科杂病辨治中所处的地位,也就明白了肝脾建中理念的本质。那么围绕着气血生化与运行来辨析处理经带胎产及其他妇科相关疾病的思路就比较清晰了。

这种将妇科杂病从气血论、从肝脾治的方法是一个比较便捷的值得探究的临床路径。

四、代表方剂与临床验案

1. 益母圣金丹

赵某,女,23岁。

初诊(2012年11月21日):2011年10月引产后,又怀孕2次均自然流产,伴宫颈糜烂,刻下月经量多,淋漓不尽,7～8日方净,白带色红黄相兼,质稠浊,小腹坠痛,苔薄白,脉弦,此乃冲任受损,肝脾两虚,湿热下注。

拟方:熟地20 g、当归15 g、炒白芍15 g、川芎15 g、益母草15 g、茺蔚子10 g、丹参20 g、炒苍白术(各)15 g、荆芥炭10 g、红藤30 g、败酱草15 g、白芷15 g、柴胡10 g、浙贝母15 g、土茯苓30 g、桃红(各)10 g、仙鹤草30 g、牡丹皮10 g,14剂,水煎服,日服3次。

二诊(2012年12月5日):前方效著,月经周期正常,1周即净,白带亦少,前方继服,14剂,水煎服,日服3次。

三诊(2013年1月2日):经服益母胜金丹加味,白带已少,色白,无异味。刻下咽痛,便干,耳后淋巴结肿大,长期咽喉肿痛不适,苔薄微黄舌尖红,此上焦郁火,前方加炒牛蒡子15 g、连翘20 g,14剂,水煎服,日服3次。

四诊(2013年1月16日):月经已正常,宜健脾养血,补益肝肾。

拟方:熟地20 g、当归15 g、川芎10 g、炒白芍15 g、党参15 g、炒苍白术15 g、益母草15 g、茺蔚子10 g、菟丝子30 g、淫羊藿20 g、巴戟天15 g、香附15 g、炙黄芪30 g、枸杞子30 g、桂枝15 g、白芷15 g、炙甘草10 g,21剂,水煎服,日服3次。

五诊(2013年3月27日):诸症已愈,起居将息即可。

益母胜金丹出自程钟龄的《医学心悟》,原方为丸剂,方后注:寒者加肉桂,热者加生地、牡丹皮、黄芩,血凝气滞痛经者加延胡索。原方由熟地、当归、白芍、川芎、益母草、丹参、香附、白术、茺蔚子组成,本方以四物汤为主旨,行养血补肝肾之用,并用白术扶脾,佐香附疏肝行气,配丹参、益母草、茺蔚子活血通经。全方肝脾兼顾,补运并施,是对肝脾建中理念的一次代表性应用。清代江涵暾在《笔花医镜》中十分推崇程钟龄的益母胜金丹,把它看作调经总方。

方子是固定的,人的病情是变化的,所以什么方子都不可以拿来就用,要用中医的思维,中医的理念去辨证施治,只用协定处方对号入座那就形成了西医用中成药了,就失去了辨证论治的精神了。就本案而言,患者屡屡流产,必定损伤亏耗颇甚,可是又兼湿热,湿热是标实,故当先祛,红藤、败酱草、浙贝母、土茯苓皆为此而设,辅以荆芥、白芷、桃红、仙鹤草活血行气,以利脾运而祛湿瘀之滞,待四诊时湿热既去,乃可着重考虑补益虚损。所谓药症须得相衡方可疗疾,在养肝益肾方药中增加了菟丝子、淫羊藿、巴戟天、枸杞子等,在健脾方药增加了党参、黄芪等,使肝脾健运,气血充盈,经水乃可自调。

2. 逍遥散

李某,女,46岁。

初诊(2016年10月13日):病延7月余,症见胃脘胀满不适,嗳气,眠差,心烦易怒,胃脘怕冷,月经紊乱,量少色暗,苔薄白,舌淡有齿痕,此乃肝气郁滞,脾胃亏虚,中阳不运,冲任失调。

拟方:当归15g、炒白芍15g、柴胡10g、茯苓15g、炒苍白术(各)15g、炙甘草10g、党参15g、广木香10g、川芎10g、香附10g、炒酸枣仁30g、五味子10g、姜半夏10g、佛手15g、淫羊藿20g、生姜10g、大枣7枚,14剂,水煎服,日服2次。

二诊(2016年12月19日):服逍遥散加味后胃胀、嗳气、眠差皆愈,刻下月经先期,怕冷,苔薄白,脉弦。

拟方:柴胡10g、当归15g、炒白芍15g、生地15g、牡丹皮10g、茯苓15g、薄荷10g、山茱萸15g、地骨皮20g、淫羊藿15g、炒苍白术(各)15g、巴戟天15g、覆盆子30g、党参15g、五味子10g,14剂,水煎服,日服2次。

逍遥散出自《太平惠民和剂局方》,是从《伤寒论》中四逆散化裁而来,为调理肝脾的千古名方。王子接曰:"逍遥,该文与消摇通。庄子逍遥经云:'如阳动冰消,虽耗不竭其本,舟行水摇,虽动不伤其内。'譬之于医,消散其气郁,摇动其血瘀,皆无伤乎正气也。"

患者胃胀嗳气,烦懑艰寐,月事紊乱,诸症杂至,情状困苦,细查之下,仍属肝郁脾虚之证,以逍遥散疏肝解郁、健脾养血为遣方之首,疏达肝气,郁火自消,胃气易复;补养阴血,虚烦自安;健运脾胃,平衡中焦,生化有源。药味虽多而皆出于此意,且性多平和,其拨乱反正之功恰似"谈笑间樯橹灰飞烟灭"一般,洒脱见效。患者也重享逍遥。

3. 当归芍药散

方某,女,30岁。

初诊(2016年9月22日):原罹盆腔炎,两少腹隐痛,按之痛,白带色黑,月经有血块,当归芍药散加味,伴完谷不化。

拟方:当归15g、炒白芍15g、川芎10g、茯苓20g、泽泻10g、炒苍白术(各)15g、红藤30g、败酱草30g、香附15g、乌药15g、桂枝15g、党参15g、炒蒲黄15g、肉豆蔻10g,14剂,水煎服,日服2次。

二诊(2016年11月10日):前方效著,加炮姜15g、炮附子(先煎)15g、山药30g、焦山楂20g,14剂,水煎服,日服2次。

三诊(2016 年 12 月 15 日):腹痛已止,白带已愈,月经血块已少,原方巩固,14 剂,水煎服,日服 2 次。

当归芍药散的功用是:养血疏肝,健脾利湿。主治肝血不足,脾虚湿滞,腹中疼痛,头晕心悸,或下肢浮肿,小便不利,现用于妇科月经不调,盆腔炎,附件炎,功能性子宫出血,卵巢囊肿,妊娠水肿等。

腹中疼痛就是急痛,绞痛。

当归芍药散重用芍药敛阴和营、养血止痛为主药,辅以当归、川芎养血调肝,白术健脾燥湿,茯苓、泽泻淡渗利湿以助健运,诸药合用,共奏养血疏肝、健脾利湿之功。因此,凡属于肝郁脾虚、脾虚湿盛所致的各种妇科病症,均可以本方为基础,随证加减。

4. 温经汤

魏某,女,23 岁。

初诊(2015 年 12 月 30 日):月经淋漓不净断,伴腹中冷腰疼及痛经,色暗红有血块,苔薄白,脉沉细,此乃冲任虚寒。

拟方:党参 15 g、炒白术 10 g、炙甘草 10 g、生熟地(各)15 g、炮姜 10 g、炒艾叶 10 g、阿胶(烊冲)10 g、炒白芍 15 g、仙鹤草 30 g、炙黄芪 20 g、炒蒲黄 10 g、地榆炭 15 g、当归 10 g、牡丹皮 10 g、桂枝 10 g,21 剂,水煎服,日服 2 次。

二诊(2016 年 1 月 22 日):月经淋漓不断,服大温经汤已止,刻下宜温养冲任。

拟方:熟地 20 g、当归 15 g、川芎 10 g、炒白芍 15 g、桂枝 15 g、阿胶珠 10 g、炮姜 15 g、炒吴茱萸 4 g、炙甘草 15 g、炒苍白术(各)15 g、党参 20 g、茯苓 15 g、杜仲 10 g,15 剂,水煎服,日服 2 次。

我比较推崇黄元御的《四圣心源》里的见解:"胃主降浊,脾主升清,湿则中气不运,升降反作,清阳下陷,浊阴上逆,人之衰老病死,莫不由此,故医药之药,首在中气。"温经汤组方中,人参、甘草、茯苓、干姜即黄芽汤,专主崇阳补火,培土泻水;吴茱萸、桂枝、半夏温中燥湿,行瘀降浊,当归、川芎、阿胶滋补肝血以培阳神之源。肝脾左升,白芍、牡丹皮、麦冬清降肺胃以助金水收藏,肺胃右降,故中气轮转,清浊复位,由此可以看出,温经汤是对肝脾建中理念的又一诠释。

《素问·调经论》曰:"血气者,喜温而恶寒,寒则泣而不能流,温则消而去之。"温经汤集温润药物于一炉,阴阳兼顾,既能温经散寒,又能滋阴养血,务使寒者温而燥者润,瘀者行而下者断。本方用于妇人冲任虚损,虚寒挟瘀,月经不调,崩中下血,痛经,闭经,以及半产漏下,瘀血内留,少腹急痛,手掌烦热,口唇干燥,久不受孕等症。

5. 完带汤

陈某,女,28 岁。

初诊(2016 年 7 月 3 日):白带量多,质稠,色微黄,反复发作,阴痒,月经推迟,此乃肝郁脾虚湿热下注,完带汤主之。

拟方：炒苍白术(各)30 g、山药 30 g、芡实 10 g、柴胡 10 g、当归 15 g、炒白芍 15 g、黄柏 15 g、荆芥 10 g、白芷 15 g、车前子(包)30 g、红藤 30 g、败酱草 30 g、椿根白皮 15 g、党参 15 g，14 剂，水煎服，日服 3 次。

二诊(2016 年 7 月 18 日)：药中病机，带下已愈，月经迟至，量少，前方加益母草 15 g、茺蔚子 15 g、香附 10 g、淫羊藿 20 g、巴戟天 15 g，14 剂，水煎服，日服 3 次。

傅山，字青主，山西太原府曲阳县人，书香之家，家学渊源，傅山涉经史百家，德才兼蓄，医儒皆精，于诗文书画诸方面造诣精深，其书法成就比医学成就还大。

完带汤出自《傅青主女科》，傅山认为"带下俱是湿证"，白带皆因"湿盛而火衰，肝郁而气弱，则脾土受伤，湿土之气下陷"。肝郁脾虚，肝气郁而气血不行，脾气虚而湿浊自下是白带产生的根本原因，治疗宜大补脾胃之气。而少佐疏肝之品，使风气不郁闭于湿土，则地气自升腾而成雾露，从而达到"脾气健而湿气消，自无白带之患矣"。

五、结语

《程杏轩医案辑录》云："木虽生于水，然江河湖海无土之处，则无木生。是故树木之枝叶萎悴，必由土气之衰，一培其土，则根本坚固，津液上升，布达周流，木欣欣向荣矣。"

脾胃为后天之本，气血生化之源，妇女的经孕产乳都以血为本，与脾之生血、统血功能密切相关。女子以肝为先天，肝主藏血，又主疏泄，全身各脏腑的升降出入、气血流通、冲任调节、子宫藏泻均有赖于肝气的调达。

《内经》概括人体生理活动，无非"开、阖、枢"三者，肝脾二脏在气血的生化、储运方面具有密切的关联和协同作用，实为枢机之用。肝脾建中理念是一个具有广泛适应性和实践指导性的思维路径。在治疗妇科诸疾，调节女性生理功能中发挥着重要的作用。

仲景方治疗脾胃病的应用与体会

扫二维码
观看幻灯片

今天我跟大家谈谈仲景方在脾胃病的应用与体会。为什么单提出来仲景方而不讲经方？因为现在经方太复杂了，汉代以前的方子都叫经方，《汉书·艺文志》里提到了"经方十一家"，但是现在所讲的经方多半都是指《伤寒论》与《金匮要略》的方。2018 年 4 月，国家中医药管理局颁布了首批《古代经典方目录》，又扩大了经方的范围。100 首方来源于 37 种医籍，《伤寒论》占 14%，《金匮要略》占 14%，总共占 28%。但是按比例来讲，除《伤寒杂病论》所占的比重以外，那就是清代的方子，说明清代在中医理论的发展史上又是一个高潮，而我们现在也迎来一个高潮。我们今天讲的就是仲景方在脾胃病的应用。为啥单讲脾胃病仲景方的应用呢？《伤寒论》讲外感，《金匮要略》讲内伤，因为脾胃病目前来讲在临床上相当多，无论是在内伤杂病里，还是在妇科病方面，调理中焦脾胃都是相当重要的,所以今天我和大家共同探讨的题目是仲景方在脾胃病的应用与体会。

一、仲景方与食管疾病

食管病包括食管炎以及食管癌的术后。主症:食管不适,隐隐作痛,胸骨后灼热感,吞咽时从咽喉到胸骨下都有感觉,患者感觉像喝了辣椒水一样,恶心,吞咽困难,有反流性食管炎(反胃、吐酸)、食管癌的早期症状,以及食管癌的手术后遗症。在仲景方里,首先要辨证分型。肝气郁滞,肝气犯胃,胃气上逆的,用四逆散;痰热互结的,用小陷胸汤;痰气交阻的,用半夏厚朴汤;肺胃阴虚,胃气上逆的,用麦门冬汤。胸胁胀痛,胃脘灼热,心烦易怒,可以用四逆散加浙贝母、蒲公英、半夏、绿萼梅。

第一个我先讲四逆散,四逆散在《伤寒论》里面是第 138 条。仲景设四逆散目的是啥呢?四肢冰凉,冰凉可不是阳虚啊,而是阳气内郁,气机不畅引起的四肢发凉,四逆散是疏肝理脾(和胃畅中)的第一方。无论是后世的逍遥散也好,王清任的血府逐瘀汤也好,后世的柴胡疏肝散也好,都是在四逆散的理论基础上化裁而出的。四逆散用于治疗食管炎,患者的主要症状有胸骨后烧灼疼痛,心烦口苦,在共同症状的前提下要注意患者有口苦,烦躁,泛酸,易怒,这个时候用四逆散加减。四逆散很简单,柴胡疏肝,芍药通络止痛,枳实导气开郁行气,甘草和中,虽然只有这四味药,但是它的配伍是相当精当的,为什么说相当精当?柴胡疏肝解郁,透达阳气;芍药苦泄破结,通络止疼,这两个是一敛一散,一开一合。枳实和芍药,一个行气,一个活血,在《伤寒论》里一共有五个方子用到枳实和芍药的配伍。芍药柔肝入血分,枳实行气导滞(和柴胡一升一降),治疗胃肠道的痉挛疼痛相当好。所以说四逆散治疗食管病出现肝胃不和、肝胃气滞的效果非常好。

第二个就是小陷胸汤。简单的三味药治疗食管病确实是功不可没,《伤寒论》里讲的是表证误下,邪热内陷,痰热互结。痰热互结所表现出来的食管病症状是:苔黄(腻),舌红,胸骨后疼痛灼热,包括胃脘灼热以及泛酸。虽然少少的三味药,但是效果确实突出。半夏辛温之行,化痰涤饮,消痞散结,这里面堵塞感用什么去散?用半夏去散结。黄连清泄心下结热,是除热的,半夏是祛痰的,一个辛开,一个苦降,一升一降,一辛开痞积结就能消散。瓜蒌在这里起到中和的作用,瓜蒌甘寒,既能够助黄连清热泻火,又能助半夏化痰散结,所以说别小看这三味药。如果再加上蒲公英、甘松、浙贝母、炒栀子,用于治疗出现了灼热泛酸疼痛的患者可立马见效,大家不信就试试。如胸脘胀满兼有气郁的,加柴胡、枳实。

第三个,咽中有异物感,用半夏厚朴汤。这是仲景在《金匮要略》里治疗妇人咽中如有炙脔,半夏厚朴汤主之。这个痰气交阻,大家知道,半夏、茯苓、厚朴、紫苏,这四味药,跟第一个方治疗肝脾失调(肝胃不和)、跟第二个方治痰热互结的不一样,这是治痰气交阻的,喉咙里总是有黏痰,总是感觉有堵塞感,胸闷,舌苔是白腻的,用半夏厚朴汤效果是很好的,可以和小陷胸汤合起来用。这里浙贝母(化痰清热散结)、威灵仙(通行经络,消痰逐饮,直达病所),旋覆花(下气消痰)加上后,能提高疗效。为什么用威灵仙?威灵仙不是治风湿的吗?威灵仙通行十二络,化痰活血散结,效果相当好,我治疗食管癌的时候加上威灵仙能取得突出的疗效。威灵仙的功效,还能消骨鲠,鱼刺卡在喉咙里,现在不用了,有喉镜一下就拔出来了,古人没有喉镜啊。

第四个就是麦门冬汤。麦门冬汤中出现的咽中不利,隐隐作疼,舌红,舌苔有点薄黄,口干,这种情况大家知道是胃阴不足,后世的养胃阴的方多着咧,但是我今天讲的是仲景方,就是用麦门冬汤,加上威灵仙、浙贝母、蒲公英,效果也挺好。

这是食管疾病,用《伤寒》《金匮》的方大概就是这几个方面。食管癌多半出现气阴不足,痰气交阻,出现热象,热象和阴虚互结的情况,瘀毒和痰火互结的情况,我往往在麦门冬汤的基础上加上威灵仙、蒲公英、浙贝母、白花蛇舌草、山慈菇、僵蚕。石见穿、山慈菇、僵蚕、白花蛇舌草这几味药对于治疗食管癌,不论是术前还是术后,出现了痰热瘀毒的效果都特别明显。

二、仲景方与胃病

这里的胃病包括慢性胃炎、萎缩性胃炎、消化性溃疡。现在我们给患者看病,患者一来的时候就把胃镜单子带来了,你自己还分不清他是什么病呢。这时既要辨清楚现在是什么病,又要辨清楚什么证,要病、证、方、治相对应。关于辨证论治,我们治疗脾胃病,在用经方的基础上还是要方证对应。这里的脾胃病包括萎缩性胃炎、非萎缩性胃炎以及消化性溃疡、胃癌这一系列胃脘不适的疾病。临床上上腹胀满、嘈杂,我们北方叫"作心",南方叫"嘈心",还有纳呆、胃脘疼痛、泛酸等症状,属于中医内科里胃痛、痞满、嘈杂的范畴。我们还是需要辨证,从仲景方里辨证,中焦虚寒有两大类药:一类是理中类,一类是建中类。中焦虚寒偏于脾虚、腹胀、大便溏薄、舌苔薄腻白腻的,用理中类,理中汤、桂枝人参汤。偏于胃寒、中阳式微、胃痛隐隐、得食则减的,用大、小建中汤、黄芪建中汤。如果是胃阴不足的用麦门冬汤;如果是中焦气滞的,用厚朴七物汤、厚朴生姜半夏甘草人参汤;寒热错杂的,用半夏泻心汤;热结胃脘的,用大黄黄连泻心汤;肝气犯胃,肝胃不和的,用四逆散、小柴胡汤。

第一个先讲讲中焦虚寒。中焦虚寒用理中汤,也叫理中丸,后世也叫人参汤,还有桂枝人参汤。理中汤在《伤寒论》中第386条,一共4味药,脘腹冷痛,或吐或泻,喜温喜按,舌淡苔白,脉沉。理中汤的病机是什么,为啥叫理中汤?

"理中者,调理中焦,鼓荡中阳也。"中是什么,是中焦脾胃,现在我提出"肝脾建中"理论,认为中焦应是脾、胃、肝、胆四个脏腑,"建中"是建脾胃。所以理中类、建中类,病机是中焦阳虚,寒湿困中。后世的四君子汤、附子理中汤,包括黄元御的黄芽汤,都是在理中汤的基础上化裁而来的,这个是理中丸。

第二个是桂枝人参汤,是在理中汤基础上加桂枝。桂枝温阳化气,助中焦气化。脾虚了,寒湿就盛,桂枝是必用,效果是相当好的,在脾胃病里应用比较广泛。

第三个讲小建中汤,在《伤寒论》中第102条。理中类用的是干姜,小建中里有桂枝、芍药、炙甘草,用的是饴糖,一个是辛温,一个是甘温。清代的尤在泾(尤怡)对"建中者"、对小建中汤的讲法有相当好的一段话:"中者,脾胃也,营卫生成于水谷,而水谷转输于脾胃,故中气立则营卫流行而不失其和,又中者四运之轴,而阴阳之机也。是方辛与甘合而生阳,酸得甘助而生阴,阴阳相生,中气自立,是故求阴阳之和者必于中气,求中气之立者,必以建中也。"尤在泾对小建中汤的评价是相当高的,建立中气。黄芪建中汤是小建中汤加了黄芪,在《金匮要略》里出现,就一句话:"虚劳诸不足者,黄芪建中汤主之。"诸不足,三个字,哪诸不足啊? 阴阳气血都不足,阴也虚,阳也虚,气也虚,血也虚,什么虚证都能治,黄芪建中汤主之。冠以虚劳的名字,对于治疗胃溃疡、十二指肠球部溃疡效果非常好。大建中汤临床上也常用,也是4味药,花椒、干姜、人参、饴糖。建中类的三个方都用了饴糖,为什么用饴糖呢? 古代穷,吃不上饭,不像现在鸡鱼肉蛋到处都是,营养过剩,汉代那个时候多战乱,老百姓穷得不得了,吃草根树皮,你给他弄饴糖、黄芪、人参一吃,热量上去了。现在你再给患者用饴糖30 g,50 g,吃成糖尿病了,患者不来找你了,一定要根据时代。对于我上面所说的中焦虚寒的,我认为脾阳很重要,怎么重要? 我提出脾阳为本,不是凭空说的,而是因为脾为后天生化之源,怎么动? 没有阳气的推动,没有脾阴、胃阴的滋养都不行,但是还需要肾阳的温煦,所以脾阳为本,肾阳为根。在长期的临床实践中,我认为理中也好,建中也好,都是调理中焦之气,温健脾胃之气,脾气健则清阳升,胃气和则浊阴降,中焦运化水谷,升清降浊的功能得以恢复。不单治脾胃病,一切内科杂症皆应从调理脾胃入手。

接着讲胃阴不足,胃脘疼痛,隐痛,纳少,舌嫩红,另外有点薄黄苔,这个时候用麦门冬汤。

下面讲中焦气滞,我选了仲景的两个方,一个方偏实,一个方偏虚。脘腹胀满,怕凉喜暖,舌苔薄白,用厚朴生姜半夏甘草人参汤。如果有腹胀便干,偏实的,用厚朴七物汤。胃脘胀满的情况下,兼有疼痛的,经常既胀又疼,加良附丸;兼有瘀血的,加失笑散;兼有寒湿的,加平胃散,经方和时方结合着用。

下面讲治疗寒热错杂,心下痞满,升降失常的,用半夏泻心汤。半夏泻心汤可是个千古名方,用于消化系统疾病是相当不错的,临床要靠加减变化。《伤寒论》第149条:"但满而不疼者,此为痞。柴胡不中与,半夏泻心汤主之。"《金匮要略》里提出半夏泻心汤证是"呕而肠鸣",既有呕恶,想呕吐,胃胀,又有肠子咕噜咕噜响,有脾虚。这是治疗中焦虚寒、寒热错杂、升降失常导致的胃肠不和的。小柴胡汤证是肝脾不和,半夏泻心汤证是胃肠不和,上下不和。虽然条文里讲"但满而不疼者,此为痞",但是我们在临床上见到的痞满往往不是单纯的痞满,有时候用这个方治痞满疼痛,效果也是挺好。不要认为有疼痛就不用半夏泻心汤,不是的,临床上你见的患者多了就知道。半夏在这里化痰消痞散结,人参、甘草、大枣补脾，半夏、干姜辛开，黄连、黄芩苦降，以开寒热错杂的痞结。如果临床上出现痞满又口苦，用什么方啊，半夏泻心汤加小柴胡汤，两个方一结合，也就是半夏泻心汤加个柴胡就齐了，效果很好。如果是胀满得厉害，苔白厚腻，加平胃散。半夏泻心汤合平胃散治疗慢性胃炎、胆汁反流性胃炎效果非常好。如果出现吐酸水，加左金丸，这个方治疗慢性胃炎、胆汁反流、胆囊炎以及慢性肝炎出现的消化道症状效果都特别好。

下面讲热结胃脘的，用大黄黄连泻心汤，在《伤寒论》里面就两味药，大黄、黄连，到《金匮要略》里三味药，大黄、黄连、黄芩，是治血热吐衄的，讲心气不足，实际上倒不是心气不足，而是心气不定，内里太热了，是治疗热证的。

肝气犯胃者用四逆散，用四逆散治胃病跟治食管病是一个道理。除了胃胀痛以外，还有两胁疼痛，口苦心烦，这个时候才可以用四逆散，四逆散配上左金丸，配乌贝散，对出现的泛酸、烧心症状效果挺好。如果有热证，再加上炒栀子、蒲公英，蒲公英这味药大家别小看它，这个药在肝、胆、胃这几个脏腑里，不管是虚热也好，实火也罢，效果都很好。有胁痛的时候，就用四逆散加金铃子散，往往用四逆散的时候，除了脘腹胀以外还有下腹胀满、大便干结，加小承气汤或者厚朴三物汤。肝胃郁热用小柴胡汤，胃脘胀满疼痛加上枳实、厚朴。

小柴胡汤在《伤寒论》里第96条，小柴胡汤、半夏泻心汤是现在临床应用广泛的经典方。小柴胡汤的病机为邪犯少阳，胆腑郁热，枢机不利。但是我认为小柴胡治疗脾胃病的主要病机：第一个是脾胃虚弱，第二个是湿热中阻，第三个是肝胆郁火。有这12个字，大胆去用小柴胡汤，效果肯定是药到病除，效如桴鼓。脾胃虚弱、湿热中阻、肝胆郁火实际上才是小柴胡汤的病机，它没有外感，不在少阳经，用小柴胡汤干什么呢？张仲景写《伤寒论》的时候不是光讲治外感的，跟伤寒杂病是搁一块的，前卷讲伤寒，后卷讲杂病，《伤寒》里的好多方都是治疗内科杂病的，《金匮》里的好多方也是治疗外感疾病的，现在人为地分成了两本，大家要互参。柴胡，不要把它看成单纯地解少阳之表，因为柴胡疏肝解郁、去胃肠结气、饮食积聚，可以推陈致新。为什么这样讲？《神农本草经》里面怎么讲柴胡的？"柴胡苦"，首先定下来它的味，"甘平"，平性，"去胃肠结气，饮食积聚，寒热邪气，推陈致新"就这几句话，它没讲解少阳，《伤寒论》讲它解少阳，这是没错的。首先讲它治疗胃肠结气，这是第一个。

讲讲加减方，以上这些胃疼、胃胀、嘈杂、泛酸，无论是慢性胃炎、萎缩性胃炎、消化性溃疡也好，还是其他胃神经症也好，出现了萎缩、肠化，我临床上要加丹参、蒲公英、白花蛇舌草、莪术、石斛、徐长卿，加这些对萎缩、肠化、不典型增生效果好，但是要给予时日，不可能今天吃了明天就能好，要有一定的时间，要3个月到半年，再让患者做胃镜、做病理检查。对胃息肉往往胃镜下摘除，但是没过多久又长了，怎么办呢？可以用莪术、煅瓦楞子、威灵仙、半夏、薏苡仁、制乌梅、徐长卿还有贝母，对于胃溃疡、胃糜烂、胃充血的，用白及、珍珠粉、制大黄，大黄对溃疡出血效果相当好，但是要用熟大黄，还有乌贼骨、蒲黄、仙鹤草。对胆汁反流的用左金丸、枳实、香附、半夏。对幽门螺杆菌感染的,虚寒的加干姜、炮姜、高良姜、桂枝、吴茱萸;如果是热证的,用蒲公英、黄连、连翘。这是我个人的经验。还有就是胃痛方面的对药,患者胃痛得不得了来找你看病,你不给他解决痛没用啊,一定要解决痛,解决痛的时候如果你辨证清楚了还是痛,在主方里可以加良附丸;如果是气痛,以胀为主,加逍遥散、香附、乌药;如果是气滞血瘀,加丹参、檀香、砂仁;如果是热痛,用金铃子散(川楝子、延胡索)、旋覆花,热痛的话我还有一个经验方,生地 30 g,生地治胃痛吗?不信你试试,但是要配伍,配公丁香 5 g,胃阴不足的痛,痛得不得了,用药还止不住,用生地和公丁香这个对药效果好。如果是瘀血疼痛,当然用失笑散(蒲黄、五灵脂)、延胡索、草豆蔻、没药。如果泛酸疼痛的,用乌贝散,加上煅瓦楞子效果更好。肝胃不和的,用芍药甘草汤加白芷更好,这三味药治胃痛疗效确切,疼得厉害:芍药 50 g,炙甘草 15 g,白芷 15 g,对寒热的胃痛都行。

三、仲景方与肠道病

肠道病包括肠功能紊乱、肠炎、溃疡性结肠炎、直肠炎、克罗恩病、大肠癌。

肠道病,虚寒(脾胃寒湿)的,仲景方里有附子汤、理中汤、桃花汤。大家对理中汤、桃花汤估计都熟悉,但是对附子汤治疗虚寒的腹痛泄泻肠道病有时候不太熟悉,这方子是《伤寒论》里的第 304 条,由附子、茯苓、人参、白术、芍药 5 味药组成,可治疗脾胃虚寒,腹中冷痛,大便泄泻,是温阳化湿、祛寒止痛的,这里重用附子,这个方子既可以体现脾阳为本,我们温脾阳,又可以体现出肝脾建中,能柔肝止痛。理中汤我们刚才讲了,理中汤治疗肠炎的时候加吴茱萸、广木香、炒黄连,即香连丸。另外我治肠炎的时候喜欢用风药,因为脾虚就有湿,风能胜湿,所以说在治疗肠炎的基本方中我喜好加用风药,加上防风、白芷,加上风药效果特别好。桃花汤很简单,干姜、赤石脂,治疗下痢脓血、腹痛、脓血便。这里的干姜也是治疗咳嗽的药物,甘草干姜汤就是治疗肺痿的第一方,治疗肺经的虚寒相当好。大家不要认为干姜是热性的就不敢用,我们对于很多血证,仍然还是用干姜的,在《神农本草经》里就提出了"胸满咳嗽逆上气,温中止血"不但能止血,还能止汗,诸风湿痹,肠澼下利。治疗下利、拉肚子,干姜是离不了的。所以凡说是虚寒证,在少阴病里面提到了附子汤。

下面讲寒热错杂乌梅丸,乌梅丸大家经常用,我也用不着多讲。大肠的湿热,用白头翁汤。大便脓血,里急后重,白头翁汤。湿热里有我选的四个方。大便脓血,身有低烧者用三物黄芩汤(黄芩、生地、苦参),这是《金匮要略》里的一个附方,讲是《千金》三物黄芩汤,是治疗血虚郁热的。还有葛根黄连黄芩汤,这个方除了治疗热利以外,现在我常把这个方用于治疗 2 型糖尿病,只要是湿热盛的,舌苔黄腻,效果很好。还有一个当归贝母苦参丸,跟三物黄芩汤一样里面都有苦参,苦参治疗大肠湿热,大肠炎,特别是大肠癌、结肠癌用苦参的效果特别好。这是肠道病。

下面的几个病案都是我临床上常用的几个方，因为材料上都有了，不耽误大家时间，大家自己看，说得不好的地方大家多多指教。

（根据 2018 年 6 月"安徽省国医名师内科高级学习班"讲座录像音频和幻灯片整理，讲座发言人：张杰；幻灯片制作：唐勇；讲稿整理者：张云旗）

"虚、毒、瘀"理论与临床应用

扫二维码
观看幻灯片

各位同行，各位同道，先生们，女士们，大家上午好！今天我们有幸请到了首届全国名中医韩明向教授，周宜轩教授、曹恩泽教授、胡国俊教授，远道而来的魏华教授，跟大家在一起探讨中医学术。举办这个会的初衷就是弘扬咱们中医学术，为什么呢？中医学术目前有点式微，临床上好多都用西医的理念、西医的办法去看病。大家在基层医院管理病房，不用西医的理论、不吊水、不打针，那么医院的收入怎么办，吃饭怎么办，这是形势所迫。但是不能忘了，有机会的时候一定要用中医的思维去看病，要先用中医中药。我们办会的初衷就是给大家讲中医临床方面的经验，讲一些体会，大家在一起交流。我看这个报名表上有来自各个医院的院长、业务院长、科主任、医务科长，还有临床骨干。主任医师、副主任医师、主治医师等来了不少，还有我们安徽中医药大学的研究生和大学生，大家都是来听什么呢，来听我们的临床，来听实实在在临床上有用的东西，我们虽然比你们早入中医几十年，今天就是要把这些在临床上摸爬滚打的经验毫不保留地跟大家在一起交流，这就是我们办会的初衷，希望能够给大家带来一些启发，这就达到我们的目的了。所以说呢，要感谢各位在百忙中能出来参加这个讲习班，能够出来听课，我作为中医人士来说，是相当地感谢大家！

今天想给大家谈的就是，"虚、毒、瘀"理论与临床运用，"虚、毒、瘀"这个理论我在 2000 年以前就提出来了，2005 年我就在《中医杂志》上发表了《虚、毒、瘀治疗慢性萎缩性胃炎》，后来收录到了中医高等教材的参考教材，是那本厚的《中医内科学》里，在脾胃病胃痞证里面收录了我一篇文章，我提出了"虚、毒、瘀"的理念，用补虚、化瘀、解毒的办法去治疗萎缩性胃炎。今天我们讲的第一个就是"虚、毒、瘀"的基本认识，第二个就是"虚、毒、瘀"的基本病机，第三个就是"虚、毒、瘀"的适用范围，第四个是一些经典验案的分享。

一、正气内虚

大家都知道正气内存，《内经》上讲："正气存内，邪不可干""邪之所凑，其气必虚""邪气盛则实，精气夺则虚"。那么正气是什么？正气是真气，是元气，正气、真气、元气，都是一个气，这个气来源于先天父母之精气，后天脾胃水谷之气，那么，人的正气是什么？人的正气就是我们正常的生理功能。年轻人跑步，打球，咚咚咚咚，那么快，生理功能旺盛。到了老年体弱了，走路都喘了，就是正气虚了。3岁以下的小孩，正气未充的时候，正气也是虚的，就容易受邪气，容易生病。《黄帝内经》说："虚邪贼风，避之有时，恬淡虚无，真气从之，精神内守，病安从来？"这个真气讲的就是正气，就是正常的活动功能。"真气者所受于天，与谷气并而充身者也"，《内经》上讲的这个道理就是人正常的抵抗力，正常生理功能首先就来源于先天禀赋。现在提倡晚婚晚育，好多人都到了三四十多岁才生孩子。男性精子也不行了，女性卵子也不行了。这就造成了先天禀赋的不足。父母双方肾气衰了，精气不足，孩子往往先天就不足，如果后天再失养那怎么办呢？所以说不能太晚婚晚育，晚婚晚育对民族的健康不利。我确实有这种认识，看病的时候我经常跟患者说这个问题。现在许多年轻人工作压力大，又熬夜，负担也重，身体不好了还要拼命工作。这些都是后天失养的一些常见原因，都是损伤正气的做法。疾病的发生发展与正气是否充盛关系密切。

二、邪毒内聚

邪毒内聚，"毒"即厚也，害人之草。我们讲药物毒性，天气异常气候的毒性，包括现在的雾霾，第三个指的是疾病，如疮毒、痈毒、阴阳毒，还有湿毒、风毒、暑毒。要强调的还有寒毒。除了这些外来之毒还有内生之毒，现在有很多因为起居失宜、饮食失常导致的瘀毒，还有因病引起的湿毒、糖尿病的糖毒、痛风的尿毒，尿酸太高也是毒，以及血脂高的脂毒等各个方面。凡所产生的病理产物又反过来对人体造成损伤的都称作"毒"。

三、气血瘀滞

我认为，慢性病、疑难杂症多半都有气滞血瘀之象。因为"气为血之帅，血为气之母"。气之于血，有温煦、推动、统摄的作用，这些作用有赖于脾胃之气的旺盛充足，脾胃之气就是中气。"中央建，四旁如。"气虚无力推动就能导致血瘀，气寒则血凝，久病则入络，这些是千古不易之理。无论是血脂紊乱也好，血压升高也好，血糖超标也好，肾功能损伤以及萎缩性胃炎的不典型增生，还有肠化、内瘤变，都与气滞血瘀有关。治疗这些内伤杂病，益气活血、行气化瘀是我们的常用之法。

四、三者关系

"虚、毒、瘀"的基本病机是什么呢？首先就是正气内虚，之后就是浊毒内聚，最后导致了气血瘀滞。那么气血瘀滞反过来又能导致正气日虚，它们是相辅相成，互相转化，互为因果。虚毒瘀既可单独致病，又可合而为病，尤其是在一些疑难病、慢性病上，这种三因杂合、相互勾连的特点更加突出。正气亏虚，御外不足，浊邪内生，日久就可以蕴毒，这个蕴毒，无论是血脂高也好，还是血糖高也好，尿酸高也好，其他的，肌酐高也好，都是这个原因，此为本虚，本虚的情况下，正气不足，是"精气夺"。正气不足导致了毒邪内聚，浊毒内聚,攻伐正气。又可以变生他邪,反复无休止的时候为标实,那么标实是什么? 是我们临床上说的"邪气盛"。正气虚弱,血行无力,脉络不畅,浊邪失于疏泄,毒邪积聚,脉络瘀积日重,此为瘀滞。虚为本,毒为标,瘀即为标实,也是影响病情转归的主要因素。因此,通畅血脉,既有利于转运正气以助于攻邪,又可助驱邪外出促进新生。

五、"虚、毒、瘀"的适用范围

"虚、毒、瘀"在内科杂病里,也不是什么病都能用它去辨证。我最早提出从"虚、毒、瘀"论治是治慢性萎缩性胃炎,后来在治萎缩性胃炎的时候,我自己创了一个方子叫胃痞汤,这个胃痞汤,刊登在《中国中医药报》上,在 2008 年 11 月 28 日登在"名医名方专栏",后来 2011 年 10 月 28 日又在《中国中医药报》"名医名方专栏"登了软肝煎,这两个方子都是以"虚、毒、瘀"的理论为组方思路,那么胃痞汤主要是益气健脾,养阴和胃,化瘀解毒,行滞消痞。

"虚、毒、瘀"适用的范围包括这三大方面,第一是代谢性疾病,第二是常见慢性病,第三是肿瘤病及癌前变。

常见的代谢性疾病有:第一是糖尿病及其并发症,第二是高尿酸血症及痛风,第三是高脂血症及脂肪肝。常见的慢性病有慢性传染性肝炎、慢性肾炎、肾病综合征、尿毒症、慢性支气管炎、慢性阻塞性肺疾病,还有肿瘤、慢性萎缩性胃炎的癌前变、胃癌、肝纤维化、肝癌、肺部结核、肺癌,这些都可以用"虚、毒、瘀"理论辨治,掌握"虚、毒、瘀"的病机特点,抓住疾病的辨证要点,相机运用,必有良效。这是"虚、毒、瘀"在临证方面的基本思路。

六、经典验案分享

1. 萎缩性胃炎　下面我们重点介绍经典病案。就是用"虚、毒、瘀"的理论治疗内科疑难杂症的经典病案。第一个讲慢性萎缩性胃炎,这是一个姓葛的患者,有胃病,胃胀两三个月,伴有胃怕凉喜暖,烧心,纳少,脉弦,胃镜显示:浅表性胃炎伴窦隆起,糜烂,提示有胆汁反流,病理出现了黏膜萎缩,还有肠化,腺体低级别内瘤变,固有膜细胞浸润。当时辨证为脾气亏虚,浊毒内聚,气血瘀滞。正好落实到虚、毒、瘀三个字。用的是胃痞汤(黄芪、党参、石斛、丹参、莪术、蒲公英)加上干姜、延胡索、吴茱萸、川芎、厚朴、苏梗、仙鹤草。治疗前他的胃镜报告显示,浅表性胃炎伴窦隆起,糜烂,提示胆汁反流,胃窦黏膜的病理报告有内瘤变,有肠化。治疗以后复查胃镜,治了多长时间呢,从 2017 年 9 月 30 日一直到 2018 年 2 月,有半年时间,半年后再复查胃镜的时候,报告显示浅表性胃窦炎,病理是黏膜慢性炎症,治疗后病理就是胃窦炎,萎缩性胃炎、肠化以及低级别内瘤变就消失了。

下面我们分析一下这个萎缩性胃炎。根据我多年经验,这个患者是脾胃亏虚,瘀毒内聚,气血瘀滞,寒热错杂。方子里面以黄芪、党参、莪术、甘草、石斛、仙鹤草益气健脾,养胃和中,这里的参、术、苓、草是常用的四君子汤,加上黄芪、仙鹤草,是增加它的益气健脾作用。为什么仙鹤草在这里是益气的呢？我将仙鹤草用于慢性萎缩性胃炎和一些气虚的病，仙鹤草不是只止血的，《本草纲目拾遗》里提出了仙鹤草消宿食，散中满，胃胀的时候，可以下气，治疗吐血膈病，还可以治疗反胃噎膈，肠风下血。另外它又叫脱力草，可以抗疲劳，30 g、40 g、50 g 都行，用于这方面效果挺好。在这里除了参、术、苓、草照顾脾虚的情况以外，用白花蛇舌草、蒲公英、黄连清热解毒，清利湿热，解毒降浊；丹参、川芎、活血化瘀止痛。治疗萎缩性胃炎，始终要用化瘀的药，结合现代的病理用化瘀的药是不是能起到改善微循环的作用，这个方面已经通过实验得到证实了。所以说我这个传统中医，一定要跟紧时代，要多学习，多学现代的东西，有机地结合，不能一味地抱着死书本。以前我在广安门医院学习的时候，徐承秋主任就告诉过我，你虽然是学徒出身的纯中医，也一定要看西医的东西，要把病理、发病机制、生理弄熟，你要知道人家是什么病。所以临床上找我看病的，凡是拿过来是出院小结也好，检查单子也好，我常常都能看懂，有的患者我还安排他们去查这个、查那个，不是光看舌苔，不是光号脉，也要结合现在的病理，也要跟上时代，不能光说"老中医""老中医"，光老了，你不跟上时代就不行。这里的三组药，一个是补虚的，一个是解毒的，一个是化瘀的。辛开苦降，寒热并用，消除痞满，加上厚朴、苏梗通降胃气，故能取得满意的疗效。

现在讲微观辨证、微观用药，我在萎缩性胃炎微观辨证、微观用药的时候，发现有幽门螺杆菌感染的，如果属于胃中湿热的，用黄连解毒汤（黄连、黄芩、大黄）；寒热错杂的，用左金丸（吴茱萸、黄连），再加上蒲公英、连翘，改善内环境。单纯用"四联"消除不掉幽门螺杆菌的，那么用中药，如果发现 HP 感染，2～3 个加号的，属于热的，用黄连解毒汤或者左金丸，或加蒲公英、连翘；属于胆汁反流的，半夏泻心汤最好。一发现有胆汁反流，又有幽门螺杆菌感染，半夏泻心汤效果相当好，还可以用半夏泻心汤加厚朴、石菖蒲、化浊的中药如苍术，收效很快；如果有胆汁反流不属于半夏泻心汤证、舌苔不腻的，这个患者还出现了心烦易怒、肝胃不和的情况，那就用四逆散（柴胡、枳实、白芍、甘草），再加上相应的药，对感染的效果也挺好。

至于有胃溃疡、胃黏膜糜烂，有出血，除了三七粉以外可以选用白及、白芷、白术、白芍等。我创了一个三白胃痛散，能够治疗胃溃疡，服用 1 个月后再去复查胃镜基本上能好，糜烂更不用说。这里面有三七、白及、白芷、白芍、浙贝母、蒲黄，这是对胃溃疡、胃出血、胃痛的。

至于胃酸缺乏的，就不是用"脾阳为本"的理论了。胃酸缺乏的我们要考虑到他的脾阴不足，用芍药甘草汤（芍药、甘草）加上石斛、制乌梅，酸甘化阴，用酸甘化阴的方法治疗胃酸缺乏，还可以用左金丸，就是寒热并用、辛开苦降的方法治疗胃酸缺乏。

对于出现萎缩、肠化的患者，我创立了胃痞汤，这个胃痞汤治萎缩不是搬过来就能用，要根据患者的虚实寒热，根据具体的临床证候加减变化，如果是脾阳偏虚、中阳式微的，可以加小建中汤，可以加香砂六君子汤；兼有寒热错杂的，可以加半夏泻心汤；兼有肝胃不和的,可以加四逆散。总之,用胃痞汤治疗萎缩性胃炎的时候,以胃痞汤为基础,要随症加减,灵活运用。

治疗胃黏膜萎缩,胃黏膜变薄了,胃痞汤中有白花蛇舌草、莪术、丹参、制乌梅、徐长卿、仙鹤草这些化瘀消积之品。总而言之,治疗萎缩性胃炎必须辨证施治,病证结合,中医辨证与胃镜和病理相结合,要通盘考虑。在治疗上要坚持以中医为主,不能一开始治疗萎缩性胃炎就把西药开上去了,你是个中医,你是某某中医师、某某中医主任医师,你一开始用药就给人开一大堆西药,那你就不叫中医了。要用中医的办法,坚持以中医为主,阳虚者宜温养,阴虚者宜滋养,应斡旋升降之机,脾宜升则健,胃宜降则活,要把握方药的灵通之性,要攻不伤正,补不碍邪,随证化裁,灵活运用,要有方有守,重视调养,方臻完善。为什么要有方有守? 萎缩性胃炎如果要是有肠化,有不典型增生,有内瘤变,我就会跟他讲,第一个你不要担心,第二个需要疗程,没有半年治不好的,半年之后再去做胃镜,有的病情反复了,需要半年到一年、一年到一年半,但最终,能把百分之八九十的萎缩性胃炎都逆转。前段时间有个做胃镜的医生,问我的患者,你是找谁看的呀? 前面的病理报告跟后面的病理报告一对照,就打听是找谁看的,他们都惊奇,为什么呢? 他们认为萎缩了就不能逆转,有内瘤变了、有不典型增生了就要发生癌前病变了,他不知道中医的补脾健胃、化瘀解毒,用化瘀的方法能够改善萎缩,能够逆转这个内瘤变。我们对用中医思维、用中医中药去治病要有坚定的信心,一定要树立信心,并且要让患者树立信心,跟我抄方的学生都知道,患者做过胃镜,喜形于色,拿来胃镜单子一看,张主任,我好了,你看看萎缩没有了,肠化没有了,医患皆喜,多好的事呢。如果一做胃镜还是那样,一做胃镜病情重了,麻烦了,他对中医就失去信心了。所以说一定要在疗效上下功夫,要在认识病机上下功夫,要在用药上动脑子。

2. 肝硬化 大家都知道肝硬化是最难治的,我在没来合肥之前,在涡阳县医院,治肝硬化就小有名气了,他们称我是"年轻的老中医"。那个时候我治疗最典型的一个案例,从其他医院转过来的,我本庄的一个侄子,30多岁,肝硬化腹水,高度黄疸,高度腹水,怕死在合肥,坐火车运回家,到县医院请我,赶紧骑自行车把我带过去,带到张庄在那坐着给他看,院子里面在打棺材。患者肿得要命,肿得不得了,高度黄疸。这个时候我综合考虑,几剂药下来黄疸慢慢退了,肚子小了,也能吃饭了,后来还当了十多年的生产队长,最后因为当生产队长吃吃喝喝,经常喝酒,又复发了,复发时我去合肥了,他没能找到我。后来我回家听别人说,他当生产队长,喝酒喝死了。划不来,喝酒对肝硬化来说是最大的忌讳。

这个肝硬化患者病情严重,20多年的乙肝病史,1年前查出来肝硬化之后,呕血了3次,当时肝脏轻度受损,B超示:肝硬化。面色黧黑,形体消瘦,神疲乏力,另外还有咳嗽的症状,当时我辨证为肝郁血瘀,脾虚湿滞,瘀毒痰浊,阻碍气机,宜益气健脾,养血柔肝,化瘀消癥,佐以疏利肝胆,清解瘀毒,用的是软肝煎。软肝煎,我在《中国中医药报》上发表了,在今年的 9 月 10 日又发表的,《从虚毒瘀的理论治疗肝硬化——软肝煎的临床应用体会》,大家可以上网查到这篇文章,我把肝硬化虚毒瘀的理论、从病因病机到治疗都说得很清楚。有的患者,外省的,拿着报纸,说我是坐飞机过来的,我是按报纸上写的找来的,请张医生帮我治疗肝硬化,大家有所感悟的、有所经验的一定要多写文章、多投稿,这对活跃我们的学术氛围都有好处。这个肝硬化的患者,用的是软肝煎的加减方,经过几次诊治后脾大、肝硬化、胆道各方面都已好转。

分析一下,该患者是乙型肝炎引起的肝硬化,日久形成的,正气不足,邪毒瘀留,肝气郁滞,肝络瘀阻,日久形成了癥瘕痞块。

我说说肝硬化应该要注意几个方面。

第一个方面,对于肝硬化患者应该健脾助运,健脾很关键,"见肝治病,知肝传脾",肝硬化不能光治肝呀,治脾胃是最主要的了,肝硬化日久,阴阳气血都亏,但是脾胃亏虚为主,肝失疏泄,脾失健运,仲景提出了"见肝治病,知肝传脾,当先实脾"。补脾是当务之急,在补脾上大家要下功夫。我在临床上,无论是治疗肝病还是脾胃病,常常肝脾建中法。应用疏肝理脾的方法,是"中央建,四旁如",这是跟我们的恩师路志正老师学的。疏肝健脾,调理中气,因为气为血之帅,气旺才能生血,湿为滞脾之邪,湿为阴邪待气化,气旺则中州运。脾气健运,水湿得以气化,即使是活血利水,也当先补正气。脾肾不足的时候,仅活血利水什么用都没有,必须扶正,必须在健脾补肾、温阳化气的基础上才能加以利水。胡老提出来"育阴利水法"应用在肝硬化的后期,有些患者舌红苔少,出现五心烦热等阴虚的症状,周老跟我说西医学把这叫作低蛋白血症,我说这又要跟中医结合起来了,低蛋白血症引起的水肿属于中医的阴虚水肿,那么在滋补肝肾之阴的基础上加利水药,用猪苓汤,里面有阿胶,正好契合,可以补白蛋白。古人没有吊水的办法,用什么方子呢?健脾,健脾能吃饭了,那么他的蛋白不就升上来了吗?不能吃饭,不能运化,不能吸收,什么活血利水的方法都没有用。所以健脾很关键,再提到"中央建,四旁如",千古不易之理。

第二个方面,化瘀,软坚,消积。这六个字在肝硬化的治疗中要贯穿始终,在健脾养肝、疏肝、扶正的基础上,活血化瘀,软坚消癥,能够延缓肝纤维化、肝硬化,这是我多年临床得到的经验。鳖甲、炮山甲、牡蛎、丹参、三七、当归、赤芍、三棱、莪术、土鳖虫、桃仁,酌情选用。哪味药最好?炮山甲好,但我不用,太贵了,老百姓吃不起。那么用鳖甲,用下瘀血汤,用土鳖虫、桃仁、大黄,用制大黄,别怕用了大黄拉肚子,不会拉肚子,你用酒炒大黄,用 15 g,20 g,也拉不了肚子,但是它化瘀的作用、消积的作用、攻坚的作用相当好。所以,肝硬化在化瘀的方面,可以选用鳖甲、牡蛎、炮山甲、丹参、三七、当归、赤芍、三棱、莪术,下瘀血汤的土鳖虫、桃仁。

第三个就是肝硬化要滋阴,要养肝,但因为肝体阴而用阳,肝硬化的重点是肝阴受损,肝络瘀阻,毒邪湿热以及利水药都能伤害肝阴,所以晚期要重视肝肾阴虚、肝血不足、肝肾衰败的现象,应加入西洋参、黄精、麦冬、石斛、阿胶、龟甲,到了晚期肝硬化,出现阴阳两虚、肝阴虚为主的情况下,要加养阴的药,如西洋参、黄精、麦冬、石斛、阿胶、龟甲。

第四个方面,要重视湿热毒邪。乙肝、丙肝等病毒,都是致病因素,临床上多见湿热证候,抗病毒的垂盆草、金钱草、白花蛇舌草、半枝莲等都可以酌情选用。但是一定要用中医思维。如湿热较重,用茵陈蒿汤加虎杖、土茯苓、赤芍;寒湿重的用五苓散加苍术、厚朴、藿香;寒湿跟湿热是截然不同的。目前来说,西医某些抗病毒药,像拉米夫定,长时间用确实能将病毒转阴,所以中医不能一味地排斥西医,你要给患者提出来最佳的治疗办法和最佳的治疗方案,有些病适合中医治,有些病就适合西医治。胰岛素的问世、二甲双胍的问世给糖尿病的治疗带来巨大的福音。古人受到条件的限制,只能给患者灌中药,灌不了中药的,就是不治之症了,神仙难有回天之力了。现代医学在进步,中医药也要跟上时代的步伐。

3. 肾衰 这位患者是个老年人,85 岁,得了糖尿病、高血压 20 多年,他的肌酐一开始是 145 μmol/L,还不算太高,我用了黄芪、党参、白术健脾,用活血、补肾、化瘀、降浊的办法。经过一段时间的治疗,他自己列出来一个表,将每次治疗前后的肌酐、尿酸等指标作对比,跟我讲,张主任,这个肌酐都降下来了,现在肌酐都正常了,高兴得不得了,虽然是 85 岁的人,但是疗效很可观。

我每年去新加坡几趟,给印尼的一个老华侨看病,从 2008 年开始给他看,一直连续许多年。他从印尼到新加坡,化验好了叫我给他开药,他吃了药,过三四个月就让我再过去给他看。他的儿子说,我把新加坡的西医打败了两次。第一次,是胆总管手术过以后,下了个钢管,然后低热不退,38℃,始终发热一两个月,肝功能不行了,肾功能也不行了,后来我去给他看,用了中药以后,热退了,情况改善了,钢管也拔出来了。后来就慢慢改善他的肾功能,是慢性肾衰,肌酐从 300 μmol/L 降到 200 μmol/L,最后 160 μmol/L 的时候,只能维持了,降不下来了,为什么? 他今年 91 了,身体本身功能就衰退了,肝脾就不足了,肝肾也不好了,但老先生一直维持到现在。

关于这个患者的案例分析,值得提出来的是水蛭和大黄,对于肾衰患者,我每一次都用水蛭,不是 10 g 就是 6 g,虽然难喝一点,也要喝,《神农本草经》提出它"主逐恶血",就是逐瘀血,破血逐瘀的效果也好。有关水蛭的药理研究不少,说它可以改善血液流变学,能够降血脂,能够消退动脉粥样硬化,水蛭煎剂对肾缺血也有很好的保护作用,这都是西医学对中药的研究。治疗慢性肾衰,应当谨记四句话:益气健脾以助运,补肾填精以固本,活血化瘀以行滞,化湿解毒以降浊。不降浊解决不了肌酐、尿素氮高的问题。这里用到水蛭和大黄,大黄用制大黄,10~15 g,能降浊。

4. 代谢紊乱综合征 这个患者是今年看的,比我还胖,膏粱厚味,滋生湿热,浊毒痰瘀内聚,出现了血糖、尿酸、三酰甘油、尿肌酐、微量蛋白都高得不得了。我用的是健脾助运、化湿化瘀、降浊的办法,另外嘱咐他清淡饮食,后来复诊的时候很好。这是肥美之人,容易生痰湿,坐着不动,吃得又好,到最后血压、血脂都升上去了,古人称为肥美之人、富贵之人。

我给他开的方子中用了鬼箭羽。鬼箭羽虽然是治疗风湿的药，但是清热凉血，解毒化瘀。所以，对于糖尿病，临床上应从"虚、毒、瘀"论治。

5. 2 型糖尿病　这个 2 型糖尿病的患者伴有高血压，头晕，其他症状都不明显。所以用黄芪，太子参、麦冬益气养阴，补心肺之气，也滋肾中之阴；加葛根、苍白术健脾燥湿，解决正气虚的事，落实到气阴两虚上，益脾肺肾三脏之气；黄连、黄芩、大黄，这是大黄泻心汤，能够清湿热，泄心火，解热毒，配合知母、翻白草泻火解毒；丹参、川芎、鬼箭羽、制大黄，都是化瘀通络的。临床上，我喜欢用制大黄，泻下逐瘀，清热泻火。

6. B 细胞恶性瘤　这个患者，B 细胞恶性瘤，一开始症状很重，反反复复，从 2011 年一直看到 2017 年，后来病情一直很稳定，到现在患者还健在。谈到肿瘤，首先我们要精神鼓励，不要还没开始治疗，一听说是癌症精神垮了，那不行。要稳住患者，提出合理的方案，该手术的手术，该化疗就化疗，该放疗就放疗，不能说不让他化疗、不让他放疗，最后耽误了治疗，医患关系就不好处了。

谢谢大家！

（根据 2018 年 11 月"张杰教授疑难杂病临床经验学习班暨基层名老中医药专家工作室继承人集中理论培训"讲座录像音频和幻灯片整理。讲座发言人：张杰；幻灯片制作：唐勇；讲稿整理者：贾浩茹）

杂病杂说（Ⅱ）

扫二维码
观看幻灯片

今天上午的 5 个讲座，大家听得都很认真，而且也在认真地记，可见各位对中医传承的认同，并且渴望得到中医临床经验，这种精神是可喜可贺、值得学习的。下午我准备讲杂病杂说，就是我们漫谈对一些病的认识，怎么看这个病，举个例子来跟大家共同探讨这个病的病机治法，有利于大家以后用于临床。

今天打算讲 8 个病，分别是失眠、胃息肉、溃疡性结肠炎、乳糜尿、间质性肺病、精囊炎、癫痫、子宫附件囊肿。

一、失眠案

首先我们讲失眠，这是个老年人，年龄比我还大，找我看之前已经找了很多知名的中医大家看过，有疗效，但还是离不开安眠药，氯硝西泮，每天晚上吃 1 粒，不吃就睡不着觉，另外还有胃胀，怕冷，泄泻，舌苔白腻。我用的是酸枣仁汤合交泰丸，用酸枣仁、白芍、甘草、川芎、知母，加上交泰丸（肉桂和黄连），既能交通心肾，又能治疗泄泻，从温肾阳泄心火这个角度入手,再加半夏秫米汤的半夏以及乳香、五味子、太子参、麦冬。我们来分析一下这个方子,酸枣仁、白芍、五味子补肝血养肝阴,太子参、麦冬、炙甘草益心气养心阴为君。单用太子参、麦冬有点凉,炙甘草温中健脾就调和了这个凉性,这样用起来就不温不凉,比较平和了。佐以《韩氏医通》的交泰丸交通心肾;加半夏以和降胃气,仿半夏秫米汤之意;加乳香少许,很多人不能理解其意,可参《本草纲目》言其"治不眠,入心活血"。乳香不是只能活血化瘀止痛的,它还能治不眠,能入心活血。酸枣仁、乳香、五味子这三味药是我用于治疗失眠的组药,在辨证论治的基础上加上这组药,疗效非常可靠。酸枣仁入心、肝二经,既养心阴又益肝血,故为安神首选药。仲景创酸枣仁汤治疗肝血不足,虚热内扰之虚烦不得眠,用之临床屡试不爽。五味子味甘、酸,性温,益气生津,补肾宁心,又能上敛肺气,下滋肾阴,二药相伍,养心敛肝,安神效果明显增强。加入乳香是《得配本草》书中酸枣仁的配伍应用,有"配辰砂、乳香治胆虚不眠"的记载,用之果不虚言。方中黄连、肉桂、炙甘草,既能交通心肾治疗失眠,又可温中健脾、清热燥湿,治疗泄泻。失眠解决后转以温脾健中、行滞消痞法治其胃肠疾患。

我这个服法是独创的,我们不是有颗粒剂或者是代煎的药吗,让患者带回去,全在晚上服,晚饭后服1次,临睡前再服1次。这几组药用上,治疗失眠的效果非常可靠,大家回去可以试试。这个患者三诊时失眠基本上就解决了,我们转而治疗他胃肠方面的疾病。他的胃镜报告显示是慢性萎缩性胃炎伴胆汁反流,十二指肠球炎。症见胃胀时痛,嗳气,怕凉,大便泄泻,一天4～5次,脉缓,断为中焦虚寒,湿浊内聚,少佐安神之剂。主药用的就是理中汤,党参、苍白术、茯苓、干姜、炙甘草,加生黄芪、莪术、丹参、制乌梅,这是针对萎缩性胃炎的,后面的药是针对他的失眠的,姜半夏、炒酸枣仁、广木香、炒白芍、桂枝、川芎、蒲公英、五味子、乳香,既治疗他萎缩性胃炎的本病又兼顾他之前的失眠这个证候,老先生高兴得不得了来了几次后失眠解决了,不用吃安眠药了。

二、胃息肉案

第二个我们讲胃息肉,胃息肉在慢性胃炎里面出现得不少,这是个60岁的女同志,胃镜:食管黏膜白斑,贲门下糜烂,胃体多发息肉,浅表性胃炎,窦伴隆起糜烂。病理:(贲门、胃窦)黏膜轻中度慢性炎。症见胃痞。2016年第一次看,用的是半夏泻心汤,胃体有多发息肉,加了乌梅、徐长卿、白花蛇舌草、黄芪、莪术、白芷、白及、白蔹、茯苓、薏苡仁、浙贝母,药后诸症皆轻,症状消除了。二诊的时间是2个月之后,胃镜:慢性胃炎伴窦糜烂,多发性息肉。原方巩固,又吃了14剂。三诊的时候还是原方14剂。四诊的时候带来胃镜报告,2017年3月25日复查胃镜:浅表性胃炎,窦为主。

这个患者临床上只有胃痞症状,别无不适,但胃镜所见:食管黏膜白斑,贲门下糜烂,胃体多发息肉,浅表性胃炎,窦伴隆起糜烂。病理:(贲门、胃窦)黏膜轻中度慢性炎。这是社会的进步和时代的发展拓宽了中医望诊的内容。根据其痞满的症状,我采用半夏泻心汤为主,加《神农本草经》记载能"蚀恶肉"的乌梅,大家看《神农本草经》,乌梅主治中有一条就是"蚀恶肉",所谓的恶肉就是腐肉、烂肉、坏肉,指不正常的组织,我在治疗溃疡性结肠炎的时候也经常会用到乌梅,还有"除疫疾邪气"的徐长卿,大家知道徐长卿是活血疗伤止痛的药,在有隆起糜烂的时候,在有息肉的时候,在治萎缩性胃炎出现肠化的时候我也喜欢用徐长卿。再加上清热解毒消肿的白花蛇舌草以及破血行滞、消积散结的莪术,化痰散结的浙贝母,渗湿消肿的薏苡仁等药都是针对息肉而设的。既然我们胃镜里看到了息肉,不加治息肉的药,单用参、术、苓、草这些平平淡淡的药是治不好的。

白芷、白及、白蔹这一组药针对糜烂而设,再加黄芪等益气之品,以防攻邪伤正。药后不但胃痞症状治愈,胃镜复查显示息肉糜烂亦皆消除。这就是宏观辨证与微观辨证相结合,经方证治与现代思维相结合。经方用的是半夏泻心汤,与现在的症状相结合,再加上乌梅、徐长卿这类消除腐肉的药,如果没有胃镜,我们就没法知道有胃息肉,出现痞满我们只能用半夏泻心汤,但是知道她有胃息肉,我们就可以针对性地加上治息肉的药,再复查胃镜就知道息肉消除了,患者很高兴,才会相信中医,推荐亲戚朋友找你看,所以说发展中医、传承中医、弘扬中医怎么做?必须有临床疗效,能做到一剂知,二剂已,看 10 个患者最起码 8 个都有疗效这才行。如果你看 10 个患者只有一两个有疗效,其他的患者都会给你做反面宣传。所以说抓临床那是最关键的,临床疗效是咱中医的生命。没有临床疗效等于浪费人家的钱,浪费人家的精力,浪费社会资源,浪费中药,那你就不是个好医生。不论黑天白天都要钻研业务,把经典搞得熟练,临床上多练,来了患者就会开中药,多练,向谁学?向患者学,患者来找你看病,他就是你的老师,他说了症状你开药,疗效好的话你能记一辈子。疗效不好再总结,再改方,一定要在临床上下功夫。

三、溃疡性结肠炎案

这个女患者,57 岁,2016 年的时候初诊,原罹结肠炎。2011 年肠镜:溃疡性结肠炎。刻下大便时干时稀,带脓血。腹中痛,伴畏寒,苔薄白,脉弦滑。此为脾虚,湿热积滞大肠。我出门诊人太多的时候,一上午 40～50 号,有时候写病历只点出病机或者是写一个证,像半夏泻心汤证、逍遥散证,下面再开药,同行一看就知道了,有哪些证候群就清楚了。检查的关键体征我会写上,包括每一次的用药变化我都会写上。初诊诊断是脾虚,湿热积滞大肠,用的是党参、炒苍白术、广木香、炙甘草、炒白芍、防风、陈皮、苦参、黄芩、炒黄连、葛根、当归、浙贝母、生地榆、制乌梅、生黄芪。乍一看这个人开方乱啊,看不出来头绪。患者吃过药以后大便有改善,但乏力心慌,什么原因呢?不耐受苦参,我把苦参由 10 g 减为 6 g,加山药、枸杞子、焦山楂,又让患者服用 1 周,三诊的时候大便已成形,腹痛已止,原方 20剂。四诊的时候说吃饭不香,加了佛手、炒二芽。后来五诊至七诊都挺好,八诊的时候大便成形,日行一次,有少量脓血黏冻,但是难解,有里急后重,这时候又重些了,病情又反复了,还是用的参、术、苓、草加干姜补脾气温脾阳,在治疗肠道病的时候健脾是第一要务。

湿热怎么解决？清湿热嘛，用香连丸(广木香、炒黄连)加苦参、制乌梅、山楂、白芍、防风、葛根、肉豆蔻、补骨脂，连同温肾补脾阳的药都用上了。十诊的时候大便容易解了，黏冻也没有了，复查肠镜：回盲瓣炎。病理：(回盲瓣)黏膜慢性炎，间质充血、水肿、淋巴组织增生。后来又加了当归。这个患者从临床症状到肠镜病理上好得都不错。

治疗这个溃疡性结肠炎，方子比较复杂，但是要详细给大家解读一下，这个溃疡性结肠炎不是治不好，随证加减要有方有守，一定要坚持下去。我现在分析一下这个病案用药的特色。患者自 2011 年罹患溃疡性结肠炎久治不愈，就诊时脓血便，腹中痛，畏寒，诊断为脾虚，湿热积滞大肠。当属久痢，古称为滞下。故以党参、苍白术、广木香、炙甘草、生黄芪健脾补中气，配合仲景治疗协热下痢的葛根黄芩黄连汤合清热燥湿、养血润燥的当归贝母苦参丸及《丹溪心法》的痛泻药方。多方组合乃症情之所需，党参、黄芪、苍白术、炙甘草是针对脾虚来的；葛根黄芩黄连汤与当归贝母苦参丸是针对湿热滞下来的；痛泻要方以调肝理脾是针对腹痛来的；加地榆以清热止血；加乌梅以敛阴止泻。随证加减服药半年后，肠镜复查：回盲瓣炎。溃结之顽疾终于治愈。

当归贝母苦参丸在《金匮要略》里面是治疗妇人小便难的，为什么拿来治疗大便不好呢，古人在注解《伤寒论》的时候就已经有不同意见了，讲的是当归润肠通便，浙贝母又能化痰清热，苦参清肺，降肺气通大肠，又能坚阴燥湿，对湿热、瘀热引起的大便不好一样好用，不是只能治妇人小便难，所以说当归贝母苦参丸，小便不利的时候能用，大便不利的时候也能用，有里急后重，特别是大便带脓血的更能用。

此症也可用乌梅丸取效，全方集健脾升阳、苦寒坚阴、扶土抑木、清热燥湿等诸法为一体，以复其胃肠功能，消除疾病之因而获效。这个方子突出脾阳为本、肝脾建中的理念。我提倡脾阳为本的原因就是"中央健，四旁如"，脾不得健运，很多慢性病都随之而生。中气不运，身体就难恢复，所以说健脾是最关键的。另外，健脾别忘疏肝，肝脾一体。脾阳为本，肾阳为根，肝脾建中，这些是我临床上辨治疑难杂病的理念。

溃疡性结肠炎属于中医的"久痢""滞下""大瘕泄"，与肝脾肾有关，病理因素主要是湿邪，湿热的首选白头翁汤、葛根黄芩黄连汤、三物黄芩汤、当归贝母苦参丸，根据症状的不同，可以选用这些《伤寒》《金匮》的方子。脾虚的用参苓白术散；脾阳不足的用理中汤、附子理中汤；脾肾阳虚的用四神丸、附子理中丸；肝脾失调的用痛泻要方。临床上脾虚为本、湿热为标的多，所以用附子理中汤合三物黄芩汤、当归贝母苦参丸，既能利用附子理中汤温脾阳的作用，又制约其偏温热的弊端，寒热并用。张仲景教我们寒热并用的方子太多了，乌梅丸既用黄连又用附子，治疗痞满的栀子干姜汤，误下以后胃不舒服，嘈心，胸部烘热，脾胃虚寒又有上焦郁热，温热的干姜与苦寒的栀子同用，栀子干姜汤。张仲景在寒热并用方面开了先河，所以大家不要觉得这个方子怎么又用干姜、附子又用黄连、黄芩，不是那样的，他们是各走各的路，各有各的治疗作用，彼此又相互制约毒性，减少了毒副作用。这需要大家在临床上仔细地体会。

四、乳糜尿案

这个患者是个怀远县的老教师,他的学生把他动员过来,这个老先生不愿意治,他觉得治不好,在好多地方都治过,花了很长时间总是不好。来就诊时检查:尿浊度:乳糜尿。尿常规:红细胞$3.32×10^{12}$/L↑,尿潜血(＋＋＋),尿蛋白(＋＋)。症见小便混浊,出现乏力,苔偏黄腻,脉弦。我诊断为肾虚有湿热,脾肾不足,湿热下注,属于中虚膏淋。用的是生熟地、山茱萸、山药,这是六味地黄丸的"三补",用了萆薢、党参、炒白术、茯苓、仙鹤草、黄柏、乌药、益智仁、炙甘草、生黄芪、熟地、柴胡、车前子。用过药以后小便清多了,一查尿潜血(＋－),尿蛋白(＋),黄厚腻苔已经退了,伴有失眠焦虑,这时还要解决他焦虑的问题,又加了五味子、郁金。第三次来的时候小便又有改善,第四次来的时候睡眠、精神也好多了。每一次他来的时候他的学生都陪着他,做的检查结果也很好,老先生也是很高兴。

乳糜尿属"膏淋""尿浊"范畴,其发生多与脾肾亏虚,湿热下注有关。过食肥甘,饮食不节,有的患者一吃油荤就犯了,甚至有的患者一喝牛奶、一吃鸡蛋就犯,光叫患者忌口只吃素不吃油,患者瘦得不得了,身体会越来越差。所以我们治疗的目标在于治好了以后让他什么都能吃,吃油荤也不犯,小便也不混浊了,患者会非常感谢你的。由于脾胃受损,滋生湿热,壅遏经隧。水谷精微不能正常输布,下趋膀胱,清浊混淆,则出现尿液如米泔水或混浊如浆。若年老体衰或久病不已,肾气受损,下元不固,不能制约脂液,亦可见淋出如膏如脂。但无论脾虚、肾虚,此病都与湿热有关,伤及血络也可见膏淋带血或血丝。治疗膏淋,南宋杨倓的《杨氏家藏方》有萆薢分清饮,药仅四味,方中萆薢、石菖蒲、益智仁、乌药治肾虚下元不固,湿浊不化之白浊。这个方是偏温,用于治疗肾元不固的。还有清代程钟龄《医学心悟》的萆薢分清饮,安徽的程钟龄,新安医家,他的《医学心悟》大家可以从头至尾看他的"八法",他的止嗽散、定痫丸等好多方我们临床上用的效果相当不错。《方剂学》里也收录了他的好几个方子。他的萆薢分清饮以萆薢、黄柏、石菖蒲、茯苓、白术、莲子心、丹参、车前子八味药组成,功可清热利湿、分泌清浊,主治湿热下注、小便混浊。这种同名的方子大家要注意鉴别清楚,比如说消瘰丸,张锡纯有消瘰丸,《张氏医通》里也有,仅一个消瘰丸就有两三个不同的方子,大家要弄清楚。这个萆薢分清饮就有两个方子,方名虽同,其性一温一凉,一补一泄,不可混淆。

该患者年逾七旬,久罹淋浊,脾肾亏虚是其主因,湿热下注是其标证。且苔黄厚腻,又见乏力,辨证"肾虚有湿热"者是肾气不固,湿热下注。"中虚膏淋"乃脾胃亏虚,脾虚气陷,小便无以摄纳,膏脂随之下滑。故用六味地黄丸的三补固摄肾气,黄芪、党参、白术、炙甘草益气健脾为君药治其本,益智仁、乌药、山药即缩泉丸温脾固肾为臣,川萆薢、茯苓、车前子清利湿热为佐,使湿热之邪有出路。加仙鹤草既可补虚,又兼顾小便潜血之症。方中用柴胡,很多人恐怕不解其意,此乃健脾必疏肝,肝气条达,脾胃乃健,肝脾建中也。柴胡既疏肝理脾,柴胡也和胃消胀,不是光退热用的,大家可以看《神农本草经》,里面都有。

五、间质性肺病案

第五个间质性肺病，这个病以前还没听说过，都是肺炎、肺结核、肺癌的，但是最近临床上间质性肺病还真不少，都是经过大医院治过才转到我们这儿治的，这个女性患者，1954年生的，带着CT报告单去的，CT显示是两肺间质性肺炎。我问她你哪儿不舒服，她说我背疼，前胸疼。我问她是否咳嗽，她说不咳嗽，是否喘，也不喘，既不咳也不喘也没有痰，就背疼、前胸疼，舌苔薄黄腻，脉象有点弦滑，这是痰瘀阻滞肺络，血府逐瘀汤加味。当归、生地、桃红、炙甘草、枳壳、赤白芍、柴胡、川芎、怀牛膝，这是血府逐瘀汤的原方，加上葛根、杏仁、前胡、威灵仙、浙贝母、全瓜蒌。二诊时加黄芪、沙棘，黄芪补元气的，沙棘既补元气又滋补肝肾，作用跟枸杞子相似，效果还好。三诊的时候疗效比较显著，胸闷气短皆轻，背部有时候疼，不是经常疼了。等到2018年的时候症状不一样了，又换方了，她因为一次感冒引起的咳嗽，我在血府逐瘀汤的基础上加了姜、细、味，这三味药是符合了肺随着呼吸的开阖升降之性，有升有降，有收有敛，又加了黄芩、浙贝母、前胡。到了6月份，泼尼松已经停用了，这时候容易感冒，气短乏力，怕冷，前胸后背偶有隐痛，还有自汗，偶有咳嗽，换方，用生黄芪、桂枝、炒白芍、赤芍、炙甘草、生姜、大枣、龙骨、牡蛎、川芎、麦冬、当归、桃红、柴胡、姜半夏、黄芩、金荞麦、沙棘、仙鹤草。今年的9月份她又来看病了，她跟我讲原来出院的时候某医院说她只能活2年，她说我现在已经是第3年了，多活1年了，原来离不开泼尼松，现在也慢慢撤掉了。中药停服了3个月，又有点胸闷气短，来复诊，我又给她开了方。10月份的时候这个患者又来了，黄腻苔已退，胸闷背痛气短已无，天气变化的时候胸闷还有发生，但是已经能走一万多步了，前方又加了红景天，红景天对心肺疾病、心肌缺血、肺功能不好、走路就喘、缺氧等效果相当好，红景天是藏药，相当于咱内地的人参，大家去西藏之前都赶紧买红景天，每天喝红景天到了那儿能耐缺氧，爬山不累不会喘，不会得肺水肿，红景天用过后患者也感觉挺舒服的。

间质性肺炎是西医学的命名，是从病理学上出发，认为以肺间质为主的炎症，可由细菌、支原体、衣原体、病毒等引起，累及支气管壁及支气管周围，有肺泡壁增生及间质水肿。因病变仅在肺间质，故呼吸道症状较轻。该患者带着CT报告前来求治，其主诉以背部疼痛、胸闷为主，咳嗽气喘等症反而未提及，但苔黄腻，脉象弦，故而辨证认为是痰瘀阻滞肺络。中医思维方法：不通则痛，痛是瘀血，闷是气滞、气机不畅；黄腻苔是痰热，故而想到投用血府逐瘀汤。此方为王清任所创用于治疗"胸中血府血瘀"之证。他认为胸中为气之所宗，血之所聚，肺居其中，又是肝经循行之分野。血瘀胸中，气机阻滞，痰浊滋生，故见背痛胸闷之症。

方中当归、生地、赤白芍、川芎、桃红乃桃红四物汤，养血活血，针对血瘀而设；柴胡、枳壳、赤白芍、炙甘草乃四逆散之意，疏肝理气，解郁活血，针对气机不畅、胸胁闷胀而设；牛膝引血下行，葛根通络能升清阳，与威灵仙配伍通络止痛；杏仁降肺气，前胡、浙贝母、全瓜蒌宽胸化痰清热之力较著。全方配伍活血通瘀,理气宽胸,化痰利肺气。后以此方化裁,病情稳定,医患皆喜。

医生哪,往往能长寿,什么原因呢,治好一个病,你的欣快感,跟打了强心剂一样。所以一说老中医都比较长寿,你看我们的路老今年98岁了,广东的邓铁涛103岁了,路老每个礼拜是一个半天的班,在广安门医院。我1976年7月份去的,到了那里8月份就地震,他们管我叫"张地震",一来就地震了。1976—1977年这一年多发生了很多大事,经过这一年多的工作我从140多斤瘦到120多斤。那段时间我们跟了许多大家学习,有董德懋、路志正、刘志明、冉先德,真是学不过来,跟这个老师一个月,跟那个老师学半个月,轮流着转,我们一组20多个人,每个星期每个人都要提供有效病案,我们用手刻钢板印小册子印了3个小册子的跟师笔记,印好大家每人一份。到了下半年的时候我担当进修小组的组长,组织大家总结老师们的经验。学习、拜师、拜名家是相当重要的,老师的一句点拨比你看几天的书收获都多,我建议大家有机会的时候也要多出去学习,多拜名师,你看叶天士都拜了十几个老师。另外,要设身处地地为患者着想,给他提供一个最佳的治疗方案,不能把经济效益放在最前面,这样就不会有那么多医疗纠纷了。你要是把经济效益放在最前面,对患者有这样的心态,你就不是个医生了,就是个"含灵巨贼"了,孙思邈《大医精诚》里面写的。所以说心态一定要平和,要有慈悲之心,才似仙,心似佛,看病疗效好,心肠要慈悲。

六、精囊炎案

第六个是精囊炎,大家可能会想我怎么老是遇见这种疑难杂症?我打算过年后再出一本书,之前不是出过一本《杏林跬步》吗,我打算再出一本《杏林漫步》或者是别的,名字我还没想好,我让我的学生把临床上特别有效的病案收集起来,把原始病历打印出来,我在家写按语,为什么我自己写呢?请学生们写,学生们会猜这个方,猜这个老师是怎么想的,这个方加了什么减了什么是什么原因呢,费了半天劲不如我一看就知道了,因为我当时看病怎么思考的,怎么辨证,怎么用方,怎么选药,怎么加减的,我如实地写出来,理、法、方、药按部就班地写出来,争取写到200多个病案时出一本书,大家可以把地址留下来,到时候给大家寄过去。我是看内科杂病,但不是光内科,从3个月大的小孩到八九十岁的老人得的病、妇科病、皮肤病没有不看的,是个大杂烩,为啥啥都能看?中医内科理论如果学好了,对临床各科都是"放诸四海皆准",眼科也是啊,你必须用中医理论去辨证啊,外科更是了。所以说学中医别论你在哪个科里你也别只钻研这一个科,你把中医理论详详细细学扎实,把中医内科学研究透,然后再重点攻你这个科,对你中医水平的提高会有很大的好处。抓基础,《黄帝内经》《伤寒论》《金匮要略》《神农本草经》看透,后世各家学说,温病,大家都要浏览一遍,作为中医不能偷懒,入了这一行学了这一门,你就得学到老记到老,博览群书,精通道义,要博闻强记,看了记不住,啥用都没有!要用心!

这是个中年人,1976年的,精囊炎16年,已做过4次手术,每次性生活后小便即尿血,有大血块,每次发生后用药,又是吊水又是吃消炎药,慢慢才能好,后来做了4次手术还犯,作为他这个年龄的人也是很麻烦的事,跑来看中医,我用了六味地黄丸加了知母、黄柏,知柏地黄丸滋养肾阴,加上栀子、瞿麦、大小蓟、白茅根、仙鹤草、车前子、滑石、生甘草,这些是清利湿热、凉血止血的。二诊的时候加三七粉、炒蒲黄。三诊的时候16年的血精经服1个月的中药刻下已治愈。性生活后也没有再出血了。

血精一症,古来有之。《诸病源候论·虚劳精血出候》云:"此劳伤肾气故也。肾藏精,精者血之所成也。虚劳则生七伤六极,气血俱损,肾家偏虚,不能藏精,故精血俱出也。"《景岳全书》说:"精道之血,必自精宫血海而出,多因房劳,以致阴虚火动,营血妄行而然。"该患者精囊炎已16年之久,诊断已明确,西医曾做过4次手术。来诊时手机拍下大片精血,故用知柏地黄汤滋阴降火,加凉血止血、清热利湿之品获效。手术之所以不效,是没从人身整体观念去考虑,局部手术解决不了房劳伤肾、肾阴亏虚、精关不固的问题,手术更解决不了由相火过旺、湿热下注、扰动精室、伤及血络之精血之症。六味地黄丸的"三补"是地黄滋阴补肾,填精益髓;山茱萸补养肝肾,养阴涩精;山药补益脾阴,兼能固肾。"三泻"之茯苓淡渗脾湿,泽泻益肾泄浊,牡丹皮清泄虚热。知母、黄柏清泄相火,兼清湿热,再加凉血止血之品。药中病机,从根本上解决了精囊发炎,行房即出血的原因,这就是中医的"治病必求于本"。

七、癫痫案

我们常能接诊到癫痫的患者,有大人,有小孩,目前最小的一个是3个月的。这个男孩12岁,癫痫自小就发作,来看的时候经常发作,发作的时候口眼歪斜,意识丧失,抽动尖叫。我诊断是风痰瘀于脑络。用的是丸剂,用制南星、钩藤、郁金、白矾、天麻、白附子、炒僵蚕、生地、姜半夏、葛根、知母、赤白芍、全蝎、浙贝母、黄芩、茯苓、茯神、生甘草,初诊的时候是6月份,复诊的时候是8月份,这一料药吃完了,说自服中药后癫痫未再发作。

该患儿自小发作癫痫,发病应与先天因素有关。历代医家认为癫痫与风、痰、热、瘀、虚有关。其发作时口眼歪斜,意识丧失,抽动尖叫是典型的癫痫症状,且发作较频,故而辨证为风痰瘀之邪阻于脑络。治疗以息风化痰镇惊为主,佐以化瘀清热。

方中胆南星、天麻、半夏、白附子、钩藤、郁金皆为豁痰开窍息风之药;加全蝎、炒僵蚕虫类药,搜风入络止痉;赤白芍入营,敛肝活血;葛根引药上行,解肌通络,舒挛缓急。知母、浙贝母、黄芩、茯苓、茯神清热化痰,安神定志;用白矾者,《本草纲目》云:"矾石之用有四,吐利风热之痰涎……"《医方考》中白矾、郁金为丸名为"白金丸",专主痰壅心窍,癫痫发狂。我喜在丸剂中加入以增加其化痰之力。

所以临床一定要出疗效,疗效来源于基础理论的扎实,来源于临床经验的丰富,来源于个人的善于总结,来源于个人的善于思考,来源于你的悟性。学中医的,如果没有悟性,死脑筋就没有路子。一定要有悟性,要举一反三,反应要快,要能分析它的病因病机在哪里,用药才能见到疗效。

八、子宫附件囊肿案

患者马某,初诊时 B 超:左侧附件区囊性包块,宫颈囊肿。白带色黄量多,有异味。此血分瘀滞,湿热为患。用的是桂枝茯苓丸加泽泻、川芎、芡实、山药、贯众炭、车前子、莪术、牡蛎、炒苍白术,吃过药以后白带少多了,复查 B 超显示左侧附件囊性包块明显缩小了,前方去掉贯众炭,为什么去贯众炭呢,她的黄带没有了,白带减少了,用贯众炭治疗黄带是跟傅青主学的,在《傅青主女科》里,白带这一条,对于黄带,他喜欢用荆芥穗、贯众炭。到了 2017 年 6 月 20 日复查 B 超:子宫附件未见明显异常。刻下月经正常,白带量一般,色黄有异味,伴痔疮。治疗痔疮我又加了地榆和广木香。你想想现在这个情况,患者吃了药又去做 B 超,如果没有效果,患者拿着检查单子去问你,张主任,我这个囊肿还没消掉,一会儿就能叫我急一头汗,没有疗效你不急人吗。如果是带着单子喜笑颜开跟你说我这个什么指标降了,什么好了,什么正常了,那你也高兴得不得了,回家能多吃半个馍。医生的心理状态跟患者看病的状态是一致的,患者好了你也快活,患者没好你着急,回家了也得翻书,得思考,哪一点用错了,为什么没有效。

该患者是 B 超查出附件囊性包块及宫颈囊肿,故来求中医诊治,询其兼有白带量多,色黄有异味,遂拟桂枝茯苓丸活血化瘀消癥为主,再取健脾化湿,清热止带的完带汤、易黄散之意,肝脾同调,健脾渗湿,清热止带之法,不但取得清除囊肿之效,白带的问题亦随之消失。

桂枝茯苓丸是治疗妇人素有癥块、妊娠漏下不止的化瘀名方,不是说一见人怀孕了就不敢开中药了,不是那么回事,我的学生跟我抄方的都知道,怀孕的感冒咳嗽了去西医院,西医说你又不能吊水又不能吃西药你去找中医看吧。感冒咳嗽了怎么办,咳嗽得厉害觉都不能睡,照治,有故无殒,故无殒也。桂枝茯苓丸就是用于妊娠漏下不止的,目前用于子宫肌瘤、卵巢囊肿等疗效亦较可靠,该方温阳化气,化湿化痰,散瘀消癥,肝脾同调,气血同治,加苍白术、益母草活血利湿清热,莪术、牡蛎增强桂枝茯苓丸的化瘀消癥之效。特别要提示的是治疗黄带时用贯众炭。因贯众炭属清热解毒药,既能清气分实热,又能清血分热毒,亦可治崩漏下血,炒炭用于清热止带,凉血止血,疗效显著。

总结的这几句话写在最后:

弘扬中医　　立足临床

博览群书　　汲古鉴今

承前启后　　义所应当

开枝散叶　　利在千秋

潜心于斯　　乐而忘忧

谢谢大家能在百忙之中抽出时间来参加这次会议,你们都是全省第一线的骨干,有领导,有科主任,有主任医师、主治医师,都是临床上的骨干,中医的振兴不是靠哪一个人,不是靠高等学府,中医的振兴靠基层,靠县医院的中医科,靠中医院的全体员工,靠我们下面的国医堂、国医馆,靠咱们的民间中医。中医的传承要靠你们,所以我们要共同立足临床,多用中医的思维治疗常见病、疑难病、多发病。目前中医学的发展遇到了最好的时机,像我们这辈人、你们这辈人都遇到了千年不遇的最好时机,再朝前100年,1918年,1818年,战乱,瘟疫,民不聊生,地痞流氓横行,老百姓吃都吃不上,现在大家都生到福窝里了,要珍惜这个时代。为啥是最好的时机?通过1982年的衡阳会议,崔月犁老先生提倡振兴中医,这几十年下来,现在习近平主席又重视中医的发展,发表了好多对中医有利的讲话,所以说目前是中医发展的最好时机。作为中医人,不能辜负习近平主席的重托,要把中华民族的优秀文化瑰宝中医发扬光大。我愿同大家一道不忘初心,砥砺前行,弘扬中医,发展岐黄,为中医的传承创新贡献毕生的精力!谢谢大家!

(根据2018年11月"张杰教授疑难杂病临床经验学习班暨基层名老中医药专家工作室继承人集中理论培训"讲座录像音频和幻灯片整理。讲座发言人:张杰;幻灯片制作:唐勇;讲稿整理者:贾浩茹)